W0214895

MARGIT KRUSE

Bergmannserbe

LETZTE SEILFAHRT Gisbert Sommerfeld, der in einer Gelsenkirchener Zechensiedlung wohnt, bittet seine Schwester Margareta um Hilfe. Nachdem ein Makler, der offenbar von einem Spekulanten beauftragt wurde, Gisbert mehrfach bedroht hat, sein Haus zu räumen, wehrt sich dieser mit einem Faustschlag. Als man den Störenfried eine Woche später erdrosselt im Picksmühlenteich, unweit der alten Zechenbrache findet, gerät Gisbert unter Verdacht. Tage später entdeckt man einen weiteren Makler tot am Bahnhof Hassel, nachdem dieser einem weiteren Bergbaurentner gehörig zugesetzt hatte. Zielinski, der Spekulant, versucht mit einigen Maklern, alte Bergmannsreihenhäuser gewinnbringend zu veräußern. Um sein Ziel zu erreichen, wird mit moralisch und rechtlich bedenklichen Mitteln gearbeitet. Kein lukrativer Auftrag für Margareta Sommerfeld, die nach ihrer Ausbildung zur privaten Ermittlerin gerade dabei ist sich am Markt zu etablieren. Treffpunkt der besorgten Nachbarn, unter denen sie den Mörder vermutet, ist ein Kiosk neben einem stillgelegten Bahngleis. Der Zufall bringt sie dem Täter ganz nah …

Margit Kruse wurde 1957 in Gelsenkirchen geboren. Bekannt wurde sie vor allem durch ihre Revier-Krimis »Eisaugen«, »Zechenbrand«, »Hochzeitsglocken« und »Rosensalz«. Sie ist ein echtes Kind des Ruhrgebiets. Seit 2004 ist die Gelsenkirchenerin als freiberufliche Autorin tätig. Neben etlichen Beiträgen in Anthologien hat sie bislang zahlreiche Bücher veröffentlicht. Labrador Enja ist stets dabei, wenn sich Margit Kruse auf Recherche-Tour begibt. Besonders der Hauptfriedhof ihres Heimatortes hat es der Autorin angetan. Margit Kruse ist Mitglied im Verband deutscher Schriftsteller.

Bisherige Veröffentlichungen im Gmeiner-Verlag:
Advent, Advent, die Zeche brennt (2019)
Schneeflöckchen, Blutröckchen (2017)
Opferstock (2017)
Rosensalz (2016)
Wer mordet schon im Hochsauerland (2015)
Hochzeitsglocken (2014)
Zechenbrand (2013)
Eisaugen (2011)

MARGIT KRUSE

Bergmannserbe

Kriminalroman

GMEINER

Immer informiert

Spannung pur – mit unserem Newsletter informieren wir Sie regelmäßig über Wissenswertes aus unserer Bücherwelt.

Gefällt mir!

Facebook: @Gmeiner.Verlag
Instagram: @gmeinerverlag
Twitter: @GmeinerVerlag

MIX
Papier aus verantwortungsvollen Quellen
FSC® C083411

Besuchen Sie uns im Internet:
www.gmeiner-verlag.de

Im Ehnried 5, 88605 Meßkirch
Telefon 07575/2095-0
info@gmeiner-verlag.de

1. Auflage 2020

Lektorat: Claudia Senghaas, Kirchardt
Herstellung: Julia Franze
Umschlaggestaltung: U.O.R.G. Lutz Eberle, Stuttgart
unter Verwendung eines Fotos von: © Frank Vincentz
https://commons.wikimedia.org/wiki/File:Gelsenkirchen_-_Erdbrüggenstraße_06_ies.jpg
Druck: CPI books GmbH, Leck
Printed in Germany
ISBN 978-3-8392-2564-6

Personen und Handlung sind frei erfunden.
Ähnlichkeiten mit lebenden oder toten Personen
sind rein zufällig und nicht beabsichtigt.

PROLOG

Sie hielt das feine Kleid in den faltigen Händen. Edel! Cremeweiß, genäht aus Fallschirmseide. Leicht und luftig. Nur sonntags hatte sie es getragen, damals, als sie ein kleines Mädchen war. Auch zur Einschulung präsentierte sie sich darin voller Stolz. Wieder und wieder musste ihre Mutter ihr die Geschichte erzählen, wie sie im März 1944 während des Zweiten Weltkriegs zu diesem Stoff gekommen war. Ein Geschenk des Himmels sozusagen.

Ein englischer Bomber war über dem Zechengelände »Bergmannsglück«, unweit der Pferdeställe, nur wenige Meter von der Siedlung entfernt, abgestürzt. Anwohner hatten es beobachtet, auch ihr Vater, der sofort zur Unglücksstelle geeilt war. Der junge Pilot hatte noch gelebt, hatte nach Wasser verlangt. »Water, Water«, soll aus seinem Mund zu hören gewesen sein. Schwer verletzt wurde er ins Marienhospital nach Buer gebracht, wo er an seinen Verletzungen verstarb.

Ihr Vater sowie ein Kollege waren nicht dumm und nahmen den Fallschirm mit. Im Krieg gab es nichts. So bekamen die Frauen und Kinder Kleider aus der Fallschirmseide. Die Mutter nähte für sie dieses herrliche Gewand. Silberne Knöpfe aus Omas Sammelkiste, und es wurde ein prächtiges Stück, um das sie die Leute beneideten.

Sie strich über das Kleidchen, das nun schon 75 Jahre alt war. Tränen tropften darauf. Sie weinte bitterlich und drückte es an sich. Dieses Andenken würde sie mitnehmen. Mit ins lausige Altersheim, das bald ihr Zuhause sein würde. Vertrieben aus ihrem schmucken Zechenhäuschen. Vertrieben von geldgierigen Menschen, die es verschachern wollen. Ihrem sterbenden Mann versprach man, für seine Frau zu sorgen. Ein Versprechen, das nicht nützte. Doch die Erinnerungen kann ihr niemand nehmen. So würde das Kleid mitkommen, und wenn es mal ganz schlimm sein würde, könnte sie es wieder an sich drücken und an die schönen Tage denken!

1.

»Danke, dass du gekommen bist.«

Eine glamouröse Erscheinung war er nicht mehr, ihr Bruder, dem Margareta in seiner Wohnküche in der Hasseler Körnerstraße gegenübersaß. Der Lack war ab. Vor sieben Jahren, als sie anlässlich der Morde auf dem alten Zechengelände hier in dem Zechenhäuschen ein und aus ging, war der 50-jährige städtische Beamte noch ein passabler Typ gewesen. Vor zwei Jahren, als sie ihn am Heiligen Abend bei ihrer Mutter Waltraud traf, ein billiges Flittchen an seiner Seite, hatte er schon ordentlich Federn gelassen. Doch heute verspürte Margareta Mitleid mit dem schmalen Rotschopf. Blauer Pullover, grau melierte Jogginghose aus Baumwolle, beides stark abgetragen, fettige Kurzhaarfrisur, meterlange schmutzige Fingernägel. Völlig verzweifelt saß er da, die mit Sommersprossen übersäte Nase glänzte im Schein der kleinen Stehlampe, die auf dem Bord in der Nähe des Tisches stand.

»Schon okay.« Margareta rührte in ihrem Kakao und starrte ihren vier Jahre älteren Bruder Gisbert unentwegt an. Sie überlegte, wieso der gute Kontakt von damals so abrupt abgebrochen war. Hatte sie ihn etwa vermisst? Sie konnte die Frage nicht beantworten, stand noch unter Schock, dass ihr Bruder sie gestern Abend angerufen und sie um Hilfe gebeten hatte. Woher er wusste, dass sie nun als private Ermittlerin tätig war, war ihr sonnenklar. Da steckte ihre Mutter Waltraud hinter, die wahrscheinlich alle Personen, die in ihrem vergammelten roten Adressbuch standen, angerufen hatte, um diese Neuigkeit kundzutun. Allen voran ihren Erstgeborenen, den sie am Telefon vermutlich ordentlich vollstrunzte.

»Ich habe dir ja schon gestern Abend erzählt, worum es geht, Margareta. Man hat diesen Makler Fritz Stalewski erdrosselt im Picksmühlenteich gefunden. Und ich soll es gewesen sein. Stell' dir das mal vor!« Gisbert schnaufte verzweifelt und schlürfte laut seinen Kaffee aus dem verschmutzten Schalke-04-Becher.

»Ich hab es in der Zeitung gelesen. Es hat mich aber, ehrlich gesagt, nicht sonderlich interessiert. Wie du ja schon von unserer Mutter gehört haben wirst, bin ich keine Hobbydetektivin mehr, sondern inzwischen eine ausgebildete Ermittlerin mit sämtlichen Prüfungen. Auch, dass die Mieter hier in Hassel so unter Druck gesetzt wurden und immer noch werden, interessiert mich nicht sonderlich. Shit happens!«

Gisbert schaute seine attraktive, äußerst gepflegte Schwester an und musste grinsen. »Na ja, Mumm hattest du ja schon immer. Und wie läuft es so? Hast du genug Aufträge?«

»Aller Anfang ist schwer. Vielleicht hätte ich mich nicht so schnell selbstständig machen sollen. Ich hatte eine sichere Anstellung in Essen.« Sie schaute in Gisberts traurige Augen. »Kommen wir zur Sache. Zeit ist Geld, und das habe ich nicht. Du hast diesem Makler also eins auf die Klappe gehauen und ihm dabei das Nasenbein gebrochen. Warum, Gisbert? Du warst doch immer so besonnen.«

»Warum, warum? Weißt du, wie oft der hier war? Beim vorletzten Besuch brachte er sogar schon Kaufinteressenten mit. Ich will hier nicht weg. Der ließ einfach nicht locker. Hat mich und Norbert drangsaliert, wo er nur konnte. Und dann hat er mich beleidigt.«

Nun musste Margareta schmunzeln. »Ja, der gute Norbert Koslowski. Wie geht es ihm?« Sie hatte Gisberts Nachbarn noch in angenehmer Erinnerung. Eine echte Ruhrpott-Type mit Ecken und Kanten, jedoch herzensgut. Ihr Bruder hatte sie damals, als sie sich, frisch vom schönen Karol verlassen, in die Mordermittlungen auf dem Zechengelände mischte, mit ihm verkuppeln wollen.

»Findet auch keine Frau, hängt jeden Tag an der Trinkhalle an der Pawiker Straße beim Martin ab und jammert sich aus. Da geht übrigens täglich die Post ab. Das neueste Kommunikationszentrum. Das wäre was für dich. Da erfährst du Neuigkeiten.«

»Bitte?« Wütend schaute Margareta ihren Bruder an. »An einer ollen Ruhrpottbude, wo sich nur Typen herumtreiben, die zu viel Zeit haben, soll ich erfahren, was mich weiterbringt? Bei dir piept es wohl!«

Dreiminütiges Schweigen.

»Dieser Makler hat dir also die Pistole auf die Brust gesetzt, das Feld hier zu räumen? Aber das ist doch noch lange kein Grund, ihm eins auf die Nase zu geben und ihm diese gleich zu brechen.«

»Hast du eine Ahnung«, wurde Gisbert nun laut. »Diese Interessenten haben sogar in meinen Schränken herumgewühlt. Und wie frech dieser schmierige Kerl wurde. Er würde mich schon kleinkriegen, so wie viele andere auch, hatte er gemeint. Eine alte Frau ist wegen des Ärgers sogar verstorben. Herzinfarkt. Udo Urbat, den kennst du doch noch, oder? Der hat übrigens eine Genossenschaft gegründet und kümmert sich um die verzweifelten Menschen.«

Und wie Margareta Udo noch kannte. Der kleine unscheinbare Schichtarbeiter zählte damals sogar zu den Mordverdächtigen. Dabei hatte er sich nur etwas von dem erpressten Geld genommen, um sich mal ein schönes Auto zu gönnen. Wer fährt schon gerne zeitlebens einen alten, flaschengrünen Opel Astra? Die Liaison, die sie mit ihm hatte, beendete sie natürlich sofort, als ans Licht kam, dass er in dieser Sache involviert war. Na ja, er hatte seine Strafe abgesessen und tut nun Gutes. Was sprach dagegen? Die nächsten zehn Minuten musste sie sich Lobeshymnen auf Urbat anhören und die Leidensgeschichten einiger Mieter aus der Siedlung.

»Kürzen wir hier ab, Gisbert. Nun verdächtigt man dich also, den lästigen Makler erdrosselt und im Picksmühlenbach entsorgt zu haben?«

»Ja, ich wurde schon mehrmals vernommen. Zum Glück habe ich ein Alibi. Ich war zur Tatzeit bei Norbert und habe meinen Rausch ausgeschlafen. Doch so richtig glaubt mir dieser neue Kommissar nicht. Wusstest du eigentlich, dass Blauländer ertrunken ist? Im Solebecken vom Bad Sassendorfer Thermalbad? Dieser Neue ist eine echte Schmeißfliege.«

Margaretas Gesichtszüge verhärteten sich. Nur ungern dachte sie an Bad Sassendorf und das Aufeinandertreffen mit Blauländer beim Mitternachtsschwimmen.

»Du musst mir helfen, Margareta«, rief Gisbert so laut durch die Wohnküche, dass Margareta die Tasse aus der Hand fiel und auf die blumengemusterte Wachstuchtischdecke knallte.

Sie starrte genervt aus dem Fenster, beobachtete die dick vermummten Menschen, die trotz des trüben Märztages in der Körnerstraße geschäftig hin und her liefen.

Warte ab, Waltraud, dachte sie wütend, das kostet was, mir Gisbert aufs Auge zu drücken, das schwöre ich dir.

»Ich weiß nicht«, kam es zögerlich aus ihrem grell geschminkten Mund. Ihr abgewrackter Bruder und der tote Makler interessierten sie so viel wie ein reifer Furunkel an ihrem Hintern, den sie hoffentlich nie bekommen würde.

Gisbert erhob sich schwerfällig und holte eine Packung Kekse aus dem Schrank, riss sie ungeschickt auf und legte sie vor Margareta hin.

Als keine klare Antwort von Margareta kam, redete Gisbert munter weiter. Udo Urbat und die verzweifelten Mieter aus der Siedlung, ihn eingeschlossen, platzten regelrecht aus seinem Hirn.

Seufzend fuhr Margareta ihrem Bruder über den Mund. »Pass mal auf, lieber Gisbert. Jeder hat irgendwie sein Päckchen zu tragen, der eine ein kleines, der andere einen Riesenkarton. Wie ich schon sagte: Zeit ist Geld. Wie du weißt, habe ich mich erst vor Kurzem selbstständig gemacht, habe Schulden abzuzahlen und muss mich am Markt etablieren. Ich kann und will den Mörder dieses Maklers nicht suchen. Es sein denn, du kannst mich bezahlen. Mein Stundensatz beträgt 38 Euro, hinzu kommen Kilometergeld und Nebenausgaben wie Spesen und so weiter. Weil du es bist, 400 Euro pauschal für zwei Tage. Vorkasse.«

»Das habe ich nicht, Margareta. Mein Posten im Rathaus steht auf wackeligen Beinen. Zu viele Fehltage. Dann habe auch ich Schulden abzutragen.« Entsetzt starrte Gisbert Margareta an.

»Du, das ist echt nicht mein Problem. Hast du dich all die Jahre ein einziges Mal um mich gekümmert?«

»*Du* hast dich doch damals zurückgezogen.«

»Jeder muss sehen, wo er bleibt.« Wütend zog Margareta die Augenbrauen hoch und fuhr sich mit der Hand durch ihr blond gesträhntes langes Haar.

Nun legte der frustrierte Gisbert los und berichtete von durchgemachten Krankheiten und von solchen, die er noch mit sich herumschleppte. Von seiner fordernden Ex-Frau und den unverschämten Söhnen. Allesamt Schmarotzer. Sein unschöner Mund stand nicht still. Die Worte flogen nur so aus ihm heraus in die morgendliche Stille seiner Uralt-Küche.

Hoffentlich sagt er jetzt nicht gleich, ich wäre es ihm schuldig, nach dem Mörder zu suchen, dachte Margareta genervt. Gar nichts war ich ihm schuldig. Ziehe dich warm an, Waltraud! Damit der Bruder endlich den Schnabel hielt, sprach Margareta aus, was sie selbst kaum glauben konnte.

»Ja okay, ich höre mich um. Du zahlst mir dafür ein gutes Essen. Zwei Tage! Mehr ist bei mir nicht drin.«

Gisbert hielt mit seinem Geschwafel inne, war wohl sprachlos und konnte kaum glauben, was er da soeben gehört hatte, wühlte in seiner abgewetzten Brieftasche nach den Fotos von diesen Maklern – woher auch immer er sie hatte – und drückte sie Margareta in die Hand. Dazu überreichte er ihr noch eine Liste mit Namen und Telefonnummern einiger weiterer gepeinigter Nachbarn.

»Abgemacht, Margareta. Ich lade dich zu einem tollen Essen ein. Oh, ich danke dir!« Er griff mit seinen ausgetrockneten Fingern mit den langen Nägeln nach Margaretas gepflegten Händen und drückte sie kräftig. »Das werde ich dir nie vergessen!«

Margareta zückte ihr Notizbuch, notierte, was sie für wichtig hielt, und verließ wenig später das kleine Zechenhaus.

So hatte Margareta sich das Leben einer privaten Ermittlerin nicht vorgestellt. Okay, aller Anfang war schwer, doch sich auf so einen steinigen Weg zu machen, das hätte sie sich nie träumen lassen. Den blöden Mörder eines Maklers suchen, auch noch ohne Honorar. Pah! Ein Essen. Das konnte was ganz Tolles in einem noblen Restaurant sein oder eine Bottroper Schlemmerplatte in einer Pommesbude. So wie sie Gisbert erlebt hatte, dachte sie eher an die zweite Variante.

Sie stieg in ihren Polo – zu einem neuen Wagen hatte es noch immer nicht gereicht, eine teure Kamera war wichtiger gewesen – und fuhr gen Heimat, in die Zechensiedlung im Erler Norden, wo sie in einer hübschen Wohnung eines imposanten Wohnturms lebte. Ein Blick auf die Uhr sagte ihr, dass in einer Stunde Henry auf der Matte stehen würde. Henry, ihre neueste Errungenschaft. Ein Traumtyp, so richtig was zum Vorzeigen. Ehetauglich, also was für die Dauer, war er allerdings nicht. Sie hatte ihn bei Renz & Co. kennengelernt, direkt an ihrem ersten Arbeitstag. Liebe auf den ersten Blick sozusagen. In der Ahnentafel ihrer bisherigen Liebhaber eindeutig der bestaussehendste, gleich nach Stefan Kornblum, dem Kommissar. Groß, breitschultrig, dunkle wellige Haare, stechend blaue Augen und einen Charme, der sogar Eisen zum Schmelzen brachte. Das einzige Manko an ihm war seine Larifari-Art, komme ich heute nicht, komme ich morgen. Doch das störte Margareta zurzeit recht wenig. Sie genoss ihr Verliebtsein und kostete jede Minute mit ihm aus. Würde er ihr zu sehr auf den Keks gehen, würde sie die Konsequenzen ziehen, schwor sie sich. Jedenfalls würde Henry sich auf die Schenkel klopfen, wenn sie ihm von ihrem neuen Auftrag berichten würde. Schon wieder so eine Graupe, würde er sagen.

»Zu früh, viel zu früh hast du dich in die Selbstständigkeit gestürzt«, gäbe er außerdem mal wieder von sich. »Du hättest bei Renz & Co. bleiben sollen.«

Ja, so lange wie du, hatte sie ihm schon so manches Mal an den Kopf geworfen. Über fünf Jahre hing er schon in dieser Detektei ab, ohne jeglichen Ehrgeiz, sich jemals selbstständig machen zu wollen. Er hatte sich bei Renz & Co., ansässig in Essen, auf Mitarbeiterüberprüfungen und Lohnfortzahlungsbetrug spezialisiert und heftete sich mit großer Freude an die Fersen irgendwelcher dubioser Gestalten, die ihre Firma an der Nase herumführten. Bis ins Ausland führten ihn seine Ermittlungen. Seine Fälle blieben selten ungelöst, manch sprachliche Weiterbildung eines Arbeitnehmers entpuppte sich als private Urlaubsreise, etlichen gefälschten Referenzschreiben und Zeugnissen war er auf die Schliche gekommen. Auf dem Gebiet war Henry spitze.

Margareta war diese Hinterherspioniererei auf Baustellen leid gewesen. Irgendeine Firma beschäftigte angeblich Schwarzarbeiter. So wurde sie einem Kollegen an die Seite gestellt, um diese Leute zu überprüfen. Tagelang Menschen beobachten, Fotos schießen und Beweise sichern, bevor endlich der eigentliche Zugriff erfolgte, bei dem sie nie anwesend war. Dann wurde sie einem Team zugeordnet, das sich auf Adressermittlungen spezialisiert hatte. Sie war der Lakai, saß stundelang am PC und suchte nach irgendwelchen Firmen oder Dingen. Den großen Durchblick hatten die erfahrenen Kollegen, die sie dumm sterben ließen. Nein, so hatte sie sich das nicht gedacht, als sie in Berlin noch einmal 18 Monate lang die Schulbank drückte, um sich als anerkannte private Ermittlerin ausbilden zu lassen. Die Prüfungen bestand sie mit Bravour, auch eine Stelle, wohlbemerkt Praktikantenstelle, war gleich zur Hand. Jedoch eine, die nicht glücklich machte. Oder war sie ganz einfach zu ungeduldig?

Vor zehn Wochen, am 1. Januar, hatte sie den Schritt in die Selbstständigkeit gewagt. Ein eigenes Büro war noch nicht drin. Sie arbeitete von zu Hause aus, was ihrer Mutter Waltraud, die in der gleichen Straße wohnte wie ihre Tochter, so gar nicht gefiel. Waltraud hielt Ausschau nach einem geeigneten Ladenlokal in der näheren Umgebung, plante schon die Einrichtung, versprach Margareta, die Gardinen zu nähen und das Büro zu putzen. Doch ohne Einnahmen, keine eigene Detektei, räumlich gesehen jedenfalls.

Noch wurde sie von ihrem väterlichen Freund Matthias unterstützt, der, nachdem sie geholfen hatte, den Mord an seinem Sohn aufzuklären, unbedingt ihre Ausbildung finanzieren wollte. Ganz ohne Hintergedanken, damals noch. Mit der Zeit spürte Margareta jedoch, dass er noch andere Gefühle als nur Freundschaft für sie hegte. Sie mochte Matthias, der 18 Jahre älter war als sie, mehr war allerdings nicht drin. Seine finanzielle Unterstützung – alles vertraglich genau festgehalten – endete in zwei Monaten. Wenn er von Henry erfuhr, vielleicht schon eher. Was dann? Von den paar Aufträgen, die sie bisher durch kleine Zeitungsanzeigen an Land gezogen hatte, konnte sie nicht leben. Und heute nun auch noch diese Gratisaktion für ihren Bruder Gisbert.

Er schneite regelrecht hinein in seinem groben Winterpulli mit der offenen rehbraunen Lederjacke darüber. Die gleichlangen Haare ordentlich nach hinten gekämmt, strahlte er Margareta an. Sie saß in ihrem chaotischen Wohnzimmer, das ihr seit einigen Wochen als Büro diente, und steckte ihre Nase in ein spezielles PC-Programm, um mehr über die Schikanen dieses Investors Peter Zielinski, der Makler auf unbescholtene Bürger hetzte, um diese fertigzumachen, zu erfahren. Überall lagen Ordner herum, Papierberge, Fotos und vielversprechende Sachbücher.

Henry, der einen Wohnungsschlüssel besaß – ja so blöd konnte nur Margareta sein –, kam zu ihr und begrüßte sie stürmisch. Ein frischer Frühlingsduft wehte ihr entgegen. Wie dieser Mann das bloß schaffte, stets so gepflegt daherzukommen, ohne overstyled zu wirken.

»Na, voll im Element? Neuer Auftrag?«

Margareta schob ihm eines der Fotos hin, die sie von Gisbert bekommen hatte. Das Schwarz-Weiß-Foto zeigte einen dünnen, fast kahlköpfigen Blondschopf vor der Trinkhalle in der Pawiker Straße. Wer hatte ihn fotografiert und warum? Nun war er tot. Was sollte sie mit dem Foto?

»Was ist denn das für ein Penner? Sollst du ihn suchen? Was hat er getan?« Henry fläzte sich auf Margaretas Sofa und stöhnte laut, als hätte er drei Tage durchgearbeitet.

»Das war ein Makler, der im Auftrag eines Investors Leute aus ihren Zechenhäusern gedrängt hat. Man hat ihn erdrosselt im Picksmühlenteich in Hassel aufgefunden. Er hatte auch meinen Bruder Gisbert bedroht. Der hat ihm daraufhin das Nasenbein gebrochen und steht nun unter Mordverdacht.«

»Ist jetzt nicht dein Ernst, oder? Sag mal, warum nimmst du das an? Das ist eine Nummer zu groß für dich. Hast du nicht schon genug Ärger mit deinen Mordermittlungen gehabt? Zwei Mal wärst du fast draufgegangen. Außerdem zahlt dein Bruder dir doch sicherlich nichts.« Abfällig schaute Henry auf das Papierchaos um sich herum. »Räume lieber mal ein bisschen auf. Wie das hier aussieht.«

»Ich habe kein schickes Büro, muss von zu Hause aus

arbeiten. Wenn es dir nicht passt, kannst du ja gehen.« Beleidigt schaute sie ihn an.

»Margareta, Margareta. Du bist an deiner desolaten Lage nicht schuldlos. Mit etwas mehr Geduld hättest du bei Renz auch schon bald ein eigenes Büro gehabt. Viel zu früh und völlig unüberlegt hast du dich in die Selbstständigkeit gestürzt. Und dann nimmst du auch noch so einen Fall an. Wo willst du den Mörder finden – und wie lange soll das dauern?«

»Zwei Tage habe ich Gisbert gegeben, mehr nicht.«

»Alles klar. Der hat einen Knall. Lass die Finger davon.«

Margareta setzte sich zu ihm aufs Sofa und sah ihn lange an. »Ich bin so, wie ich bin, und du wirst mich alte Frau nicht mehr ändern.«

»Komm her, alte Frau und gib mir einen Kuss. Ich habe dir etwas ganz Tolles mitgebracht. Eine reiche Dame, Ehefrau eines Industriellen, die ich in Essen kennengelernt habe, sucht einen einfühlsamen Detektiv, am liebsten eine Frau, um ihrem Angetrauten mal auf den Zahn zu fühlen. Wahrscheinlich hat sie Angst, dass er mit seiner Geliebten und dem ganzen Zaster abhaut. Du wärst die ideale Besetzung dafür. Bei Renz zeigte keiner großes Interesse. Stunde 50 Euro plus Nebenkosten, habe ich ihr gesagt und dich wärmstens empfohlen. Da kannst du dich mindestens zwei Wochen dran festbeißen. Also, vergiss deinen Bruder und den toten Makler.« Henry warf ihr die Visitenkarte der Dame hin.

Neugierig nahm Margareta die kleine Karte in die Hand, und ihre Augen begannen zu leuchten. Ihre Kasse im Hirn klingelte. Mit dem Geld könnte sie einige Löcher stopfen.

»Ich mache es, doch morgen und übermorgen kümmere ich mich zuerst um diesen toten Makler.«

»Dir ist nicht zu helfen. Lass uns Pizza bestellen, ich habe Hunger.« Henry nahm ein Foto von Fritz Stalewski in die Hand, lachte laut und klopfte sich tatsächlich auf seine Schenkel.

»So bin ich nun mal.« Margareta griff zum Telefon, um beim Pizza-Service die Bestellung aufzugeben.

Von dem lukrativen Auftrag der reichen Unternehmersgattin würde sie ihrem Sponsor Matthias nichts erzählen, beschloss sie. Vielleicht könnte ihre Mutter tatsächlich schon bald mit dem Nähen der Gardinen für ihre eigene Detektei beginnen, träumte sie, während die Pizza unterwegs war.

2.

Stöhnend, als hätte sie einen 1.000-Meter-Lauf hinter sich, quälte Waltraud sich die Treppen des Wohnturms hinauf, betrat Margaretas Wohnung und ließ sich sofort auf das Sofa im Wohnzimmer fallen. Ihre prall gefüllte Einkaufstasche stellte sie neben sich ab.

»Wie sieht das denn hier aus?«, legte sie gleich los, als sie wieder besser Luft bekam. »Es wird echt Zeit, dass du ein Ladenlokal beziehst.« Waltrauds Blick blieb an der braunen Lederjacke hängen, die auf dem Sessel gegenüber achtlos abgelegt worden war.

Nun kommt es, dachte Margareta. Hallo, schwerer Vorwurf, komm' heraus. Jetzt würde sie loslegen, wer hier die Nacht verbracht hatte, wieso sie ihr, ihrer Mutter, den jungen Mann nicht längst vorgestellt hatte. Immerhin hatte sie ihr von ihm erzählt, von ihrem Arbeitskollegen Henry aus der Detektei, der angeblich nur ein guter Freund war.

Hallo? Ich bin 46 Jahre alt! Bin ich meiner Mutter etwa Rechenschaft schuldig? Was kriecht sie auch schon um neun Uhr morgens hier herum? Dass sie sich überhaupt hertraute, wunderte sich Margareta.

Waltrauds hängende Gesichtszüge sprachen Bände. Ihre verfilzte Plüschmütze ließ sie auf dem Kopf, wahrscheinlich waren ihre Haare darunter nicht tageslichttauglich. Die dicke Winterjacke zog sie endlich aus und warf sie demonstrativ auf den Sessel, direkt neben die Lederjacke.

»Lass raus, was du rauslassen musst, liebe Waltraud. Willst du auch einen Kaffee? Ich wollte gerade eine Kanne kochen.«

Waltraud war nicht dumm und änderte ihre Strategie. Sie kannte ihre Tochter, wusste, dass sie jetzt nichts Falsches sagen durfte.

»Dann lerne ich deinen neuen Freund endlich auch einmal kennen.«

»Das glaube ich kaum. Er wird das Schlafzimmer nicht verlassen, solange du hier bist.«

»Was hast du ihm denn von mir erzählt? Etwa, dass ich ein Drachen wäre?«

»Nein, natürlich nicht. Ich habe lediglich erwähnt, dass du mir deinen Sohn Gisbert auf den Hals gehetzt hast. Du hast doch bei ihm angerufen, oder etwa nicht?«

»Ich war so stolz auf dich, da habe ich einige aus der Verwandtschaft unterrichtet. Die strunzen doch auch alle immer mit ihren Kindern und was die alle leisten. Unter anderem rief ich auch Gisbert an. Und der erzählte mir von seinem Problem. Der arme Junge! Tut er dir denn nicht leid?«

»Ich weiß nicht. Irgendwie hat er sich ja selbst in diese Situation gebracht. Ein guter Anwalt könnte ihm besser helfen. Was schlägt er dem Mann auch auf die Nase. So kenne ich meinen Bruder gar nicht. Nun soll ich mich dort in Hassel umhören. Er zahlt mir allerdings nichts dafür.«

»Na ja, ob du hier herumsitzt oder nach dem Mörder des Mannes suchst. Ist doch egal, oder?«

»Ist nicht egal«, schrie Margareta durch den Raum. »Ich habe einen lukrativen Auftrag, der echt Kohle und wochenlange Arbeit mit sich bringt. Außerdem ist von Mördersuche nicht die Rede gewesen. Mich lediglich ein wenig umzuhören, habe ich mit Gisbert vereinbart.«

Waltraud strahlte übers ganze Gesicht. »Schön, Kind. Das freut mich. Gott wird es dir vergelten. Was ist es denn für ein neuer Fall?«

»Das werde ich dir nicht erzählen! Wieso kommst du mir jetzt mit Gott? Liegt das an diesem neuen Typen, den du in der Kirche kennengelernt hast?« Margareta hatte diesem Alfred bisher keine Beachtung geschenkt. Hin und wieder hatte ihre Mutter von ihm erzählt, wenn er sie nach Hause gefahren oder zum Einkaufen abgeholt hatte. Waltraud genoss es, mal wieder jemanden mit einem fahrbaren Untersatz zu ihren Bekannten zählen zu können, so günstig das Bärenticket der Buslinie auch war, im Auto kutschiert zu werden, war nun einmal bequemer. Jahrelang hatte sie der Kirche den Rücken gekehrt und nun kroch sie wieder dorthin und schleppte auch gleich einen alten Knacker ab. Bei Gelegenheit wollte Margareta sich den Mann einmal ansehen.

»Wann wirst du nach Hassel fahren und dich umsehen?« Neugierig starrte Waltraud ihre Tochter an.

»Ich werde mich heute und morgen darum kümmern. Danach wartet der neue Auftrag auf mich.«

»Hast ein gutes Herz, wusste ich es doch.«

»Blöd bin ich! Blöd wie Brot.«

»Dein Freund schläft also noch?«, wechselte Waltraud das Thema und lauschte in Richtung Schlafzimmer.

»Er ist ein Morgenmuffel genau wie ich und wird hier und jetzt, wie schon erwähnt, nicht auf der Bildfläche erscheinen, um dir seine Aufwartung zu machen.«

»Weiß Matthias von ihm?«

»Was geht es Matthias an? Seine Unterstützung hing nicht davon ab, dass ich keinen Kontakt mehr zu anderen Männern haben darf. Matthias ist ein väterlicher Freund, und das soll er auch bleiben, mehr nicht.«

Waltraud ließ sich ihre Enttäuschung nicht anmerken. Wie gern hätte sie es gesehen, wenn aus ihrer Tochter und dem vornehmen Matthias, Staatssekretär a. D., ein Paar werden würde. Sie mochte diesen Mann, der zu ihr stets nett und freundlich war. Und so gebildet kam er daher. Waltraud hing an seinen Lippen, wenn er ihr irgendetwas, was sie in der Zeitung gelesen und nicht verstanden hatte, erläuterte. Seine gelegentlichen Besuche bei ihr brachten ihm viele Pluspunkte ein.

»Also, sag' endlich, was du so früh hier willst?«, versuchte Margareta den Besuch abzukürzen, nachdem die Kaffeemaschine durch überlaute Geräusche kundtat, dass der Brühvorgang zu Ende war.

»Anna hat erzählt, dass in der Kannenstraße ein kleines Ladenlokal frei wird. Der Versicherungsvertreter, der seine Agentur dort hat, gibt den Laden auf.«

»Kannenstraße? Hier gleich um die Ecke in der grauen, trostlosen Gegend? Sag mal, tickst du noch ganz richtig? Wer verirrt sich denn hier in die Provinz, wo nur Proleten wohnen?«

»Dafür ist die Miete sehr günstig. Essener City wirst du dir wohl kaum leisten können.«

»Vergiss es, Waltraud. Was schleppst du denn da in der Tasche mit dir herum? Du warst doch unmöglich schon einkaufen.«

Waltraud zog die Tasche auf ihren Schoß und entnahm ihr knallgelbe Vorhänge. »Schau mal, Anna braucht sie nicht mehr. Dieses leuchtende Gelb. Sind die nicht herrlich?«

»Wo soll ich sie aufhängen?«

»In deiner neuen Detektei.«

Trotz ihrer Wut prustete Margareta los. »Klar, die würden sich in der dunklen Kannenstraße gut machen. Waltraud, pack den Mist ein, trink deinen Kaffee und geh' nach Hause.«

Was Waltrauds Freundin Anna aber auch alles wusste. Margareta mochte diese Frau nicht, die sich in alles einmischte und deren Versagerkinder ihr stets als Vorbild vor die Nase gehalten wurden.

Eine Viertelstunde später schob ihre Mutter Waltraud samt ihren gelben Vorhängen ab. Den tollen Henry hatte sie nicht zu Gesicht bekommen.

Wie gut, dass Margareta bei Renz & Co. so oft den Profis über die Schulter geschaut hatte. Nach nur drei Stunden wusste sie alles Wissenswerte über diesen Investor

Peter Zielinski und den toten Makler Fritz Stalewski. Hauptsächlich dank Henrys Zugriff auf das umfangreiche Recherchenetzwerk seiner Firma und nicht ganz legalen Tipps einiger Kollegen. Etlichen Presseartikeln konnte sie entnehmen, was man dem korrupten Zielinski vorwarf. Hörte sich allerdings nicht so brutal an wie die Schilderung ihres Bruders. Ihre Neugier war jedoch geweckt. Sie wollte mehr wissen.

Ein Blick auf die Uhr verriet ihr, dass es noch früh genug war, nach Hassel zu fahren, um sich dort in der Siedlung ein Bild zu machen. Zum Picksmühlenteich wollte sie laufen, um sich die Stelle anzusehen, wo man den toten Makler Fritz Stalewski gefunden hatte. Wieder und wieder betrachtete sie das Foto des Mannes, der erdrosselt worden war. Hatte der Mörder dieses Foto geschossen, um den Kerl ins Visier zu nehmen? Morgen Abend würde sie ihrem Bruder Bericht erstatten, und der Fall wäre für sie erledigt. Übermorgen könnte sie sich mit freiem Kopf der angeblich betrogenen Industriellengattin aus Essen widmen.

Das für heute geplante Kaffeetrinken bei Matthias müsste sie auf Sonntag verlegen, was ihm natürlich nicht in den Kram passen würde. Er hasste so kurzfristige Verschiebungen. Margareta war der Besuch in Hassel jedoch wichtiger.

Margareta zwängte sich in ihr schwarzes Businessjäckchen, das dank Matthias' guter Küche zu Weihnachten unter dem Arm ziemlich zwickte. Doch nicht nur Matthias hatte sie zu den Feiertagen ordentlich abgefüttert. Da waren auch noch Waltraud und Henry gewesen. Weihnachten war schon wieder elf Wochen her. Sie hatten um ihre Gunst gebuhlt, ihre Mutter Waltraud, ihr Geliebter Henry und ihr Freund Matthias. So schöpfte sie den Rahm ab, dachte einmal nur an sich. Heiligabend ließ sie sich von ihrer Mutter nach alter Art verwöhnen. Alles war anders gewesen als vor zwei Jahren. Da hatte sie auch an Mutters Tisch gesessen, den Obdachlosen Felix an ihrer Seite, fest entschlossen, ihn zu rehabilitieren. Schluss mit guten Taten, Egoismus war angesagt gewesen. Anna und Hildchen, die Freundinnen ihrer Mutter, nahm sie mit Humor, den noch immer vorhandenen Gelegenheitsliebhaber von Waltraud, Kombo-Sepp, ebenfalls mit Langmut. Inzwischen hatte dieser allerdings einen Tritt in den Hintern bekommen. Nun war Alfred Programm, von dem Margareta noch so überhaupt nichts wusste. Am ersten Weihnachtstag hatte sie sich von Matthias auf Händen tragen lassen. Keinen Finger hatte sie krummgemacht, genoss Gänsebraten, Glühwein, Torte, kalte Platten und Matthias' einzigartige Gesellschaft. Der zweite Feiertag war die Krönung gewesen. Henry kam schon zum Frühstück, brachte alles mit, was man dazu benötigte. Zum Mittagessen lud er sie zum Weihnachtsbuffet im Schloss Berge ein, anschließend ging es wieder heim, aufs Sofa, wo sie in ihrer Jogginghose das Fernsehprogramm genoss. Hier konnte sie völlig ungezwungen sein, konnte quatschen, wie ihr der Schnabel gewachsen war, brauchte nicht die feine Dame zu mimen.

Mit einem Lächeln auf den Lippen fuhr sie auf der Cranger Straße in ihrem Polo Hassel entgegen. Die für den März übliche tief stehende Sonne blendete sie. Sechs Kilometer und zehn Minuten, sagte das Navi, das sie spaßeshalber eingeschaltet hatte, obwohl sie die Strecke kannte wie ihre Westentasche. Würde sie vielleicht heute schon Udo Urbat begegnen? Wider Erwarten war sie gespannt auf diesen Mann und fragte sich, wie er wohl heute, sieben Jahre später, aussehen würde?

Mittlerweile befuhr sie die Polsumer Straße in Hassel. Nichts hatte sich hier verändert, alles grau in grau, genau wie damals. An der Elisabeth-Apotheke bog sie links in die Lessingstraße ein. Einige Bäume waren gefällt worden, was der Straße mehr Helligkeit verlieh, die Häuser fast alle renoviert und in verschiedenen Farben gestrichen. Irgendwann kreuzte die Körnerstraße. Nein, zu Gisbert wollte sie nicht, zuerst würde sie die Trinkhalle besuchen, die sich nach der Eisenbahnunterführung gleich rechts befand, entschloss sie spontan. Was war denn dort am Kiosk los? Ein Menschenauflauf an einem ganz normalen Wochentag? Sie fuhr noch ungefähr 50 Meter weiter, um ihren Wagen am Straßenrand zu parken. Als sie ihm entstieg, wurde ihr bewusst, wie falsch sie gekleidet war. Völlig overdressed. Blazer, zwar mit dickem Winterpulli darunter und langem Schal um den Hals geschlungen, war an dem kühlen Spätwintertag definitiv nicht warm genug. Wollte sie mal wieder Eindruck schinden? Gut gekleidet fühlte sie sich nun mal sicherer. So stolzierte sie in ihren Wildlederstiefeln auf den Kiosk zu. Ein kleiner Flachbau, gelb gestrichen, mit unzähligen Werbetafeln, stehend und hängend, der sich direkt am Bahndamm befand. Seit Jahren fuhr die Zechenbahn allerdings nicht mehr. »Kiosk Bahlke«, stand auf der wuchtigen Leuchtreklame über der Tür. Alles recht ordentlich, stellte Margareta fest. Damals, als sie im Rahmen ihrer Mordermittlungen auf dem Bergmannsglücker Zechengelände hier öfters Station gemacht hatte, war der Kiosk noch nicht in so einem modernen

Zustand. Davor stand ein roter Stehtisch, um den sich fünf Männer gesellten, die sich lautstark unterhielten. Im Eingang befand sich ein älterer Herr, der im übelsten Ruhrpottdeutsch auf zwei Kinder einredete. Dabei verirrte sich sein rechter Zeigefinger in eines der zahlreichen Löcher seines Pullovers. In der Ecke hinter dem Tisch standen einige türkische Nachbarn, die sich in ihrer Landessprache unterhielten. Das war also das von Gisbert angepriesene Kommunikationszentrum? Na, gute Nacht. Diese besserwisserischen Großmäuler sollten ihr weiterhelfen können? Wohl kaum.

Und da sah sie ihn. Grüne Augen starrten sie an. Ein warmes Lächeln überzog sein Gesicht. Ein Lächeln, das einem Weinen ähnelte. Udo Urbat. Er hatte sich in den sieben Jahren kaum verändert. Sein blondes Haar war etwas lichter geworden, ansonsten sah er immer noch recht passabel aus. Nicht schön im eigentlichen Sinne, jedoch sympathisch.

»Das darf doch nicht wahr sein. Das ist doch Margareta Sommerfeld. Was treibt dich denn hierher?« Freudig ging er auf sie zu und nahm sie in die Arme. Plötzlich fiel ihr ein, was sie damals an ihm so anziehend fand. Er strahlte eine unheimliche Wärme aus, eine richtige Vati-Geborgenheit.

»Das kannst du dir doch sicherlich denken, oder?« Sie ließ sich von ihm an den knallroten Tisch führen. Die anderen Männer verstummten, krallten sich an ihren Bier- oder Colaflaschen fest und blickten Margareta neugierig an.

»Ich glaube schon. … Dass wir uns noch einmal wiedersehen, hätte ich nicht gedacht!« Udo Urbat schien sich aufrichtig zu freuen, ihr hier und heute zu begegnen. Stolz stellte er den vier Männern in der Runde die legendäre Margareta Sommerfeld vor.

Der Kiosk-Besitzer Martin Bahlke, ein fülliger Kerl Anfang 40 mit raspelkurzer, blonder Igelfrisur, sprang eifrig ins Innere des Etablissements und holte eine Flasche Cola sowie eine Frikadelle, die auf einem abgeschlagenen Unterteller lag. Beides stellte er ungefragt vor Margareta ab.

»Hier, trink mal was, Mädchen. Bist die Schwester vom Gisbert, näh? Find ich toll, dass du dich um uns hier kümmern willst!«

Ehe sie protestieren konnte, kroch ihr ein großer dunkelhaariger Mann ganz dicht ans Gesicht. Ein Blick aus fast schwarzen Augen durchbohrte sie regelrecht. »Ich bin Suleyman, Suleyman Kararoglu, wohne in der Arndtstraße. Hab schon viel von dir gehört, Margareta. Uns geht es allen sehr schlecht momentan. Und jetzt auch noch der Mord an diesem Penner Stalewski. Ich meine, ist ja gut, dass der weg ist. Doch nun sucht man unter uns den Mörder. Wir alle sind verdächtig. Aber nun bist du ja da.«

»Hey, hey, hey, ich glaube, hier liegt ein Missverständnis vor.« Margareta geriet in Panik. Was hatte Gisbert den Leuten erzählt? Doch ehe sie die Sache richtigstellen konnte, klopfte ihr Udo Urbat beruhigend auf die Schulter. »Lass mal, Margareta, die freuen sich halt und greifen nach jedem Strohhalm, der sich ihnen bietet.«

»Und ich bin der Strohhalm, der Rettung bringen wird? Licht ins Dunkel oder was auch immer?« Die Kerle machten ihr Angst.

Von den anderen beiden Männern in der Runde fiel ihr einer besonders auf. Vielleicht, weil er einen zitternden Pudel neben sich stehen hatte? Seine Brille hatte mindestens fünf Dioptrien. Die blonden, halblangen Haare waren zerzaust, sein Mund stand ein wenig offen, was den Eindruck, er wäre debil, verstärkte. Auch er ließ einige Lobeshymnen über sie vom Stapel, sodass Margareta gar nicht mehr wusste, wo sie hinschauen sollte. Vor Verlegenheit – ja auch sie konnte hin und wieder verlegen reagieren – biss sie herzhaft in die riesige Frikadelle und hätte sich auf der Stelle übergeben können. Allein schon der Geruch war der des Grauens. Dieses undefinierbar aussehende große Ding war todsicher kein Hausfrauenwerk, sondern irgendeine billige Päckchenware, sicherlich bereits abgelaufen. Bahlke starrte sie auffordernd an, nickte mehrmals, was heißen sollte, sie möge doch weiter hineinbeißen in die Köstlichkeit. Grobe Stücke blieben auch nach mehrfachem Durchkauen der Masse im Mund hängen. Stücke, die sich als elende Knorpel und Fettklumpen entpuppten. Ekeltränen traten in ihren Augen, dazu gesellte sich ein Würgereiz. Sie riss sich zusammen und schluckte den Müll hinunter, spülte ordentlich mit der Cola nach. Suleyman quatschte sie noch immer voll, dieser Detlev hatte seinen zitternden weißen Hund inzwischen auf den Arm genommen und grinste sie ehrfürchtig an. Der fünfte Mann am Stehtisch wurde einfach nur Wichlatz genannt und begann ebenfalls vom bösen Stalewski zu berichten, der im Auftrag vom noch böseren Zielinski gehandelt hatte. Margareta wurde das alles zu viel. Als Bahlke mit einem völlig ergrauten Mettbrötchen aus seiner Bude kam, wollte sie nur noch weg und sah Udo Urbat flehend an. Der verstand, was dieser Blick ihm sagen wollte. Er hakte Margareta unter und verschwand mit ihr von der Bildfläche. Gerade noch rechtzeitig, denn kein anderer als Norbert Koslowski kam auf einem klapprigen Fahrrad um die Ecke geradelt, geradewegs auf die muntere Truppe am Kiosk zu. Er trug eine altertümliche hellgraue Thermojacke und eine schalke-blaue Pudelmütze, was Margareta verwunderte, da sie ihn eigentlich fast nur im Doppelripp-Unterhemd kannte. Klar, wir haben noch Winter, sagte sie sich, damals, als ich ihn kennenlernte, herrschte warmes Sommerwetter, und es war meistens Gartenzeit gewesen.

Als die beiden Margaretas Auto erreicht hatten, konnte sie noch das muntere Geplapper der Trinkhallenbesucher hören.

»Schön, dass du mich gerettet hast, Udo. Dieses laute Gerede, diese ekelige Frikadelle, das war mir einfach zu viel. Doch bevor ich in meinen Wagen steige, möchte ich mir noch den Picksmühlenteich ansehen. Die Stelle, an der der tote Makler gefunden wurde.«

»Da nimmst du doch besser dein Auto mit. Das ist ein schönes Stück zu Fuß. Direkt hinter meinem damaligen Haus befindet sich der Picksmühlenteich. Das ist das sogenannte Regenrückhaltebecken. Wenn du magst, können wir zusammen dahinlaufen. Allerdings biete ich dir gerne vorher bei mir einen Kaffee an, damit du einen anderen Geschmack im Mund bekommst.«

»Damalig? Du wohnst nicht mehr dort?«, fragte sie ihn neugierig.

»Nein, ich wohne ein paar Häuser davor in einem Mietshaus. Du weißt ja sicherlich von meiner großen Dummheit? Die kostete mich unter anderem mein schönes Haus. Ich musste bei null anfangen.« Verwundert und ein wenig traurig sah er Margareta an, stieg wie selbstverständlich zu ihr in den Polo und ließ sich die 600 Meter bis zu seinem Zuhause fahren.

Indiskrete Frage, dachte Margareta. Sie ging davon aus, dass er nach der Unterschlagung damals in den Kahn gewandert war und die Raten für das Haus nicht mehr zahlen konnte. Soviel sie gehört hatte, verlor Udo damals seine Arbeit wegen der Vorstrafe. Leute reden viel, dachte sie und freute sich für ihn, dass er eine neue Bleibe in seiner alten Heimat gefunden hatte.

Sie hielt vor einem gepflegten Vier-Familien-Haus auf der Bergmannsglückstraße und folgte ihm durch das ordentlich-spießige Gummibaum-Treppenhaus in die Wohnung. Eine unheimliche Stille herrschte in den dicken Mauern des nach dem Krieg erbauten Hauses. Stolz schloss er die Parterrewohnung rechts auf und ließ Margareta den Vortritt. Ihr fiel sein Steigerhaus-Mausoleum ein, in dem sie damals zu Gast gewesen war. Möbel aus dem Museum in Eiche P 43 gebeizt, Blumenmustersofa inklusive Mittagessensgeruch, den sie auf Kommando abrufen konnte und sofort wieder in der Nase hatte. Die Schlingenauslegware hoch und tief in Grau ließ Urbat mehrmals stolpern. Spießig hoch acht. Mit seiner Vergangenheit hatte er wohl auch die alten Klamotten abgelegt. Laminat statt Teppichboden, moderne minimalistische Buchenholzmöbel und schwarze Ledereckgarnitur verjüngten das Urbatsche Wohnzimmer enorm. Der ganze altertümliche Nippes, dessen Anblick ihr damals eine Gänsehaut verursacht hatte, war verschwunden und machte einigen neuzeitlichen Dekostücken Platz.

»Schön hast du es, Udo!« Und das meinte sie ehrlich.

»Ja, so ganz anders als früher, nicht wahr? Ich fühle mich hier sehr wohl.« Mit leuchtenden Augen führte er sie durch sein Dreieinhalb-Zimmer-Reich. In dem eigentlichen Kinderzimmer befand sich ein hypermodernes Büro, das er ihr zum Schluss voller Stolz präsentierte. »Seit ich diese Genossenschaft leite, kommen viele Leute her. Da brauche ich ein vernünftiges Arbeitszimmer.«

Emsig marschierte er anschließend in die Küche, um Kaffee aufzusetzen. Vorab servierte er ihr eine Apfelschorle.

Entspannt ließ sich Margareta in der gemütlichen Sitzecke im Wohnzimmer nieder. »Top in Schuss die Bude. Da könnte ich mir eine Scheibe von abschneiden. Bei mir sieht es vielleicht aus.« Sie berichtete ihm von ihrer Selbstständigkeit als private Ermittlerin und über das noch nicht vorhandene Büro.

»Ich habe doch Zeit, Margareta, bin frühverrentet und außer der Bürgerinitiative und der Genossenschaft habe ich nicht mehr viel zu tun. Lebst du allein?« Man merkte ihm an, wie sehr ihm diese Frage unter den Nägeln brannte. Empfand er immer noch so viel für Margareta wie damals? Flammten alte Gefühle vielleicht wieder auf?

Margareta hoffte nicht und wollte dem gleich einen Riegel vorschieben. »Ich habe einen Freund. Henry. Wir wohnen allerdings nicht zusammen, jeder hat noch seine eigene Wohnung. Das finde ich nach den vielen Pleiten einfach besser. Geht er mir auf den Keks, kann ich ihn zurück in seine Bude schicken, bis ich wieder Sehnsucht nach ihm habe. Ich bin beziehungsuntauglich, musste ich feststellen. Und du? Gibt es bei dir jemanden?« Es interessierte sie nicht wirklich. Sie fragte nur anstandshalber nach.

»Nein, ich will keine Frau mehr an meiner Seite. Meine Ex Ingrid hat mich ausgenommen wie eine Weihnachtsgans. Nach meiner Verurteilung stand mir Annegret Thannhäuser zur Seite. Du kennst sie doch noch, oder? Hattet ihr euch damals nicht angefreundet?«

»Ach ja, die gute Annegret. Irgendwie war das auch ein Schaf, oder?«

Entsetzt schaute Udo sie an. »Ich dachte, du mochtest Annegret?«

»Ja, klar. Wer sagt denn, dass ich keine Schafe mag? Ich meinte damit, dass sie viel zu lieb war für diese Welt. Das wusste ihr Gatte gar nicht zu schätzen. Wohnen die beiden noch dort?«

Sie schien einen wunden Punkt bei Udo getroffen zu haben. »Nein, sie sind geschieden und weggezogen.« Thema erledigt.

Lange sah Udo Margareta an. »Hätte ich seinerzeit diese große Dummheit nicht begangen, wer weiß, vielleicht wären wir noch zusammen?«

Waren wir jemals zusammen, fragte Margareta sich, sah ihn lange an und mochte jetzt nichts Falsches sagen. Ihn bloß nicht kränken. Schließlich konnte sie ihn noch gebrauchen, falls sie tatsächlich hier in Hassel auf Mördersuche gehen würde. »Ja, wer weiß?«, sagte sie nur. Allein die Vorstellung, nun schon sieben Jahre mit diesem ruhigen, in sich ruhenden Udo zusammen zu sein, erschreckte sie. Sie musste schmunzeln. Schade, dass sie sich an die einzige Nacht, die sie mit ihm verbracht hatte, so überhaupt nicht mehr erinnern konnte. Blöder Alkohol! Themawechsel!

»Erzähle mir von deiner Arbeit in dieser Genossenschaft. Wann hast du sie gegründet? Was war der Anlass?«

»Der Anlass war Dankbarkeit. So viele Nachbarn aus der Siedlung standen mir in der schlimmen Phase zur Seite. Und ich hatte so ein großes Glück, mit einer Bewährungsstrafe davongekommen zu sein. Eine harte Zeit. Ich musste völlig neu anfangen …«

Nach zwei Stunden wusste Margareta in groben Zügen, was da in Hassel genau passiert war, wie sehr die friedlichen Mieter drangsaliert wurden – und Udo Urbat, wieso Margareta sich als private Ermittlerin selbstständig gemacht hatte.

Lust, zum Picksmühlenteich zu laufen, verspürte sie nun nicht mehr. Jedenfalls nicht mit Udo an ihrer Seite. Tatortbesichtigung sollte am anderen Morgen stattfinden, allein, um sich darüber klar zu werden, ob sie sich auf Mördersuche begeben wollte oder nicht.

Als sie gen Heimat fuhr, rauchte ihr der Kopf. So viele gequälte Menschen auf einem Haufen. Ob das alles auch so stimmte, wie Udo berichtet hatte?

3.

Hier wurde Fritz Stalewski also am Freitag, den 1. März gefunden. Ein heruntergekommener Makler, 41 Jahre alt, geschieden und hoch verschuldet. Sein Maklerbüro hatte kurz vor dem Aus gestanden. Ging er deshalb über Leichen und hatte den Bewohnern in Hassel so zugesetzt? Wusste sein Auftraggeber, Peter Zielinski, wie schlecht es dem Mann ging, und dass er für Geld alles für ihn tun würde? Margareta starrte auf den Picksmühlenteich, dem sogenannten Rückhaltebecken, das sich dem Bach anschloss. Ein idyllisches Fleckchen Erde mitten in einer Großstadt. Sie hatte den Teich auch ohne Udo Urbat gefunden, ihren Wagen in der winzigen Straße »Zum Picksmühlenteich« mit vier großen, imposanten Doppelhäusern aus den 1930er-Jahren geparkt und war den schmalen Weg am

Ende der Häuser entlanggelaufen. Er führte zwischen Bäumen und Sträuchern am Picksmühlenbach vorbei. Rechtsseitig begann bereits der Wald. Den genauen Leichenfundort hatte sie sich am Vorabend von ihrem Bruder Gisbert erklären lassen. Das Fahrzeug – es wurden entsprechende Reifenspuren gefunden –, das die Leiche direkt am Teich abgeladen haben soll, wäre einen asphaltierten Weg ein Stück weiter, zwischen zwei Häusern, entlanggefahren, der zu einer Brücke führte. Fundort wäre nicht der Tatort gewesen. Mit einem farbigen Nylonseil erdrosselt, hätte man den hageren Fritz im Wasser liegend, zwischen Schilf und Gestrüpp, entdeckt. Hier an dem Teich weiter hinten, umsäumt von hohen Bäumen, wurde er nur entsorgt. In einem kleinen Paradies. Näher an das Gewässer heran konnte Margareta nicht, da es mit einem Drahtzaum eingefriedet war. Als sie an ihm entlangschritt, entdeckte sie eine Stelle, an der der Draht auseinandergebogen war. Sie kroch durch diese Art Loch und schritt vorsichtig bis zum Rande des Wassers. Nichts deutete mehr darauf hin, dass ein Spaziergänger eine Leiche gefunden hatte. Was hatte es gebracht, den Mann umzubringen, fragte Margareta sich. Zielinski, der korrupte Spekulant, hatte weitere Makler am Start, die damit fortfahren würden, Mieter zu verängstigen, sie aus ihren Häusern zu ekeln, egal mit welchen Mitteln. Udo hatte ihr Dinge erzählt, die sie kaum glauben konnte. Nicht umsonst engagierte er sich so für seine Nachbarn. Alles begann für ihn mit einer Bürgerinitiative. Seine gegründete Genossenschaft »Zufrieden wohnen in Hassel« suchte dringend Investoren, die die Zechenhäuschen, welche noch nicht in Privatbesitz waren und nicht von Zielis Consulting AG aufgekauft wurden, kauften, um den Leuten ihr Zuhause zu erhalten.

Sie verspürte wenig Mitleid mit dem toten Makler, verließ den Teich und ging den Weg in den Wald hinein. Trockenes Frostwetter war ihr Mitte März noch beschert worden. Die Sonne blinzelte zwischen den Bäumen hindurch und versetzte sie in eine mystische Stimmung. Zwei Männer mit je einem Hund kamen ihr entgegen, grüßten und unterhielten sich weiter, während die beiden Hunde, ein Schäferhund und ein schwarzer Labrador, vergnügt zwischen den mit Raureif überzogenen Blättern hin und her rannten. Welch ein herrliches Waldgebiet. Als sie vor sieben Jahren hier in »Bergmannsglück« im Mordfall der beiden toten Männer auf dem Zechengelände ermittelte, war sie so weit gar nicht vorgedrungen, wusste überhaupt nichts von der Existenz dieses Waldstücks. Das Zechengelände »Bergmannsglück« lag auf der anderen Seite der Bergmannsglückstraße. Heute stand nur noch ein einziges Maschinenhaus von den wunderbaren Zechengebäuden, alle anderen waren der Abrissbirne zum Opfer gefallen. Als sie vorhin daran vorbeigefahren war, blieb ihr fast das Herz stehen vor Wehmut. Alte Erinnerungen wurden wach, die sie schnell zu verdrängen versuchte.

Links passierte sie nun einen Tennisplatz, der jetzt bei der Kälte verwaist war. Gleich dahinter befand sich eine verlassene Gärtnerei. Der Eingang war total zugewuchert. Mitten im Wald begegneten ihr zwei Hühner und ein stolzer Hahn, die ihren Freigang sichtlich genossen. Ungefähr 50 Meter weiter entdeckte sie ein baufälliges Haus mit noch baufälligeren Anbauten, wovon eine Hütte wohl den Hühnern Heimat bot. Hier gab es also mitten in der Stadt Eier von freilaufenden Hühnern. Ob man sie als Bio bezeichnen konnte, war eine andere Frage.

Plötzlich erblickte Margareta ein kleines verfallenes Wohnhaus, unbewohnt, versteckt zwischen Bäumen und

Sträuchern. Aus der Dachrinne des eineinhalbgeschossigen Hauses ragten Schösslinge. Das Haus etwa 100 Meter weiter auf der anderen Straßenseite war noch bewohnt. Neugierig ging sie auf das leer stehende Haus zu, stieg wie magisch angezogen die wenigen Stufen zur Eingangstür hinauf und starrte durch ein kleines, vergittertes Fenster. Wer hat hier gewohnt? Wieso ließ man das Haus vergammeln? Fragen über Fragen fluteten ihr Gehirn. Irgendwann fand sie sich hinten im ehemaligen Garten des Häuschens wieder, der nun einem Dschungel ähnelte. Sie wusste nicht, wie lange sie schon in dem gefrorenen Laub herumgestapft war. Gebannt starrte sie durchs schmutzige Wohnzimmerfenster. Dort in dem wüsten Zimmer lag eine alte Matratze, daneben standen ein Stuhl, ein Tisch, auf dem Boden lagen Flaschen und zwei leere Pizzakartons. Wer hielt sich hier auf? Irgendeine lichtscheue Kreatur, die sich versteckt halten musste? Oder traf sich hier vielleicht ein Liebespärchen? Plötzlich hörte sie eine Tür quietschen und drückte ihre Nase noch dichter an die schmutzige Scheibe. Nichts zu sehen. Das Geräusch kam wohl aus dem Keller, mutmaßte sie, da ein Kellerfenster, das sich direkt neben ihr befand, offen stand. Wer versteckte sich hier? Ob sie es wagen sollte, die Terrassentür zu öffnen und sich Zugang zum Haus zu verschaffen?

Ihr Handy setzte ihren Gedanken ein Ende. Der aufgeregte Gisbert wollte wissen, wie sie mit ihren Ermittlungen vorankam. Wütend machte sie ihn nieder, schrie ihn an, dass sie keine Wunder vollbringen könnte, und er gefälligst warten sollte, bis sie sich bei ihm meldete.

Sie erwachte wie aus einem Traum. Obwohl sie wusste, dass das, was sie sich soeben vorgenommen hatte, total bescheuert war, sagte sie innerlich: Ja. Ja, sie würde Licht ins Dunkel bringen und den Mörder des Mannes finden! Dieses Haus hier war der Schlüssel zu allem Übel, davon war sie überzeugt.

Langsam lief sie durch den Wald zurück zum Picksmühlenteich, vorbei an dem stolzen Hahn, der von seinen zwei Frauen flankiert wurde, entlang des Picksmühlenbachs, den schmalen Weg leicht bergan, der sie zu ihrem Auto führen würde.

Lässig an die Tür ihres Polos gelehnt, stand Udo Urbat. Schwarze Winterjacke, Mütze und Schal in Grau, machte er einen gepflegten, soliden Eindruck. Margareta seufzte, straffte die Schultern und machte sich auf das gefasst, was gleich kommen würde. Er würde ihr vorwerfen, dass sie ihm nicht Bescheid gesagt hätte, schließlich wollten sie gemeinsam Erkundigungen einziehen. Doch nichts. Udo setzte sein zaghaftes Lächeln auf und sprach mit leiser Stimme. »Es ist was Schreckliches passiert, Margareta, Selma ist verschwunden!« Er lutschte weiter sein Bonbon, und ein Hauch von Salbei schlug ihr entgegen.

»Wer ist Selma?« Margareta schaute dem verzweifelten Udo ins Gesicht, das im Sonnenlicht die Spuren zeigte, die die harten Jahre bei ihm hinterlassen hatten. Die dunklen Augenschatten fielen ihr gestern kaum auf.

»Selma ist die Tochter von Suleyman. Suleyman Karaoglu. Sechs Jahre ist sie alt. Suleyman hast du doch gestern am Kiosk kennengelernt. Heute Morgen hat das Mädchen draußen zusammen mit ihrem Bruder Emre gespielt, da sie schulfrei hatten. Als Ayse, Suleymans Frau, zuletzt aus dem Küchenfester geschaut hatte, hätte sie noch fröhlich geschaukelt. Eine halbe Stunde später kam Emre aufgeregt in die Küche gelaufen und erzählte, dass Selma weg sei. Blöd ist, dass der Zaun des Grundstücks abmontiert worden war, und zwar im Auftrag von Zielinski. So hatte jeder Zugang zum Garten. Auf der Polizeiwache hatten sie nur mit den Schultern gezuckt, als Suleyman es zur Anzeige gebracht hatte. Nun suchen alle verzweifelt nach dem Mädchen. Auch die Kripo ist schon eingeschaltet.«

»Hat denn der Bruder nichts gemerkt?« Margareta war erschrocken und fasste sich aufgeregt an den Hals. Irgendwie wähnte sie sich im falschen Film.

»Nein, ein Auto hielt auf der Straße, und ein Mann hätte ihn gerufen und ihn irgendetwas gefragt. Als er zurück in den Garten ging, war Selma weg.«

»Aber Zielinski kann doch nicht so einfach den Zaun abmontieren lassen.« Margareta konnte nicht fassen, was sie da gehört hatte. Was waren denn das für Methoden?

»Die Firma, die damit beauftragt worden war, hat gedacht, es wäre der Besitzer gewesen, der dies veranlasst hatte. Als Ayse von der Arbeit kam, war der Zaun bereits Geschichte. Das Blöde ist, dass man Zielinski nichts beweisen kann. Tags zuvor wäre Stalewski noch bei Suleyman gewesen und hätte ihm zum wiederholen Mal aufgefordert, endlich auszuziehen. Als Suleyman ihn vor die Tür gesetzt hatte, war am nächsten Tag der Zaun weg.«

»Und nun?« Margareta dachte an das kleine Mädchen und fragte sich, wo es wohl stecken könnte. Kann ein Mensch wirklich so weit gehen, ein Kind entführen zu lassen, nur weil die Familie das Haus nicht räumt? Wozu sie übrigens überhaupt nicht verpflichtet ist.

»Tja, wenn ich das wüsste. Wo warst du überhaupt? Hast du dich umgesehen und was Interessantes entdeckt?« Udo lächelte sie an. Er schien nicht gekränkt, dass sie ihn nicht dabeihaben wollte und lieber allein auf Erkundigungstour ging.

»Kann man wohl sagen. Das erzähle ich dir jedoch später. Die kleine Selma hat nun Vorrang. Was schlägst du vor?«

»Komm, wir fahren zu den Kararoglus. Sie wohnen in der Arndtstraße. Ich sage dir, wie du dorthin kommst.« Wie selbstverständlich stieg er zu ihr in den Polo, und der Salbeigeruch kam näher. Außerdem roch er nach Kernseife. Was für eine Kombi.

Margareta fragte sich, ob Udo kein eigenes Auto besaß. Nachdem er mit dem alten flaschengrünen Astra durch die Gegend gefahren war, gönnte er sich von dem veruntreuten Erpressergeld einen tollen hochpreisigen Audi A6, in dem sie selbst gesessen hatte, damals vor sieben Jahren. Und nun? Stand in seiner Garage vielleicht wieder so ein altes Teil wie der Astra? Sei nicht so überheblich, schalt sie sich, schließlich fährst du auch nur einen jämmerlichen, alten Polo.

Margareta bog von der Bergmannsglückstraße rechts in die Pawiker Straße, die auf die Lessingstraße führte, von dort hinter dem Kiosk links in die schmale Arndtstraße noch ungefähr 300 Meter weiter, bis zum schmucken Häuschen der Kararoglus. Dort herrschte Hochbetrieb. Die kleine Straße war mit auswärtigen Pkw total zugeparkt, sogar die Polizei war vor Ort. Nachdem Margareta endlich einen Parkplatz gefunden hatte, liefen Udo und sie auf das Haus der Familie zu. Eine Menschentraube von mindestens 50 Leuten, die sich später als Verwandte der Familie entpuppten, erschwerte den Gang zur Haustür. Man zog sprichwörtlich den Hut vor Udo Urbat und bat ihn samt seiner Begleitung durch ins kleine Wohnzimmer. Auf dem braunen Sofa saß die weinende Mutter Ayse, rechts daneben wohl deren Mutter, zur Linken eine junge Frau. Alle drei trugen Kopftücher und jammerten synchron. Völlig verstört schien die ganze Familie. Der kleine Emre, Margareta schätzte ihn auf ungefähr acht Jahre, versteckte sich hinter seinem dunkeläugigen Vater, der in der Ecke lautstark auf acht türkische Männer und einen Polizeibeamten einredete. So schnell sprechende Menschen hatte Margareta nie zuvor erlebt. Ein circa 18-jähriges Mädchen schenkte Tee in hübschen Gläsern aus und reichte anschließend ein Tablett mit Gebäck herum. Die vielen Menschen in dem höchstens 18 Quadratmeter großen Raum ließen bei Margareta Platzangstgefühle aufkommen.

Udo tröstete hier und umarmte dort jemanden, strich Emre über den Kopf. Er war hier gern gesehen, was man unschwer erkennen konnte. Tränen standen ihm in den Augen, was ihn für die anderen noch sympathischer machte. Ayse rückte ein Stück zur Seite und bat Margareta, sich neben sie zu setzen. Die älteren Frauen, die in den Sesseln gegenüber saßen, schauten freundlich herüber und nickten ununterbrochen. Eine Freundin von Udo schien willkommen zu sein. Ayse verspürte den Drang, Margareta alles haargenau zu erzählen. Sie, Büroangestellte in einem Kulturbüro, sprach ein perfektes Deutsch. Sie behandelte Margareta wie eine allwissende Königin, die gesandt worden war, ihnen zu helfen. Margareta war das mehr als peinlich. Was hatten Gisbert und Udo den Leuten bloß erzählt? Wunder konnte sie schließlich auch nicht vollbringen. Doch eins wusste sie: Aus der Sache kam sie so leicht nicht mehr heraus. Ihr Ermittlungseifer war außerdem geweckt. Nun noch mehr als vorhin am Teich.

Gisberts und Koslowskis Stimmen schallten aus der Küche nebenan zu ihr herüber. Laut und bollerig trugen sie ihr Wissen bei, was bei Margareta Fremdschämen verursachte.

Ansonsten fühlte sie sich in diesem türkischen Heim recht wohl, wenn man mal vom Grund ihres Hierseins absah. Nie zuvor war sie in einem türkischen Zuhause Gast gewesen. Die Möbel in Buche und die modische Couchgarnitur fand man auch bei deutschen Leuten in dem Alter. Was ihr auffiel, waren die prunkvollen Lampen, unter der Decke ein imposanter Kristalllüster, in der Ecke eine ebensolche ins Auge stechende Stehlampe. Der Teppich hatte ein wildes Persermuster, die Gardinen waren viel zu pompös für das winzige Fenster, die vielen Accessoires sehr bunt und glitzernd. Immer wieder griff ihre Hand nach den leckeren Baklawa-Stücken. So etwas hatte Margareta noch nie gegessen. Der Apfeltee mundete ihr ebenfalls. Die Geräuschkulisse erschlug sie förmlich. So viele Menschen in Wohnzimmer, Küche und Diele des kleinen Doppelhauses ließ sie immer wieder erstaunen.

Nach drei Stunden verließ sie von sämtlichen Frauen geherzt und gedrückt am Nachmittag, mit der Begründung noch arbeiten zu müssen, das Haus der Familie Kararoglu. Sie musste versprechen, nach Selma zu suchen. Ihr Blick ging ein letztes Mal zu dem tollen Foto der kleinen dunkelhaarigen Tochter des Hauses, das an der Wand hing. Sie hatte die gleichen Augen wie ihr temperamentvoller Vater.

Udo Urbat folgte Margareta mit emsigen Schritten vor das Haus, wo sich mindestens noch einmal so viele Leute aufhielten wie im Haus, und wollte sie überreden, bei ihm noch einen Kaffee zu trinken. Auch Gisbert, der plötzlich aus dem Haus aufgetaucht war, bettelte um ihre Gunst, bot ihr seine frischgekochte Linsensuppe an. Margareta hatte jedoch genug erlebt und musste erst einmal ihre Gedanken ordnen und ihren Geist zur Ruhe kommen lassen, was bedeutete, dass sie allein sein wollte. Völlig überdreht fuhr sie der Heimat entgegen. So viele Fragen beschäftigten sie. Morgen, am Freitag, würde sie sich hier in Hassel noch einmal umsehen, bevor sie am Nachmittag nach Essen fahren würde, um ihre neue Auftraggeberin persönlich zu kontaktieren. Ein entsprechender Termin war bereits vereinbart. Schließlich musste mal wieder etwas Geld reinkommen. Ihre Gedanken wanderten jedoch ständig zu der kleinen Selma.

Der tolle Henry konnte Margareta allerdings kurze Zeit später in die Realität zurückholen und ihr etwas von der düsteren Stimmung nehmen. Nach einem Gläschen Spätburgunder von der Ahr ging es ihr deutlich besser.

Er streichelte ihre Hand. »Nun lach doch mal!«

Doch nach lachen war Margareta noch immer nicht zumute. Das eben Erlebte in Hassel wog noch zu schwer. Nur bruchstückhaft hatte sie Henry davon erzählt.

»Tröste dich, ich hatte auch einen Scheißtag. Habe mir die Hacken krummgerannt, stundenlang im Auto gehockt und schlussendlich doch aufs falsche Pferd gesetzt. So ist das nun mal in unserem Job. Mach dir nicht so einen Kopf und vergiss die Sache mit deinem Bruder und dieser Sippe in Hassel. Soll Gisbert selbst sehen, wie er aus der Sache herauskommt.«

»Sag mal, hörst du mir nicht zu? Es geht längst nicht mehr nur um Gisbert. Ein kleines Kind ist verschwunden.«

»Margareta, Margareta. Es ist doch nicht dein Kind! Dieser Genossenschaftsknabe mit dem Dreck am Stecken hat dir wohl wieder den Kopf verdreht, oder? Du hattest doch mal was mit dem, nicht wahr?« Henry schaute sie aus wütenden Augen an. »Was ist mit Essen? Nicht mehr interessant der Auftrag, oder wie? Du scheinst es ja zu haben!«

»Du hast nichts verstanden, oder, Henry? Udo Urbat hat damit überhaupt nichts zu tun. Die Leute in der alten Siedlung tun mir leid, besonders die Eltern von Selma. Dieser Familienzusammenhalt der türkischstämmigen Menschen hat mich schwer beeindruckt.« Tränen liefen Margareta die Wangen herunter.

»Bis vor zwei Tagen kanntest du die Leute noch gar nicht. Die meisten jedenfalls nicht. Das Kind wird schon wieder auftauchen. Lass dich nicht von einer Sache so herunterziehen, Margareta!«

Margareta goss sich noch einmal ihr Weinglas voll und prostete Henry zu. Natürlich hatte er recht, das wusste sie, und doch konnte sie nicht anders handeln. Sie würde morgen wieder nach Hassel fahren.

4.

Detlev Rahnfeldt lehnte mit dem Rücken an der kleinen Mauer an der Bergmannsglückstraße – ein Relikt aus alter Zechenzeit – und blickte zum Maschinenhaus. Die alte Fördermaschine befand sich noch im Gebäude, das einsam und verlassen auf dem Gelände stand. Bei besonderen Anlässen durfte man das Haus samt Maschine noch besichtigen. Ja, die Zeche »Bergmannsglück«, auf der sein Opa, sein Vater und etliche Verwandte ein ganzes Arbeitsleben unter Tage verbracht hatten. Im Jahre 1961 war Schluss mit der Kohleförderung, und nur noch die Außenschachtanlage mit den Werkstätten blieb bestehen. So wechselte der Vater noch für lange Jahre in die Schlosserei, bis er 1993 in den Ruhestand ging. Detlev begann im Jahre 1984 seine Ausbildung bei der Ruhr Oel GmbH, der früheren VebaÖl AG. Bis vor zwei Jahren ging der Wechselschichtler seinem Beruf als Chemikant nach. Dann ging nichts mehr. Seine Depressionen, die ihn oft lange von seiner Arbeit fernhielten, zwangen ihn, Berufsunfähigkeitsrente zu beantragen. Seit er nicht mehr täglich zur Arbeit musste, ging es ihm besser. Er sah wieder Licht am Ende des Tunnels. Der 50-Jährige bewohnte mit seiner 80-jährigen Mutter Elfriede das kleine Reihenhaus in der Straße Krummer Weg, in dem er schon geboren worden war. Sein Kinderzimmer im Dachgeschoss hatte er nie verlassen. Als sein Vater vor zehn Jahren starb, wuchsen Mutter und Sohn noch enger zusammen und wurden zu einer Symbiose. Die wenigen Frauen, die er kennengelernt hatte, nahmen Reißaus, wenn sie Einzelheiten aus seinem jämmerlichen Leben erfuhren. Dabei sehnte auch er sich nach Liebe und Zärtlichkeit. Klar, er hatte den kuscheligen Pico, den Onkel Franz aus Aurich ihm vor zwei Jahren dagelassen hatte, als er zu Besuch war. Doch ein Hund ersetzte keine Frau. Und so hässlich war Detlev, trotz seiner starken Brillengläser, nun auch wieder nicht. Groß, schlank, mittelblondes halblanges Haar, blaue Augen und ein freundliches Lächeln zählten zu seinen positiven körperlichen Merkmalen. Als besondere Wesensart könnte man seine Hilfsbereitschaft erwähnen.

Er atmete tief durch und genoss es, allein zu sein. Allein mit seinem weißen Zwergpudel Pico, der treu zu ihm emporblickte. Zu Hause laberte ihn seine Mutter voll, jammerte, stellte Fragen, die er zurzeit weder hören noch beantworten wollte. Als sie gestern erfahren hatte, dass die kleine Selma aus der Arndtstraße verschwunden war, riss das natürlich Wunden auf, die nicht einmal ansatzweise verheilt waren. So hatte er sich sein Fahrrad geschnappt, Pico ins Körbchen gesetzt und war durch die Gegend geradelt, was er immer wieder gerne tat. Auch Pico liebte diese Touren, schloss seine Augen und ließ seine Ohren im Fahrtwind wehen. Detlev konnte seine Gedanken schweifen lassen, Leute treffen, mit denen er ein Pläuschchen halten konnte, und die Nase in Angelegenheiten stecken, die ihn nichts angingen.

Nein, sein Zuhause wollte er auf keinen Fall verlieren. Wo sollte er auch hin? Mit seiner winzigen Rente? Wenn die hohen Altersbezüge seiner Mutter nicht wären, wäre er aufgeschmissen. Dank seines Vaters, der jahrzehntelang unter Tage gearbeitet hatte, konnte Elfriede Rahnfeldt sich nicht beklagen und fütterte ihren Sohn praktisch mit durch. Obwohl er mehr als bescheiden war. Er brauchte nicht viel, rauchte nicht, trank kaum Alkohol, gönnte sich wenig neue Garderobe, obwohl er auf seine Kleidung Wert legte. Seine Mutter und er aßen jedoch gut und reichlich, so wie das von jeher Tradition in einer Arbeiterfamilie war. Der schwer arbeitende Vater wurde bestens versorgt, riesige Fleischportionen landeten auf dem Tisch des Hauses. So war es auch heute noch.

Bitterlich geweint hatte Elfriede heute Morgen am Frühstückstisch. Und das nur, weil die kleine Selma fort war. Dabei hatte sie sich gerade erst ein wenig beruhigt, als sie erfahren hatte, dass der Makler Fritz Stalewski tot war. Seitdem war ein wenig Ruhe in den Haushalt eingekehrt, was Mutter und Sohn genossen. Was hatte dieser ungepflegte Stiesel die alte Frau bedrängt. Komischerweise war er immer dann aufgetaucht, wenn Detlev nicht zugegen war, und setzte der Rahnfeldt mehr als zu. Ließ ihr Prospekte von einem Altenheim in der Nähe da, erläuterte ihr die angeblichen Vorteile, die sie hätte, wenn sie dort wohnen würde. Dabei war sie mit ihren 80 Jahren noch recht rüstig, versorgte Haus und Garten fast allein. Stalewski hatte sogar schon mit einem Vertrag um ihre Ohren gewedelt, den sie – da sie die alleinige Mieterin des Zechenhauses war – unterschreiben sollte. Darin stand, dass sie ihr Haus binnen drei Monaten räumen würde, also praktisch so eine Art Kündigung, obwohl sie durch die Ruhrkohle AG ein zugesichertes lebenslanges Wohnrecht besaß. Beim zweiten Besuch war Stalewski schon frecher gewesen, bedrohte sie, wenn sie nicht unterschreiben und endlich ausziehen würde, dann …

Als sie ihn fragte, was mit ihrem Sohn Detlev werden würde, grinste er nur dreist und meinte, der würde schon irgendwo unterkommen. Als Detlev kurz darauf zurückkam, saß die zitternde Frau am Küchentisch und weinte. Er musste mich beobachten, war Detlev sich sicher, musste genau wissen, wann ich das Haus verlasse und wann ich zurückkehre. Beim dritten Besuch brachte der schmierige Stalewski sogar ein Ehepaar mit, das sich naserümpfend schon überall in sämtlichen Geschossen des Hauses umsah. Wieder kam der Makler ihr mit dem Schreiben und schüchterte die alte Frau dermaßen ein, dass sie fast bereit war, die Unterschrift unter den Vertrag zu setzen. Das hätte allerdings wenig genutzt, denn in der Zwischenzeit hatte Udo Urbat dafür gesorgt, dass Detlev ebenfalls als Mieter in den Mietvertag aufgenommen wurde. Somit wäre auch seine Unterschrift erforderlich unter diesem Vertrag, der nicht rechtens war.

Detlev hatte seinem Vater am Sterbebett versprochen, auf seine Mutter aufzupassen, egal, was kommen mag. Wir bleiben in dem Haus, versicherte er ihr, die schon in der Siedlung, und zwar in der Körnerstraße, geboren worden und aufgewachsen war. In der Zechensiedlung hatte sie auch den Vater kennengelernt. Alles im Schatten des Bergmannsglücker Förderturms. Nur aus Angst, die sich schon zur Panik steigerte, hätte seine Mutter unterschrieben. Sie ging immer den Weg des geringsten Widerstandes. Als dann noch ihre Freundin Monika plötzlich starb, war es ganz vorbei. Monika, die, nachdem ihr Gatte das Zeitliche gesegnet hatte, in dem Häuschen in der Lessingstraße wohnen blieb, wurde ebenfalls massiv unter Druck gesetzt, ihr Zuhaue zu verlassen. Ewig kreuzte der Makler auf, um sie zum Ausziehen zu bewegen. Schleppte ebenfalls Interessenten an, die ihre Nase in sämtliche Räume steckten. Plötzlich war bei ihr mitten im Winter tagelang die Heizung kaputt und angeblich kein Handwerker zu erreichen. Dann kappte man ihr die Telefonleitung. Einen Tag nach einem weiteren Besuch von Stalewski erlag sie einem Herzinfarkt. Das konnte doch kein Zufall sein.

Stalewski war nun Geschichte. Doch Zielinski hatte weitere Makler am Start, die sich in der Siedlung herumtrieben. Allen voran Jürgen Ommerborn, das genaue Gegenteil von Stalewski. Äußerst gepflegt und stets top gekleidet, mit vornehmer Aussprache, kam er daher. Er war jedoch genauso korrupt wie Stalewski. Detlev konnte nur hoffen, dass bei ihm daheim Ruhe bleiben würde. Falls nicht, würde er sich was einfallen lassen, schwor er sich. Nachher wollte er noch bei Martin am Kiosk Station machen und mal hören, was es so bezüglich der kleinen Selma für Neuigkeiten gab. Dass diese Margareta Sommerfeld aufgekreuzt war, passte ihm nicht in den Kram. Einerseits fand er die Frau toll, hätte auch gerne so ein flottes weibliches Wesen an seiner Seite: gut gekleidet, beste Umgangsformen und Spitzenfigur. Andererseits schnüffelte sie ihm zu viel herum. Die Probleme hier in der Siedlung musste man anders lösen, war er überzeugt. Ganz anders.

Pico wurde es kalt. Er fing an zu winseln. Detlev nahm ihn auf den Arm und drückte ihn fest an sich. Er schluckte die Tränen herunter. »Alles wird gut, Pico, alles wird gut! Keiner wird uns aus unserem Haus vertreiben.« Er setzte seinen Hund in den Fahrradkorb und schob das Rad bis zum Maschinenhaus, lehnte es dort an die Wand und lief um das Gebäude. Einige Scheiben der imposanten Rundbogenfenster waren kaputt oder fehlten gänzlich. Detlev konnte sich vorstellen, wie kalt es in dem alten Gemäuer war. Nur der südliche Teil des Gebäudes war begehbar. Am Tag des offenen Denkmals im September war er dort gewesen und hatte sich mal wieder auf Zeitreise begeben, musste an den Opa und an den Vater denken. Eine Stahltreppe führte in die Prüfhalle, die fast leer war. Eine relativ neu aussehende Kranbahn unter der Decke sowie große Aufsteller mit Informationen über die Zeche, die den Aufstieg und den Niedergang zeigten. Sonst gab es nichts zu sehen. Eine Tür führte in die benachbarte Halle, wo es schon spannender aussah. Hier fand man die staubige, rostige Doppel-Dampffördermaschine von 1911, die damals sogar noch sein Opa bedient hatte. Der Boden zeigte gesprungene Fliesen voller Risse, an den Wänden blätterte der Putz ab. Rost, kaputtes Glas und geborstene Armaturen fand man ebenfalls. Die Fördermaschine dokumentierte ein beeindruckendes technisches Denkmal der damaligen Zeit. Ein wahres Wunderwerk von Menschen entwickelter Mechanik.

Die Maschinenhalle war für Detlev ein Heiligtum, Erinnerungen an seine Kindheit und an seine Vorfahren. Bevor Detlev Pico in seinen Korb hob, suchte dieser sich einen Platz, um sein Geschäft zu erledigen. Als er daraufhin sein Herrchen bettelnd anblickte, wusste Detlev sofort, was sein Hund wollte.

»Ja, wir fahren zum Picksmühlenteich, da kannst du herumtollen.« Gesagt, getan. Er packte Pico wieder in den Fahrradkorb und radelte in die entgegengesetzte Richtung. »Aber danach gehen wir zum Martin und trinken dort was«, sprach er zu seinem Hund.

Grinsend blickte er auf den Teich und schien sich zu freuen. Was dieses Wohlgefühl in ihm auslöste, konnte er sich selbst nicht erklären. War es die Freude darüber, dass dieser Makler Fritz Stalewski tot war? Sein Fahrrad hatte er auf der kleinen Brücke, die über den Picksmühlenbach führte, abgestellt und lief nun an der Waldseite am Teich entlang. Hier war einer seiner Lieblingsorte. Diese Ruhe, diese schützenden Bäume im Rücken gaben ihm Sicher- und Geborgenheit. Es verirrten sich wenig Menschen hierher und wenn, dann meist nur Hundefreunde, und die waren ihm sympathisch. Er löste Picos Leine vom Halsband. Der kleine Hund stürzte sofort los, um an den Bäumen ordentlich Zeitung zu lesen. Detlevs Blick streifte die Stelle im Teich, an dem man den Makler tot aufgefunden hatte. Nichts mehr zu sehen. Alle Spuren waren beseitigt.

Mit einem weißgelben Nylonseil war er erdrosselt worden, erzählte man sich an Bahlkes Kiosk. Einen Tag nach dem grausigen Fund traf Detlev auf den Kommissar, der in Begleitung einer jungen Kollegin erneut den Fundort in Augenschein nahm. Er winkte ihn zu sich heran, stellte sich vor und befragte ihn. Ob er öfters hier mit seinem Hund spazieren ging, ob er am Tag vor dem 1. März auch hier gewesen war und ihm etwas aufgefallen wäre. Detlev gab sich wortkarg, machte dicht, antwortete nur auf das, was gefragt wurde. Was sollte er dem Mann auch erzählen? Dass er den Toten kannte und dass seine Mutter von ihm drangsaliert worden war? Sollte er sich doch selbst schlaumachen, dachte Detlev. Seitdem rechnete er täglich damit, dass besagter Kommissar bei ihm zu Hause vorbeischauen würde, um ihn erneut zu befragen, weil Udo Urbat seinen Namen vielleicht bezüglich der Machenschaften des Fritz Stalewski erwähnt hatte. Doch bisher war noch keine Kripo an seiner Haustür erschienen. Thomas Scheffel hieß der Kripomann und war der Erste Hauptkommissar des KK 11 im Polizeipräsidium in Buer. So hatte er sich ihm jedenfalls vorgestellt. Seine Kollegin, Jenny Gehrke, schien ein freches Luder zu sein. Damals ermittelte ein älterer, korpulenter Kommissar, als die Morde auf dem Zechengelände passiert waren. Der sollte ertrunken sein. Badeunfall. Was es alles gab, dachte Detlev und grinste erneut. Man sagte doch, Fett schwimme oben. Es schien ein spaßiger Tag für ihn zu werden.

Er blickte auf die Uhr. Schon gleich 13 Uhr. Essenszeit. Seine Mutter würde mit der Mahlzeit auf ihn warten. Doch er hatte es nicht eilig. Den Saure-Schnippelbohnen-Eintopf konnte er auch noch später essen. Ob er ihm jetzt im Halse stecken bleiben würde oder später. Er hasste saure

Schnippelbohnen. Doch sie kapierte es einfach nicht. Bei Elfriede wollte einfach nicht in den grauen dauergewellten Kopf, dass er dieses Gericht absolut nicht mochte. So aß er jedes Mal nur die mitgekochten Mettwürste und gut war es. Schließlich war er 50 Jahre alt und musste nicht mehr so wie früher als kleines Kind gehorchen. Sein Vater verstand damals keinen Spaß, wenn er diese ätzende Suppe nicht essen wollte. Wenn lautes Schreien und mehrmaliges Auffordern nichts nützte, gab es schon mal eine Tracht Prügel. Ja, sein Vater konnte ganz schön autoritär sein. Doch Detlev trug ihm nichts nach. Sein Handeln war der damaligen Zeit geschuldet, sagte er sich immer wieder. Er würde sich gleich bei Martin eine Frikadelle für den ersten Hunger einverleiben. Und irgendwann würde seine Mutter – die ansonsten sehr schmackhaft kochte – schon kapieren, dass er saure Schnippelbohnen hasste.

Er lief Pico hinterher in den Wald hinein. Hier hatte er als Kind gespielt. Verstecken und Räuber & Gendarm gehörten damals zu seinen Favoriten der Kinderspiele. Die Gegend war ihm vertraut. Er wollte nicht weg. Womöglich eine kleine Wohnung mitten in der Stadt beziehen. Ohne Garten, ohne seine Tauben. Niemals. Das würde er mit allen Mitteln verhindern. Da war ja auch noch Udo Urbat. Der würde ihm schon sagen, was zu tun sei, sollte der andere Makler bei ihm auftauchen. Dieser Jürgen Ommerborn. Pico fing an zu bellen und raste davon. Er hatte die Hühner entdeckt und begann sie zu jagen. Detlev musste schmunzeln. Der Gedanke an ein Brathähnchen ließ ihm das Wasser im Munde zusammenlaufen. Als er das verlassene Haus erreichte, das zum Josef-Sprenger-Weg gehörte, blieb er stehen, rief Pico zu sich heran und lauschte. War da nicht ein Poltern zu hören? Aus dem Keller? Er leinte

Pico an und lief zurück zum Picksmühlenteich, um sich auf sein Fahrrad zu schwingen.

Die blau-weiße Schalke-Fahne über dem Eingang zum Kiosk flatterte im kalten Wind. Nur sechs Grad – und das am 15. März. Das Frühjahr wollte sich einfach nicht zeigen. Sein Magen krampfte sich vor Hunger zusammen, als er sein Fahrrad an der Mauer neben der Bude abstellte. Es roch nach Bier, Kaffee und Zwiebeln. Sieben Männer drängten sich um den winzigen roten Stehtisch. Freudig wurde Detlev von allen begrüßt, was sein Herz erfreute. Ja, nichts ging über gute Kumpel, die zu einem halten, auch wenn er nicht allen über den Weg traute. Martin Bahlke klopfte ihm kameradschaftlich auf die Schulter und rückte zur Seite, um Platz zu machen. Udo Urbat, Wichlatz, Norbert Koslowski, Gisbert Sommerfeld, Suleyman und dessen Vater drängten sich Kaffee und Cola trinkend sowie Frikadellen und Würstchen essend um den Plastiktisch und schwadronierten. Für die türkischen Gäste hielt Martin natürlich Putenwürstchen bereit.

»Neuigkeiten?«, fragte Detlev nur und orderte dabei fingerzeigend eine Frikadelle sowie einen Kaffee.

Kurzzeitiges Schweigen unter den Männern. Suleyman hatte Tränen in den Augen, sein Vater hantierte mit der Misbaha herum. Ob das Selma zurückbringen würde?

»Nein, nichts von Selma zu hören. Die Polizei sucht die Gegend ab. Ein Hubschrauber überfliegt das gesamte Gebiet. Eine Hundestaffel durchkämmt gerade den Nordfriedhof«, brachte ihn Udo Urbat auf den neuesten Stand.

Detlev mochte den Nordfriedhof nicht. Und auch Pico ängstigte sich dort. Dabei war der kleine Friedhof ein ideales Gassi-Gelände. Eingeklemmt im Niemandsland zwischen der A52 und riesigen Chemieanlagen wurde er seit fast 50 Jahren nicht mehr belegt. Einen Teil der Anlage wollte man für die Erweiterung des benachbarten Logistikunternehmens nutzen, was zu heftigen Bürgerprotesten geführt hatte. Die Totenruhe würde gestört werden. Ruhe bekamen die Toten dort sowieso nicht. Die Geräuschkulisse der umliegenden Chemieanlagen war nicht ohne. Dazu die viel befahrene Autobahn. Ruhestätte ohne Ruhe, wetterten die Bewohner der umliegenden Gegend. Einige der dort begrabenen Verstorbenen sollten umgebettet werden, da die Ruhefrist noch nicht abgelaufen war, was zu heftiger Gegenwehr führte wegen Störung der Totenruhe. Da war Detlevs Angst vor diesem Friedhof schon irgendwie verständlich. Es wurden auch nur sehr wenige der alten Gruften von den Angehörigen gepflegt. Dabei lag der kleine Friedhof in einem Landschaftsschutzgebiet und galt wegen des alten Baumbestands als ökologisch wertvoll. Detlev fragte sich, ob sie vielleicht dort die kleine Selma finden würden.

»Wieso isste hier? Gibtet bei deine Mutta heute nix? Bleibt die Küche kalt?«, wollte Koslowski wissen und lachte dämlich.

»Saure Schnippelbohnen«, meinte Detlev nur und biss hungrig in die Frikadelle. Das musste als Erklärung genügen.

Martin hatte für Pico einige Hundeleckerli aus dem Kiosk mitgebracht und reichte diese dem kleinen Kerl, der freudig seine Rute rotieren ließ. Frisches Wasser hatte er ihm auch hingestellt.

Detlev studierte die Gesichter der Männer und fragte sich, wer von ihnen wohl mehr wusste, als er preisgab. Die Geräuschkulisse dieser Unterhaltung hallte inzwischen durch die halbe Siedlung. Und das in der Mittagszeit. Detlevs Blick blieb an Norbert Koslowski hängen. Der hatte es nötig, seinen Schnabel aufzureißen. Was ging es ihn an, ob seine Mutter für ihn kochte oder nicht? Wo war denn seine Alte? Hatte ihn samt dem Sohn sitzen lassen. Seit Kevin vor sieben Jahren ermordet wurde, ließ er sich hängen. Nichts mehr mit geregelter Arbeit. Seine Bude sah aus wie eine Müllhalde, wovon Detlev sich bei einem Besuch selbst überzeugen konnte. Ungeduscht, Haare nicht gewaschen, Winterjacke auf der Brust total bekleckert. Aber hier ordentlich mitmischen. Man konnte Detlev nachsagen, was man wollte, aber er kam stets gepflegt daher. Sauber geduscht, frisch gewaschenes Haar, adrette Kleidung. Da fühlte er sich doch gleich besser.

Sein Blick wanderte weiter zu Suleyman. Wieso war er überhaupt hier? Und auch noch mit seinem Vater, der aus Duisburg angereist war. Die arme Ayse saß derweil allein zu Hause und verging vor Sorgen um die Tochter. War das die feine Art?

Udo Urbat war eigentlich der Einzige, der ihm richtig sympathisch war. Er kümmerte sich, packte an, wo es nötig war, half, ohne sich in den Mittelpunkt zu drängen. Ein feiner Kerl. Gerade berichtete er, dass Jürgen Ommerborn heute Morgen in der Siedlung gesichtet worden wäre. Wer war der Nächste, der vertrieben werden sollte? Hauptsache, der Kelch zieht an meiner Mutter und mir vorbei, dachte Detlev.

Plötzlich fühlte er sich erschöpft und kraftlos. Er sehnte sich nach seinem Bett. Einfach hinlegen, Fernseher einschalten und mit Pico im Arm herumdösen. Er verabschiedete sich, packte seinen Hund in den Korb und radelte nach Hause. Als er in die Straße Krummer Weg eingebogen war und auf sein Zuhause zusteuerte, dachte er, ihn träfe der Schlag. Vor seinem Haus stand der schwarze prollige Porsche von Jürgen Ommerborn, dem korrupten Makler, der im Auftrag der Zielis AG agierte. Sein Herz begann zu rasen. Was war mit seiner Mutter? Er machte sich Vorwürfe, nicht pünktlich zu Hause gewesen zu sein. Und das nur, weil er diesen blöden Eintopf nicht mochte.

Mutter!

Ich komme!

5.

Totenstille empfing Margareta am Picksmühlenteich. Das feuchte, diesige Wetter ließ sie die Bäume des dahinter beginnenden Waldes nur schemenhaft wahrnehmen. Farblos und grau war der Tag, genau wie ihre Stimmung. Der Frühling wollte einfach keinen Einzug halten. Margareta fragte sich, was sie eigentlich schon wieder hier wollte? Den dritten Tag in Folge suchte sie diesen Ort auf. Warum? War das nicht Aufgabe der Polizei, den Mörder des Maklers zu suchen? Wo war dieser neue Kommissar überhaupt? Hoffte sie etwa, hier und heute auf ihn zu treffen? Und was war mit der kleinen Selma? Handelte es sich um ein und denselben Täter? Hatte der Mörder nun das Mädchen entführt, um ein Zeichen zu setzen? Wo war dieses Kind bloß? Henry war heute Morgen fast ausgerastet, als sie ihm erzählte, sie würde gleich nach Hassel fahren. Ob sie verrückt wäre, hatte er sie gefragt. Mische dich da nicht ein, ermahnte er sie mehrmals. Fahr nach Essen und besuche die feine Dame, meinte er noch. Und doch konnte sie nicht anders, als sich wieder hier herumzudrücken. Noch einmal lief sie durch den Wald und um dieses unbewohnte Haus, stapfte durch das Laub des Dschungelgartens und fragte sich, ob Selma sich vielleicht in dem Keller des Hauses befand? Sie überlegte, mit Udo noch einmal herzukommen. Zu zweit könnten sie vielleicht das Haus samt Keller inspizieren? Als sie vorhin den Kiosk passierte, hatte sie schon von Weitem eine Menschentraube um den roten Tisch stehen sehen. Anstatt anzuhalten, trat sie auf das Gaspedal, zwang sich, nicht zur Seite zu blicken, und preschte mit Tempo 50 durch die 30er-Zone. Nur weg, hatte sie gedacht. Als sie nun durch die Wohnzimmerscheibe des Hauses blickte, sah alles noch genauso trostlos aus wie am Vortag. Ein mystischer Ort, nur in Grautönen gehalten. Allerdings kam er ihr schon nicht mehr so geheimnisvoll vor wie tags zuvor. Verbarg der Bau vielleicht gar nichts Unerklärliches? Wohl war ihr jedoch nicht, und sie fragte sich, was wäre, wenn sich jemand von hinten anschleichen, sie packen und in den Keller zerren würde? Sie hatte plötzlich den Geruch eines aufdringlichen Herrenparfums in der Nase. Komischerweise verspürte Margareta keine große Angst bei dem Gedanken, gekidnappt zu werden. Ob Henry sich Sorgen machen würde, wenn sie am Abend nicht auf der Bildfläche erschien, war der erste Gedanke, der ihr spontan in den Kopf kam. Nein, nicht noch mal eingesperrt werden, sagte sie sich, straffte die Schultern, machte auf dem Absatz kehrt und wollte Udo Urbat einen

Besuch abstatten. Mangelnde Spontanität konnte man ihr nicht vorwerfen. Sie dürfte sich jedoch nicht zu lange bei ihm aufhalten, schließlich musste sie noch nach Essen zu der neuen Auftraggeberin, bei der sie sich schon telefonisch angekündigt hatte. Gedacht, getan. Wohlweißlich hatte sie ihr Auto vor Udo Urbats Haus geparkt. Als sie Haus und Auto erreicht hatte und gerade an der Tür klingeln wollte, kam Urbat heftig atmend die Straße entlanggelaufen, geradewegs auf sie zu. Glühende Wangen, die wenigen Haare im Wind wehend, strahlte er ihr wie der Junge auf der Brandt-Zwiebackpackung entgegen.

»Margareta, du ahnst nicht, was passiert ist«, sprach er völlig außer Atem. Er schaute sie aus wachen Augen an. »Selma ist wieder da. Stell dir das mal vor.« Er freute sich wie ein kleines Kind.

Margareta war geschockt. »Hat die Polizei sie gefunden? Wo war sie? Wo hat sie die Nacht verbracht?« Sie fasste ungeduldig an seine dunkle Winterjacke und zog daran. »Nun sag schon!«

Dauerlächelnd schloss Udo die Haustür auf und bat Margareta ins Haus. An der Wohnungstür musste er wieder nach Luft schnappen, bevor er sie öffnete.

»Bist du gerannt oder wieso bekommst du so schlecht Luft?« Genervt zog Margareta die Mundwinkel nach unten.

»Ich habe dein Auto gesehen, als ich um die Ecke bog.«

»Aus so einer Entfernung? Mann, musst du gute Augen haben!«

»Ich hatte es ja schon bei dir auf dem Handy versucht, doch da tat sich nichts.« Ein wenig vorwurfsvoll schaute er sie an, zog sich die Schuhe aus und stellte sie ordentlich neben den Schuhschrank.

Margareta schmunzelte, behielt ihre jedoch an, entledigte sich nur ihrer Jacke. Sie wollte gerade protestieren, zog ihr Handy aus der Tasche und gab klein bei. »Tatsächlich, drei Anrufe in Abwesenheit. Ich habe nichts gehört.«

»Warst du wieder am Picksmühlenteich?«, fragte Udo sie schmunzelnd.

»Ja, da war ich wohl in Gedanken und habe es überhört. Dieses Haus, wovon ich dir erzählt habe, hat mich wieder angelockt.«

Udo führte sie diesmal in die Küche und bat sie, am Tisch Platz zu nehmen. »Lass uns zusammen dorthin gehen. Das hatte ich dir doch angeboten. Heute Nachmittag?« Er begann damit, Tee aufzusetzen, zelebrierte diese Aktion regelrecht. Mit Bedacht stellte er Tassen und Kandis bereit, holte eine Dose mit Gebäck aus dem Schrank.

Gemütlich hat er es, dachte Margareta. Weiße, modische Küche in Lack, Esstisch in Glas mit hellbraunen Lederstühlen. Alles sauber und ordentlich, wovon sich Margareta eine dicke Scheibe abschneiden konnte. Dagegen war ihr Haushalt ein Trümmerfeld. Ein richtiger kleiner Spießer, dachte sie noch, bevor sie ihn wieder mit Fragen bedrängte. »Also, wo war das Mädchen? Spann mich nicht auf die Folter.«

»Stell dir vor, die war beim alten Heinrich. Wollte sich die Tauben angucken. Er hätte ihr den Taubenschlag gezeigt. Sie wäre schon ein paar Mal da gewesen. Später hätte er ihr Kakao gekocht und ein Brot geschmiert, dann wäre sie am Küchentisch eingeduselt. Er hätte sie auf die Couch gelegt, und Minuten später schlief sie bereits fest. Am anderen Morgen wäre sie mit dem alten Mann wieder in den Schlag gestiegen, um dort zu spielen. Als später, gegen Mittag, Hedwig Starke kam, um wie jeden Freitag bei dem Alten zu putzen, hätte sie das Kind entdeckt und nach Hause gebracht.«

»Das ist jetzt nicht dein Ernst? Was hat der Alte sich denn dabei gedacht? Hat der noch alle Tassen im Schrank?« Margareta konnte nicht fassen, was sie da soeben gehört hatte.

»Eben nicht. Das ist ja das Problem. Der ist ein bisschen tüdelig, der Heinrich. Er ist ja auch schon fast 80 Jahre alt.«

»Aber der kann doch das Kind nicht über Nacht dabehalten. Hat Selma denn nicht nach Hause gewollt? Außerdem musste der Mann doch gemerkt haben, dass nach dem Kind gesucht wurde. Wohnt der in der Nähe?« Nervös verrührte Margareta Kandis in ihrem Tee und starrte aus dem Fenster. Inzwischen hatte die Sonne den leichten Nebel verdrängt, und sie hatte freien Blick auf die unterschiedlich langen Schornsteine der Ruhr Oel GmbH, die unermüdlich Dampf in den Himmel schickten. Flankiert wurden sie von einem Strommast und zwei Windrädern.

»Ja, der wohnt 200 Meter weiter, an der Ecke Körnerstraße. Er zählt zu den wenigen noch vorhandenen Taubenhaltern in Hassel. Eine Seele von Mensch.«

»Hat er denn nicht mitbekommen, dass die ganze Straße zugeparkt war? Hat er die Hubschrauber nicht bemerkt, die die Gegend pausenlos überflogen haben?«

»Margareta«, Udo wurde nun lauter. »Der hat nichts gemerkt, weil der überhaupt nicht mehr viel mitkriegt.«

»Und die Kleine ist einfach so dageblieben? Hat nicht nach ihrer Mutter verlangt?«

»Ja, die Kinder besuchen den Alten oft und schauen nach den Tauben.« Für Udo klangen die eigenen Worte plausibel.

Margareta hingegen konnte sich nur an den Kopf fassen.

»Und das glaubst du? Hat die Kripo ihn schon vernommen? Von wegen Täubchen spielen? Wer weiß, was der Alte mit den Kindern in seinem Tauben-Eldorado treibt?«

»Selma ist quietschvergnügt. Suleyman war eben da und hat mit dem alten Mann gesprochen. Der hätte gespürt, wenn da was nicht in Ordnung gewesen wäre.« Udo biss in einen Keks und schaute Margareta aus seinen grünen Augen an.

»Nee, ist klar, Suleyman, der große Psychologe. Der kennt sich aus. Ich fasse es nicht. Mensch, klingelt es denn da nicht bei dir? Ein Kind hält sich doch nicht stundenlang in einem muffigen, total vermilbten Taubenstall auf und lässt sich von den ach so süßen Kackvögeln vollgurren. Spätestens nach einer Stunde hat ein normales Kind die Nase gestrichen voll und will weg. Und dann soll sie auch noch bei dem Opa gegessen und geschlafen haben, um am anderen Morgen wieder im Taubenschlag abzuhängen?«

»Man kann nicht hinter jedem Mann einen Sittenstrolch vermuten, liebe Margareta. Hat man dir das in der Schule in Berlin beigebracht? Jedem erst einmal zu misstrauen?« Er spuckte die Worte verächtlich aus, was fast schon gehässig klang.

»Sag mal, wie blöd bist du eigentlich, Urbat? Du glaubst wahrscheinlich noch ans Christkind, oder was? Ein Kind verschwindet plötzlich und das, wo die Lage hier sowieso schon angespannt ist durch den Mord und die Drangsalierungen der Anwohner im Auftrag von diesem Zielinski. Da kann es doch kein Zufall sein, dass ein Kind über 24 Stunden lang einfach so untertaucht und Täubchen gucken geht?« Margareta schaute Udo an, als zweifelte sie an seinem Verstand.

»Für mich klingt das plausibel.« Udo knabberte an seinen Keksen und hatte anscheinend nicht die geringsten Bedenken.

»Nee, ist klar! Und diese Hedwig Starke? Was ist das für eine Frau? Vielleicht macht die mit dem alten Mann gemeinsame Sache. Von ihr hast du mir noch gar nichts erzählt.«

»Ich hielt es nicht für wichtig. Eine einsame, tratschsüchtige Witwe eben. Nervig, aber nicht böse, ein wenig korpulent, 65 Jahre alt, neugierig. Sie trinkt gerne einen über den Durst. Um ihr Haus halten zu können, putzt sie in der Nachbarschaft. Gemeinsam Sache mit dem Alten? Du spinnst, Margareta.«

»Traust du ihr?«

»Im Großen und Ganzen schon. Sie hat nicht alle Tassen im Schrank. Aber wer kann das schon von sich sagen?«

»Leise Zweifel bleiben dir also doch? Wurde sie schon vernommen?«

»Was weiß ich? Alle haben sich erst einmal gefreut, dass Selma wieder da ist.« Nervös fuhr sich Udo durch seine Haare. Margareta schaffte ihn. Die Freude, sie nach Jahren wiedergetroffen zu haben, schwand von Minute zu Minute.

»Oh, wie blauäugig ihr alle doch seid. Ich hätte mich niemals auf diesen Deal mit meinem Bruder einlassen sollen.«

»Das wäre wahrscheinlich besser gewesen«, musste Udo zugeben.

Margareta schnaubte vor Wut, sprang vom Stuhl auf und wollte Udo Urbats Wohnung auf der Stelle verlassen.

»Wir sind hier nicht im Wilden Westen, Margareta!«, rief Udo ihr hinterher.

»Nein, aber in Dummkopfhausen!« Sprach es, schüttelte mit dem Kopf und knallte die Wohnungstür hinter sich zu. Wütend schmiss sie sich in ihren Wagen, ließ den Motor aufheulen und gab Gas. Zum Glück waren es bis zur Auffahrt der B224, die sie nach Essen führte, nur ein paar Hundert Meter.

Wie verrückt die doch alle waren, dachte Margareta. Kaum auszuhalten. Sie hätte ihr Handy, das gerade zu surren begann, am liebsten aus dem Autofenster geworfen. Da sie an einer roten Ampel halten musste, nahm sie das Gespräch an. Gisbert.

»Margareta? Ich bin es, dein Bruder. Wie wäre es mit einem Kaffee bei mir? Norbert ist auch gerade hier. Wo steckst du überhaupt?«

Im Hintergrund konnte sie Koslowskis fettes Lachen und Schlagermusik hören. Gisbert hatte ihr gerade noch gefehlt, und Norbert Koslowski bekam sie gratis dazu.

»Ich bin auf dem Weg nach Essen zu einem Auftrag. Wichtig! Schließlich muss mal Kohle reinkommen. Und du bist zu Hause? Welch' Wunder. Du hängst nicht am roten Stehtisch vom Bahlke ab?«

»Meinst du, ich hab kein Zuhause, oder was?«

Margareta steckte ihr Handy in die Freisprechanlage. Sie befuhr inzwischen die Schnellstraße, um an der Tankstelle kurz vor Gladbeck in den ersten Stau zu geraten.

»Du wolltest mir doch Bericht erstatten, Margareta. Ich warte!« Koslowski sabbelte ständig dazwischen.

»Sag mal, geht es noch? Ich arbeite für dich fast umsonst. Außerdem habe ich noch nichts rausgefunden und muss mich erst einmal um meinen neuen Auftrag kümmern.«

»Selma ist wieder da«, meinte Gisbert ihr noch mitteilen zu müssen.

Im Hintergrund hörte sie Koslowskis dreckige Lache, unterbrochen von ein paar fetten Rülpsern.

»Ja, ich habe diese komische Story schon gehört.«

»Von wem? Und wieso komische Story?«

»Urbat hat mir berichtet.«

»Du warst bei ihm? Verdrehst du ihm wieder mal den Kopf? Denk dran, er hat Wichtigeres zu erledigen.«

»Ich glaube, du tickst nicht richtig. Ich ihm den Kopf verdrehen? Wer hat mich denn nach Hassel gelockt? Habe ich dem Makler eins auf die Nase gehauen?«

»Für Urbat hast du Zeit, für mich nicht!«

»Ich dachte, ich soll mich schlaumachen? Willst du mir vorschreiben, wie ich zu ermitteln habe?«

Funkstille. Wahrscheinlich musste Gisbert ihr Gesagtes erst einmal sortieren. Die Festplatte seines Beamtenhirns war nicht unerschöpflich. Kurz gesagt: Er ging ihr auf den Keks.

»Ach Gisbert, mir wächst die Sache bei euch in Hassel echt über den Kopf. Du glaubst doch nicht etwa auch, dass das Kind bei diesem Taubenvater war und nur Täubchen gucken wollte?«

»Der Heinrich ist harmlos.« Koslowski bestätige Gisberts Worte mit mehrmaligem »Genau«.

»Noch so einer, der sich auskennt.«

»Die Kripo ist übrigens gerade bei ihm. Der weiß gar nicht, was da abgegangen ist.«

»Eben drum.«

»Margareta, wenn du ihn sehen würdest, hättest du an der Harmlosigkeit keinen Zweifel. Der wollte dem Kind was Gutes tun.«

»Du, ich muss das Gespräch beenden. Ich melde mich wieder!«

»Bestimmt?«

»Ja, bestimmt!«

»Liebe Grüße, Margareta und ein schönes Wochenende«, rief Norbert im Hintergrund.

Wahrscheinlich hatten die beiden Pappnasen schon

ordentlich getankt. Sie musste schmunzeln bei der Vorstellung, wie sie in Gisberts Küche am Wachstuchtischdeckentraum saßen und diskutierten. Vielleicht war ja einer der beiden der Mörder des Maklers? Gar nicht einmal so abwegig. Hatte sie sich nicht eben noch gesagt, nie wieder einen Fuß auf Hasseler Gebiet zu setzen? Wie schnell man seine Meinung doch ändern konnte. »Ja, bestimmt«, hatte sie zu Gisbert gesagt.

20 Uhr. Auf der Heimfahrt von Essen rotierte Margaretas Gedankenkarussell unaufhaltsam. Was für ein Tag! Streit mit Udo und fast auch mit Gisbert, dann die elende Staufahrt auf der B224 nach Essen und sofort mit ihrem neuen Auftrag begonnen. Vielleicht war Abwechslung in ihrem Fall das Beste. Na ja, immerhin war die kleine Selma wohlbehalten zurück im Schoß der Familie. Sah sie wirklich überall Gespenster, wie Udo ihr vorgeworfen hatte? Zum Glück hatte die Kripo den alten Taubenvater vernommen. Sie hoffte für Selma, dass ihr Ausflug tatsächlich harmlos gewesen war.

Nun freute Margareta sich auf Henry und das bevorstehende Wochenende. Zuerst würde sie ihm von der reichen Tussi aus Essen berichten und der anschließenden Observierung ihres Gatten, womit sie den gesamten Spätnachmittag verbracht hatte. Die Frau hatte ihr sofort zugesagt, was wohl auf Gegenseitigkeit beruhte. So würde sie sich gleich an die Arbeit machen, einen Plan zu erstellen, wie und wo sie ihrem Holden noch auf den Zahn fühlen könnte. Gleich nach Margaretas Besuch bei seiner Frau hatte sie sich an seine Fersen geheftet, weil die Gelegenheit gerade günstig war. Der 65-Jährige entpuppte sich nicht gerade als steiler Zahn, jedoch viel besser aussehend als auf den zahlreichen Fotos, die seine Gattin ihr überreicht hatte. Und gleich eine Stunde später durfte sie live erleben, wie er mit einer gut aussehenden Frau mittleren Alters in einem Hotel, ausgerechnet in dem Wohnviertel, in dem die Familie zu Hause war, verschwand. Der Tipp stammte natürlich von seinem Eheweib. Was ja noch nicht heißen musste, dass sie das taten, was die Ehefrau vermutete. Vielleicht war sie ja einfach nur seine Sekretärin, und die beiden wollten außerhalb des Betriebs ganz in Ruhe Firmenangelegenheiten durchsprechen. Okay, sie hatten sich mit einem Zungenkuss begrüßt. Doch musste das gleich etwas Unrechtes bedeuten? Propagandierte nicht jeder Experte heutzutage, dass das Zwischenmenschliche zwischen Vorgesetzten und Untergebenen nicht zu kurz kommen dürfe? Vergiss erst einmal dieses Volk aus Hassel und konzentriere dich auf den angeblich untreuen Gatten. Sollte ihr Bruder doch sehen, wie er aus der Sache herauskam.

Und doch schob sich immer wieder das Foto der kleinen Selma vor ihre Augen. Die dunklen Augen und die glänzenden schwarzen Haare. Ein wunderschönes Mädchen hing in einem Bilderrahmen im Wohnzimmer der Familie Kararoglu und schaute neugierig in die Welt. Hatte der alte Taubenvater ihr tatsächlich nichts getan? Alles ganz harmlos?

Nachdem Doktor Klaus von Koschnitz nach zwei Stunden das Hotel noch immer nicht verlassen hatte, hatte Margareta aufgegeben und die B224 angesteuert, um nach Hause zu fahren.

6.

Als endlich die Polizei eintraf, war Margareta bereits mit den Nerven am Ende. Mit der Ruhe am kleinen Hasseler Bahnhof war es vorbei. Sie kannte den Ort bisher nur vom Hörensagen. Bahnhof-Hassel, was sollte das schon sein? Ein verkommener kleiner Ortsteilbahnhof, wo sich Fuchs und Hase Gute Nacht sagten. Doch Pustekuchen! Klein ja, jedoch äußerst gepflegt und vorzeigbar; Wege und Geländer neu angelegt, rollstuhlgerecht, umgeben von Wiesen und Feldern und fast als idyllisch zu bezeichnen.

Wäre da nicht die Leiche. Sie stand mit Udo Urbat – der hatte sie gestern Abend noch angerufen und sich immer wieder entschuldigt, behauptet, sie hätte bezüglich Selma natürlich recht – auf dem windigen Bahnsteig und schaute auf das einzige Gleis. Da lag eine Gestalt mit dem Gesicht nach unten. Udo behauptete, bei dem Toten handelte es sich um den Makler Jürgen Ommerborn. Er trug eine dunkle Stoffhose, darüber einen schwarzen Wollmantel, so viel Margareta erkennen konnte.

Vor einer knappen halben Stunde hatte Udo sie angerufen, dass sie sofort kommen möge. Sofort! Ein Toter am Hasseler Bahnhof. Er erklärte ihr den Weg, und schon war sie da. Frisch vom Frühstückstisch, ungeduscht, ungeschminkt, mit wilder Bettfrisur unter der Mütze. Henry hatte sich schwer aufgeregt. Wenige Minuten zuvor hatte sie noch auf die Hasseler Sippschaft geschimpft, wollte sich nie wieder dort blicken lassen, ihr Bruder könne sie mal kreuzweise, aber dann raste sie sofort los, als der Anruf kam.

»Ich verlasse dich, Margareta«, hatte Henry ihr noch hinterhergerufen.

»Macht nichts«, hatte sie geantwortet und die Tür hinter sich zugezogen.

Auf dem Weg nach Hassel – sie fuhr über zwei rote Ampelanlagen und hatte mindestens 70 km/h auf dem Tacho – fragte sie sich tausend Mal, woher Udo das mit dem Toten wusste, noch vor Polizei und Kripo. Hing er da etwa mit drin?

»Jemand hat ihn auf das Gleis gestoßen«, stellte Udo, der ganz nah an dem einzigen Gleis stand und immer wieder auf den Toten, etwa einen Meter unter ihm, schaute, fest.

»Woher wusstest du, dass er hier liegt? Das ist doch komisch und äußerst suspekt. Und da rufst du erst mich an? Die Polizei wäre doch naheliegender gewesen.«

»So blöd sich das anhört, Margareta: Ich hatte so eine Ahnung. Gestern Abend war Ommerborn noch bei Martin am Kiosk gewesen, hat eine Runde geschmissen und den friedlichen Mann gespielt. Außer mir haben alle Bier und Kaffee auf seine Kosten getrunken. Großzügig hatte er auch noch Würstchen heiß machen lassen. Allein schon, wie er aus seinem Porsche gestiegen ist. Drei Stunden später rief dann Gisbert an und erzählte, dass Ommerborn am späten Abend noch bei Norbert gewesen war. Der hätte geheult und gebettelt, er möge ihn doch endlich in Ruhe lassen. Gisbert ist dann rüber zu ihm. Da hätte Norbert auf dem Sofa gehangen, total am Ende. Ommerborn hätte ihn bedroht, endlich sein Haus zu verlassen, sonst könnte er für nichts garantieren. Ob es einen weiteren Toten geben sollte, hatte er ihn noch gefragt. Natürlich hat mir das eine schlaflose Nacht bereitet. Kannst du dir sicher denken. Ganz früh morgens habe ich Norbert angerufen. Der erzählte mir, dass Ommerborn sich mit ihm um sieben Uhr am Hasseler Bahnhof treffen wollte. Er hätte etwas Schönes für ihn. Wieso gerade am Bahnhof, hatte Koslowski ihn gefragt. Doch Ommerborn hätte nichts darauf erwidert.«

»Und dann bist du hierher zum Bahnhof gefahren, um Ommerborn zu treffen?«

»Ich wollte schauen, was los ist. Ich sah sofort seinen Porsche auf dem Parkplatz stehen. Schau, da steht die protzige Karre.« Verächtlich drehte Udo sich um und sah zum Parkplatz herunter.

Der kleine Pendlerparkplatz war für einen Samstagmorgen ziemlich voll. In die eine Richtung konnte man mit dem Zug nach Haltern fahren, die andere führte nach Essen. Ab dem Bahnhof Buer-Nord wurde die Strecke zweigleisig.

Margareta fragte sich, welcher der Pkw wohl Udo Urbat gehörte, und gab sich selbst die Antwort. »Und deiner ist der silberfarbene Astra?«

»Ja, woher weißt du das? Schönes Teil, nicht wahr? Erst drei Jahre alt.«

»Intuition«, sagte sie nur und musste schmunzeln. Einmal Spießer, immer Spießer.

»Sicherlich wollte Ommerborn Koslowski Geld übergeben. Doch wieso ausgerechnet hier? Hast du mal nachgesehen, ob er Geld bei sich trägt?«

»Sag mal, geht es noch? Ich soll da auf dem Gleis herumkriechen und werde dann überfahren?« Udo schüttelte mit dem Kopf.

»Du meinst, er wurde vom Zug erwischt? Wahrscheinlich war er schon tot, als der Mörder ihn auf das Gleis stieß.«

»Das glaube ich nicht. Der erste Zug wird ihn erwischt, nichts bemerkt haben und weitergefahren sein. Ein weiterer hat ihn einfach überrollt, hatte ihn nicht auf dem Gleis liegen sehen.«

»Woher weißt du das?«

»Den zweiten Zug habe ich selbst noch gesehen. Er kam aus Richtung Haltern.«

»Bei dir piept es wohl, Urbat. Und da rufst du nicht sofort die Polizei?«

»Das war doch erst vor einer Viertelstunde. Kurz nachdem ich dich anrief, verständigte ich sofort die Polizei.«

»Ommerborn wollte das Geld gar nicht an Koslowski weitergeben. Mit Sicherheit wollte er ihn auf das Gleis stoßen, weil das viel billiger gewesen wäre«, konstatierte Margareta.

Alles ging so furchtbar schnell. Ein Polizeiwagen nach dem anderen raste plötzlich heran. Polizeisirenen schallten durch die ländliche Region um den Bahnhof. Die Pferde auf dem neben dem Gleis gelegenen Bauernhof schauten neugierig herüber. Man begann damit, den Leichenfundort abzusperren, neugierige Passanten vom Tatort zu verscheuchen. Der Arzt traf wenig später ein und auch die SpuSi. Ein aufgeregter Streifenbeamter sorgte dafür, dass die Bahnlinie stillgelegt wurde, bevor die drei sich auf das Gleis begaben, um den Toten in Augenschein zu nehmen.

»Nichts mehr zu machen«, meinte der Arzt wenig später.

Margareta und Udo saßen auf den überdachten Sitzplätzen wie bestellt und nicht abgeholt. Man hatte ihnen aufgetragen, auf den Kommissar zu warten. Ein emsiger Polizeibeamter hatte die beiden schon gründlich befragt: Wer genau wann die Leiche gefunden hätte, wer sie überhaupt waren, ob jemand den Mann berührt hätte. Als Udo lossprudeln und von dem großen Dilemma der bösen

Machenschaften, auch dieses Maklers, berichten wollte, hob er die Hand und meinte, er möge das gleich alles dem Kommissar erzählen.

Margareta lachte sich ins Fäustchen. Endlich würde sie ihn kennenlernen, den Mann, nach dem sie schon so oft gegoogelt hatte. Helmut Blauländers Nachfolger: Thomas Scheffel, Erster Hauptkommissar des KK 11 in Buer, knapp 42 Jahre alt, groß, schlank und dunkle halblange Haare, wohnhaft in Herten. Im Internet sah er stolz und erhaben aus.

In der Realität stellte er sich ganz anders dar. Er hinterließ einen bleibenden Eindruck bei ihr. Ein noch relativ junger Mann mit seinen 41 Jahren, der gekleidet war wie ein alter Herr. Oder war er etwa wohlhabend und schmiss sich deshalb in einen grünen, fast bodenlangen Lodenmantel, mit dem er nun auf dem Bahngleis herumkroch? Dieser Mantel in Verbindung mit dem riesigen Hut ließ sie an das Aussehen eines Mörders denken, was natürlich nur ein Klischee war, da ein Mörder fast nie wie ein Mörder aussah. Das Gegenteil war der Fall. Dieser Mann klärte Morde auf.

Wenig später trat Jenny Gehrke auf den Plan, schaute Margareta eindringlich an, grüßte jedoch freundlich. Dieses rote Gift mit den meterlangen wehenden Haaren hatte sich kaum verändert in den drei Jahren. Sie hatte mit Margaretas damaligem Lebensgefährten, Hauptkommissar Stefan Kornblum, in der Kiste gelegen, während Margareta dem Rosensalzmörder auf den Fersen war. Diese schnippische Ziege würde ihrem neuen Chef, diesem Scheffel, mit Sicherheit alles über Margareta berichten, sobald sie außer Hörweite war.

Barsch, mit sonderbarem Gesichtsausdruck, als überlegte er krampfhaft, woher er sie kannte, bat Scheffel Margareta und natürlich auch Udo Urbat, ihn aufs Präsidium nach Buer zu begleiten.

Dort begann in einem schicken Büro eine mehr als lästige Fragerei. Margareta schmunzelte. Sie dachte an die kleine schäbige Dachkammer, die Helmut Blauländer während seiner Amtszeit sein Eigen nennen durfte. Dagegen wird der neue Erste Hauptkommissar sich vehement zur Wehr gesetzt haben, in so eine Spelunke zu ziehen.

Zuerst musste Margareta ihre Personalien angeben; Margareta Sommerfeld, 46 Jahre alt, ledig, keine Kinder. Mit einer ordentlichen Portion Häme im Gesicht fragte Scheffel sie nach ihrem Beruf.

»Private Ermittlerin. Wieso, was hat das mit dem Toten auf dem Bahngleis zu tun?« Margareta war wütend. Wütend über seine an den Tag gelegte Arroganz und noch wütender darüber, dass sie nicht die Gelegenheit hatte, sich herauszuputzen. Ungeduscht, ungeschminkt, ungekämmt. So musste sie ihre dämliche Mütze aufbehalten, während ein Hauch frischer Frühlingsduft von Scheffel herüberwehte.

Thomas Scheffel, der seinen Sankt Martin tauglichen Lodenmantel an den hypermodernen Kleiderständer gehängt und seinen Hut lässig darüber geworfen hatte, lehnte sich in seinem Sessel zurück und spielte mit seinem Kugelschreiber.

»Ja, ja, ja, ich habe schon von der ermittelnden Verkäuferin gehört.« Er spuckte das Wort Verkäuferin mehr als verächtlich aus.

»Von wegen Verkäuferin. Ich bin staatlich geprüfte selbstständige Ermittlerin mit sämtlichen Abschlüssen. Verkäuferin war ich früher einmal. Also, Vorsicht! Auch eine Jenny Gehrke ist nicht immer im Thema.«

Das hatte gesessen. Er setzte sich aufrecht hin, legte den Kuli zur Seite und fuhr mit seiner Befragung fort.

»Und Gisbert Sommerfeld ist sicherlich Ihr Bruder?«

Er konnte eins und eins zusammenzählen, stellte Margareta fest. »Ja, ist er. Er hat mich beauftragt, in Hassel ein wenig zu recherchieren. Ja, er war es, der dem Makler Stalewski eins auf die Nase gegeben hat, weil er massiv von ihm bedrängt worden war. Das ist so gar nicht seine Art. Er ist Inspektor beim Bauordnungsamt im Buerschen Rathaus und hat sich sonst immer unter Kontrolle. Und nun verdächtigt man ihn gleich des Mordes.«

»Na, na, na, so ist das ja nun auch wieder nicht. Man hat ihm lediglich auf den Zahn gefühlt.« Seine grünen Augen hefteten sich an Margareta.

»Was da genau in der alten Siedlung abgeht, kann Ihnen Herr Urbat besser erklären.« Margareta zeigte auf Udo, der völlig fertig auf seinem Stuhl hockte und sicherlich schon bereut hatte, sich so für seine Nachbarn eingesetzt zu haben.

Es war Margareta sofort klar, dass Scheffel Udo unsympathisch fand. Das Schmunzeln war plötzlich von seinen schönen Lippen verschwunden, seine Fragen wurden immer bissiger. Mit Sicherheit wusste er bereits von Udos Vorstrafe, denn er tippte unentwegt auf seiner PC-Tastatur herum und glotzte auf seinen Bildschirm. Dann telefonierte er mit seinem Handy, lachte mehrmals laut auf, wobei er strahlend weiße Zähne zeigte.

Nachdem er Udo Urbat mit sämtlichen Fragen bombardiert hatte, stöhnte er irgendwann laut auf und zog die Augenbrauen hoch.

»Herr Urbat, ich verstehe jedoch noch immer nicht, was Sie um sieben Uhr auf dem Bahnhofsgelände zu suchen hatten. Eins Ihrer Genossenschaftsmitglieder wurde also von

Ommerborn gestern Abend bedroht und letztendlich dort hinbestellt, weil ihm ein Sümmchen in Aussicht gestellt worden war. Statt Ihres Schützlings sind Sie zum Bahnhof gefahren, weil besagter Mann dazu angeblich nicht in der Lage war?«

»So ganz stimmt das nicht.« Udo wischte sich mit einem gebügelten Stofftaschentuch den Schweiß von der Stirn und seufzte. »Ich wollte den Makler nicht treffen. Ich wollte lediglich nachschauen, ob er tatsächlich zum Bahnhof Hassel kommen würde oder ob er dem Mann nur drohen wollte.«

»Der war ja nun da. Das angebliche Geld, das er zahlen wollte, damit der Mieter sein Haus aufgab, konnte allerdings nirgendwo gefunden werden. Weder trug der Tote es bei sich, noch fanden wir Geld in seinem Fahrzeug. Wie erklären Sie sich das?«

Nun wurde Udo wütend, stützte sich mit seinen kurzen Armen auf dem Schreibtisch auf und äußerte für seine Verhältnisse ungewöhnlich laut: »Wie ich mir das erkläre? Ganz einfach. Er wollte gar nicht zahlen. Er wollte den Mann nur loswerden, indem er ihn auf das Gleis stoßen wollte. Doch es kam ihm ein anderer zuvor und er selbst musste dran glauben.«

»Wer soll denn dieser andere gewesen sein?« Scheffel goss sich mit aller Ruhe Mineralwasser in ein Glas und trank langsam und genüsslich, ohne den beiden Anwesenden davon anzubieten. Dann öffnete er eine Schokoladenpackung, brach sich ein Stück ab und schob es sich in den wohlgeformten Mund. Auch hierbei gingen Margareta und Urbat leer aus.

»Ist das mein Problem? Finden Sie das doch heraus.« Bei Udo war so langsam Schluss mit lustig.

Es war bereits nach 13 Uhr, als Margareta und Udo das Präsidium verließen. Margareta fuhr Udo zum Hasseler Bahnhof, wo sich sein Auto befand. Dort angekommen, beugte sich gerade ein Polizeibeamter über Udos Kofferraum und steckte die Nase tief hinein.

»Was wird das hier?«, fragte Udo den Mann. Ihm wurde nun klar, wieso die Polizei vorhin seinen Autoschlüssel verlangte.

»Reine Routine«, antwortete der Mann und händigte Udo den Schlüssel aus.

Anschließend wandte Udo sich Margareta zu, die schon nervös von einem Bein auf das andere trat. »Trinken wir noch irgendwo was zusammen? Der tolle Kommissar hat uns ja nichts angeboten, obwohl ein ganzer Kasten Mineralwasser in der Ecke seines Büros stand.«

»Sei nicht böse Udo, ich muss erst einmal nach Hause, unter die Dusche und mich vernünftig anziehen. Wir telefonieren, okay?«

Wie ein begossener Pudel ging Udo zu seinem Wagen, stieg ein und fuhr davon.

Margareta begab sich ebenfalls auf den Heimweg und fragte sich wieder und wieder, wie blöd sie sein konnte, sich auf diese Sache einzulassen. Aus einem Mord waren nun zwei geworden. Nicht zu vergessen das Verschwinden der kleinen Selma. Was würde als Nächstes passieren?

Ihr Handy meldete sich. Auch das noch. Gisbert, verriet ihr ein Blick aufs Display. »Nein«, hätte sie am liebsten laut geschrien, das Handy aus der Freisprechanlage gerissen und nach hinten auf den Rücksitz geworfen. »Lasst mich doch einfach alle in Ruhe!«, rief sie verzweifelt.

Zu Hause würde sie sich Henrys Fragen stellen müssen, wieder etwas versprechen dürfen, was sie nicht halten könnte.

Nachdem sie Gisberts Anruf nicht angenommen hatte, meldete sich nun auch noch Waltraud, ihre liebe, gute Mutter, gerade als sie die Villa von Matthias, ihrem Sponsor, passierte. Sie erinnerte sich schlagartig an den morgigen Besuch bei ihm, den sie nicht noch einmal würde verschieben können.

Nachdem auch Waltraud leer ausging, schaltete sie das Handy aus und wischte sich eine Träne vom Gesicht.

»Eins nach dem anderen«, sagte sie sich. Nach einer heißen Dusche und ein wenig Schminke sah die Welt bestimmt besser aus. Henrys Fragen würde sie nur bedingt beantworten. Wenn es mir zu bunt wird, setze ich ihn vor die Tür, nahm sie sich fest vor und konnte schon wieder lächeln.

7.

Margareta erwachte noch im Morgengrauen in ihrem Bett. Neben ihr Henry, der sie aus einem wundervollen Traum geschnarcht hatte. Am liebsten hätte sie ihm einen Tritt in den Hintern gegeben. Doch was würde es nützen? Er würde aufheulen wie ein getretener Hund, sich umdrehen und weiterschnarchen. Sonntag! Am Sonntagmorgen stand sie bereits gegen sieben Uhr auf und quälte sich ins Bad. Ihr Kopf rauschte, was wohl an der Weinmenge lag, die sie gestern Abend konsumiert hatte. Natürlich hatte Henry einen Riesenaufstand gemacht, als sie heimkam. Ihn hatte es gefuchst, dass sie sich schon wieder in Hasseler Angelegenheiten gemischt hatte und sogar auf dem Präsidium in Buer war, ausgerechnet mit diesem Udo Urbat, der für Henry das rote Tuch war.

Als sie gegen Abend mit Gisbert telefonierte und ihm haarklein ihre Bahnhofserlebnisse schilderte und exakt die Leiche dieses zweiten toten Maklers beschrieb, schnaubte er nur noch, rannte im Wohnzimmer auf und ab, kratzte sich an seinem schönen Kopf und sagte gar nichts mehr. Das gleiche Spiel mit original den gleichen Monologen von Margareta folgte dann, als Waltraud anrief. Das brachte bei Henry das Fass zum Überlaufen. Er schnappte sich seine Lederjacke und verließ ihre Wohnung.

Margareta konnte einfach nicht verstehen, worüber er sauer war. Sie hatte ihm doch alles von ihrer Observation in Essen vom Vortag genauestens geschildert. Durfte sie nicht mal privat telefonieren? War das hier ein Gefängnis? In ihrer eigenen Wohnung?

Gegen 23 Uhr kam er zurück und ging sofort ins Bett.

Schmoll du ruhig, sagte sie sich und dämmerte auch schon weg.

Nach einer ausgiebigen Dusche schmiss sie sich in Jeans und Sweatshirt und setzte Kaffee auf. Es interessierte sie brennend, wie weit die Kripo in der Sache des toten Mannes auf dem Bahngleis gekommen war. Sah sie einen Zusammenhang zum ersten Mord, dem an Fritz Stalewski? Doch wie sollte sie es erfahren? Eine erneute Ortsbesichtigung? Würde das was bringen? Gegen 15 Uhr musste sie bei Matthias sein. Kaffeetrinken und Lagebesprechung. Davor konnte sie sich nicht drücken. Noch mal verschieben war nicht drin, schließlich hatte er ihr viel Gutes getan. Zu Ostern plante er eine gemeinsame Reise nach Berlin, würde, während er ihr davon zum zigsten Male vorschwärmte, an ihren Lippen hängen und auf ihre Zusage warten. Feige, wie sie nun mal war, traute sie sich nicht, ihm einen Korb zu geben, druckste herum, sagte sich: Bis Ostern sind es noch gut vier Wochen, da konnte viel passieren. Sie hatte keine Lust auf Berlin und schon gar nicht mit Matthias. So würde sie in der Sache den Kopf lieber in den Sand stecken und darauf warten, dass sich das Problem – jawohl, das war es für sie – von selbst lösen würde. Irgendwie.

Als Henry gegen acht Uhr die Küche betrat und maulte, weil keine Brötchen auf dem Tisch standen, ging der zweite Anruf von Udo ein. Margareta drückte ihn, genau wie den ersten, weg.

»Du weißt doch, wo es welche gibt. Bis zum Bäcker sind es nur 200 Meter.«

Er schenkte ihr einen bitterbösen Blick. Nach zwei Schweigeminuten und einer halben Tasse Kaffee nahm er ihre auf dem Tisch abgelegte Hand und streichelte sie zärtlich. »Wir könnten auch mal wieder frühstücken gehen, was meinst du?«

Margareta zuckte nur mit den Schultern. Wie sollte sie ihm klarmachen, dass sie unbedingt nach Hassel musste? So viele Fragen waren ungeklärt. Sie schaute aus dem Fenster. Der Regen klatschte an ihre Küchenfensterscheibe. Die Wipfel der alten Platane, die unweit des Wohnturms stand, wogten aufgebracht hin und her. Der Winter war zurückgekehrt, obwohl es bis zum kalendarischen Frühlingsbeginn nur wenige Tage waren. Nur drei Grad Außentemperatur ließen Margareta erschaudern. Das bedeutete dicke Thermojacke. Bei dem Wetter jagte man keinen Hund vor die

Tür. Mache dir mit Henry einen schönen Tag, sagte sie sich, drehte sich um und lächelte ihn an. Koche ihm was Schönes oder verwöhne ihn sonst wie. Du kannst in Hassel nichts aufhalten. Wenn es noch einen dritten Toten geben sollte, dann sollte es so sein. Plötzlich protestierte der winzige Teufel, der in ihr wohnte. Wieso sollte ich Henry verwöhnen?, wollte er wissen. Konnte *er* nicht mal was kochen? Nicht einmal eingekauft hatte er. Nach einem Blick in den Kühlschrank seufzte sie. Sei nicht ungerecht, Margareta, immerhin hat er dich zum Frühstück eingeladen.

»Ich werde zu meiner Mutter gehen. Die kocht heute Mittag bestimmt was Gutes. Schließlich hat sie einen neuen Freund, den sie bei der Stange halten will.«

»Na, die weiß, was sich gehört. Und womit hältst du mich bei der Stange?« Aus großen blauen Augen sah Henry sie an.

»Sag mal, tickst du noch ganz richtig? Das kannst du doch gar nicht vergleichen. Wieso sollte ich dich verwöhnen? Ich arbeite genauso viel wie du. Da sollte es eigentlich selbstverständlich sein, dass du dich haushaltsmäßig auch einbringst. Mal Staub saugen, mal einkaufen. Doch da kommt nicht viel.«

»Liebe Margareta, ich habe meine eigene Wohnung, die ich sauber halten muss.«

»Die meiste Zeit hältst du dich hier auf. Ich bin doch nicht deine Mutti. Und ständig Pizza mag ich auch nicht.«

»Dann koche mal was.«

»Du kapierst nichts.« Wütend holte sie sich ihre Jacke, zog ihre hohen Schuhe an und griff nach ihrer Tasche.

»Das mit deiner Mutter ist doch nur ein Vorwand. Dein Weg wird dich wieder nach Hassel führen, habe ich recht? Vielleicht kocht ja dieser Urbat was für dich.«

Während Margareta Hassel entgegensteuerte – Henry kannte sie schon ganz gut, von wegen Waltraud aufsuchen –, ließ der Regen nach, der Himmel riss auf und die Sonne schickte ein paar Strahlen herunter. Ein Zeichen? Der dritte Anruf von Udo Urbat erreichte ihr Handy, den Margareta diesmal annahm. Aufgeregt teilte er ihr mit, dass er bei Bahlke am Kiosk stehen würde. Ganz schön was los wäre dort. Zuerst hätten sie sich in der Bude aufgehalten, was ziemlich eng gewesen wäre, doch jetzt, wo der Regen sich verzogen hat, wären sie draußen. Wie ein Kind hatte er sich gefreut, als sie ihm mitteilte, dass sie schon unterwegs nach Hassel sei.

Du bist bescheuert, Margareta, schalt sie sich selbst. Statt mit Henry im Berger Schloss fürstlich zu frühstücken, wollte sie sich tatsächlich zu dem sabbelnden Kiosk-Volk gesellen? Tickte sie noch ganz richtig? Sinnvoller wäre es, Norbert Koslowski sowie diese Trine, die beim alten Taubenvater putzte, alleine zu kontaktieren. Dann wollte sie Kontakt mit diesem Zielinski aufnehmen und sich nach einem Haus in Hassel erkundigen, um ihm dabei auf den Zahn zu fühlen. Ein Blick auf ihre Uhr sagte ihr, dass es heute mit all dem sicherlich nichts mehr werden würde. Um 15 Uhr müsste sie bei Matthias sein. Definitiv.

Sie parkte ihren Polo unweit des Kiosks und musste schmunzeln, während sie auf den skurrilen Sonntags-Treffpunkt zuging. So viele Personen hatten sich bisher noch nie um den roten Tisch versammelt. Im selben Moment fuhr ein dunkelblauer Daimler vor, zwängte sich in eine freie Parklücke direkt vor ihnen und fuhr dabei mit Schmackes durch eine Pfütze, die der Regen im Rinnstein gebildet hatte. Eiskaltes, schmutziges Wasser ergoss sich über Margaretas neue Boots sowie über die hellblaue Jeans. Dieses Ferkel.

Der smarte Typ im Cordanzug, Mitte 40, dunkelhaarig mit braunen Augen, stürzte auf sie zu, deutete einen albernen Handkuss an und entschuldigte sich tausendfach. Er käme für den Schaden auf, betonte er zig Mal. Als er sich endlich vorstellte, fiel Margareta die Kinnlade herunter. Das also war Peter Zielinski, der gefürchtete Spekulant, der eigentlich nur im Dunkeln agierte, wie ihr erzählt wurde. Was wollte er hier? Ihre Idee, den Mann unter dem Vorwand, ein Haus kaufen zu wollen, zu kontaktieren, konnte sie nun vergessen.

Gerade einmal elf Uhr und am winzigen Tisch wurde Kartoffelsalat mit Bockwurst verzerrt. Der füllige, große Budenbesitzer Martin Bahlke war sichtlich stolz, so eine Mahlzeit an seinem Kiosk bieten zu können, obwohl der Salat aus dem Eimer stammte und er ihn käuflich erworben hatte. Da konnte er noch so oft »hausgemacht, hausgemacht« in den sonntäglichen Morgen rufen. Eimerware blieb Eimerware. Klar war auch dieser Salat irgendwo in einem Haus hergestellt worden und nicht draußen auf dem Feld, insofern stimmte seine Aussage.

Udo begrüßte Margareta, als hätte er sie zehn Jahre nicht gesehen. Küsschen links, Küsschen rechts, einschließlich einer fetten Umarmung. Neben ihm stand Hedwig Starke, die Udo ihr vorstellte. So elegant hatte Margareta sich diese Taubenvater-Putzfrau gar nicht vorgesellt. Zwar vollschlank, doch top gekleidet, schicke rote Jacke und Jeans, top modische blonde Kurzhaarfrisur, dezent geschminkt, starrte sie Margareta aus neugierigen blauen Augen an. Margareta musste ihre Meinung revidieren. So sah keine Frau aus, die gemeinsame Sache mit einem alten Taubenvater machte. Doch wusste man es? Sie wollte so gar nicht zu diesem Siedlungsvolk passen. Gelegenheit, mit ihr alleine zu sprechen, würde sie an diesem Morgen gewiss nicht haben. An Hedwigs Beinen klebten Kaspar und Mariechen, zwei winzige Rauhaardackel, die Schutz vor Detlev Rahnfeldts Pudel Pico suchten. Anscheinend fürchteten sie sich vor diesem niedlichen Hund. Rahnfeldt glotzte Margareta durch seine dicken Brillengläser an, nickte ihr zu, was als Gruß genügen musste.

Ihr Bruder Gisbert und Norbert Koslowski durften in dieser illustren Runde natürlich nicht fehlen. Während Gisbert gelangweilt zu seiner Schwester herübergrüßte, kam Norbert angelaufen, um sie in die Arme zu nehmen.

Margareta wunderte sich, woher er diesen altertümlichen beigefarbenen viel zu großen Trenchcoat hatte. Ein bisschen wie Columbo sah er aus. Sämtliche Essensgerüche hafteten diesem Teil an.

»Margareta, schön, datte da bis. Du has ja sicher schon gehört, wat passiert is. Quatsch! Du wars ja dabei gewesen, als man den Toten aufem Bahngleis fand, hat Gisbert erzählt. Is dat nich furchbar?«

Margareta war Norberts Auftritt peinlich, und sie dachte noch, hoffentlich fängt er nicht an zu heulen, da plärrte er auch schon los wie ein kleines Kind, dem man sein Schippchen weggenommen hatte. Mit aller Kraft wollte Margareta sich aus der Umarmung mit ihm lösen; doch keine Chance, bis ihr Gisbert zu Hilfe kam und seinem Nachbarn an den Kragen fasste. »Nun reiß dich mal zusammen, Norbert! Wir sind doch hier nicht im Kindergarten.«

Der stolze Benz-Besitzer Peter Zielinski wurde ignoriert, niemand erwiderte seinen schmalzigen Gruß, und auf die Frage, ob er allen vielleicht etwas Gutes tun und ihnen ein Getränk spendieren könnte, verneinten die meisten. Hedwig Starke ging wütend auf ihn los.

»Was wollen Sie hier? Unruhe stiften? Wen hetzen Sie uns denn nun auf den Hals? Ist überhaupt noch einer bereit, für Sie zu arbeiten? Die zittern doch bestimmt schon alle und haben Angst, der Nächste zu sein. Oder meinen Sie vielleicht, jetzt ist Ruhe? Sie sind zu weit gegangen, Zielinski. Eindeutig. Vorgestern wurden am helllichten Tag in meinem Garten zwei junge Bäume abgesägt. Wie erklären Sie sich das?«

»Ich weiß nicht, was Sie wollen, gute Frau. Damit habe ich nichts zu tun. Weder mit den beiden Toten noch mit Ihren Bäumen.« Peter Zielinski räusperte sich nervös. Sein dickes Auftragen war nur gespielt, was man unschwer erkennen konnte.

»Die gute Frau hilft Ihnen gleich!« Hedwig Starke war kaum zu bremsen, und Martin Bahlke musste sie aufhalten.

»Lass gut sein, Hedwig, das bringt doch nichts.« An Zielinski gewandt: »Es ist besser, Sie gehen, Herr Zielinski. Die Leute sind genug verunsichert und haben Angst. Es reicht, was hier in der Siedlung abgeht. Finden Sie nicht?«

»Wollen Sie mich etwa des Mordes an meinen eigenen Maklern bezichtigen?« Immer wieder ging sein Blick zu Margareta. Sicherlich fragte er sich, wer sie war und was sie wollte.

Nun war es an Udo, sich einzumischen. »Das nicht, aber mit Ihrer rauen Methode, sich die Häuser unter den Nagel zu reißen und weiterzuverkaufen, haben Sie schon viel Unheil angerichtet. Die alte Frau Steiner ist an Herzversagen gestorben, nachdem einer Ihrer Makler ihr zugesetzt hatte. Zäune wurden demontiert und wie jetzt bei der Frau Starke Bäume abgesägt. Einige bekamen Kündigungen von Ihrem Anwalt ins Haus geschickt, obwohl sie von der RAG ein lebenslanges Wohnrecht zugesichert bekommen haben. Wie weit wollen Sie noch gehen?«

»Alles rechtens, alles rechtens. Ich habe mich mit meinen Anwälten abgesprochen.« Zielinski – eigentlich recht gut aussehend – sprang um den roten Tisch wie Rumpelstilzchen.

»Was wollen Sie hier?«, mischte sich Suleyman ein. »Die Lage checken? Schauen, wie die Stimmung ist, Alter?«

»Vielleicht will ich Ihnen meine Hilfe anbieten?«, äußerte Zielinski kleinlaut.

Alle fingen an zu lachen. Wie irrsinnig. Erst niederknüppeln und dann aufhelfen wollen.

»Ausgerechnet Sie?« Bahlke kroch dem Mann ganz nah ins Gesicht. »Es ist wirklich besser, Sie verschwinden jetzt. Oder wollen Sie an irgendeinem Baum aufgehängt werden?«

»Sie drohen mir? Erst murksen Sie zwei meiner besten Makler ab und dann drohen Sie mir?« Zielinksi kam sich längst nicht mehr groß vor.

»Vorsicht, du Pappnase. Ich habe niemanden abgemurkst. Außerdem geht Drohen ganz anders, mein Freund, das kannst du mir glauben!« Bahlke räumte einige Teller vom Tisch und verschwand fluchend in seinem Kiosk.

Zielinski gab Margareta mit den Worten »Kaufen Sie sich ein paar neue Schuhe« seine Visitenkarte, stieg in seinen Daimler und fuhr davon.

Ihr »Und die Hose?« konnte er schon nicht mehr hören.

Ein Stimmengewirr vom Allerfeinsten konnte Margareta wahrnehmen. Alle redeten gleichzeitig und ließen ihre Wut heraus. Ein Kunde näherte sich und schaute verwundert, als er im Kiosk verschwand, um sich eine Bild-Zeitung zu kaufen. Zwei Omis wühlten in den bunten Zeitschriften, die von Königinnen und Königen berichteten. Kleine Kinder kratzten ihr Geld zusammen, um sich eine

Tüte gemischte Bonbons zusammenstellen zu lassen. Spontan hielt ein Auto, ein Jüngling sprang heraus und in den Kiosk hinein, um sich Kippen, Bier und Chips mitzunehmen. Fast ein Drive-in.

Die große Frage war: Was hatte Zielinski hier gewollt? Die Lage checken? Hatte er Angst, der Nächste zu sein, der irgendwo tot aufgefunden wird?

Neun Augenpaare starrten Margareta an, als diese sich verabschiedete, so, als wollten sie sie festhalten, von ihr hören wollen, wie es nun weiterginge.

Urbat war ein einfach gestrickter Mann, musste Margareta feststellen, während er ihr einen Tee kochte. Und doch hatte er etwas Liebenswertes an sich, was auch seine Zechenhausfreunde zu schätzen wussten. Wieder saß sie an seinem Küchentisch, wieder zelebrierte er seine Teekoch-Aktion, holte Plätzchen aus dem Schrank, von Mutti gebacken, wie er mehrfach betonte – sie wusste gar nicht, dass er überhaupt noch eine hatte –, und setzte sich anschließend mit traurigem Blick zu ihr an den Tisch. Er war in seiner trüben Gedankenwelt versunken. Suchte er in seinen Hirnwindungen nach dem Mörder oder gar nach den Mördern? War er deshalb so melancholisch? Oder spielte er vielleicht nur den Träumer und war schlauer, als sie vermutete? Wieso fragte sie ihn nicht einfach, wen er in Verdacht hatte? Vielleicht aus Angst, dass er selbst mit der Sache was zu tun haben könnte? Hatte er das Leid seiner Nachbarn nicht länger mit ansehen können und zum Seil gegriffen, um Stalewskis Leben ein Ende zu setzen, und kurz darauf diesen arroganten Ommerborn vor den Zug gestoßen? Traute sie ihm das etwa zu? Nur, weil er einmal im Leben etwas Unrechtes getan und sich an fremder

Leute Geld bereichert hatte? Er war bestraft worden und die Sache erledigt, sagte sie sich. Doch ein leiser Zweifel wie ein feiner Stachel, der hin und wieder piekste, blieb.

Udo redete wenig, war sichtlich fertig mit der Welt. Die meiste Zeit schwiegen sie gemeinsam, jeder hing seinen Gedanken nach. Ein leises Lächeln kam über seine Lippen, als Margareta zusagte, mit ihm am nächsten Morgen um den Picksmühlenteich zu schlendern und sich gemeinsam das verlassene Haus anzusehen. In Gedanken sah er sich bereits darin herumlaufen.

Die Zeit drängte, Matthias wartete. An Henry mochte sie erst gar nicht denken. Mit einem lauten Seufzer stand sie vom Tisch auf und verabschiedete sich.

Auf in die Höhle des Löwen!

8.

Tränen liefen Margareta die Wangen herunter. Sie saß am Küchentisch und würgte sich ein Toastbrot mit Nutella hinein, trank dazu schwarzen Tee. Das durfte doch alles nicht wahr sein. Was bildete sich dieser Kerl bloß ein? Geld regiert die Welt, oder wie? Hatte er überhaupt irgendwelche Rechte, dieser Staatssekretär a. D.? Nur, weil er ihr Geld geliehen, das er ihr regelrecht aufgedrängt hatte, hieß das noch lange nicht, dass er über sie bestimmen konnte.

Tacheles musste er mit ihr reden, hatte er gemeint, nachdem sie ihm beim gestrigen Kaffeetrinken mutig mitgeteilt hatte, dass aus ihrer gemeinsamen Oster-Berlinfahrt nichts werden würde. Sein selbst gebackener Marmorkuchen blieb ihm fast im Halse stecken. Dann ließ er die Katze aus dem Sack, als hätte er es lange geübt, ihr die Pistole auf die Brust zu setzen.

»Es gibt nur einen Menschen, der perfekt zu dir passt, liebe Margareta Sommerfeld, und das bin nun mal ich. Ich werde für dich mitdenken und dir ein angenehmes Leben bieten. Du brauchst nicht mehr zu arbeiten, ziehst hier ein und lebst an meiner Seite. So nach Art einer Gesellschafterin. Das mit der Liebe kommt schon noch. Du wirst sehen.« Das waren genau die Worte, die er ihr gestern gesagt hatte. Todernst. Er war im Vollbesitz seiner geistigen Kräfte und keineswegs betrunken. Steckte vielleicht ihre Mutter Waltraud dahinter? Hatten die beiden das zusammen verhackstückt?

Geschockt hatte Margareta das Gespräch mit den Worten »Du lebst im falschen Jahrhundert, lieber Matthias« beendet.

Sie hatte die Hohenzollernbrücke in Köln vor Augen. 300.000 Liebesschlösser hingen an ihr. Paare, die sich ewige Liebe schworen, das Schloss an der Brücke befestigten und den Schlüssel in den Rhein warfen. Wie blöd konnte man sein?

Tiefstes Mittelalter. Ketten, Schlösser, Keuschheitsgürtel. Noch in dieser Woche würde sie Matthias das restliche Geld überweisen und Tschüss mein Freund! Nie wieder würde sie sein Museum, in dem sie sich tatsächlich einmal geborgen gefühlt hatte, betreten. Allerdings würde sie auch Aron nicht mehr wiedersehen. Aron, seinen tollen belgischen Schäferhund, der ihr sehr ans Herz gewachsen war.

Frustriert war sie nach Hause gefahren und hatte sich von dem auf dem Sofa liegenden Henry trösten lassen. Zum Glück war er nicht nachtragend. Woher sie den ausstehenden Betrag bis Ende der Woche locker machen sollte, um ihre Schulden bei Matthias zu bezahlen, war ihr ein Rätsel.

Gegen zehn Uhr kreuzte Margareta am Montagmorgen bei Udo auf. Er schien schlecht geschlafen zu haben. Mit verknittertem Gesicht und ungekämmten nassen Haaren verteilte er Tassen, schenkte den gut duftenden Tee aus und bot wieder von den selbst gebackenen Mutti-Keksen an.

»Wollen wir dann gleich los? Soll ich eine Kamera mitnehmen?« Udo schien plötzlich aufgeregt.

»Was willst du fotografieren? Das macht doch nur Sinn, wenn wir in das leer stehende Haus eindringen.« Margaretas Augen weiteten sich.

»Traust du dich denn?«, fragte Udo und lächelte spitzbübisch.

»Du, ich war schon in ganz anderen Häusern gewesen. Einmal, als ich unterwegs war, um den Rosensalzmörder dingfest zu machen, habe ich eine Hütte aufgebrochen und wurde erwischt. Der Besitzer wollte mich zur Strafe vergewaltigen.« Margareta konnte mittlerweile schmunzeln, wenn sie daran dachte.

»Nicht dein Ernst? Wie konntest du entkommen?«

»Indem ich ihm einen Schraubenzieher ins Auge stach. Nicht zu vergessen die große Kluge-Villa, in der ich mit dem Stadtstreicher Felix einbrach. Ging leider weniger gut aus. Der Hausherr nahm mich gefangen und Felix türmte mit der Barschaft.«

»Davon las ich in der Zeitung. Das musst du mir unbedingt mal genau erzählen.«

»Ach, da will ich gar nicht mehr dran erinnert werden. Wollen wir los?« Einen letzten Keks, und Margareta erhob sich von ihrem Stuhl.

»Ich föhne mir nur noch schnell die Haare. Ja, ich weiß, du musst später noch nach Essen. Dein neuer Fall. Ich beeile mich.«

Nein, ich werde es ihm nicht erzählen, nahm Margareta sich fest vor. Immer wieder habe ich mit Todesfällen zu tun. Das kann doch nicht normal sein. Was ist in meinem Leben schiefgelaufen? Hatte Stefan, der Kommissar, recht? Stimmt bei mir in der Birne tatsächlich was nicht?

»Wen hältst du für den Mörder?«, traute sie sich plötzlich den überraschten Udo zu fragen. Gestern hatte sie noch Bedenken.

Er knetete sich sein Kinn, als schien er ernsthaft zu überlegen. »Vielleicht Bahlke? Er hat so eine rechte Ader. Schon lange ist er dieses Theater in der Siedlung leid. Oder dein Bruder Gisbert?«

»Spinnst du? Nur weil er dem Makler eins auf den Nase gegeben hat, ist er doch nicht gleich ein Mörder. Jetzt gehst du zu weit, Udo.«

»Du hast mich gefragt, Margareta, und ich habe ehrlich geantwortet. Sind doch nur Vermutungen. Wie ist denn deine Meinung? Wer ist dein Favorit?«

»Vielleicht warst du es ja!« Immer noch verärgert, sah sie ihn misstrauisch an.

»Das wusste ich, dass das jetzt kommt. Eine Retourkutsche sozusagen.«

Schweigen war angesagt. Wenig später war Udo im Bad verschwunden, um sich die Haare zu föhnen. Margareta ging zum Küchenfenster und starrte Löcher in die Umgebung.

Eine äußerst melodische Türklingel ertönte plötzlich. Wer konnte das sein? Udo schien sie nicht gehört zu haben. Margareta verließ ihren Ausguck, bewegte sich zur Tür, drückte den Türsummer und öffnete wenig später, als sie ein Hüsteln im Treppenhaus vernahm, die Wohnungstür.

Eine verblüffte, stark duftende Hedwig Starke stand ihr mit skeptischem Blick gegenüber. Dieser Blick sprach Bände. Gehässigkeit pur.

»Ist der Udo nicht da?« Sie schaute angestrengt an Margareta vorbei in die Diele.

Was wollte sie sehen? Einen nackt umherspringenden Udo? Und wieso sollte er nicht da sein? Was sollte Margareta alleine in seiner Wohnung?

»Er ist im Bad.«

»Es ist sehr dringend. Ich müsste ihn sprechen«, sagte sie und rieb sich bereits ihre monströsen Mokassins an der Matte ab.

Nun gab es für Margareta kein Zurück mehr. Sie musste die Alte hereinlassen, schließlich war Udo Genossenschaftsobmann und Leiter der Hasseler Bürgerinitiative und hatte in der Wohnung extra ein Büro für seine Schäfchen, zu denen auch Hedwig zählte, eingerichtet. So gab sie die Tür frei und presste ein unfreundliches »Bitte« hervor.

Indes kam der froh gelaunte Udo aus dem Bad und begrüßte die aufgetakelte, nach Moschus duftende Hedwig. »Was gibt es denn, Hedwig, was ist passiert?« Er legte den Am um ihre Schulter, ganz der tröstende Vater.

»Ich hoffe, ich halte dich nicht auf? Ich sehe, du hast Besuch?«

Udo sagte nichts mehr, führte Hedwig in sein Büro und ließ Margareta in der Diele stehen. Zum Glück hatte er die

Tür offen stehen lassen, denn sonst wäre Margareta sofort von der Bildfläche verschwunden.

Sie unterhielten sich über die beiden abgesägten Bäume, entnahm Margareta den aufgeregten Satzfetzen der Bergmannswitwe. Vorher- und Nachher-Fotos sollten diese Gräueltat wohl unterstreichen.

Eine Viertelstunde später – Margareta hatte in der Zeit mit ihrer Mutter Waltraud telefoniert – konnte es endlich losgehen.

Margareta und Udo krochen durch die Buchsbaumhecke und gingen von hinten durch den Garten auf das unbewohnte Haus zu. Udo ganz professionell mit der Digi-Kamera um den Hals, schritt sofort zur Terrassentür und blickte durch die schmutzige Scheibe ins Innere des Wohnzimmers, zählte all die Dinge auf, die er sah und die Margareta bereits kannte.

Gelangweilt rollte sie mit den Augen, bediente sich ihres Schraubenziehers und stieß anschließend die Terrassentür auf, die knarzend den Weg nach innen freigab.

Erstaunt betrat Udo nach Margareta das Wohnzimmer. Er schickte ein vorsichtiges »Hallo« durchs Haus, was nicht einmal eine Maus gehört hätte. Zweifelsohne: Er hatte Angst.

Margareta inspizierte die alte Matratze, die voller Flecken in sämtlichen Farben dalag, nun aus der Nähe, wühlte mit dem Fuß in den Müllbergen, nahm sich jede Ecke vor, suchte nach Spritzen, die ein Junkie zurückgelassen hatte. Es roch nach Feuchtigkeit und Fäkalien.

»Weißt du, wie lange hier schon keiner mehr wohnt? Also offiziell, meine ich?« Margareta schaute Udo an, der sich gebückt hatte, um etwas in der Ecke Liegendes genauer zu betrachten.

»Die Firma, der das Haus gehört, will es verkaufen, findet jedoch keinen Käufer. Mindestens drei bis vier Jahre steht es leer.«

»Und wer hat in der Zwischenzeit hier gehaust?«

»Was weiß ich?« Udo zuckte nur mit den Schultern und steckte seinen Kopf in die Diele. Als er diese betrat, erklang im oberen Stockwerk eine alte Uhr und schickte acht tiefe Glockenschläge in die Stille.

Margareta stutzte. »Entweder die Uhr – wohl eine Standuhr – ist batteriebetrieben oder jemand war hier gewesen und hat dieses Teil aufgezogen. Geh nach oben und schau mal nach«, forderte sie Udo auf.

»Ich? Was, wenn sich einer da oben versteckt hält?«

Margareta musste lachen. »Dann hebst du ein Kantholz vom Boden auf und ziehst ihm damit eins rüber.« Damals auf dem Zechengelände in der alten Lohnbuchhaltung, als er das Geld mitgehen ließ, war er doch auch nicht so zimperlich, dachte sie.

Als Udo keine Anstalten machte, das obere Stockwerk aufzusuchen, stieg sie die Treppe empor.

Udo blieb im Untergeschoss. Ein leises Klimpern ließ ihn aufhorchen. Der winzige Kronleuchter über seinem Kopf begann sich hin und her zu bewegen.

»Hallo?«, fragte Udo verängstigt. Ihm wurde heiß. »Margareta?«

Doch Margareta war wie vom Erdboden verschwunden.

Stille! Nichts als Stille!

Was ging da oben ab? Außer dem Ticken der alten Uhr konnte er kein Geräusch vernehmen.

Als nach gefühlten 20 Minuten noch immer nichts von Margareta zu hören war, schlich er ängstlich die Stufen nach oben. Geradeaus führte die Treppe direkt zu einer verschlossenen Tür. Daneben die imposante Standuhr mit dem angsteinflößenden Ticken.

Raus hier!

Udo Urbat bekam es mit der Angst zu tun, die immer stärker von ihm Besitz ergriff. Mach dich vom Acker, sagte ihm eine innere Stimme. Diese Margareta Sommerfeld bringt nichts als Unruhe. Hätte ich sie doch bloß nie wiedergetroffen, jammerte die Angststimme in ihm.

»Raus hier«, schrie sie, »lass die Sommerfeld alleine weitermachen.« Was ist hinter der Tür? Hatte der Mörder auf Margareta gewartet und sie zur Strecke gebracht?

Langsam öffnete er sie, schob sie sachte auf und schaute in den Raum. Scheinbar handelte es sich um ein Schlafzimmer. An der Wand gegenüber ein muffiges Bett mit ekeliger Bettwäsche, daneben ein maroder Schrank, in der rechten Ecke unter dem Fenster ein Tischchen und ein Stuhl, auf dem Margareta hockte und fasziniert in einem Album blätterte.

»Udo, schau mal, ein altes Fotoalbum. Ob die Leute, die darin verewigt sind, hier mal gewohnt haben?« Völlig aufgeregt blätterte Margareta mit leuchtenden Augen weiter in dem nostalgischen Ding, welches die Mieter wohl zurückgelassen hatten.

»Sag mal, geht es noch? Ich mache mir Sorgen, und du schaust dir in aller Seelenruhe Fotos an?«

Nachdem die beiden das andere Zimmer auf der Etage und den Dachboden durchsucht hatten, verließen sie enttäuscht das Haus.

»Das war wohl nichts«, meinte Margareta und ließ die Schultern hängen. »Ich will dann auch mal los. Der Auftrag in Essen wartet auf mich.« Die Worte kaum ausgesprochen, machte sie eine unerfreuliche Entdeckung.

Thomas Scheffel kam auf sie zu. Und er war nicht allein.

»Betreten für Unbefugte verboten, steht da auf dem Schild. Ich hoffe doch, Sie können lesen, Frau Sommerfeld?«

»Das Haus steht zum Verkauf, da werde ich es mir doch wohl mal ansehen dürfen?«

»Wie sind Sie hineingekommen?« Scheffel verstand keinen Spaß.

Wieso sind wir nicht wieder durch die Terrassentür nach draußen, wo wir hineingelangt sind, sondern wie selbstverständlich durch die Eingangstür nach vorne raus? Wie blöd konnte man sein?, fragte Margareta sich. Scheffels Frage ließ sie unbeantwortet.

Ein kleiner Rauhaardackel, Scheffels Begleitung, kam auf sie zu. Der Wind spielte mit seinen Schlappohren. Er legte den Kopf schief, blieb vor Margareta stehen und schaute sie aus braunen Augen an. Verzückt ging Margareta in die Knie und begann, den niedlichen Kerl zu streicheln.

»Sei vorsichtig, wer weiß, was der hat. Vielleicht Tollwut oder Flöhe. Gleich beißt er dich.« Udo Urbat schaute angewidert auf das Tier herunter. Mit Hunden hatte er es anscheinend nicht so. Dabei hatte er doch selbst mal einen besessen, soweit sie sich erinnern konnte.

Margareta musste lachen. Da streichle ich lieber einen fremden Hund als irgendeinen Kerl, der mir über den Weg läuft, dachte sie amüsiert.

»Willi ist harmlos, hat weder Flöhe noch Tollwut«, meinte Scheffel, erklären zu müssen.

»Ich habe keine Angst.« Margareta lächelte ihn an.

Heute kam der Mann ihr unheimlich groß und männlich vor. Wieder trug er den grünen Lodenmantel, einen

Filzhut auf dem Kopf und einen braunen Schal um den langen Hals. Typ passionierter Freizeitjäger, assoziierte Margareta und schaute in seine moosgrünen Augen. Nun reichte er ihr auch noch forsch seine Hand, wohl, weil sie seinen kleinen Liebling gestreichelt hatte. Das brachte ihr Pluspunkte. Sein Händedruck war hingegen alles andere als forsch. Die Hand fühlte sich leblos und feucht an. Margareta hasste eingecremte Hände und hätte sich schütteln können. Das gab Punktabzug.

Mit sonorer Stimme fragte er Margareta und auch Udo Urbat, dem er ebenfalls notgedrungen die Hand gereicht hatte, erneut, was sie hier zu suchen hätten.

Margareta ritt mal wieder der Teufel. Sie wollte Scheffel ein wenig auf die Schippe nehmen. »Ich suche noch eine Leiche. Aller guten Dinge sind schließlich drei!«

Scheffel schmunzelte. »Stellen Sie sich vor, ich suche den Mörder der anderen beiden Opfer. Ich habe zwar heute frei und bin offiziell privat mit Willi hier, doch ein Kommissar ist eigentlich immer im Dienst.«

Margareta konnte sich einfach nicht von Willi lösen, ging erneut in die Knie, um ihn zu herzen.

»Machen wir es kurz. Sie und Herr Urbat haben hier nichts verloren. Und das wissen Sie, oder?«

»Ich muss sowieso los. Ein neuer Fall wartet.«

»Private Ermittlerin«, spuckte er höhnisch grinsend die beiden Worte aus. »Da halte ich überhaupt nichts von.«

Margareta wurde wütend. »Und ich mag keine Kommissare mit Hut und Lodenmantel.«

Thomas Scheffel schwieg peinlich berührt, hielt Margareta für verrückt, leinte Willi an und machte auf dem Absatz kehrt.

9.

Margareta setzte sich mit ihrem Notebook in den hellen Sessel des gemütlichen Standardzimmers zum Tagesbestpreis von 69 Euro und sah sich um. Dienstag, der 19. März, 12 Uhr. Ein Blick aus dem Fenster verriet ihr: trübes, trockenes Restwinterwetter in Hagen, zwei Grad Plus. Links der Steinpark, in dem einige dick vermummte Hundefreunde ihre Lieblinge durch die Gegend führten, rechts das Kongresszentrum.

Normales Hotelzimmer mit braunen Holzmöbeln, Schreibtisch, Flatscreen-TV, Teppichboden und beigefarbenen Vorhängen. Mit dem Auto wäre sie in nur fünf Kilometern in der Fernuni, falls man sie dort überhaupt hineinließe, verriet ihr Google. Ein Augenaufschlag und einige Male die Brust herausstrecken hatte es sie gekostet, um vom Portier zu erfahren, in welchem Zimmer Doktor Klaus von Koschnitz, Firmeninhaber der Koschnitz-Werke, die zu gleichen Anteilen jedoch auch seiner Frau Dietlinde gehörten, wohnte und ob er schon angereist war. Immerhin hatte er ein Superior-Zimmer auf der gleichen Etage wie Margareta. Ob seine Sekretärin in einem Extrazimmer untergebracht werden würde, falls sie überhaupt dabei wäre, wurde sie nicht gewahr. Da hätte sie sich schon mit dem Kerl verabreden müssen, wozu sie nicht bereit gewesen war.

Margareta öffnete die Bilder-Datei und besah sich die letzten Fotos, die sie gestern von Klaus und seiner angeblichen Sekretärin geschossen hatte. Vor diesem unscheinbaren Hotel in Essen, in der Tiefgarage seiner Firma, vor einem Apartmenthaus in Essen-Rüttenscheid und sogar vor einem Frisörladen. Immer diese sportliche Blonde an seiner Seite, Mitte 20, die vom Äußeren her überhaupt nicht zu ihm passte. Wahrlich kein schöner Mann, etwas übergewichtig, fast kahlköpfig, dem Aussehen nach mindestens 70 Jahre auf dem Buckel. Wie mochte die Frau ihren Chef und Gebieter in zärtlichen Stunden wohl nennen? Doch wohl nicht Klaus? Vielleicht Bärchen oder Klausi, vielleicht gar Schnucki. Sie musste schmunzeln. Auch sie hatte mal einen Partner mit Kosenamen Schnucki. Zum Glück war er Geschichte. Jedenfalls war Klaus ein unmöglicher Vorname, der nur mit Geld wettzumachen war, fand Margareta.

Seit Henry ihr gestern noch einmal ins Gewissen geredet hatte, ihre Arbeit ernst zu nehmen, wohlbemerkt, die bezahlten Aufträge, saß sie die halbe Nacht, um ihre Beweissammlung ordentlich zu vervollständigen. Recht hatte er. Obwohl er die Meinung vertrat, dass fremdgehende Ehepartner zu ertappen für einen Ermittler die blödeste Aufgabe sei. Doch auch hier ging es nur ums Geld, hielt Margareta dagegen.

Dietlinde zahlte gut, da sie Angst um ihre Firmenanteile hatte, und sollte dafür auch vernünftige Arbeit erhalten. So waren die Hasseler Typen samt den beiden Toten in den Hintergrund gerückt, ebenso Udo Urbat. Den alten Taubenvater hatte sie noch gar nicht kontaktiert. Außerdem war ein erneutes Treffen mit Gisbert geplant. Sie musste schmunzeln, wenn sie an die gestrige Hausbesichtigung mit dem ängstlichen Udo dachte.

In diesem warmen gemütlichen Hotel zu recherchieren, war mit Sicherheit angenehmer als das stundenlange Sitzen im Auto, um zu warten, zu warten, zu warten, bis das Zielobjekt auftauchte. Margareta hatte an manchen Tagen schon bis zu zehn Stunden im Auto gesessen. Dagegen war das Nachforschen am PC ein Vergnügen. Sich mit zahlreichen Fake-Profilen durch die sozialen Netzwerke zu wühlen, strengte jedoch auch an. Ach, was gab es schon umsonst, dachte Margareta seufzend.

Die Zeit verging. Auf dem Flur wurde es plötzlich unruhig. War der gute Klaus eingetroffen? Wie weit wollte sie gehen, um ihn zu ertappen? Ob eines der Zimmermädchen ihr behilflich sein könnte?

Sie entschied sich, die Lobby aufzusuchen, und verließ ihr Zimmer. Das Glück war ihr hold. Klaus von und zu kam ihr mit schlurfenden Schritten auf dem Gang entgegen. Lederköfferchen in der rechten Hand, eine Frau an der linken. Doch wer war die Person, die er, als er vor einer Tür stehen blieb und diese mit der Karte öffnete, anhimmelte? Das war nicht die blonde Sekretärin. Eine schlanke, dunkelhaarige Frau mit raspelkurzer Männerfrisur befand sich an seiner Seite. So fit sah der Kerl gar nicht aus, dass er sich gleich mit zwei Damen abwechselnd außerehelich Vergnügen verschaffte. Wen hatte er da bloß mitgebracht? Vielleicht seine Tochter?

Extrem langsam, fast schon auffällig, passierte Margareta das Paar und hörte, wie die hübsche Dame zu ihrem Partner sagte: »Lass uns im Zimmer weiterreden, wer weiß, wer uns hier belauscht, Liebling.«

Keine Tochter. Eindeutig polnischer Akzent, stellte Margareta fest. Wo hatte er die Dame, die sie auf ungefähr 40 Jahre schätzte, aufgegabelt? Verfügte dieser alte Mann tatsächlich über so eine ausgeprägte Potenz, dass er gleich mehrere Damen daran teilhaben ließ? Die geschäftlichen Termine an der Fernuni waren kein Vorwand. Alles hieb- und stichfest.

Aufgeregt fuhr Margareta mit dem Fahrstuhl ins Parterre, entschied sich jedoch gegen einen Aufenthalt in der Lobby, was zweifelsohne interessant gewesen wäre, und suchte das Restaurant auf. Hypermoderne Einrichtung, glänzend schwarze Bodenfliesen, dunkle Holztische, helle Hochlehnstühle. Gesamteindruck: freundlich, obwohl wenig Licht durch die Fensterfront ins Innere fiel. Sie setzte sich in die äußerste Ecke an einen kleinen Vierertisch direkt ans Fenster und überlegte kurz, Henry anzurufen, um ihn zu fragen, was sie tun sollte, entschied sich jedoch dagegen. Okay, er hatte mehr Berufserfahrung als sie, die sie allerdings ohne seine Hilfe sammeln musste.

Das Glück war ein zweites Mal auf ihrer Seite. Während sie in ihrem Tee herumrührte und sich in dem Restaurant umsah, kam das merkwürdige Pärchen, der tolle Klaus und die dunkelhaarige Dame, herein und setzte sich an den Tisch direkt hinter Margareta. Bevor der Alte endlich saß, wie er sitzen wollte – etliche Male schob er den Stuhl geräuschvoll hin und her –, vergingen einige Minuten. Seine Partnerin nahm es anscheinend gelassen, umgarnte ihn mit freundlichen Worten, kroch ihm regelrecht irgendwo hinein. Schade, dass ich mit dem Rücken zu ihnen sitze, dachte Margareta, fand es aber wenig später beruhigend. Was, wenn der gute Mann sie eventuell während einer ihrer Observationen gesehen hatte? Hätte er in ihr Gesicht gesehen, wäre sie ihm vielleicht bekannt vorgekommen und er hätte nicht so ungestört mit seiner Gefährtin plaudern können. Doch sie sollte sich getäuscht haben. Klausi, wie seine Begleitung ihn mit rauchiger Stimme nannte, wenn sie nicht Liebling über ihre Lippen fallen ließ, war äußerst wortkarg, dabei auch noch höchst unfreundlich zu der Dame, die von ihm Marcelina genannt wurde. Nur Marcelina, ganz sachlich, nichts mit Spätzchen, Häschen oder sonst einem verniedlichenden Tiernamen. Also doch eine Polin, dachte Margareta. Sie schloss die Augen und konnte Klaus vor sich sehen, obwohl er hinter ihr saß. Sie fragte sich, ob die Frau seinen Riesenzinken wohl sexy fand. Vorhin auf dem Zimmer hatte sie sich die Fotos von ihm auf dem Laptop herangezoomt. Was fanden die Frauen bloß an diesem Mann attraktiv? Wieso hatte Dietlinde – eine äußerst aparte Frau für ihr Alter – ihn bloß vor fast 40 Jahren geheiratet? Damals war er mit Sicherheit noch nicht so wohlhabend, allerdings entstammte er einer reichen Familie. Übersah man für Geld schon mal so einen Kolben? Oder machte Liebe tatsächlich blind? Okay, die Sekretärin versprach sich, die Karriereleiter emporzusteigen, wenn sie mit diesem alten Mann in die Kiste stieg. Doch diese schöne Frau mit dem maskulinen Touch, die Margareta an eine Agentin aus einem Actionthriller erinnerte, hatte bestimmt schon einiges erreicht im Leben, so hoch wie sie ihre Nase trug. Warum hielt sie sich so einen alten Liebhaber? Auch nur des Geldes wegen? Oder zog Margareta voreilige Schlüsse und die Frau war nur eine Verwandte?

Margareta hatte sich nur einen Tee bestellt, keinen Mittagsimbiss, obwohl ein Salatteller nicht schlecht gewesen wäre.

»In einer Stunde muss ich los. Womit wirst du dir so lange die Zeit vertreiben?« Der alte Knurrhahn hustete sich den Schleim von seinen verräucherten Bronchien. Margareta hasste Raucher und ihre Marotten, legte angeekelt die Speisekarte beiseite.

»Vielleicht mache ich einen Stadtbummel. Danach werde ich auf dich warten. Wir müssen reden, Klaus.«

»Ach Marcelina, alles ist bereits gesagt. Wir werden abwarten, bis die Zeit reif ist.« Wieder hustete er sich dumm und dämlich.

»Du bist nicht mehr der Jüngste. Wie lange willst du warten? Denke daran, was du mir versprochen hast, damals am Strand von Sopot. Hast du alles vergessen? Unsere schönen Stunden?«

Anscheinend streichelte er ihre Hände, woraufhin sie aufstöhnte. »Ach, Klaus.«

»Es wird schon noch. Ich bin gerade dabei, alles einzustielen, und habe schon alle Vorbereitungen getroffen. Habe doch ein wenig Vertrauen. Meinst du, ich bin dieses Doppelleben nicht leid? Ich werde älter. Der berufliche Stress reicht mir so schon. Da will ich privat Ruhe haben. Ruhe und klare Verhältnisse. Außerdem weiß ich es zu schätzen, dass du Milosz verlassen hast, auch wenn du mich für einen gefühllosen Klotz hältst.«

Margareta hörte ein Schmatzen und wollte sich nicht vorstellen, was Marcelina da gerade küsste. Doch nicht seine von Altersflecken verunzierten Hände? Obwohl sie diese nie aus der Nähe gesehen hatte, ging sie davon aus, dass er welche hatte. Die schöne Frau hatte also einen gewissen Milosz für diesen Alten verlassen. Margareta stellte sich den polnischen Milosz, natürlich im besten Alter, durchtrainiert, braun gebrannt und dunkelhaarig vor. Verließ man so einen Typen für diesen älteren Mann? Geld war nicht alles.

»Ich will endlich ankommen, Marcelina. Jedoch nicht auf Kosten meines Lebenswerkes. Dafür habe ich zu hart gearbeitet. Ich kann mich nicht einfach scheiden lassen. Da sind auch noch meine Söhne.«

»Aber die sind erwachsen!«

»Wir haben sehr komplizierte Verträge. Ich will nicht plötzlich nackt dastehen nach einer Scheidung. Wenn ich sie verlangen würde, wären meine Firmenanteile weg. Ich stünde vor dem Nichts. Das regele ich anders.«

Marcelina schnaubte verächtlich. »Indem du ein Verhältnis mit deiner Sekretärin anfängst?«

»Woher weißt du das schon wieder? Ein reines Ablenkungsmanöver. Dietlinde ist darauf angesprungen und hetzt mir sogar schon einen Detektiv hinterher. Das ist gut so. Glaub mir, besser könnte es gar nicht laufen.«

Margareta verschluckte sich an ihrem Tee und duckte sich automatisch auf ihrem Stuhl, obwohl Klaus ihr Gesicht gar nicht sehen konnte.

»Vertraue mir und habe Geduld, Marcelina Kaczmarek.«

»Hatte ich nicht immer eine Engelsgeduld, Klaus? Wie lange kennen wir uns jetzt?«

»15 Jahre, schätze ich!«

»Genau 16 Jahre und drei Monate. Und wie oft hast du mich in der Zeit vertröstet? Gestohlene Tage waren für die dumme Marcelina gut. Dann waren die Söhne zu klein, brauchten den Vater, dann starb deine Mutter, dann war Dietlinde krank.«

Klaus wurde zornig, begann sich zu räuspern, mit dem Stuhl zu ruckeln und mit dem Verschluss seines Aktenkoffers zu spielen. »Ich habe dir nie etwas vorgemacht, dir immer die Wahrheit gesagt. Wenn es dir nicht passt, beenden wir das Ganze, du bleibst in deinem kleinen polnischen Dorf und setzt dich wieder an die Supermarktkasse. Der monatliche Scheck bleibt dann allerdings aus.«

Für Klaus war langsam Schluss mit lustig, und doch zog er das Ruder noch einmal herum. »Im Sommer werden wir wieder in Sopot am Strand liegen. Ich als freier Mann. Ein einsamer Witwer, der um seine geliebte Frau trauert.«

Margareta wusste nicht, worüber sie mehr geschockt war. Über die Vorstellung, wie der Mann sich in einer knappen Badehose an einem belebten Strand präsentierte, oder über die Tatsache, dass er Dietlinde beseitigen wollte.

Die Alltäglichkeiten, die nun am Tisch hinter ihr ausgetauscht wurden, nachdem Marcelina sich wohl beruhigt hatte, nahm sie gar nicht mehr wahr. Ihr Blut pulsierte in ihrem Kopf. Er wollte seine Alte umbringen und benutzte seine Sekretärin, um den Verdacht von sich zu schieben, wenn man Dietlinde irgendwo ermordet auffand? Machte das Sinn? Wollte er so Dietlinde in einen Hinterhalt locken? Sollte sie ihn auf frischer Tat ertappen und einem Herzschlag zum Opfer fallen?

»Ich muss jetzt los, meine Schöne. Bis heute Abend.« Beim Aufstehen stieß er Margareta den Stuhl in den Rücken, diese Ungeschicktheit auf zwei Beinen. Mit müdem Gang, als wöge der Koffer in seiner Hand zwei Zentner, verließ er das Restaurant.

»Ich werde in den Fitnessraum gehen und eine Runde in die Sauna«, rief Marcelina ihm hinterher.

Klaus drehte sich um und gab ihr mit jämmerlichem Grinsen im Gesicht den Rat, sie möge aufpassen, sich nicht zu überfordern.

Wie albern!

Eilig verließ Margareta das Restaurant. Sie musste unbedingt vor der Frau im Fitnessraum sein. Wie gut, dass sie heute Morgen noch Bikini und eine Leggings eingepackt hatte. Sie war eben eine vorausschauende Ermittlerin, klopfte sie sich innerlich auf die Schulter.

Ungefähr eine Viertelstunde später betrat Margareta den Fitnessraum des Hotels, in dem es angenehm nach Apfelsinen duftete. Ein wichtiges Telefonat hatte sie aufgehalten. Fünf Ergometer und drei Crosstrainer standen im Halbkreis nebeneinander und gaben vollen Blick durch eine Glaswand nach draußen in die trübe Noch-Winterlandschaft. Hinten an der Wand eine einladende Ruheecke mit Tisch und mehreren Korbsesseln. Gedämpfte Eins-Live-Radiomusik schaffte eine angenehme Atmosphäre. Ein älterer durchtrainierter Herr saß ganz vorne auf einem der Ergometer und gab alles. Mit einem roten Handtuch, das er lässig über die Schultern gelegt hatte, wischte er sich dauernd über die Stirn. Sein Outfit ganz in Lila war nicht ganz billig. Zwei Trainingsgeräte weiter quälte sich Marcelina. Sie hielt in einer Hand einen Getränkebecher mit einer orangenen Flüssigkeit. Ihr kurzes dunkles Haar zierte ein Stirnband. Der rote Anzug, ähnlich wie ein ärmelloses Catsuit, saß wie eine zweite Haut. Dagegen sah Margareta aus wie eine graue Maus in ihrem blauen Schlabber-T-Shirt und der schlichten schwarzen Leggings. Das lange Haar hatte sie zu einem Zöpfchen gebunden. Zu Recht kam sie sich gegen Marcelina blass und farblos vor. Eine wahrlich tolle Frau. Sie lächelte Margareta freundlich an. Margareta sprach sich Mut zu. »Ran an den Feind«, sagte sie sich und bestieg das Fahrrad rechts neben Marcelina. Zwischen zwei riesigen Griffen, an denen sie sich mühsam auf den Sitz zog, ein Display von immenser Größe mit Zahlen und wildem Geblinke. Eine Laufschrift befahl ihr, ein Programm zu wählen. Was muss ich tun?, fragte sie sich und kam sich unheimlich dumm vor. Es war Jahre her, seit sie in der Muckibude ihres Wohnorts mal ein Probetraining absolviert hatte. Da sie dieses nur mit Mühe überstand und tagelang mit Muskelkater durch die

Gegend lief, ging sie dort nie wieder hin. Tritt einfach in die Pedale, sagte sie sich. Was soll schon passieren? Genau das tat sie, mit liebem Lächeln nach links blickend. Geht doch, stellte sie fest, ignorierte das hartnäckige Blinken und trampelte munter drauf los.

»Jedes Gerät ist anders, nicht wahr?« Marcelina schaute sie mit braunen Augen an und griff mit ihrer Hand zu Margaretas Display, um mit wenigen Handgriffen ein Programm zu wählen. »Bei uns zu Hause gibt es ganz andere Geräte.«

Die haben in Polen tatsächlich moderne Fitnesscenter?, fragte Margareta sich, äußerte sich jedoch nicht dazu. Nicht wieder gleich unsympathisch und frech rüberkommen, mahnte sie sich.

Mehr als ein belangloses Gespräch entwickelte sich jedoch auch nach einer halben Stunde nicht, und Margareta, der der Schweiß nur so am Körper herunterlief, stieg völlig erledigt vom Rad und steuerte auf die Sitzecke zu. Ermitteln ja, jedoch nicht um jeden Preis. Wenig später setzte sich Marcelina zu ihr und reichte ihr ein Getränk, das sie von der Bar geholt hatte.

»Bitte schön! Das tut bestimmt gut«, meinte Marcelina und nickte ihr freundlich zu.

Wie eine Verdurstende stürzte sich Margareta auf das Mineralwasser und trank das Glas in einem Zug leer. »Ja, das tat wirklich gut. Vielen Dank!«

»Sie sind beruflich hier?«, fragte Margareta die schöne Frau.

»Ja, kann man so sagen«, entgegnete ihr Gegenüber. »Und Sie?«

»Auch«, antwortete Margareta. »Wer macht schon in Hagen Urlaub?« Sie schickte ein gekünsteltes Lachen hinterher.

Das wird schwer, dachte Margareta. Eine Nuss, die nicht so leicht zu knacken war. Und wo sollte sie die beiden bloß in flagranti erwischen? Sie brauchte mehr Beweismittel! Fotos zu dem Gesprächsmitschnitt von vorhin! Dietlinde würde Bauklötze staunen.

Udo Urbat und die beiden toten Makler traten in den Hintergrund. Marcelina und Klaus mit seinem Vorhaben hatten oberste Priorität.

10.

Suleyman saß am Küchentisch und schaute in seinen Garten. Die Forsythiensträucher hatten zu blühen begonnen. Zu Ostern würden die Kinder sie mit bunten Kunststoffeiern behängen. Er legte Wert darauf, dass sich seine Kinder, obwohl türkischer Abstammung, an den deutschen Bräuchen beteiligten. Acht Uhr am Morgen, die Sonne schien, obwohl das Thermometer nur sechs Grad anzeigte. Heute musste er zur Mittagschicht. Also noch fünf Stunden Zeit. Zeit, um mal was im Haushalt zu erledigen. Zeit, um was zu kochen. Zeit, mal im Garten Hand anzulegen. Ayse war gerade los, fuhr die Kinder zur Schule, danach zur Arbeit. Was ihm vor vier Tagen noch wie ein Geschenk des Himmels vorkam, dass seine kleine Selma unbeschadet wieder zu Hause war, ließ ihn nun immer wieder ins Grübeln verfallen. Er zweifelte an seinen Fähigkeiten, ein guter Vater zu sein, zweifelte an der Unschuld des alten Taubenvaters Heinrich, bei dem seine Tochter die Nacht verbracht hatte. Ebenso zweifelte er an seinem angeblich guten Kumpel Martin Bahlke. Hatte er was mit den Morden an den beiden Maklern zu tun und damit unbewusst seine Tochter in Gefahr gebracht? Martin mit seinen Nazisprüchen. Angeblich war er für klare Verhältnisse. Hatte er die auch geschaffen, als es ihm zu bunt wurde? Hatte er die beiden Makler ausgeschaltet? Suleyman wusste es nicht. Anderseits mochte er Martin, der für einen Kumpel durchs Feuer gehen würde, sehr. Martin war gut zu seinen Kindern, was ihm ganz viele Pluspunkte brachte. Diese blöden Zweifel. Seit letztem Donnerstag zweifelte er an allem und jedem. Wieso hatte er nichts unternommen, als ihm sein Zaun demontiert wurde? Udo Urbat wollte sich kümmern. Doch was hatte er bisher erreicht? Nichts. Hängt nur noch mit dieser blonden Tussi Sommerfeld zusammen, diese angebliche Ermittlerin. Pah! Es soll die Schwester von Gisbert Sommerfeld sein. Gisbert war in Ordnung. Hatte dem Makler eins auf die Fresse gegeben, als er ihm krumm kam. Richtig so, fand Suleyman und musste grinsen. Man musste Zeichen setzen. Sein Schwager Ahmet hatte ihm immer wieder geraten, selbst tätig zu werden, wenn wieder einmal einer der Makler vor der Tür stehen würde. »Ruf mich an, Suley!«, hatte er gesagt, »ich komme vorbei und wir hauen ihm was auf die Klappe. Der kommt nie wieder.« Ein fettes Lachen hatte Ahmets Mund verlassen. Der stets gepflegte, gut duftende Ahmet war Türsteher in einer Bar in der Essener Innenstadt. Außerdem handelte er noch mit Autos. Erzählte er jedenfalls. Doch Suleyman hatte da so seine Zweifel, wollte es jedoch gar nicht so genau wissen.

Gewalt wäre der falsche Weg, hatte Ayse immer wieder gepredigt. Wir lösen unsere Probleme in Frieden. Und wie weit sind wir gekommen?, fragte er sich immer wieder. Die beiden Makler – wer immer sie auch beiseitegeschafft hatte – sind weg, doch Zielinski wird nicht aufgeben. Niemals. Gerade auf Suleymans Haus war er scharf. Es hatte das größte Grundstück in der Straße, war von Grund auf renoviert worden. Klar, dass er spitz darauf war, dieser Ganove.

Suleyman trank seinen starken Kaffee, doch davon besserte sich seine Laune auch nicht. Sollte er das mit dem friedlichen Lösen der Probleme mal vergessen und auf seinen Schwager Ahmet hören? Ayse und er hatten so viel erreicht im Leben und immer auf ehrlichem Wege. Er sah sich in seinem Wohnzimmer um. So ein schönes Zuhause hatten sie sich geschaffen. Die Kinder waren gesund und sein ganzer Stolz. Sollte er sich das alles kaputt machen lassen? Er schlug so heftig auf die Tischplatte, dass er davon zusammenzuckte. »Nein! Ich lasse mich nicht vertreiben. Niemals!«, schrie er fast durch sein Haus.

Mitten in seinen gedanklichen Schlachtplan läutete die Türglocke. Wer konnte das sein? Frühmorgens um neun Uhr? Er strich sich sein Haar nach hinten, warf im Vorbeigehen einen Blick in den Garderobenspiegel und öffnete schwungvoll die Tür.

Davor stand dieser schmierige Zielinski, wieder in seinem kackbraunen Anzug, eine Ledermappe unter dem Arm. Neben ihm eine zierliche blonde Frau in schwarzem Mantel mit Pelzkragen, die grinste wie eine Prostituierte. Suleyman wunderte sich, dass die dünnen Beine der

Frau ihren Körper überhaupt tragen konnten. Wie Salzstangen, dachte er noch.

»Herr Kararoglu, guten Morgen! Wie schön, dass ich Sie selbst antreffe. Haben Sie einen Moment Zeit? Darf ich reinkommen?« Das breite Grinsen schien der Kerl geübt zu haben.

»Was gibt es denn?« Suleyman war irritiert und blieb im Türrahmen stehen, ohne den Weg in sein Haus freizugeben. Die Theorie des Schwagers, ihm mal ordentlich eine reinzuhauen, konnte er nun vergessen. Oder sollte er etwa diese aufgetakelte Alte schlagen?

»Darf ich Ihnen meine neue Mitarbeiterin, Frau Otto, vorstellen?« Zielinski grinste immer noch wie ein Honigkuchenpferd.

Suleyman fragte sich, ob die Zähne seines Gegenübers echt waren und wenn nicht, was sie wohl gekostet hatten.

»Wozu? Ich ziehe hier nicht aus, das Haus gehört mir und ich habe nicht vor, es zu verkaufen. Wissen Sie, wie viel ich hier hineingesteckt habe? Zeit und Geld? Und was ist mit meinem Zaun? Wenn der nicht bald wieder da ist, wo er hingehört, dann setzt es was.«

»Wir bieten Ihnen einen tollen Preis. Da können Sie gar nicht widerstehen. Interessenten haben wir natürlich auch schon. Frau Otto wird mit den Leuten morgen mal vorbeischauen, wenn es recht ist.«

Der muskulöse Suleyman, der außerdem einen halben Kopf größer war als Zielinski, ging mit verschränkten Armen auf die jämmerliche Gestalt, die auf seiner Eingangstreppe stand, zu. »Wenn Frau Otto was aufs Maul haben will, kann sie gerne mit den Leuten vorbeikommen. Wann genau? Nur damit meine halbe Familie dann auch hier ist. Alles starke Männer übrigens.«

Die zarte Frau Otto fing an zu zittern, was nicht nur an der Kälte lag. Ihr Lächeln erstarb, und sie machte zwei Schritte zurück. Flehend sah sie Zielinski an. Hatte sie vielleicht schon bereut, sich auf die Maklerstelle bei ihm beworben zu haben?

Suleyman schüttelte grinsend den Kopf. Der dritte Mordfall eine Frau? Warum nicht. Mal was anderes. Er schaute auf die Wasserstoffblonde herab. »Hat Ihr Chef Ihnen eigentlich erzählt, dass zwei Makler, die für ihn gearbeitet haben, brutal ermordet wurden? Und Sie wollen tatsächlich das nächste Opfer sein?«

Geschickt hatte Suleyman an seinem Handy in der Tasche unauffällig die Taste mit der Nummer seines Schwagers gedrückt und ergoss sich weiter in Small Talk mit dem schmierigen Zielinski. Zeit schinden. Der Anzugträger grinste ihn nach wie vor an. Normalerweise hätte Suleyman ihm schon drei Mal die Tür vor der Nase zugeschlagen. So grinste er jedoch zurück.

Und siehe da, keine drei Minuten später fuhr Ahmet mit seinem laut röhrenden gelben Sportwagen vor. Er bremste abrupt und hupte dabei mehrmals. Aufsehen zu erregen, war Ahmets Ding. Nicht nur er stieg aus der aufgemotzten Karre, sondern auch sein bester Freund Mutlu. Beide in schwarzen modischen Anzügen mit weißen Oberhemden darunter, die bis zum Brustansatz offen standen. Wo wollten die in diesem Aufzug ursprünglich hin?, fragte Suleyman sich.

»Du brauchst Hilfe, Alter?« Ahmet, ein Muskelpaket, frisch dem Fitnessstudio entsprungen, grinste dem schmächtigen Zielinski entgegen und musterte ihn, wild auf seinem Kaugummi kauend, abfällig von oben bis unten.

Mutlu stellte sich ebenfalls, nachdem auch er Suleyman

mit einer herzlichen Umarmung begrüßt hatte, warnend vor den Mann.

Solche Auftritte waren normalerweise nicht Suleymans Sache. Und Ayse hasste so etwas noch mehr, bezeichnete ihren Bruder Ahmet sogar als schwarzes Schaf der Familie. Doch auch ein schwarzes Schaf konnte hin und wieder nützlich sein. Suley musste schließlich an sein Haus und seine Familie denken. Da konnte er sich keine Sentimentalitäten leisten.

Ahmet schaute sich um. Die kleine Straße war menschenleer. Er fasste den deutlich schmächtigeren Zielinski mit der rechten Hand an den Kragen seiner Cordjacke und zog ihn ganz nah zu sich heran. Er konnte die Angst des großkotzigen Mannes, der seinem Schwager samt Familie Böses wollte, regelrecht riechen. Familie ging Ahmet über alles, da vergaß er gern schon mal die Gesetze.

»Du drohst meinem Schwager? Das habe ich gar nicht gerne!« Mit der kräftigen Linken drehte er das rechte Ohr des Mannes einmal um die eigene Achse, sodass Zielinski automatisch in die Knie ging. Vor Schmerzen schrie er auf.

»Ich werde die Polizei holen. Das gibt eine fette Anzeige. Körperverletzung, jawohl!«, jammerte der Gequälte und hielt sich seinen Lauscher, nachdem Ahmet ihn losließ.

»Mach das, du Pappnase. Mein Schwager kann dann dich im Gegenzug auch gleich anzeigen. Und was ist mit deiner Ische? Soll ich der auch mal das hübsche Öhrchen umdrehen? Wäre nur schade um den Ohrring, den ich ihr dabei herausreißen müsste.« Grinsend hob er der Frau mit dem Zeigefinger das Kinn an.

Die zitternde Otto fasste sich ängstlich an ihre Ohren. Sie hatte genug. Verzweifelt lief sie stolpernd zu Zielinskis Daimler und setzte sich weinend auf den Beifahrersitz.

Nein, diese Stelle würde sie nicht antreten. Auf gar keinen Fall. Dann lebte sie lieber weiter von Hartz IV.

Auch Zielinski hatte genug. Das Grinsen war ihm endlich vergangen. Mit feuerrotem Ohr stieg er in seinen Wagen und fuhr wütend davon.

Suleyman wusste nicht, ob er Ahmet dankbar sein sollte oder nicht. Er fühlte sich zwiegespalten. Eigentlich hasste er jegliche Art von Gewalt. Doch was zu viel war, war zu viel. Was würde Ayse dazu sagen, fragte er sich mit schlechtem Gewissen, als er die beiden Schlägertypen in sein Haus führte und ihnen türkischen Kaffee anbot.

Eine Stunde später spuckte Suleyman wütend auf den Boden seines Gartens. Er stand mit verschränkten Armen da und schaute auf Udo Urbat, der vor ein paar Minuten vor der Tür gestanden hatte. Was wollte er? Sich nur mal nach ihm erkundigen? Oder hatte ihm ein Vögelchen gezwitschert, dass Zielinski ihm einen Besuch abgestattet hatte? Vielleicht ein Täubchen von Taubenvater Heinrich? Soeben hatte er sie aufgelassen, seine Rennpferde des kleinen Mannes. Ungefähr 15 Vögel zogen am Horizont ihre Runden, als hätten sie sich abgesprochen. Früher hatte der alte Mann sie fast jedes Wochenende auf Reisen geschickt. So manchen Preis hatte er mit seinen Tieren geholt. Heute war er für dieses Hobby zu alt.

»Scheiße, Alter! Glaubst du wirklich, ich mache mit meinem Schwager und seinem Kumpel gemeinsame Sache? Ich habe mit den Morden nichts zu tun. Und mein Schwager auch nicht. Er allein kam auf die Idee, dem Zielinski das Ohr auf halb acht zu drehen. Als Denkzettel sozusagen. Sei doch froh, so ist er erst mal von der Bildfläche verschwunden und diese Makler-Tussi wird nicht tätig!«

Suleyman fing plötzlich an zu lachen. »Ey, wie die aussah, Alter! Total blass und voller Angst ist die in den Wagen gestolpert. Und dann fuhren sie davon, als wenn der Teufel hinter ihnen her wäre.« Wieder lachte er auf, als er sich diese Szene ins Gedächtnis gerufen hatte.

»Aber du musst deinen Schwager doch verständigt haben. Der kam sicherlich nicht zufällig vorbei, als Zielinski auftauchte.«

»Und wenn schon. Morgen wäre diese Frau mit Interessenten aufgetaucht, und das Spiel wäre von vorne losgegangen. Irgendwann muss Schluss sein, ohne dass ein weiterer Mord geschieht.«

»Das ist nicht der richtige Weg, glaube mir. Indem Menschen die Ohren umgedreht werden, löst man keine Probleme.«

»Wie dann? Was hast du denn bisher erreicht? Du, deine Genossenschaft und deine Margareta Sommerfeld? Wo ist die feine Madame heute eigentlich?«

»Sie hat auch noch was anderes zu tun. So gerne hält sie sich hier auch nicht auf. Sie hat damals Schlimmes mitgemacht, als die Morde auf dem Zechengelände passiert sind. Heute ist sie in Hagen und observiert dort. Irgendwie muss sie ja auch ihre Brötchen verdienen. Oder meinst du, ihr Bruder Gisbert zahlt ihr was dafür, dass sie ermittelt?«

»Ich höre immer ermitteln, ermitteln! Was hat sie denn bisher herausgefunden? Nichts! Absolut nichts. Und damals, als sie im Krankenhaus gelandet war. Keiner hat sie gezwungen, ihre Nase in sämtliche Dinge zu stecken.«

»Das dauert alles seine Zeit. Man muss systematisch vorgehen. Nicht, indem man dem einen Makler das Nasenbein bricht und dem Chef des Ganzen fast das Ohr abreißt. Du bist doch sonst nicht so, Suleyman.«

Suleyman zuckte nur mit den Schultern. »Irgendwann habe ich genug. Wie hast du eigentlich so schnell davon erfahren? Das will mir einfach nicht in den Kopf. Du hast wohl überall deine Informanten, was?«

»Ist auch gut so, Suleyman. Wir wollen doch alle nur in Frieden leben«, sprach Udo und kam sich vor wie ein gütiger Pfarrer.

»Das ist kein Frieden, wenn der Kerl vorfährt mit so 'ner neuen Ische, und alles fängt von vorne an. Was wirst du tun?«

Schweiß tropfte von Suleymans Stirn. Er war völlig fertig. Ein Blick auf die Uhr sagte ihm, dass er in einer Stunde zur Arbeit musste. Dort würde er wieder am Band stehen und beobachten, wie die Maschine Metallrohlinge im Sekundentakt ausspuckte. Dieses Geräusch hatte für ihn etwas Beruhigendes. Pfitt, Pfitt, Pfitt! Acht Stunden lang nur immer Pfitt, Pfitt, Pfitt. Eine Arbeit für Blödmänner. Sei nicht ungerecht, schalt er sich selbst. Du hast immer gutes Geld verdient. Besonders die Zwölf-Stunden-Sonntagsschichten brachten Euros. Außerdem machte er noch Büroarbeiten, stand nicht nur da, um Maschinen zu beobachten. Die Stilllegung der Zeche »Bergmannsglück« hatte den Vater damals dazu bewogen, seinen Sohn zu überreden, eine Ausbildung bei der ortsansässigen Dosenfabrik zu beginnen. Suleyman hatte einen guten Realschulabschluss, und sie hatten ihn gerne eingestellt, um ihn als Produktionsmitarbeiter Qualitätsmanagement auszubilden. Mit knapp 30 Jahren war er bereits Vorarbeiter und wenig später sogar Schichtführer. Emre würde Arzt werden, hatte Suleyman insgeheim beschlossen. Er sollte nicht als Schichtarbeiter in irgendeiner Fabrik sein Dasein fristen. Niemals.

So eine Aufregung am frühen Morgen war nichts für Suleyman. Sein Magen krampfte sich zusammen.

Udo Urbat zog ein Schreiben aus der Tasche, das er Suleyman reichte. »Lies das mal. Deshalb bin ich übrigens hier. Nicht, weil irgendwelche Täubchen auf dem Dach mir was geflüstert haben. Außerdem kann ich keine Wunder vollbringen. Ich setze mich für die Menschen ein, so gut ich kann.«

Mit zitternder Hand nahm Suleyman das Schreiben entgegen, faltete es auseinander und las es.

Einer der Anwälte, der für Zielinski tätig war, teilte Udo Urbat mit, dass der aus Versehen demontierte Zaun der Familie Kararoglu in den nächsten Tagen installiert werden würde. Man entschuldigte sich mehrmals für den angeblichen Irrtum und den damit verbundenen Ärger und bat darum, einen entsprechenden Termin zu vereinbaren.

Suleyman schluckte, faltete den Brief zusammen und reichte ihn Udo. Er schämte sich. »Tut mir leid. Da kann ich nur Danke sagen.«

»Schon gut. Behalte ihn und mache einen Termin aus. Es ist nur ein kleiner Schritt, aber immerhin besser als nichts.«

Udo Urbat klopfte dem jungen Türken freundschaftlich auf die Schulter. »Ich muss los. Du hast mir doch mal erzählt, dein Vorname Suleyman bedeute ins Deutsche übersetzt Frieden.«

»Stimmt, Udo. Du hast recht.«

Die Tauben zogen gurrend eine weitere Runde über den Garten der Kararoglus.

»Ich habe Udo Unrecht getan«, sprach Suleyman leise vor sich hin und spürte, wie seine Wangen vor Scham rot wurden. Da hatte der schon den Anwalt angeschrieben und dafür gesorgt, dass er seinen Zaun zurückbekam. Trotzdem musste er lächeln, wenn er an Ahmet dachte, der dem Zielinski an sein Ohr ging. Er hat es verdient, dieser ekelige Spekulant, war er überzeugt.

Als er mit seinem Auto den Kiosk von Martin passierte, drosselte er die Geschwindigkeit und ließ die Scheibe herunter. Martin war gerade dabei, den roten Stehtisch abzuwaschen. Auf ein Neues. Gleich würden sich wieder alle einfinden, um Neuigkeiten durchzusprechen. Ob er es schon wusste, das mit Zielinskis Ohr?

»Hallo, Martin! Alles klar? Ich muss zur Arbeit.«

»Schade, Suley, ich dachte, wir trinken was zusammen. Übrigens super die Aktion heute Morgen. Das hat er nicht anders verdient. Klasse, der Ahmet!« Martin Bahlke lachte sich scheckig und hielt den Daumen seiner rechten Hand hoch.

Er funktionierte noch, der Siedlungsfunk, dachte Suleyman und fuhr grinsend davon.

11.

Hier stimmt etwas nicht, stellte Gisbert fest, als er aus dem Seitenfenster seines Schlafzimmers hinüber zu dem zweieinhalbgeschossigem Haus in etwa 50 Meter Entfernung blickte. Diesen schmuck renovierten Altbau, flankiert von herrlichen alten Bäumen, hatte vor Jahren ein Ingenieur gekauft und total saniert. Zum Schluss folgte ein zartgelber Anstrich. In die untere Etage war er selbst mit seinem Büro eingezogen. Unter dem Dach wohnte sein erwachsener Sohn. Die mittlere Etage war unbewohnt. Später zierten wenigstens einfachste Gardinen die drei Fenster. Gisbert mochte den alleinstehenden älteren Herrn Freese, der sich Haus und Garten wirklich schön hergerichtet hatte. Gelegentlich hatte er sich mit ihm unterhalten. Ein Austausch von Belanglosigkeiten: vom Wetter, von den Nachbarn, hin und wieder auch vom politischen Weltgeschehen. Im Rathaus hatte er ihn mehrmals angetroffen, da der Mann dort wohl beruflich zu tun hatte. Von dem mit im Haus lebenden Sohn wusste er wenig. Nett, freundlich und zuvorkommend. Was wollte er mehr? Er war froh, dass das alte, ziemlich marode Haus damals von vernünftigen Leuten erworben worden war. So hatte Gisbert es zu beiden Seiten gut getroffen. Rechts wohnte Norbert Koslowski in seinem kleinen Reihenhäuschen und links dieser nette Ingenieur in seinem frei stehenden Anwesen.

Darüber, wieso die Wohnung in der ersten Etage leer stand, machte sich nur Norbert Koslowski hin und wieder Gedanken. »Der musset ja haben, der Olle. Bude leer stehen lassen. Pah.«

»Ach Norbert, ist doch gut so. Vielleicht will er sich nicht von jedem auf dem Kopf herumtrampeln lassen. Und solange er es sich leisten kann.«

Im letzten Sommer dachte Gisbert, ihn träfe der Schlag, als er eines Nachmittags zur Terrasse des Nachbargrundstücks herüberblickte und Norbert sah, der sich bei den grillfreudigen Leuten ungehemmt durchfraß. Dazu trank er jede Menge Bier und torkelte erst gegen Mitternacht nach Hause. Da es sich um eine einmalige Angelegenheit handelte, verlor Gisbert kein Wort darüber. Nobert, dieser einfach gestrickte Mensch, wird wohl unter dem Niveau des Herrn Ingenieur gewesen sein, sodass keine weitere Grilleinladung erfolgte. Gisbert konnte sich gut vorstellen, dass Norbert sich dreist selbst eingeladen hatte. So etwas wie Feingefühl besaß er nämlich nicht.

Heute Morgen hatte Gisbert schon gegen acht Uhr seine Schwester Margareta angerufen, die noch beim Frühstück in einem Hagener Hotel saß. Tatsächlich wusste sie schon von dem Vorfall mit dem umgedrehten Ohr des Herrn Zielinski, den es gestern bei Suleyman gegeben hatte. Gisbert war voller Schadenfreude und hatte so einen Spaß, dass Zielinski der Lauscher auf halb acht gedreht worden war. Margareta fand das gar nicht witzig, kannte die Story jedoch schon von Udo Urbat, der sie ebenfalls beim Frühstück in Hagen gestört hatte. Sie versprach ihrem Bruder, am Nachmittag vorbeizuschauen.

Jetzt war es zehn Uhr, und Gisbert hätte schwören können, dass sich drüben in der leer stehenden Wohnung im Hause des Ingenieurs eine Person aufhielt. Hinter der geriffelten Milchglasscheibe des rechten äußeren Fensters nahm er eine nackte Person war, die gerade in die Dusche stieg. Leider gab es keine Verdunklungsmöglichkeiten in der Wohnung, keine Rollläden, nichts. Es handelte sich eindeutig um eine Frau, stellte Gisbert fest. Eine behäbige alte Frau räkelte sich im Wasserstrahl. Wer war das? Hatte der alte Freese die Wohnung inzwischen vermietet? Er wartete noch ab, bis die Dame der Dusche entstiegen war und sich in aller Seelenruhe abtrocknete. In einem bunten Frotteebademantel gehüllt, betrat sie die Küche, was er durch das mittlere Fenster beobachten konnte. Dass es sich bei dem Raum um eine Küche handeln musste, hatte er schon vor langer Zeit mit dem Feldstecher entdeckt. Einfache weiße Möbel, in der Mitte ein Tisch und drei Stühle drum herum, alles in weißem Pressspan mit hauchdünnen Stahlrohrbeinen. War die alte Frau allein? Hinter dem linken Fenster musste sich wohl das Schlafzimmer befinden. Beim letzten Mal, als er sich in der Bude per Fernglas umsah, war der Raum noch unmöbliert.

Nun war Gisbert neugierig geworden und holte sich aus dem Dachgeschoss das alte Beobachtungsgerät, um den Raum mit den zusätzlichen Augen abzusuchen. Das war wegen der Scheibengardinen mit den albernen Obstmotiven gar nicht so einfach. Bei Dunkelheit, wenn in der Wohnung Licht brennen würde, könnte er mehr entdecken, auch die Frau besser sehen. So stellte er nur fest, dass ein Doppelbett und ein einfacher Kleiderschrank, buchefarben, in dem Raum standen. Was regst du dich auf? Was geht es dich überhaupt an, schalt Gisbert sich selbst. Der Freese wird die Wohnung vermietet haben. Und doch ließ es ihm keine Ruhe. Er betrat sein Arbeitszimmer, das zur Straße lag, und schaute sich neugierig um. Parkte da ein weiteres Fahrzeug vor Freeses Garage? Nichts zu entdecken.

Gegen Mittag zog er sich seine blaue Strickjacke über und klingelte bei Norbert, der erst nach einem weiteren Läuten öffnete und seinen Nachbarn ins Haus ließ.

Müde und völlig abgewrackt hockte sich Norbert wieder an den Küchentisch und widmete sich seiner Zeitung. Es roch bestialisch, nach Essensdüften, Moder und Schweiß, dabei stand gar kein Topf auf dem Herd. Dafür jede Menge schmutziges Geschirr, auch auf der Spüle.

»Wie riecht es denn hier, Norbert? Wie siehst du überhaupt aus? Bist du krank?« Gisbert schaute seinen Freund und Nachbarn besorgt an.

»Is doch allet Scheiße. Hat doch eh kein Zweck.« Tränen traten in Norberts Augen, die in einem total vertrockneten Gesicht in tiefen Augenhöhlen lagen. Ungewaschen und ungekämmt, in verdrecktem Schlafanzug, rührte er in seiner Kaffeetasse herum und starrte aus dem Fenster in den Hof.

»Was hat keinen Zweck? Ich dachte, du bist längst los zu Bahlke und redest dich dort am roten Tisch in Rage?«

»Wat soll dat bringen? Die werden mir doch bald mein Haus wegnehmen. Oder meinst du, Zielinski wird Ruhe geben? Wenn Kevin noch leben würde, hätte allet Kämpfen noch ein' Sinn. Der würd den Alten schon zeigen, wo et lang geht. Doch so?« Norbert stützte seinen Kopf mit den Unterarmen ab und fing an zu weinen wie ein kleines Kind.

»Kevin ist jetzt sieben Jahre tot. Das war schlimm. Ein tragischer Tod. Doch das Leben geht weiter, Norbert. Wieso lässt du dich so hängen? Du bist doch erst 56 Jahre alt. Hast du noch nicht gehört, dass Suleymans Schwager dem Zielinski das Ohr umgedreht hat?«

»Und dat soll wat bringen? Dadurch lässt der sich einschüchtern? Pah!«

Gisbert setzte sich an den Tisch und schaute Norbert besorgt an. »Beim Freese in der leeren Wohnung hält sich eine Frau auf. Die hat geduscht.«

»Is mir doch scheißegal!«

»Norbert, was soll das? Du hast dich ständig beschwert, dass Freese die Wohnung leer stehen lässt, und jetzt interessiert es dich nicht mehr?«

»Nee, is mir egal. Ich wohn sowieso nich mehr lange hier.

Es wird ein neuer Makler kommen und uns schikanieren. Den kannste dann zwar wieda wat auf die Fresse geben und ein Ohr umdrehen. Dat nützt nix. Und umbringen kann man auch nicht jeden, der hier auftaucht. Wer auch immer diese Kerle umgenietet hat.«

»Die Kripo wird es herausfinden. Und wenn nicht die Kripo, dann Margareta.«

»Ach ja, Margareta. Sollse sich hier wieda in Gefahr begeben? Damals isse fast draufgegangen. Okay, sie hat den Mörder überführt. Doch zu welchem Preis? Dafür wär mir meine Schwester zu schade, Gisbert! Echt jetz!«

»Lass du mal lieber deine Tauben raus bei dem schönen Wetter. Du hast sie bestimmt schon lange nicht gefüttert, so laut wie die gurren. Und den verdreckten Stall möchte ich auch nicht sehen.« Ein vernünftiges Gespräch mit Norbert zu führen, war heute nicht drin, musste Gisbert feststellen.

»Dat geht dich 'nen Scheiß an«, rief ihm Norbert patzig entgegen.

Eine gute Stunde war vergangen, aber Gisbert war es nicht gelungen, seinen Nachbarn aufzuheitern. Norbert hing über dem Tisch – die Kaffeetasse hatte er gegen ein Schnapsglas getauscht – und jammerte vor sich hin.

Die nackte Frau im Nebenhaus war vergessen. Noch mehrmals versuchte Gisbert, Norbert zu überreden, mit ihm zum Kiosk Bahlke zu laufen. Doch nichts. Norbert machte dicht.

Irgendwann stand Gisbert vom Stuhl auf und verließ kopfschüttelnd das Haus seines Nachbarn.

Bei künstlichem Licht sah die Sache schon anders aus. Ein schöner Abend, zwar kalt, doch sternenklar. Der Mond war nur eine schmale Sichel am nachtblauen Himmel.

Gisbert hatte sich mit einem Stuhl vor seinem Schlafzimmerfester platziert, eine Flasche Bier und den Feldstecher neben sich. 20 Uhr, der Lichtschein der Straßenlaterne auf der Körnerstraße beleuchtete das Grundstück des Ingenieurs nur dürftig, was gut so war. In Gisberts Haus war alles dunkel. In der Wohnung von Freese waren die Rollläden bereits heruntergelassen, was eigentlich untypisch für ihn war. Erst sehr spät verdunkelte er gewöhnlich seine Räume, sodass Gisbert oft belustigt beobachten konnte, was der Herr so zu sich nahm und vor allem, wie er es vollzog. Im Dachgeschoss sah Gisbert Freeses Sohn in der hypermodernen Küche hantieren. In der mittleren Wohnung brannte eine kleine Lampe in der Wohnküche und warf ein gespenstisches Licht in den Raum. Alles wirkte so unwirklich. An dem Tisch saßen die ältere Frau, die am Morgen geduscht hatte, und ein korpulenter Mann mit ekelig zurückgekämmten Haaren und riesigem Gesicht. Zu der Beleuchtung der winzigen Funzel kam aus der Ecke noch das flackernde Licht eines Fernsehgerätes, auf das die beiden Gestalten gebannt blickten, als verfolgten sie zum ersten Mal eine TV-Sendung. Gisbert stellte das Fernglas scharf und schaute fasziniert hinüber in die Wohnung. Auf dem Tisch standen Gläser, eine Flasche Limo, zwei Teller, ein Margarinetopf und einige gewellte Brotscheiben in einer roten Dose. Ein karges Mahl für Leute, die es gar nicht gab. Gekleidet waren sie wie vor 40 Jahren. Der Kerl im wild gestreiften Pullover zur grauen Jogginghose, die Frau im altertümlich gemusterten Jerseykleid. Die graue Lockenfrisur auf ihrem extrem schmalen Kopf stammte ebenfalls aus einer anderen Epoche. Was trieben die dort drüben bloß? Jetzt grinste der Kerl und pulte sich mit seinem dicken Zeigefinger im Mund herum. Er fand wohl lustig, was da gerade über den Bildschirm flimmerte. Wieso saßen sie in der Fastdunkelheit, als existierten sie gar nicht?

Laut Freese gab es diese Menschen nämlich nicht. Seine Wohnung sei nicht bewohnt, und er hätte auch nicht die Absicht, dieses in nächster Zeit zu ändern. Das hatte ihm vor einer Stunde Norbert erzählt, dem es nach dem Besuch bei Martin besser zu gehen schien. Er hätte Freese angeblich angerufen und ihn dreist gefragt, ob sich in der Wohnung über ihm Menschen aufhalten würden. Freese hätte es vehement bestritten, dass Gisbert dort Leute entdeckt haben will, wäre angeblich sogar in der Wohnung nachschauen gewesen, eigens um seinen Nachbarn zu beruhigen. Da wäre niemand, Gisbert könne ganz beruhigt sein, sollte Norbert ihm ausrichten. Auch Gisberts Vorschlag, Norbert könne gern am Abend rüberkommen, und sie würden gemeinsam nachsehen, wischte er lapidar beiseite. »Da is niemand, Gisbert. Geh wieder arbeiten, dann kommste auf andre Gedanken.«

Voller Wut wollte Gisbert seinem Frührentnernachbarn die Meinung sagen, dass ja wohl er es war, der sich noch vor wenigen Stunden in Selbstmitleid ergossen hatte, hielt es jedoch für besser, zu schweigen und sich erst einmal selbst ein Bild über die Lage im Nebenhaus zu machen.

Das hatte er ja nun getan. Und wenn er nicht ganz bescheuert war, wusste er nun, dass er recht hatte und sich dort Leute aufhielten, die es angeblich gar nicht gab. Was tun? Selbst bei Freese anrufen? Oder bei Kommissar Scheffel? Hatten diese Alten, die aussahen wie aus einer anderen Welt, Dreck am Stecken und mussten untertauchen? Hatten sie vielleicht mit den Morden an den beiden Maklern was zu tun? Wie Auftragskiller sahen sie eigentlich nicht aus, doch wusste man es? Killer zum kleinen Preis?

Dann das Auto, das eine Straße weiter geparkt worden war. Auch nur Einbildung? Oder Zufall, die olle uralte Karre mit dem Kennzeichen aus Halle? Ein alter, ehemals roter Golf II, mit dem Kennzeichen HAL? Ab 1989 wurde diese Serie gebaut, hatte Gisbert ergoogelt. Er hätte übrigens alles verwettet, dass diese Karre diesem eigenartigen Paar gehörte. Vielleicht doch besser, die Polizei einzuschalten und das Kennzeichen des Wagens checken zu lassen?

Nach einer Stunde verließ Gisbert seinen spannenden Aussichtspunkt. Nachdem das eigenartige Paar im Nebenhaus sich ins Schlafzimmer zurückgezogen hatte, setzte Gisbert sich in sein Wohnzimmer vor den Fernseher und rief seine Schwester an. Margareta würde wissen, was zu tun war.

Ob sie das wirklich wusste?, fragte Gisbert sich bei einer weiteren Flasche Bier. Hektisch war sie am Nachmittag in sein Haus gestürzt, hatte mindestens drei Mal verkündet, dass sie absolut keine Zeit hätte, furchtbar viel zu tun sei, Hagen, Essen, Hamburg und so weiter. Dann legte sie ihm seufzend einen Block auf den Tisch, der seiner Meinung nach mit blödem Zeug bekritzelt war. Angeblich sollte es sich um eine To-do-Liste handeln. Ein Déjà-vu für Gisbert, denn damals, bei den beiden Morden auf dem Zechengelände, nervte sie auch schon rum mit ihren dämlichen Listen. Nun war sie angeblich ein ausgebildeter Profi, was Ermittlungen betraf, doch ihre Listen sahen noch genauso stümperhaft aus wie damals, fand er. Als er gelacht hatte, war sie regelrecht ausgetickt, ist in seinem Wohnzimmer auf- und abgelaufen, hat ihn schlussendlich einen nichtsnutzigen Versager geschimpft.

Mittlerweile konnte er über ihren Auftritt schmunzeln, nahm den Block, den sie in der Eile vergessen hatte, in die Hand und ging die Liste Punkt für Punkt durch. Noch keinen davon hatte sie abgehakt. Ein heilloses Chaos. Darunter, auf einem weiteren Blatt, befand sich eine Verdächtigenliste, auf der auch er, unter Punkt acht, verewigt war. Auch darüber konnte er nur noch schmunzeln, was wohl an seinem Bierkonsum lag.

»Wenn ich ein Versager bin, bist du eine frustrierte alte Hexe mitten im Klimakterium. Besorgt es dir dein Henry nicht mehr? Hat er, genau wie damals der schöne Kommissar, was Besseres gefunden?« Ja, genau das hatte Gisbert ihr noch an den schönen Kopf geworfen, bevor kurz darauf die Haustür krachend ins Schloss fiel.

Er war sich mittlerweile bewusst, dass eine Entschuldigung fällig war, da er wohl etwas zu weit gegangen war. Außerdem wollte er ihr von seinen Entdeckungen im Nebenhaus erzählen. Sie hatte zwar die Augen aufgerissen, als er ihr am Nachmittag erzählt hatte, dass eine alte Frau in der leer stehenden Wohnung geduscht hätte, doch mehr wusste seine Ermittlerschwester noch nicht. Vielleicht könnte sie das fremde Auto checken lassen?

Nachdem sie weder an ihr Smartphone noch an den Festnetzanschluss ging, hinterließ er ihr eine Sprachnachricht, in der er ihr seine angebliche Entdeckung schilderte. Neugierig wie sie war, würde sie zurückrufen, war Gisbert sich sicher.

12.

Margareta saß völlig übermüdet mit Udo Urbat auf dem »Brunnenhof« in der Ried, nur acht Kilometer vom Gelsenkirchener Ortsteil Hassel entfernt, beim Frühstücksbüfett. Donnerstag, der 21.3. Ihrer Laune nach hätte es Freitag, der 13. sein müssen. Udo Urbat schien ebenso schlecht drauf zu sein. Zu seinem fahlen Aussehen, bepickelt und rot befleckt wie ein Pubertierender, ungekämmt, knotenreicher grauer Pulli, schmutzige Jeans, passte der leidende Gesichtsausdruck hervorragend. Das Frühstück ginge auf sein Konto, betonte er mehr als einmal. Noch bevor er sich den Turm Rührei, den er sich auf den Teller gepackt hatte, einverleibte, fing er plötzlich an zu weinen, stöhnte immer wieder laut auf.

Dieser Jammerlappen. Ein Vorteil, nicht geschminkt zu sein, dachte Margareta, als sie in sein verweintes Gesicht sah.

»Das geht mir alles an die Substanz, Margareta. Die beiden Makler sind tot, Stalewski fast drei Wochen und Ommerborn auch schon fünf Tage. Hat denn die Kripo noch nichts unternommen?«

»Was weiß ich? Ich kann Scheffel nicht einschätzen. Bei Kommissar Blauländer wusste ich bei jedem Fall schnell, was Sache war. Sei nicht traurig! Du rennst dir schon genug die Hacken ab. Mehr kannst du nicht tun.«

Udo schaute Margareta mit seinem Hundeblick an. Die lieben Worte gingen ihm runter wie Öl. Da kam der Rooibostee nicht mit. »Ich weiß echt nicht, wer als Täter infrage kommen könnte. Dann die Sache bei Suleyman. Musste er den Schwager dazuholen? Diesen impulsiven Ahmet?«

Margareta fing an zu kichern. »So weiß Zielinski wenigstens, woran er ist. Schlimmer finde ich das, was mein Bruder mir da heute Morgen berichtet hat. Ich weiß echt nicht, ob da was dran ist.«

»Kann doch sein, dass sich dort in der angeblich leer stehenden Wohnung illegal Leute aufhalten. Freese hat allerdings einen guten Ruf. Ich kann kaum glauben, dass er da Menschen versteckt, die ausgerechnet was mit den Makler-Morden zu tun haben.«

Minutenlanges Schweigen. Beide aßen in Gedanken versunken ihre Brötchen mit dem leckeren Aufschnitt.

»Hast du denn schon was herausgefunden?« Aus großen Augen schaute Udo Margareta an. »Gisbert hat mir erzählt, du hättest Listen angefertigt? Eine To-do-Liste und eine mit deinen Verdächtigen? Darf ich die auch mal sehen?«

»Willst du sehen, ob ich dich darauf ebenfalls verewigt habe? So blöd kann auch nur ich sein, meinen Block bei meinem Bruder liegen zu lassen. Ausgerechnet bei ihm.«

Themenwechsel. Margareta erzählte von Hagen und wie wichtig gut bezahlte Aufträge für sie wären. Schließlich würde sie davon leben, betonte sie mehrmals. Auch, dass sie keinen Ehemann hatte, der sie ernährte, erwähnte sie, obwohl Udo das bereits wusste.

Energisch schnitt Margareta sich ein weiteres Brötchen durch, bestrich es fingerdick mit Butter und legte etliche Scheiben Schinken auf jede Hälfte. Wenn Udo schon zahlte, dann würde sie das auch ausnutzen.

»Hättest du denn gerne einen Ehemann?«, wollte Udo wissen. Seine Tränen waren inzwischen getrocknet.

»Um Gottes willen! Das war nur so mal nebenbei

bemerkt. Glaube mir, ich weiß, warum ich keinen Ehegatten habe. Wenn du sehen würdest, was ich für ein Sahneschnittchen auf Zeit zu Hause habe, würdest du mich verstehen. Wenn es Mucken macht, fliegt es raus. So einfach ist das. Ich bin nicht von ihm abhängig. Einerseits gut, andererseits birgt es auch ein gewisses finanzielles Risiko.«

Dem Schinkenbrötchen folgte eins dick mit Hausmacher Wurst, die Margareta eigentlich verabscheute, es heute allerdings als Hommage an ihren Vater betrachtete, davon reichlich zu essen. Zur Krönung bestellte sie sich auch noch einen Prosecco, woraufhin Udo schwer schluckte. So dicke hatte er es schließlich als Frührentner auch nicht.

»Hat die Kripo überhaupt schon was unternommen? Mir kommt es so vor, als schlafen die sich dort im Präsidium nur aus. Seit Blauländer tot ist, ist da der Ofen aus. Ob ich Scheffel mal anrufen soll? Kann doch nicht schaden.« Margareta machte sich Notizen in ihrem Kalender.

»Das musst du wissen, Margareta. Vielleicht ist es auch besser, du suchst erst einmal Hedwig und den alten Taubenvater Heinrich auf. Das hattest du doch heute vor.«

»Norbert werde ich mir auch noch mal vorknöpfen. Was mit dem los ist, davon möchte ich mich selbst überzeugen. Gisbert hat mir da Dinge erzählt.«

Margareta dachte an die aufregenden Tage in Hagen zurück. Leider war sie Klaus und Marcelina nicht mehr nahe gekommen. Balkone gab es im Hotel nicht. Über einen solchen hätte sie sich eventuell anschleichen können, um bei dunkler Nacht Bilder von dem sich liebenden Paar durchs Fenster zu schießen. Vorausgesetzt, die Gardinen wären nicht zugezogen gewesen. An der Tür lauschen hatte auch nichts gebracht, und der Zimmerservice war stur. So blieben ihr nur die Fotos des sich küssenden

Paares auf dem Parkplatz, als sie ins Auto stiegen, und der Gesprächsmitschnitt aus dem Restaurant auf dem Handy. Man konnte eindeutig Klaus' Stimme erkennen, mit der er davon sprach, seine Ehefrau beiseitezuschaffen. Nicht wortgenau, aber vom Sinn her ähnlich. Gestern Morgen beim Frühstück hatten die beiden misstrauisch zu ihr herübergeschaut und kein einziges Wort gesprochen. Marcelina hatte Margareta nicht einmal gegrüßt, schien das Gespräch im Fitnessraum vergessen zu haben. Hatte der gute Klaus Margareta vielleicht erkannt?

Gegen elf Uhr war sie ebenfalls abgereist. Bei sonnigem Noch-Winterwetter fuhr sie dem Ruhrgebiet entgegen, über dem eine regelrechte Dunstglocke hing. Daheim stürzte sie sich sofort auf den PC, um das Gespräch vom Handy und die Fotos herunterzuladen und auf einen USB-Stick zu importieren. Bei dieser Arbeit wurde sie mehrmals durch das Telefon gestört. Einmal war es ihre jammernde Mutter, beim zweiten Mal Matthias, der sie bezüglich der Osterreise noch einmal umstimmen wollte, beim dritten Mal die gute Dietlinde, eine Ausgeburt an Neugier. Als sie ihr im Groben von den Neuigkeiten berichtete, verabredeten sie sich für heute Nachmittag gegen 15 Uhr in einem Café in der Essener Innenstadt. Bei ihr zu Hause wäre es zu gefährlich, meinte Dietlinde und am Telefon wollte Margareta nicht zu viel verraten. Vielleicht hörte der Feind mit. Wenig später war Henry regelrecht in ihre Wohnung gestürmt und plapperte munter drauf los, was es bei seinem Auftrag in der Schweiz gegeben hätte. Als er endlich fertig war und Margareta sich die imaginären Stöpsel aus den Ohren zog, berichtete sie ihm, was sie in Hagen erlebt hatte.

Aufbrausend war er durch ihr Wohnzimmer gelaufen, hatte sich dabei durch sein welliges Haar gestrichen und gemeint, dass sie an dieser Stelle die Aktion abbrechen und die Polizei einschalten müsste. Morddrohungen, damit sei nicht zu spaßen. Als er sich wieder und wieder das Gespräch angehört und die Bilder angeschaut hatte, mäkelte er an ihren Ermittlungsmethoden herum, tat sie als völlig unprofessionell ab. Er war der Meinung, dass sie mehr hätte tun können und Chancen hätte verstreichen lassen, diese einmalige Gelegenheit, fast Tür an Tür mit Klaus.

Daraufhin war Margareta wütend geworden. Von Polizei wollte sie nichts wissen, woraufhin er ihr riet, erst einmal das ausstehende Honorar von Dietlinde zu kassieren und sie entscheiden zu lassen.

Einen kurzen Moment lang hatte Margareta mit dem Gedanken gespielt, ihn samt seiner mitgebrachten Pizza vor die Tür zu setzen, entschied sich jedoch dagegen. Der Winter war noch nicht vorbei, die Tage kalt und trostlos, du wirst ihn noch brauchen, sagte sie sich, atmete am Fenster stehend zehn Mal tief durch und setzte sich wieder zu ihm auf die Couch. Nur zwei Stunden! Dann würde sie ihr Bett aufsuchen.

Ja, so war das in Hagen und mit Henry.

Die Tür des Bauernhofcafés öffnete sich und nicht nur Kälte wehte die Treppe herauf, sondern dazu noch fünf alte Männer, die alle ihren Mund nicht halten konnten und sich ausgerechnet am Nebentisch der beiden platzierten.

Na, herzlichen Glückwunsch! Sie mahnte sich zur Konzentration, denn so war es ihr unmöglich, sich auf die Makler-Morde zu konzentrieren. Die Themen der Männer, die allesamt laut wie Elefanten durch den Raum trompeteten und alles besser wissen wollten, zerrten übel an Margaretas Nerven. Dieser überschwappende Optimismus, den alle fünf an den Tag legten, machte sie rasend. Nicht nur, dass sie unmögliche Tischmanieren hatten und emsig kauten wie Karnickel, schlürften sie auch noch laut ihren Kaffee. Da sollte mal einer sagen, Frauen würden tratschen und unnützes Zeug labern, dachte Margareta. Diese alten Kerle waren das beste Beispiel dafür, dass Tratschen nicht geschlechtsspezifisch war. Alles hatten sie schon erlebt, alles konnten sie besser. Arztbesuche wurden durchgekaut und Theorien an den Tag gelegt, dass Margareta urplötzlich satt war. Waren diese Männer wirklich so dumm zu glauben, was die da redeten? Dann folgten Urlaubserlebnisse. Alle fünf hatten die ganze Welt bereist. So wie sie gekleidet waren, vom selbst gestrickten Pulli der Ehefrau bis zum Pullover aus den 1980er-Jahren, sahen sie eher nach Busreise in den Schwarzwald aus. Warum gönnten die Alten sich nicht mal ein paar neue Klamotten? Stattdessen handelten sie nach dem Motto »Lohnt sich ja sowieso nicht mehr«. Der Geruch nach altem Kleiderschrank zog nun verstärkt zu ihr herüber. Zum Schluss kam das Thema Rente. Hier bejammerten sie sich nun gegenseitig, statt sich die Jacken vollzustrunzen. Natürlich fühlten sich alle von der jeweiligen Rentenkasse betrogen. Bis zum Umfallen gearbeitet und nun dieser Hungerlohn. Ein Widerspruch schlechthin.

Schlimmer konnte es nicht mehr kommen. Diese geballte Dummheit. Blöder Donnerstag! Nach einem Schälchen Obstsalat, teilte Margareta Udo mit, dass sie nun losmüsste, nach Hassel, anschließend nach Essen zu ihrer Auftraggeberin. Sie hoffte, heute zumindest eine Abschlagszahlung mit heimnehmen zu können, vielleicht sogar die Endsumme, wenn Dietlinde den Fall als abgeschlossen betrachten würde. Immerhin könnte sie so Matthias einen Teil des Geldes überweisen. Sie wollte sich endlich aus seinen Klauen befreien. Er war es jedoch gewesen, der ihr die Ausbildung zur privaten Ermittlerin in Berlin erst ermöglicht hatte. Ohne ihn würde sie noch als Damenoberbekleidungsverkäuferin arbeiten. Nicht mehr in Buer, da die Filiale geschlossen worden war, sondern in Bottrop oder Bochum oder sonst wo. Doch ewige Dankbarkeit war eine schlechte Voraussetzung für eine Freundschaft.

Margareta kramte voller Entschlossenheit die Visitenkarte aus ihrer Tasche, setzte sich an ihren Wohnzimmertisch und wählte mutig die Handynummer von Thomas Scheffel. Schon nach dem dritten Freizeichen nahm er das Gespräch an.

»Ja, Scheffel, was gibt es?«, meldete er sich nicht gerade freundlich.

»Margareta Sommerfeld, guten Tag, Herr Scheffel.« Sie wusste nicht, wie sie das Gespräch beginnen sollte. Sollte sie ihm von Gisberts Entdeckung im Nebenhaus erzählen? Dieses quasi als Aufhänger nutzen?

»Ah, die Frau Sommerfeld. Was haben Sie für Probleme?«, kam es schon ein wenig freundlicher.

»Ich wollte mich nach dem Stand der Dinge erkundigen. Was ergaben die Berichte der Spurensicherung? Sollen wir uns vielleicht mal treffen, um diese durchzugehen? Sind Sie überhaupt schon weitergekommen mit Ihren Ermittlungen bezüglich der Makler-Morde? Sieht ja nicht so aus.« Kaum ausgesprochen, bereute sie ihre dreisten Worte schon. Was sollte er bloß von ihr denken?

»Sagen Sie mal, sonst geht es Ihnen gut? Ich wüsste nicht, warum ich Sie in meine Ermittlungen einbeziehen sollte. Die SoKo Hasseler Makler arbeitet auf Hochtouren. Nein, ich möchte mich nicht mit Ihnen treffen, auch wenn mein Vorgänger, der gute Herr Blauländer, dieses gerne und oft getan hat. Ich lege da keinen Wert drauf, liebe Frau Sommerfeld.«

Das hatte gesessen. Nun hatte Margareta auch keine Lust mehr, ihm von Gisberts möglicherweise wichtiger Entdeckung zu erzählen. Dieser freche Kerl!

»Ich habe eine gravierende Neuigkeit in der Sache, die Sie weiterbringen könnte«, warf sie ihm einen Knochen hin, den er leider nicht aufnahm.

»Was soll das denn für eine Neuigkeit sein?«, fragte er genervt nach. Im Hintergrund waren mehrere Stimmen zu hören. Scheinbar war er mitten in einer Sitzung.

»Nicht am Telefon«, versuchte Margareta, ihn ein weiteres Mal zu locken.

»Ja, dann nicht«, sprach Scheffel und beendete das Gespräch.

Wütend knallte Margareta ihr Smartphone auf den Tisch und fragte sich, was dieser ungehobelte Kerl sich bloß einbildete. Pah! SoKo Hasseler Makler! Was wird die schon herausgefunden haben? Nichts.

Sie selbst hatte sich auch noch nicht mit Ruhm bekleckert, musste sie sich eingestehen. Wie sah denn ihre Verdächtigenliste aus? Wer stand an erster Stelle. Bahlke? Oder vielleicht Suleyman? Doch Gisbert oder gar Norbert Koslowski? Vielleicht Zielinski selbst? Oder dieser schmierige Detlev? Margareta wusste es nicht.

Der Besuch heute Mittag bei der aufgetakelten Hedwig Starke hatte sie ebenfalls kein Stück weitergebracht. Dummes Zeug hatte die Frau geredet, sie durchs kleine Haus geführt, in der die Spießigkeit wohnte und einen starken Brechreiz bei ihr verursachte. Allein diese Eichenschrankwand mit dem integrierten Barfach glänzte seit mindestens 50 Jahren vor sich hin. Die plüschige Sofagarnitur mit den 30 Kissen, in denen sich eine Katze aalte, tat ein Übriges. Nachdem Margareta nach mehrmaliger Aufforderung neben der Katze auf dem Sofa Platz genommen hatte, bekam sie ein klebriges Likörchen eingeschüttet und wurde von Hedwig regelrecht zugelabert. Sie hätte das Herz auf dem rechten Fleck, behauptete diese mindestens drei Mal, bevor sie mit ihrer Lebensgeschichte loslegte.

Mehrmals versuchte Margareta, das Thema zu wechseln, um auf die Morde der beiden Makler zu sprechen zu kommen. Doch nichts, Hedwig kam immer wieder auf ihr vom Leben gezeichnetes Dasein zurück. Okay, die abgesägten Bäume waren auch irgendwann mal dran, doch das war es auch schon. Nach einer Stunde verließ Margareta die Frau und kam zu der Erkenntnis, dass es verlorene Zeit gewesen war. Die Alte suchte händeringend einen neuen Partner und interessierte sich einen feuchten Dreck, wer die beiden Makler ermordet hatte. Sie quetschte sich ausschließlich aus dem Grund an Bahlkes roten Tisch, um dort eventuell was Neues aufzutun. Mit dem ortsansässigen Hähnchenwagenverkäufer soll sie auch schon ein Techtelmechtel gehabt haben.

Nachdem Margaretas Ohren rauschten, verschob sie den Besuch beim alten Taubenvater auf einen anderen Tag. Schließlich stand ja noch Essen auf dem Programm.

Das Treffen mit Dietlinde war genauso ein Reinfall. Sie trafen sich im Café Mondrian auf der Rüttenscheider Straße. Das alteingesessene Café aus dem Jahre 1988 lag an Essens beliebter Flaniermeile »Rü« und machte einen gediegenen Eindruck.

»Um es kurz zu machen«, hatte Margareta gesagt und

ihre Unterlagen, verpackt in einem grauen Umschlag, auf den Tisch des Cafés gelegt, mehr schon geworfen. Sie hatte ihren Laptop mit, jedoch wenig Lust, ihn aus der Tasche zu holen. Dietlinde schien äußert gefasst, saß in ihrem gelben Wollkostüm mit dem passenden Hut da wie Königin Elisabeth bei einem Staatsbesuch, grinste überheblich, öffnete mit spitzen Fingern den Umschlag und sah sich die Fotos an. Sie wirkte auf Margareta total abgeklärt und nicht mehr wie eine gehörnte Ehefrau, der man übel mitgespielt hatte, so wie beim ersten Treffen.

»Auf dem USB-Stick sind die Fotos und auch der Gesprächsmitschnitt, von dem ich Ihnen erzählt habe.« In wenigen Worten gab Margareta wieder, was sie in Hagen erlebt und am Telefon noch nicht preisgegeben hatte.

Es schien die wohlhabende Dame jedoch nicht zu beeindrucken, dass ihr Göttergatte vorhatte, sie an die Seite zu schaffen, um mit dieser Marcelina ein neues Leben zu beginnen. Von Angst war nichts zu erkennen. Dietlinde überreichte Margareta einen Scheck, dessen Summe sie wohlwollend aufgerundet hatte. Dann ließ sie sich den Erhalt quittieren und betrachtete den Auftrag als beendet, was Margareta überraschte. Was war schuld an ihrem Sinneswandel? Wie aufgeregt war sie noch vor ein paar Tagen gewesen. Aufgeregt und verängstigt. Was war inzwischen geschehen?

»Wenn ich noch einmal Ihre Hilfe benötige, melde ich mich. Wissen Sie, Frau Sommerfeld, Klaus hatte schon öfters ein Techtelmechtel mit irgendeiner Sekretärin. Auch solche Marcelinas gab es schon. Ein Doppelleben soll er geführt haben und noch immer führen? Nein, das glaube ich nicht. Dazu ist er als Privatmann viel zu faul. Ich werde ihn heute Abend zur Rede stellen und meine Bedingungen für die Fortführung unserer Ehe stellen. Sollte er tatsächlich Pläne in dieser Art haben und mich beseitigen wollen, wird er sie spätestens dann aufgeben, glauben Sie mir.« Ganz vornehm stach sie kleine Stücke von ihrer Marzipantorte ab und führte sie zum Munde.

Hatte sie in der kurzen Zeit eine Therapie gemacht? Was war bloß los mit ihr?

»Sicherlich haben Sie noch andere Aufträge, nicht wahr? So will ich Ihre Zeit nicht länger in Anspruch nehmen.« Dietlinde zog die Nase hoch zur Decke. Hochmut pur!

Margareta schalt sich einen Narren und fuhr frustriert über die B224 zurück nach Gelsenkirchen. Immerhin konnte sie nun Matthias auszahlen.

13.

Ein einziger Anruf hatte genügt, um an seinem mühsam aufgebauten Selbstbewusstsein zu kratzen. Selbstsicherheit, Coolness, ade. Kommt nur zurück, ihr Zweifel, und nagt wieder an mir.

Thomas Scheffel verbarg sein Gesicht in seinen Händen und brummte eine Verwünschung. Sein Kopf explodierte. Da war sie wieder, die Unsicherheit. Dabei war er gut, erledigte seinen Job tadellos, behaupteten die Kollegen jedenfalls. Alles war in Ordnung gewesen, bis diese Hexe Sommerfeld aufgetaucht war. Was wollte sie nur von ihm?

Mit Bravour hatte er seine Prüfungen bestanden, zuletzt die Zusatzausbildung zum Profiler. Nicht umsonst war er Chef der Abteilung geworden, nachdem sein Vorgänger Helmut Blauländer einem tragischen Unglücksfall zum Opfer gefallen war. Wieso suchte diese Frau nach Ermittlungsfehlern, die ihm angeblich unterlaufen wären? Was mischte sie in diesem Fall überhaupt mit? Sie war private Ermittlerin und hatte, ihrem Reden nach, genug Aufträge. Hatte sie noch nie was von professioneller Polizeiarbeit gehört? Dazu gehörte auch, nicht das gesamte Wissen preiszugeben.

Er legte sich auf sein Bett und starrte auf den flimmernden TV-Bildschirm. Doch die Sendung »Bares für Rares«, die er sonst immer so gerne sah, wenn er mal Gelegenheit dazu hatte, zog an ihm vorbei. Das Interesse an Horst Lichter, seinem Team und den alten Gegenständen war heute überhaupt nicht vorhanden.

Wenn die freche Sommerfeld wüsste, dass er noch im Elternhaus wohnte, hätte sie wieder einen Grund, sich über ihn lustig zu machen. Doch was war so schlimm daran, dass er mit seinen 41 Jahren noch bei seinen Eltern wohnte? Wahrscheinlich hatte sich die Sommerfeld nach dem Telefonat vor Lachen über ihn abgerollt.

Seine Eltern waren keine Teufel. Er hatte es gut zu Hause, lebte in Geborgenheit und wurde liebevoll umsorgt. Glaubte er das wirklich? War es etwa seine Schuld, dass er nach der gescheiterten Beziehung mit Simone in tiefe Depressionen verfiel und nach dem Klinikaufenthalt vor drei Jahren wieder zu seinen Eltern zog? Er konnte nicht alleine sein, vorerst noch nicht.

Nur für den Übergang, hatte er sich selbst gut zugeredet. Doch diese Überbrückungszeit dauerte nun schon drei lange Jahre. Er war glücklich, dass es ihm gesundheitlich wieder gut ging, was er letztendlich seinen Eltern und dem Hegering Recklinghausen e.V., dem er seit dem Klinikaufenthalt angehörte, zu verdanken hatte. Er hatte den wesentlich älteren Karl, der unter genau den gleichen Beschwerden litt wie er, in der Klinik kennengelernt und seinen ausschweifenden Erzählungen übers Jagen mit Begeisterung gelauscht. Seitdem gehörte jede freie Minute seinem neuen Hobby. Karl hatte ihm Willi, den niedlichen Rauhaardackel besorgt, der tagsüber von seinen Eltern betreut wurde. Willi vom Tegernsee hatte einen der besten Stammbäume und Thomas noch nicht eine Sekunde bereut, den kleinen Kerl angeschafft zu haben. Stundenlang konnte er mit dem Hund durch die Wälder streifen und seinen Gedanken nachhängen, positiven sowie negativen. Es tat ihm gut, wenn er Willi wie jetzt beim Schlafen zuschaute. Willi war überhaupt das beste Antidepressivum.

Bereits nach einem Jahr Vereinszugehörigkeit hatte Thomas die Jägerprüfung absolviert, wusste Bescheid über Wildbiologie, Jagdpraxis und Waffenkunde, worin er sich schon vorher berufsbedingt bestens auskannte, und den Vereinskollegen so manchen Tipp geben konnte. Besonderen Spaß machte ihm das Nadelschießen mit der Flinte, natürlich nur mit bleifreier Munition. Bei der diesjährigen Jahreshauptversammlung wurde er zum Obmann für das Schießwesen gewählt. Ja, der Erste Hauptkommissar des KK 11 in Buer genoss ein gewisses Ansehen im Verein, worauf er stolz war. In zwei Wochen war hoher Besuch im Hegering angesagt. Das Präsidium des Landesjagdverbandes NRW besuchte den Hegering Recklinghausen e.V. in dessen Vereinsheim, der Waldschule. Der Präsident des LJV NRW Otto Meier-Schultenberg wollte sich persönlich ein Bild über die Aktivitäten des Vereins machen. Meier-Schultenberg legte großen Wert auf eine gute Zusammenarbeit, was auch Thomas Scheffel nur recht sein konnte. Allein die regelmäßigen geselligen Hegeringabende mit immer neuen Themen und Gastreferenten gaben ihm Halt und Zuversicht.

Bei all den vielen Terminen hatte er gar keine Zeit, sich nach einer eigenen Wohnung umzusehen, redete er sich ein. Und wer sollte diese sauber halten? Hatte er es nicht gut in seinem ehemaligen Kinderzimmer, das er in den letzten Jahren zu einer Art Studentenbude umgestaltet hatte? Seit der Renovierung war es viel heller als vorher. Der senffarbige, flauschige Teppichboden tat ein Übriges. Verchromte Stehlampe, Glastisch sowie Glasschreibtisch, schwarze halbhohe Hochglanzschränke hatten die Kiefernholzmöbel verdrängt. Doch auch nach der Erneuerung wurde das Zimmer den spießigen Mief nicht los. Was ihn allerdings am meisten nervte, war die Tatsache, dass er den Raum nicht abschließen konnte, da seine Mutter den Schlüssel konfisziert hatte. Sie war der Meinung, es würde reichen, wenn unten die Haustür stets verschlossen war. Und was war mit Intimsphäre?, hatte er seine Mutter gefragt. Papperlapapp, hatte sie nur gemeint.

Er musste Karl anrufen. Karl würde ihm wieder auf die Sprünge helfen, würde sagen: »Was geht es andere Leute an, wie du lebst? Man kann nicht in allen Lebenslagen stark sein, Junge. Du machst einen guten Job. Bist ein klasse Jäger. Was willst du mehr?« Guter, lieber Karl. Er würde die Sommerfeld völlig daneben finden, war er sich sicher.

Ein Wolf im Schafspelz, würde Karl sagen. Schön anzusehen, doch gefährlich.

Erst gestern hatte Thomas mit seinen Kollegen im Präsidium über diese Frau gesprochen. So ätzend, wie er gehofft hatte, fanden diese die Sommerfeld jedoch nicht. Sie erkundigten sich, was sie denn nun so machte. Lieber wäre ihm gewesen, sie hätten sie ordentlich durch den Kakao gezogen und kein gutes Haar an ihr gelassen. Dem war leider nicht so.

Hätte er nicht auch gerne wieder eine Frau an seiner Seite? Es mussten ja nicht alle so sein wie Simone, dieser fremdgehende, egoistische Vamp. Er schloss die Augen und sah sie vor sich. Die honigblonde, stets lachende Simone. Durchtrainiert, groß, schlank und blauäugig. Blauäugig, nicht nur äußerlich gesehen. Nein, Simone war auch vom Wesen her blauäugig, schlicht gesagt: dumm. So dumm, dass sie jedem Gesülze eines Mannes Glauben schenkte und es mit der Treue nicht so genau nahm. Ihre Sprunghaftigkeit, die ihn zu Anfang faszinierte, stieß ihn schon bald ab. Nichts hielt sie durch, was sie heute versprach, war morgen Geschichte. Sie wechselte die Jobs wie ihre Schlüpfer. Ein krummes Wort von ihrem Vorgesetzten, und sie nahm ihre Tasche. So jobbte sie nach dem Abitur mal hier, mal dort, saß nachts an der Kasse der Bowlingbahn, verkaufte Burger beim goldenen M, fuhr Medikamente durch die Gegend und wog auf dem Wochenmarkt Obst aus. Nach sechs Jahren, als Thomas Simone trotz Warnung der Eltern ehelichte, wusste sie noch immer nicht, was für einen beruflichen Weg sie einschlagen sollte. So lebte sie zeitweise von seinem Geld, ohne Gegenleistung, pfiff auf die Hausarbeit, trieb sich abends mit anderen Kerlen herum. So lange, bis selbst der geduldige Thomas die Nase voll hatte und sich von ihr trennte. Ja, und dann folgte das berüchtigte schwarze Loch, in das er fiel. Allein der Gedanke an Simone ließ die Wut in ihm hochkochen. Seine Erinnerungen wanderten zur letzten Jagd im Herbst des vergangenen Jahres. Es war erst fünf Monate her und doch war ihm, als wäre es gestern gewesen, als er dieses schlanke Wildschwein ausweidete. Nach der Jagd war die Strecke gelegt und mit Fackeln feierlich beleuchtet worden. Das Verblasen der Strecke durch die Jagdhornbläser ging dem Aufbrechen voraus. Es war so feierlich. Gänsehautfeeling! Dann ging es zur Sache. Er legte das Wildschwein auf den Rücken, mit seinen Stiefeln fixierte er die Hinterläufe, setzte sein scharfes Messer an und stach zu. Immer wieder dachte er dabei an Simone, der er nun die gerechte Strafe zuteilwerden lassen würde. Er schnitt die Bauchdecke Richtung Brustkorb auf, nachdem er die Hoden entfernt hatte, die er im hohen Bogen den Hunden zum Fraß vorwarf. Die inneren Organe zog er nach unten hin heraus, umschnitt gekonnt das Waidloch und entfernte dieses.

Danach hatte er sich irgendwie besser gefühlt, sich jedoch gefragt, ob er tatsächlich jemals einem Menschen etwas Derartiges antun könnte. Wieso hatte er in dem Wildschwein Simone gesehen? Simone, die so ganz anders roch als ein ausgeweidetes Wildschwein. In seiner Erinnerung duftete sie nach Sommer, nach Orangensaft und frischen Erdbeeren. Was bloß aus ihr geworden war? Ein einziges Mal hatte sie ihn im Krankenhaus besucht. Betroffen hatte sie ihn angeblickt und kaum gesprochen, ihm Weintrauben auf das Tischchen gelegt. Ein Pflichtbesuch, mehr nicht. Selbst bei der Scheidung war sie nicht anwesend. Immer wieder hatte er sich gesagt, verzeihe ihr, sie kann nichts dafür. Sie war nun mal so lebenshungrig, leichtsinnig und übermütig. Und doch gelang es ihm oft nicht, milde an sie zu denken. An besonders schlimmen Tagen hasste er sie dafür, was sie ihm angetan hatte. So eben auch an dem Tag der Jagd im letzten Herbst.

Fast hatte er seinen Frieden gefunden. Frieden geschlossen mit den Frauen. Bis die Sommerfeld auftauchte. Was hatte sie nur an seiner Ermittlungsmethode auszusetzen? Wieso wollte sie sich mit ihm treffen, um die Berichte der Spurensicherung durchzusehen? Das ging sie doch überhaupt nichts an. Er hatte vorschriftsmäßig gehandelt, nichts übersehen, was er sich vorzuwerfen hätte. Oder war ihm vielleicht doch etwas Entscheidendes durchgegangen? Bei der Teambesprechung der SoKo Hasseler Makler heute Morgen waren sie noch einmal alle Fakten durchgegangen. Kommissar Aksoy erwähnte einen anonymen Telefonanruf, in dem ein Mann ihm mitteilte, dass die Morde an den Maklern mit einer alten Sache auf dem Zechengelände zu tun hätten. Irgendein Geschehnis um eine alte Totenhalle auf dem Zechengelände erwähnte der Anrufer. Auf Scheffels Frage, was er denn daraufhin unternommen hätte, zuckte Aksoy nur mit den Schultern. Eine Streifenwagenbesatzung hatte sich gestern noch einmal das verlassene Haus am Picksmühlenteich vorgenommen, doch ohne Ergebnis. Reihte er tatsächlich nur Luschen um sich? Als weitere Maßnahmen wurden vor drei Tagen erneut das komplette Gelände am Hasseler Bahnhof sowie am Picksmühlenteich durch Polizeikräfte des Streifendienstes durchsucht. Einen Tag später wurden die Suchmaßnahmen erweitert. Thomas Scheffel und Jenny Gehrke sprachen mit Angehörigen der toten Makler sowie mit Nachbarn der Zechensiedlung.

Als die kleine Tochter der türkischen Familie Kararoglu in der letzten Woche verschwand, setzte er den Mantrailer-Suchhund ein, ebenso die Hundertschaft der Bereitschaftspolizei. Beides ohne Erfolg. Ein Hubschrauber flog die gesamte Gegend ab. Zum Glück tauchte das Kind am nächsten Tag unversehrt auf, woraufhin der alte Taubenvater, bei dem sie die Nacht verbrachte, mehrmals vernommen wurde. Taubenvater bedeutete ja nicht sofort harmlos. Ein Tatverdacht erhärtete sich jedoch auch hier nicht.

Nun wollte Margareta Sommerfeld ihm Feuer unter dem Hintern machen? Wusste sie etwa mehr, als sie ihm gesagt hatte, fragte er sich. Ob er sich doch einmal mit ihr treffen sollte? Er könnte sie ins Präsidium bestellen.

Thomas Scheffel war mit seinem Latein am Ende. Er streichelte Willi über den weichen Kopf, stand vom Bett auf, zog sich seine Jacke über, nahm die Hundeleine und stieg die Treppen hinunter. Er wusste, was gleich kommen würde. Seine Mutter würde ihn wie einen kleinen Jungen ermahnen, zu dieser Uhrzeit nicht noch rauszugehen, wenn doch, sich wenigstens warm anzuziehen. Immer wieder vergaß sie, dass er in wenigen Tagen 42 Jahre alt wurde.

Nein, so ging es nicht weiter, ich suche mir eine eigene Wohnung, sagte er sich und straffte den Rücken. Willi bellte zur Bestätigung, als hätte er jedes Wort, was sein Herrchen nicht einmal ausgesprochen hatte, verstanden.

Was hatte die Sommerfeld als Nächstes vor? Wann würde er ihr wieder begegnen, fragte sich Scheffel, als er bei Dunkelheit den Hertener Schlosspark betrat. Er hoffte, dass dieses nicht so schnell geschehen würde. Oder war hier etwa der Wunsch der Vater des Gedankens?

Er passierte die Gebäude des Landeskrankenhauses, die hervorragend in die Landschaft integriert worden waren.

Auch er hatte hier einige Wochen verbracht, als es ihm psychisch schlecht ging. Zum Schluss besuchte er nur noch die Tagesklinik. Außenstehende hatten ihm seine Depressionen und seinen damit verbundenen desolaten Zustand nicht angemerkt, da er noch in der Lage gewesen war, sich, wenn er mit anderen Menschen sprach, zusammenzureißen. Er musste an die alte Nachbarin aus Kindertagen denken. Sie war an einem Heiligen Abend in den kleinen See im Stadtwald in Buer gestiegen und ertrunken. Für ihn damals unverständlich, wie man in so einem niedrigen Gewässer überhaupt absaufen konnte.

Im Laufen zog er sich den Reißverschluss seiner Jacke höher. Trotz Mitte März war es noch empfindlich kalt. Er hastete zurück zum Parkplatz, verstaute Willi auf den Beifahrersitz seines BMW und fuhr die wenigen Meter nach Hause. Ein Blick auf die Uhr verriet ihm, dass es bereits 21 Uhr war. Er hoffte, dass seine Eltern vor dem Fernseher schliefen und er nicht wieder eine Menge guter Ratschläge zu hören bekam, die für einen perfekten Abend laut seiner Mutter noch zu beachten wären. Ruhe! Er brauchte jetzt ganz einfach Ruhe. Keine Ratschläge. Immerhin hatte das Kennenlernen der Margareta Sommerfeld auch etwas Gutes, musste er sich eingestehen. Sie hatte ihn dermaßen aufgewühlt, dass er sogar darüber nachdachte, endlich wieder bei seinen Eltern auszuziehen, um auf eigenen Beinen zu stehen.

Sollte er ihr etwa dankbar sein?

Udo Urbat würde er sich noch einmal genauer vorknöpfen, nahm er sich vor, als er zu Hause aus seinem Auto stieg. Diesen Mann, der sich so für die Nachbarn einsetzte, sogar eine Genossenschaft gegründet hatte, damit möglichst viele der Menschen ihr Zuhause behalten konnten.

Tag und Nacht war er für diese Bürgerinitiative unterwegs. Warum tat er das alles? Was waren seine Beweggründe? Handelte er aus schlechtem Gewissen? Wollte er etwas wiedergutmachen? Er war vorbestraft, weil er sich damals, als die beiden Morde auf dem Zechengelände passiert waren, an einem Teil des Erpressergeldes bereicherte. War er wirklich so unschuldig, wie er sich gab? Oder war er in die Mordsache involviert, hatte selbst einen oder gar beide Makler umgebracht? Doch was wäre sein Motiv? Gehrke wollte wissen, dass Urbat mal was mit der Sommerfeld hatte. Steckte diese Margareta womöglich auch tiefer in der Sache, als er vermutete? Und ihr komischer Bruder, der dem Stalewski das Nasenbein gebrochen hatte? Waren die Geschwister Sommerfeld etwa Bonnie und Clyde aus dem Ruhrpott?

14.

Er saß schon einige Zeit auf dem durchgesessenen Sofa im Hinterzimmer seines Kiosks. Freitag, der 22.3., neun Uhr morgens. Es regnete in Strömen – und das nannte sich nun Frühling. Acht Grad zeigte das Thermometer. Der erste Kundenansturm war vorüber. Die Menschen, die auf dem Weg zur Arbeit bei ihm hielten, um sich ein belegtes Brötchen, eine Frikadelle, Zigaretten oder eine

Flasche Cola mitzunehmen, hatten heute schon für guten Umsatz gesorgt. 20 Brötchen hatte er verkauft, mit Aufschnitt und Salami, und ebenso viele Frikadellen gingen über die Theke. Gegen elf Uhr würde wieder Leben an seinem Kiosk sein. Der zweite Ansturm sozusagen. Die Siedlungsfraktion, allen voran Udo Urbat, würde am roten Cola-Tisch wild diskutieren. Er starrte auf den Sparkasten an der gegenüberliegenden Wand. Einmal die Woche kamen seine Stammkunden und stopften etwas Geld, das sie sich vom Munde abgespart hatten, in die Fächer, um kurz vor Weihnachten, wenn sie den Erlös ausgezahlt bekamen, die Sau rauszulassen. So langsam nervte Martin das ganze Gerede um das Mordgeschehen. Viel mehr jedoch die schlimmen Dinge, die den unbescholtenen Bewohnern der Siedlung angetan wurden. Bäume abgesägt, Zäune entfernt, unangemeldete Besuche, um die Leute einzuschüchtern. Auf welch' gemeine Art sie vertrieben werden sollten, nur um diesem Investor Zielinski die Taschen zu füllen. Er fragte sich, ob es das nun gewesen war mit den zwei Toten oder ob ein dritter Mord folgte. Als nächstes Opfer könnte er sich Zielinski vorstellen. Erst dann würde Ruhe herrschen, war er sich sicher.

Er starrte lustlos auf die Pakete mit Bonbons, Schokolade und Chipstüten, die er langsam mal einräumen müsste. Allein 20 Kästen Bier hatte er in der letzten Woche verkauft, von den anderen alkoholischen Getränken ganz zu schweigen. Aus 18 Pfund Hackfleisch hatte er Frikadellen zubereitet. Nicht zu vergessen die 18 großen Dosen mit Riesenknackern, die er erhitzt hatte. Dass dieser Kiosk so viel Arbeit machen würde, hätte er nie gedacht, als er ihn vor drei Jahren gepachtet hatte. Fünf Jahre lang hatte er einen Kiosk in Wattenscheid betrieben und auch dort mit seiner Familie gewohnt. Dann hörte er von dieser Trinkhalle, die von einem älteren Herrn aus Altersgründen aufgegeben wurde. Da seine Frau aus Hassel kam, griff er zu. Ein Rund-um-die-Uhr-Job von morgens um sechs Uhr bis spät in den Abend. Zu Hause briet er dann noch Frikadellen und gelegentlich Koteletts. Seine Ehefrau Kerstin half ihm manchmal, obwohl sie als Krankenschwester sehr eingespannt war. Da waren noch die beiden Söhne, 16 und 18 Jahre alt. Von denen bekam Martin keine Hilfe, die waren faul wie Brot und konnten nur große Reden schwingen. Frau und Söhne hatten mit dem Kiosk nichts am Hut, was Martin oft wütend machte. Wenn er an die drei dachte, bekam er einen dicken Hals.

Nur wenig Licht fiel durch die Glasbausteinwand ins Innere des kleinen Raumes. Wieder sah er die Szene vor sich, wieder und immer wieder. Wie sie Stalewski, der mit grauem Gesicht am Ufer des Picksmühlenteichs lag, in den Zinksarg verfrachteten und wegtrugen, Kriminalbeamte, die Spurensicherung und den Gerichtsmediziner um sich. Er hatte alles genau beobachtet, stand in dem Wäldchen hinter einer dicken Eiche, gut versteckt und beobachtete mit einem Feldstecher alles genau, zog einen Flachmann aus der Jackentasche und genehmigte sich einen ordentlichen Schluck Wodka. Endlich verluden sie den Sarg in den Leichenwagen und fuhren zusammen mit den anderen Fahrzeugen davon. Er steckte sich eine Zigarette an, sog den Rauch tief ein, schloss kurz die Augen, zog seine Mütze zurecht und trat den Weg zum Kiosk über die Pawiker Straße an. An der Bude angekommen, nahm er das Schild »Bin gleich wieder da« von der Tür, schloss auf, rückte den Tisch zurecht und wartete auf seine Freunde. Sie würden staunen, was er wusste, noch bevor die Presse darüber berichten würde. Der Leichenfund im Picksmühlenteich würde sein Roter-Tisch-Gespräch werden. Bewunderung pur würde man ihm zollen, dem tollen, coolen Bahlke. Woher er sein Wissen hätte, würden sie fragen und er würde nur mit den Schultern zucken und schweigen, dachte er vor gut drei Wochen noch. Doch dem war leider nicht so gewesen.

Die Türglocke ertönte, und Altweiber-Geschnatter unterbrochen von Gekicher erklang im Kiosk. Seufzend stand er vom Sofa auf, reckte sich und betrat den Verkaufsraum. Hedwig Starke und Elfriede Rahnfeldt wühlten euphorisch in dem Aufsteller mit den Zeitschriften und deckten sich mit »Für Sie«, »Tina«, dem »Goldenen Blatt« und Co. ein.

»Was ist los, Martin? Hast du einen schlechten Tag? Ziehst ja ein Gesicht. Bei dem schönen Wetter?« Hedwig grinste den Kioskbesitzer hämisch an.

»Schönes Wetter? Erst gerade hat es aufgehört zu regnen.« Bahlke strich sich genervt über seine blonde Igelfrisur und hätte die beiden Frauen am liebsten vor die Tür gesetzt.

»Die Sonne scheint. Sieh mal zu, dass du den Tisch abputzt, bevor alle kommen. Hast du schon Kaffee aufgesetzt?« Hedwig griff noch nach zwei Tafeln Schokolade und einem Paket Keksen, bevor sie bezahlte und anschließend alles in ihren Stoffbeutel stopfte. »Einen Kaffee will ich jetzt trinken. Bleibst du auch noch, Elfriede?«, wandte sie sich an die neben sich stehende alte Frau.

»Ich weiß nicht. Muss noch kochen. Detlev will pünktlich sein Essen auf dem Tisch haben.« Frau Rahnfeldt zitterte, wohl nicht nur vor Kälte. Die beiden Makler hatten ihr zu deren Lebzeiten das Leben ganz schön schwer gemacht, was der alten Frau immer noch nachhing. Sie konnte nicht glauben, dass mit dem Tod der Männer der Spuk vorbei sein sollte. Sie sah sich in schlaflosen Nächten ihre Koffer packen, um in ein Heim zu ziehen, wie ihr immer wieder angedroht worden war. Detlev konnte es nicht mehr hören und fuhr ihr oft schroff über den Mund. Darum war sie froh, nun Hedwig zu haben, die sich rührend um sie kümmerte.

»Dann lass ihn sich doch selbst was kochen. Dein Alter ist unter der Erde, du brauchst dich nach niemandem mehr zu richten. Verwöhnst deinen alten Prinzen noch wie einen kleinen Jungen. Zahlt der überhaupt Kostgeld? Lass uns einen Kaffee zusammen trinken! So jung kommen wir nicht mehr zusammen.« Hedwig Starke duldete keine Widerrede, ließ sich von Bahlke einen Lappen geben und ging nach draußen, um den Tisch vom Regenwasser zu befreien. »Zwei Kaffee und zwei Mettbrötchen«, rief sie Martin zu.

Elfriede riss die schmalen Augen auf, so weit wie es ihr möglich war.

»Keine Angst, Elfriede, ich gebe einen aus«, beruhigte Hedwig die alte, für ihre Sparsamkeit bekannte Frau.

»Na, dann ist ja gut.« Auf Elfriedes faltigem Gesicht erschien ein Lächeln, das sie sofort um Jahre jünger wirken ließ.

»Gestern war übrigens die Sommerfeld bei mir«, begann Hedwig zu erzählen, als sie sich an den roten Tisch gestellt hatten. »Eigentlich eine ganz nette Frau.«

»Und uneigentlich eine Hexe! Mischt sich in alles ein. Soll bloß abhauen«, meinte nun Martin, sich zu Wort melden zu müssen. »Damals, als die Morde auf dem Zechengelände passierten, soll sie ordentlich mitgemischt haben.«

»Da hast du noch gar nicht hier gewohnt, Martin. Kannst also gar nicht mitreden. Was hast du gegen die Frau? Sie will uns doch nur helfen.« Hedwig Starke konnte nicht verstehen, was Martin gegen Margareta Sommerfeld hatte.

»Helfen? Pah, dass ich nicht lache. Die will sich nur profilieren. Und wichtig tun obendrein.«

»Du kennst sie doch gar nicht«, schüttelte Hedwig erbost mit dem Kopf.

Martin brummte etwas in seinen Bart und ging in seinen Kiosk. Die Sommerfeld wird die Nächste sein, die über den Jordan geht, dachte er brummig. Man könnte es wie einen Selbstmord aussehen lassen. Er begann, den großen Topf mit Wasser zu befüllen und ihn auf eine der beiden Herdplatten zu stellen. Dann öffnete er eine Würstchendose, entnahm die zehn Knacker und legte sie ins Wasser. Einerseits freute er sich über den guten Umsatz, seit sich die Runde aufgeregter Nachbarn hier fast täglich traf. Einer steckte den anderen an, verlangte jemand nach einer Wurst, wollten gleich alle eine haben, und er konnte sich in der Metro wieder abschleppen, bis er Nackenschmerzen bekam, um für Nachschub zu sorgen. An seinem HWS-Syndrom lag es, dass er seinen Beruf als Physiotherapeut aufgeben musste. Doch einfacher war der Budenjob auch nicht. Zu jedem freundlich sein, war eigentlich nicht sein Ding, und er musste sich oft dazu zwingen. Und die ständigen Diskussionen, seit die Makler umgebracht worden waren. Jeder wollte jedem was anhängen, jeder wusste alles besser, sah Dinge, die gar nicht da waren, wie jetzt der Sommerfeldbruder Gisbert in einer leer stehenden Wohnung ein Ehepaar entdeckt haben wollte, das angeblich gar nicht existierte. Das hatte Norbert Koslowski, diese Null, ihm mit der Androhung, es ja niemandem zu erzählen, gesteckt. Ossis sollten es sein, angeblich Auftragskiller. Wo lag der Sinn darin, fragte sich Bahlke und stopfte sich einen Rollmops in den Mund. Wieso tauchten diese Menschen erst auf, als die beiden Makler bereits tot waren? Hatte man sie für einen weiteren Mord angeheuert? Ein angeblich uraltes Paar, das sich kaum auf den Beinen halten konnte. Wieso wurde die Kripo nicht eingeweiht? Weil der Erste Hauptkommissar des KK 11 in Buer, dieser Thomas Scheffel, sowieso nichts auf die Kette bekam? Mit Ruhm hatte der sich bisher nicht gerade bekleckert, dachte Bahlke, nahm sich ein Würstchen aus der Dose, brach es durch und schob eine Hälfte dem Rollmops hinterher. Zu Hause würde er seiner Gattin wieder erzählen, dass er nicht wüsste, wieso er ständig an Gewicht zunahm. Immerhin wog er 110 Kilogramm bei einer Größe von 180 Zentimetern.

Als er durch den Verkaufsraum nach draußen trat, traute er seinen Augen nicht. Zu Hedwig und der alten Rahnfeldt gesellten sich bereits Suleyman, Norbert Koslowski und Gisbert. Wenn man an den Teufel denkt, dachte Martin und grüßte kurz in die Runde, die ihn kaum wahrnahm. Sie hechelten bereits das aktuelle Siedlungsgeschehen durch. Koslowski hatte sich eine Tageszeitung aus dem Kiosk geholt, die er nun wild durchblätterte. Er kaufte sie natürlich nicht, würde sie wie fast täglich zusammenfalten und befleckt zurücklegen. Sie alle lechzten bereits nach Kaffee und heißen Würstchen, als müssten sie ihre Akkus aufladen, um weiterhin blödes Zeug labern zu können. Hinter vorgehaltener Hand meinte Norbert, die Story von dem obskuren Paar in der angeblich unbewohnten Bude bei Gisbert gegenüber, die sein Nachbar gesehen haben wollte, kundzutun, woraufhin ihm Gisbert einen

Stoß in die Rippen versetzte. Er wollte nicht zur Lachnummer werden.

So toll der zusätzliche Umsatz der letzten Wochen auch war, Martin sehnte die Ruhe herbei. Hin und wieder ein Kunde, mit dem er einen Kaffee trank und sich unterhielt, war ja okay, doch nicht täglich dieser Menschenauflauf. Er selbst kam kaum noch zu Wort, war abgemeldet. Niemand wollte seine Geistesergüsse hören. Ständig fanden sich neue Nachbarn ein, die von der illustren Runde vor dem Kiosk gehört hatten. Als er wenig später mit Kaffee und Würstchen beladen zurückkam, hatten sich auch Udo Urbat, Detlev Rahnfeldt und die beiden Schießbudenfiguren Wichlatz und Baumann an den roten Tisch gestellt. Noch mal los, um weitere Würstchen, Brötchen und Kaffee zu holen.

»Du könntest eine Hilfe gebrauchen, Martin«, meinte Hedwig und brach in schallendes Gelächter aus. »Was zahlst du pro Stunde?«

»Einen Tritt in deinen dicken Hintern kannst du haben.« Martin Bahlke war das Lachen vergangen.

Dafür fand Norbert Bahlkes Worte so lustig, dass bei seinem lauten Gegackere Mikrokrümmel vom Würstchen aus seinem Mund nur so durch die Gegend flogen. Er zeigte dabei seine braunen Zähne.

Ekliger Genosse, dachte Martin und verwünschte alle, die an diesem Morgen an seinem Tisch standen. Gute Kunden hin oder her. Nachdem er zwei Männer in blauen Overalls bedient hatte, die mit einem Werkstattwagen vor seinem Kiosk hielten, fand er endlich Zeit, Luft zu holen. Gedankenverloren sah er Detlev an. Er mochte ihn. Ihn und seinen kleinen Pudel, fühlte sich geehrt, wenn der Frührentner ihm sein Herz ausschüttete, was gelegentlich vorkam. »Na, Detlev, heute bleibt die Küche kalt. Du siehst ja, deine Mutter hat ein neues Hobby gefunden. Neues Hobby und eine neue Freundin.« Ein böser Blick streifte Hedwig, die nach einer Flasche Bier meinte, frivole Witze kundtun zu müssen. Diesen Typ Frau mochte er überhaupt nicht.

»Macht doch nichts. Meine Mutter zahlt alles, was ich hier verzehre.« Liebevoll lächelnd schaute Detlev Martin an.

Martin bückte sich zu Pico herunter, streichelte ihm zärtlich sein gelocktes Fell, brach anschließend ein Stück von Koslowskis Wurst ab und reichte sie dem Hund, woraufhin die Gruppe in Gelächter ausbrach.

Eine zahnlose Frau mit fettigen Haaren und in einem schmutzigen Jeansanzug näherte sich der Bude, grüßte freundlich, wandte sich an Martin und verlangte eine Flasche Doppelkorn. Martin ging ins Innere seines Etablissements, um das Gewünschte zu holen. Nachdem die Frau bezahlt und mit der Flasche in der Hand den Rückweg angetreten hatte, gingen die Hetzparolen los. Mit bösen Zungen sagten sie ihrem Opfer böse Dinge nach, wollten dieses und jenes über die Frau wissen, was Martin einfach abscheulich fand. Kannten sie die Lebensumstände dieser armen Frau? Er schlug mit der Faust auf den Tisch, sodass Teller, Tassen und Flaschen einen Hüpfer machten. »Ihr solltet euch schämen!«

Mit Tränen in den Augen ging er in den Kiosk, um den Hundenapf mit frischem Wasser zu füllen. Er musste sich abreagieren. Dieses unmögliche Volk war nicht besser, als Zielinski und die Makler es gewesen waren.

Wenn man vom Teufel sprach, dachte Martin erneut, kaum wieder ans Tageslicht getreten. Ein dunkelblauer

Daimler hielt mit rasanter Vollbremsung vor dem Kiosk und ließ Zielinski heraus. Wieder trug er den kotbraunen Cordanzug. Mit lässigem Grinsen näherte er sich dem roten Tisch und grüßte honigsüß in die Runde. Bahlke beobachtete ihn und spuckte mehrmals zur Seite aus, was seine Verachtung gegenüber dem Mann zum Ausdruck bringen sollte.

Suleymans Gesicht verfinsterte sich. »Soll ich meinen Schwager anrufen? Vielleicht mal wieder Lust auf ein umgedrehtes Ohr? Wo haben Sie denn Ihr blondes Gift gelassen?«

Zielinski grinste nur und stellte sich zu den anderen. »Ich komme in friedlicher Absicht. Wenn das doch nur endlich jemand merken würde. Frau Starke bekommt neue Bäume und die Familie Kararoglu einen neuen Zaun.«

Martin Bahlke musste schwer schlucken. Seine rechte Hand begann zu zittern. Lass dich nicht reizen, sagte er sich mehr als einmal. Das will dieser Typ doch nur.

»Jetzt passen Sie mal auf, Herr Zielinski. Ich erteile Ihnen hiermit offiziell Hausverbot. Unter Zeugen. Ich will Sie hier nicht mehr sehen. Sonst …«

»Was sonst? Sie wollen mir drohen?« Zielinski grinste noch immer.

Nun kam Udo Urbat ins Spiel. »Lieber Herr Zielinski, ich glaube, es ist besser, Sie verlassen uns. Sie haben doch gehört, Herr Bahlke hat Ihnen Hausverbot erteilt. Und nun Abmarsch!«

Gisbert hatte bereits seine Faust geballt und wollte gerade ausholen, als Udo ihn am Arm festhielt. »Das will er doch nur. Lass es, Gisbert!«

»Ach, wollen Sie mir auch das Nasenbein brechen, Herr Sommerfeld? Das hatten wir doch schon mal!«

Als Suleyman sein Handy aus der Hosentasche zog, um seinen Schwager Ahmet anzurufen, stieg Zielinski endlich in seinen Wagen und fuhr grinsend davon.

»Was bezweckt er damit?«, war die große Frage, die sich alle Umstehenden stellten.

Für Martin Bahlke stand fest: So konnte es nicht weitergehen. Es muss etwas geschehen. Möglichst bald! Zum ersten Mal an diesem Morgen besserte sich seine Laune. Er lächelte, was bei ihm äußerst selten vorkam.

15.

Auf der Rückfahrt von Bochum-Wiemelhausen am späten Samstagnachmittag bemühte Margareta sich, ihre Gedanken zu ordnen. Unzählige Informationen waren in den letzten beiden Tagen auf sie eingeprasselt. Knall auf Fall war ihr dieser Auftrag ins Haus geflattert. Personenobservation. Margaretas Auftraggeber, die Gläubiger dieses Mannes, den sie beschatten musste, hatten den Eindruck, dass er besser lebte, als er behauptete. Also musste sie sich an seine verschuldeten Fersen heften und Beweisfotos sammeln. Teure Restaurantbesuche musste sie ebenso festhalten wie Stippvisiten in Banken oder edlen Schmuckgeschäften. Doch erst einmal hieß es, vor seinem Wohnhaus warten, warten und nochmals warten. Das erlebten andere nicht in einem Monat, was ihr in nur einer Woche widerfahren war. Zwei Tage im kalten Wagen vor der Villa dieses Schuldners zu verbringen, hatten sie nicht wirklich weitergebracht. Nur zweimal hatte er sein Haus verlassen. Einmal, um im Jogginganzug bei sechs Grad im Nebel zu joggen und ein weiteres Mal, um sich beim Bäcker an der Ecke eine Tüte Backwaren zu holen. Familie schien er nicht zu haben, keine Frau und kein Kind verließen diesen schlichten Bungalow im Bauhausstil. Das bedeutete, dass sie in der nächsten Woche da weitermachen konnte, wo sie heute aufgehört hatte. Am Sonntag sollte sie pausieren, dabei hätten sich die zusätzlichen Wochenendstunden bezahlt gemacht. Doch ihre neuen Auftraggeber hatten das Sagen.

Gestern Abend rief gegen 20 Uhr Henry an, den sie am Vortag wegen seiner Erkältung nach Hause geschickt hatte. Nun wollte er ihr einen Besuch abstatten. Er hätte große Sehnsucht. Margareta wimmelte ihn ab, vertröstete ihn auf heute Abend. Ihr war gestern nicht nach Henry und seinen Einmischungen in ihren aktuellen Fall. Sie brauchte Ruhe und einen klaren Kopf. Gehüllt in eine dicke Wolldecke mit einem heißen Kakao in der Hand, hatte sie eine halbe Stunde später den nächsten Anruf entgegengenommen. Ein total aufgedrehter Gisbert schrie ihr euphorisch in ihr Tinnitus-Ohr und ließ sie kaum zu Wort kommen. Was war geschehen? Schon bald sollte sie die Antwort bekommen. Er berichtete ihr in 22 Minuten von Zielinskis erneutem Erscheinen am Kiosk und wie die anderen darauf reagiert hätten. Auch, dass Salewski mit einem bunten Plastikseil erdrosselt worden war, wusste er – woher auch immer – zu berichten. Gelb und pink wäre der Strick am Hals gewesen, mit dem man den Makler im Picksmühlenteich gefunden hätte. Sie müsse unbedingt vorbeikommen, bettelte ihr Bruder noch, er würde sie gern persönlich sprechen. Ihm wäre ein Licht aufgegangen, und er wüsste jetzt, wer der Mörder war. Sie vertröstete ihn auf den morgigen Sonntag, kam gar nicht dazu, ihm von ihrem neuen Auftrag zu erzählen.

Die Krönung war allerdings der Anruf um 22 Uhr gewesen. Waltraud! Wer auch sonst rief um diese Uhrzeit an? Zuerst hagelte es schwere Vorwürfe, wieso denn ihr Festnetzanschluss so lange besetzt gewesen wäre. Auch Margaretas Handy hätte geschwiegen. Ihre arme Mutter könnte tot umfallen und Margareta wäre unerreichbar. Dass sie im Fall ihres Ablebens gar nicht mehr telefonieren könnte, überhörte Waltraud und kam schnell zur Sache. Sie benötigte dringend Margaretas Hilfe. Ein bezahlter Auftrag für ihre Tochter.

Margareta war hellhörig geworden, überlegte schon, während sie den aufgeregten Worten ihrer Mutter mit einem Ohr lauschte, wie lange sie wohl noch in Wiemelhausen beschäftigt sein würde oder wie sie den neuen Auftrag eventuell mit dem in Bochum vereinbaren könnte. Und dann waren da ja auch ihr Bruder und die Zechensiedlung in Hassel.

Als Waltraud die Katze aus dem Sack ließ, hätte Margareta am liebsten das Gespräch sofort beendet.

Anna! Es ging um ihre beste Freundin Anna, der man den Rollator gestohlen hatte. Nicht irgendeinen Rollator, den es bei Tchibo schon für 79 Euro zu kaufen gab. Nein, es handelte sich bei Annas Gefährt um den Leichtgewichtrollator Nitron Carbon mit innovativer Twistbremse, der nicht unter 500 Euro zu haben war. An ihm hingen zwei kostbare maßgeschneiderte Taschen, die auch noch mal mit je 200 Euro zu Buche schlugen. Doch nicht nur der materielle Wert zählte für Anna. Nein, Anna liebte diesen Rollator und musste ihn unbedingt wiederhaben. Sie würde Margareta 1.000 Euro zahlen, wenn sie ihn zurückbrächte.

Als der Redeschwall ihrer Mutter um 23 Uhr noch immer nicht verebbte, versprach Margareta tatsächlich, Annas Rollator zu suchen.

Während sie auf der A43 bei Bochum-Riemke im Stau stand, wanderten ihre Gedanken zu den beiden ermordeten Maklern und ihrer persönlichen Verdächtigenliste, die momentan leider von Udo Urbat angeführt wurde. Motiv? Er wollte sich profilieren, endlich mal wieder das Licht der Sonne erblicken. Logisch? Nicht wirklich, musste sie zugeben. Doch nun war da Gisbert, der angeblich den Mörder kannte. Sie war schon gespannt.

Wieso die Zeit auf der Autobahn nicht sinnvoll nutzen, dachte Margareta sich und kramte ihr Handy aus der Tasche. Sollte sie es wagen, Scheffel anzurufen? Schon hatte sie die grüne Taste gedrückt, und der Ruf ging durch.

»Scheffel«, kam es müde aus dem Handy.

»Herr Kommissar, hier ist Margareta Sommerfeld. Mir fällt gerade etwas ein. Ich hoffe, ich störe Sie nicht? Sagen Sie, der Makler Stalewski wurde mit einem bunten Kunststoffseil stranguliert. Der Fundort war nicht der Tatort. Stimmt das?«

Margareta vernahm ein genervtes Schnauben.

»Aber sonst geht es Ihnen gut, Frau Sommerfeld, oder? Ich habe Wochenende und ausnahmsweise einmal keine Bereitschaft. Ich werde nicht mit Ihnen über meine Ermittlungen diskutieren. Glauben Sie mir, ich habe meinen Job gelernt. Ich gehe mal davon aus, dass Sie Ihr Halbwissen vom Kiosk in der Pawiker Straße haben. Dann fragen Sie doch auch dort nach!«

»Ich frage aber Sie.«

»Liebe Frau Sommerfeld. Ich hatte eine harte Woche, und mein Akku ist leer. Ich werde ihn nun am Wochenende aufladen, falls Sie nichts dagegen haben.«

Wo denn und mit wem?, hätte sie den Kommissar am liebsten gefragt. Sie wusste so gar nichts über ihn.

»Ja, meinen Sie, ich hätte mir an den Füßen gespielt, oder was? Ich habe einen neuen Auftrag, der mich ganz schön fordert. Und trotzdem gehen mir die Morde in Hassel nicht aus dem Kopf. Sie haben inzwischen Zielinski und auch Udo Urbat ein weiteres Mal vernommen, wie ich gestern erfahren habe. Stehen die beiden unter Verdacht?« Margareta konnte es einfach nicht lassen.

»Das werde ich Ihnen ganz bestimmt erzählen, liebe Frau Sommerfeld.«

Frau Sommerfeld, Frau Sommerfeld. Sie konnte es nicht mehr hören. Würde sie Henry ehelichen, würde sie Frau Hanke genannt werden. Ob sich das besser anhörte? Nur, um den Namen zu ändern, eine Ehe eingehen? Nein, ich bleibe Margareta Sommerfeld, mag da kommen, wer will, beschloss sie soeben.

Im Hintergrund rief eine alte Frau mit zittriger Stimme: »Kommst du endlich, Thomas? Wir wollen jetzt essen.«

Er wohnte noch bei Mutti, der gute Kommissar Scheffel. Ich wusste es, jubilierte Margareta.

»Also, was ist nun mit dem bunten Seil? Wo stammte es her?«, reizte sie den Kommissar mit Wonne. Dann fing sie an zu lachen, was den schwer atmenden Scheffel rasend machte.

»Es war eine Hundeleine. Und nun entschuldigen Sie mich bitte, ich werde erwartet.«

Wieder hätte sie laut lachen können. Er wurde von Mutti erwartet, die mit Sicherheit schon ganz nervös am Abendbrottisch saß und bereits den Tee in Sohnemanns Tasse gegossen hatte. Vati hockte derweil unruhig daneben und naschte von der Wurstplatte, bekam allerdings von seiner Frau was auf die Pfoten. Es wurde gewartet, bis Thomas Platz genommen hatte. Beim Essen würde er seinen geduldigen Eltern Anekdoten aus seinem Kommissarenalltag erzählen. Wie rührend, dachte Margareta und konnte die kleine Familie vor sich sehen.

»Danke«, flüsterte Margareta fast und freute sich wie ein Kind. Hundeleine! Das brachte sie doch ein ganzes Stück weiter.

Margareta hörte ihn seufzen, bevor er das Gespräch beendete.

Für Thomas Scheffel war der gemütliche Samstagabend gelaufen. Das hätte er ihr nicht sagen dürfen. Er hatte aus dem Nähkästchen geplaudert und Dinge aus laufenden Ermittlungen weitergegeben. Wie konnte er sich nur so weit gehen lassen? Diese Hexe, dachte er noch.

Endlich zu Hause angekommen, schaltete Margareta den Fernseher ein und begab sich in die Küche, um sich einen Tee zu kochen. Sie brauchte die Geräuschkulisse aus dem Wohnzimmer, um langsam herunterzukommen. Grinsend schüttelte sie den Kopf. Hundeleine! Salewski wurde mit einer Hundeleine erdrosselt. Scheffel hatte es ihr gesteckt, dieser Trottel, dachte sie. Und das nur, um sie möglichst schnell loszuwerden, um zu Mutti an den Abendbrottisch zu eilen. Ihr war bewusst, dass er sich inzwischen schwarzärgern würde. So ein Fauxpas hätte ihm nicht passieren dürfen.

Während der Tee zog, griff Margareta in den Kühlschrank, um sich eine Scheibe Käse einzuverleiben. Henry betrat die Küche. Sie hatte ihn gar nicht in die Wohnung kommen hören. Ob sie ihm den Haustürschlüssel wieder abnehmen sollte?

»Mit wem hast du gesprochen? Ich dachte, du würdest telefonieren.« Mit ihm trat ein Hauch Kälte ein.

»Ein überaus interessantes Selbstgespräch«, antwortete Margareta grinsend.

Mit Bedacht zog Henry seine Lederjacke aus und legte den Schal ab.

Margareta blickte auf die beiden Pizzakartons, die er auf den Küchentisch gestellt hatte, und ihre Mundwinkel fielen herunter.

Er grinste nur, erwartete, dass sie sich ein wenig freuen würde, und nahm sie in seine durchtrainierten Arme.

Wie gut er wieder roch, stellte Margareta fest und überlegte sich die Sache mit dem Konfiszieren des Schlüssels noch einmal. Obwohl es ihr schon gewaltig auf die Nerven ging, dass er zwei linke Hände zu haben schien, was das Kochen anbelangte. Er ernährte sich, wenn Margareta nichts auf den Tisch brachte, fast ausschließlich von Fast Food.

Auch ihr Liebesleben verkam so langsam zu Fast Food, stellte sie soeben fest. Keine Überraschung mehr, der Alltag war auch dort angekommen. Oder lag es daran, dass Margareta dazu neigte, schnell das Interesse an allem Neuen zu verlieren?

Nach einer Stunde, der verzehrten Pizza, dem Tee und einem Glas Wein sah die Welt allerdings schon wieder besser aus. Als Henry ihr den Rat gab, sich die Leute in der Wohnung dieses Ingenieurs bei Gisbert nebenan doch mal anzusehen und auch Koslowski mal auf den Zahn zu fühlen, leuchteten ihre Augen. Sah Henry da etwa einen Zusammenhang? Dazu bekam sie noch Tipps, wie sie es anstellen könnte, an die Ossi-Leute heranzukommen. Auf seinem Gebiet war er halt ein Profi, stellte sie zufrieden fest.

Satt und zufrieden lehnte Margareta sich auf ihrem Stuhl zurück, verschränkte die Arme hinter dem Kopf und blickte aus dem Küchenfenster in die dunkle Siedlung. Hier und da war ein Fenster erleuchtet. Ihre Gedanken wanderten nach Hassel, zu ihrem Bruder und den beiden toten Maklern. Sie sah die bunte Hundeleine vor sich. Kam etwa nur ein Hundehalter als Mörder infrage? Dem Taubenvater musste sie unbedingt einen Besuch abstatten. Was würde Henry sagen, wenn sie sich morgen vom Acker machen würde? Am Sonntag?

Henry hätte gerne das Thema gewechselt. Gisbert Sommerfeld und Konsorten gingen ihm so langsam auf den Keks. Er zuckte nur mit den Schultern. »Da hast du ja ganz schön was vor, wenn du den Auftrag in Wiemelhausen erledigt hast. Jetzt sag bitte nicht, du willst morgen, am heiligen Sonntag, nach Hassel? Wo bleibe ich bei deiner Planung?«

»Ach, ich habe übrigens einen neuen Auftrag. 1.000 Euro bar auf die Hand, wenn ich den Rollator von Anna Bienert, der Freundin meiner Mutter, wiederfinde.« Auf den gemütlichen Sonntag mit ihm ging sie gar nicht ein. Was hatte er gedacht? Dass sie groß eingekauft hatte und ihn bekochen würde? Mit Hausmannskost nach Mütterchens Art?

»Was ist denn das für ein Scheiß? Warum kauft sie sich keinen neuen? Gibt es doch schon für unter 100 Euro.«

»Ja, aber nicht dieses Modell, was Anna fährt. Außerdem hängen Erinnerungen an diesem Teil.«

Henry klopfte sich wieder einmal beim Lachen auf seine Schenkel.

»Hat sie auf dem Ding ’ne Nummer mit ihrem Lover geschoben – oder warum hängt sie so daran?«

»Was weiß ich? Ich frage mich sowieso, warum sie einen Rollator besitzt. Die ist noch gut zu Fuß. Morgen bin ich bei meiner Mutter zum Kaffee eingeladen. Anna wird auch da sein. Dort erfahre ich sicher mehr über den Tathergang.« Zufrieden goss sie sich vom Grauburgunder nach.

»Aber sonst geht es dir gut, Margareta? Recherche in Hassel gleich bei mehreren Personen, dann Besuch bei deiner Mutter. Denkst du gar nicht an mich? Ab Montag haben wir beide wieder volles Programm.«

»Ach, maul nicht rum. Wir können doch noch zusammen frühstücken.« Margareta war es selbst ein Rätsel, wie sie das alles am nächsten Tag unter einen Hut bringen sollte.

Nach einem weiteren Glas Wein begann es in ihrem Kopf wild zu summen. War das mein schlechtes Gewissen?, fragte sie sich. Oder meldete sich etwa die Vernunftstimme zu Wort? War Henry nicht immer für dich da gewesen? Hat er dich nicht rührend versorgt, als du in der Adventszeit mit einem verdorbenen Magen dagelegen hast? Ist er nicht einen Tag vor dem Fest noch durch die Läden gehetzt und hat alles besorgt, wozu du nicht mehr in der Lage warst? Und diesen wunderschönen Pullover, den er dir geschenkt hat? Alles schon vergessen? Und was war am Valentinstag? Hatte er dich nicht mit einer selbst zubereiteten Mahlzeit überrascht? Gebratene Nudeln mit Ei, dazu Tomatensalat. Okay, kein Gourmetessen, die Nudeln hatten noch Biss und die Tomaten waren grün. Er hatte jedoch seinen guten Willen gezeigt. Und nicht zu vergessen die tolle Korallenkette, die er ihr mit leuchtendem Blick überreichte. Nun bot die Trotzstimme der vernünftigen allerdings Paroli. Die war überhaupt nicht echt, der

Verschluss aus billigem Blech. Er hatte sie für 49,99 Euro bei HSE 24 bestellt.

Sie sah in seine braunen Augen und wollte ihm gerade großzügig mitteilen, dass sie Hassel morgen fallen lassen würde, als er so ganz nebenbei herausließ, dass er am Montag wieder in die Schweiz reisen müsste – neuer Auftrag – und Sabine, eine Volontärin, mit von der Partie wäre. Ihr wollte er ein schlechtes Gewissen einreden und fuhr mit einer Schnitte in die Schweiz. Das wusste er doch nicht erst seit heute.

Was erwartete er? Dass sie ihm noch schnell die Hemden wusch und bügelte, sein kleines Köfferchen packte, damit er bei Sabine mit frischen Unterhosen aufwarten konnte?

»Ist jetzt nicht dein Ernst?« Hasserfüllt starrte sie ihn an.

»Ich muss sie anlernen. Meinst du, ich mache das zu meinem Vergnügen? Ich verdiene mit meinem Job gutes Geld. Schon vergessen? Schließlich habe ich dir letztens erst mit 200 Euro ausgeholfen.« Henry fuhr sich durch sein gelocktes Haar und stöhnte.

Was war bloß plötzlich in ihn gefahren? Wieso dieser Rachefeldzug?

»Und das wirfst du mir nun vor? Zu deiner Beruhigung: Ich habe dir das Geld gestern überwiesen. Eigentlich hätte ich es einbehalten müssen für die etlichen Übernachtungen mit Frühstück bei mir.«

»Oh, Mann, für so ein Frühstück kannst du nicht viel verlangen. Was die Miete betrifft, die kannst du mit den Pizzas verrechnen, die ich hier ständig anschleppe.«

»Es reicht, Henry. Ich habe dich und die ollen Pizzas satt. Du packst jetzt ganz schnell deine wenigen Sachen und machst dich vom Acker, bevor ich es mir noch anders überlege.«

»Wie stellst du dir das vor? Ich kann nicht mehr fahren, schließlich habe ich Alkohol getrunken.«

»Dann ruf dir ein Taxi. Aber zackig.«

»Ich verstehe dich nicht, Margareta. Da verreise ich einmal mit einer Frau, wohlbemerkt beruflich, und du machst so einen Aufstand. Du kriechst täglich sämtlichen Kerlen hinterher, angefangen bei Udo Urbat, dann dem neuen Kommissar und wer weiß wem noch.«

»Alles ebenfalls beruflich. Und nun verschwinde.«

»Hast du dir das auch gut überlegt?«

»Ich kenne da einen Türken, der kann wunderbar Ohren umdrehen und noch andere schöne Dinge, die schmerzhaft sind. Wenn du in einer halben Stunde nicht verduftet bist, rufe ich ihn an.«

Beschwichtigend ruderte Henry mit den Händen, stand auf und begann, seine Sachen zusammenzusuchen.

Margareta stellte sich ans Wohnzimmerfenster und blickte zur gegenüberliegenden Gaststätte. Er sollte ihre Tränen nicht sehen. Ihr fielen die Worte ihrer Mutter wieder ein. »Vom schönen Teller kann man nicht essen, Kind!« Ich werde nur noch aus alten Schweinetrögen speisen, nahm sie sich verärgert und enttäuscht vor.

16.

Erschöpft, doch ausnahmsweise guter Dinge, lümmelte Norbert Koslowski am späten Samstagnachmittag in seinem grauen Jogginganzug auf dem Sofa im Wohnzimmer, rauchend und Illustrierte lesend. Im TV lief ein Rosamunde-Pilcher-Film. Hedwig Starke hatte ihm einen Beutel voll gelesener Zeitschriften überlassen. Ihm, dem armen Frührentner, wie sie sagte und hatte ihm dabei über die stoppelige Wange gestrichen. Läuft alles, dachte er und grinste in sich hinein. Heiß hergegangen war es gestern an Martins Kiosk. Nachdem sich Zielinski vom Acker gemacht hatte, ging die Diskussion erst richtig los. Norbert hätte gern gesehen, wenn Ahmet vorbeigeschaut hätte und dem Kerl das andere Ohr auch noch auf halb acht gedreht und ihn vielleicht ein wenig gewürgt hätte. Leider kam er nicht in den Genuss, dieses zu erleben.

Norbert musste an Margareta denken. Die liebe gute Margareta, in die er vor sieben Jahren ein wenig verliebt gewesen war. Damals war sie Single, und Gisbert hatte versucht, die beiden zusammenzubringen, nachdem seine Frau das Weite gesucht hatte. Ihm fielen die lustigen Grillnachmittage bei Gisbert ein, zu denen seine Schwester auch öfters geladen war. Doch auf seine Anmachversuche, zugegeben, zart und vorsichtig, ging sie nicht ein. Ja, sie nahm ihn gar nicht für voll. Er war ihr wohl nicht gut genug. So empfand er es damals jedenfalls. Und dann, nach einem dieser Grillnachmittage, nach einem hitzigen Schalke-04-Spiel passierte das Furchtbarste überhaupt. Sein geliebter Sohn

Kevin wurde ermordet. Direkt auf dem Zechengelände, das an sein Grundstück grenzte. Er wurde Opfer eines Idioten, der meinte, die Gerechtigkeit wiederherstellen zu müssen. Seine unbändige Rache traf jedoch den Falschen. Diesen unschuldigen Jungen, der das ganze Leben noch vor sich hatte. Fünf Tage später musste ein weiterer Mensch dran glauben. Dieser alte Verbrechersack lebte noch immer, saß auf Staatskosten im Knast, dachte Norbert voller Wut. Ob er sich jetzt besser fühlte? Ob der Mörder der Makler – oder waren es vielleicht sogar zwei? – sich ebenfalls besser fühlte? Könnte schon sein.

Norbert verfiel jedenfalls nicht mehr in Depressionen, wenn er an Kevin dachte. Der Schmerz hatte ihn fast zerrissen, damals. Wie ein wütender, brüllender Löwe wollte er lange Zeit nicht von seiner Seite weichen. Er war innerlich ein wenig zur Ruhe gekommen, stellte er soeben fest. Außer Gisbert, seinem Fels in der Brandung, hatten ihn auch Margareta und ihre Mutter Waltraud getröstet, wenn er total am Boden war und nicht mehr weiterleben wollte. Die beiden waren nicht verkehrt, dachte Norbert und musste wieder an die pfiffige Margareta mit der großen Klappe denken. Vielleicht sollte er sie mal einladen? Ganz unverbindlich. Zu Kaffee und Kuchen. Bei ihm zu Hause. Morgen am Sonntag? Er könnte etwas backen. Oder auch kaufen. Oder wollte Madame lieber in ein Café ausgeführt werden? Ganz bestimmt. Er sah an seinem grauen Joggingteil herunter und musste schmunzeln. Auf seiner Brust befanden sich Flecken, die selbst nach etlichen Wäschen nicht mehr rausgingen. Currysoße, Ketchup, Schokoladeneis & Co. vereinten sich zu einem herrlichen Muster. So richtig schicke Kleidung besaß er nicht. Okay, normale Jeans und ein einigermaßen passables Oberhemd würden sich in seinem Schrank schon noch finden. Sein schwarzer Anzug war mindestens 20 Jahre alt. Ob er überhaupt noch passte? Bei Kevins Beerdigung vor sieben Jahren musste er das Jackett schon offen lassen. Nein, besser wäre ein Treffen bei ihm daheim. Er schaute auf die Uhr. 18 Uhr. Zeit genug. Er würde gleich zu REWE fahren und Kuchen kaufen. Danach würde er sie anrufen, ganz locker vom Hocker mit ihr plaudern und dann einladen, in der Hoffnung, dass sie zusagen würde. Er könnte ihr die Neuigkeiten von gestern berichten und richtig schön ausschmücken. Zumindest das, was Gisbert ihr noch nicht erzählt hatte. Gisbert wusste schließlich auch nicht alles. So blöd war Norbert nicht, seinem Freund und Nachbarn jede Kleinigkeit auf die schmale Nase zu binden. Es gab schon gewisse Dinge, die Gisbert einen feuchten Kehricht angingen. Er grinste, öffnete eine Flasche Bier und nahm einen kräftigen Schluck der kalten Flüssigkeit. War er so zufrieden, weil diese ekeligen Makler unwiderruflich von der Bildfläche verschwunden waren? Nein, die Angehörigen dieser Männer, die mit so fiesen Tricks gearbeitet hatten, taten ihm nicht leid. Das Gleiche war auch ihm widerfahren. Da mussten die durch. Ob jetzt Ruhe in der Siedlung herrschen würde, war ein anderes Thema. Da war ja noch Zielinski, dieser Oberhäuptling, der mit Sicherheit neue Makler beauftragen würde.

Seine Gedanken streiften Kommissar Thomas Scheffel, und er musste grinsen. Viel ermittelt hatte er bisher noch nicht, stellte er fest. Und der Klügste schien er auch nicht zu sein. Der Alte, dieser Dicke, Helmut Blauländer, war auch nicht der Cleverste gewesen, doch immer noch besser als dieser Riese in seinem Lodenmantel. Freizeitjäger wäre er, hatte Detlev ihm erzählt. Ein Hobby für Reiche, dachte er spöttisch.

Detlev Rahnfeldt, dieser Märchenerzähler, der die Hacken gestern schon ganz schön ab hatte und als Letzter den roten Tisch am Kiosk verließ. Zum Schluss waren nur noch Koslowski und Rahnfeldt da und hörten sich gegenseitig ihre geistigen Ergüsse an. Die Sache mit der alten Leichenhalle auf »Bergmannsglück« fand Norbert ausgesprochen lustig. Lustig und skurril zugleich. Ob sie tatsächlich stimmte? Als er 1976 als Schlosserlehrling auf der Zeche »Bergmannsglück« anfing, war die Zeche längst aus der Förderung genommen und wurde nur noch als Außenschachtanlage des Bergwerks »Westerholt« weitergeführt. Eingefahren wurde nicht mehr. Untertage spielte sich nichts mehr ab. Und an die Verbandsstube sowie an das Leichenhäuschen, die sich direkt hinter einem der beiden schmucken Torhäuser – die Aushängeschilder der schönen Zechenanlage – befanden, konnte er sich nicht mehr erinnern. Detlev behauptete jedenfalls steif und fest, dass seinem Opa, der ab 1922 auf der Zeche unter Tage beschäftigt gewesen war, Folgendes passiert wäre: Ein anderer Jugendlicher, der ebenfalls auf dem Pütt beschäftigt gewesen war, hätte ihn eines Tages gefragt, ob er Courage hätte. Mutig hätte Detlevs Opa Johann Rahnfeldt mit Ja geantwortet. Danach forderte der Junge ihn auf, in das Totenhäuschen zu gehen. Paradoxerweise befand sich die kleine Leichenhalle direkt neben dem Casino, in dem die besseren Angestellten gespeist hatten. Dort würde ein Sarg stehen, in den er ein Messer, das der Junge ihm gegeben hatte, hineinstoßen sollte. Johann Rahnfeldt wagte sich mutig in das übel riechende Häuschen, stieß sogar das Messer in den einfachen Kiefernholzsarg. In seiner großen Angst und Eile hatte er jedoch aus Versehen seinen Mantel festgesteckt. Als er flink zurücklaufen wollte, wurde er dadurch gehemmt.

Sein Opa hatte jedoch geglaubt, der Tote hielte ihn fest. Sich umzudrehen und nachzusehen, wagte er gar nicht mehr, sein Herz stockte vor Angst und setzte sekundenlang aus. Bewusstlos schlug er auf die Steinfliesen auf. Wenig später hätte ihn ein Sanitäter, den der andere Junge geholt hatte, wiederbelebt. Immer wieder, bei sämtlichen Familienfeiern, wurde diese Geschichte erzählt, und Detlev war sogar noch heute unheimlich stolz auf seinen Opa. Ob es sich tatsächlich so zugetragen hatte? Detlev konnte man nicht alles glauben. Norbert hatte, als er die Story zum ersten Mal hörte, in einer Zechenchronik nachgeschaut und gelesen, dass es sich um eine Sage handeln würde, in der der Junge allerdings einem Herzschlag erlegen war. Nirgendwo hatte der Name seines Opas gestanden. Wollte Detlev sich etwa nur wichtigtun? Wenn er den anderen Nachbarn, die sich am Kiosk trafen, diese Version der Sage erzählte, rollten die nur mit den Augen und machten sich über ihn lustig, was ihn oft rasend machte.

Ihm fehlte eine Frau, stellte Norbert fest. Okay, er war auch allein, doch immerhin war er fast 20 Jahre verheiratet gewesen. Die Ehezeit war für Norbert noch schlimmer als das anschließende Single-mit-Kind-Dasein.

Detlevs Mutter, dieser alte Drachen, gängelte ihn noch mit 50 Jahren. Wie sollte er da eine Frau kennenlernen? Dass die gute Hedwig, diese alte Krämerseele, scharf auf Detlev war, bekam der gar nicht mit. Dabei war die aufgetakelte Tussi 15 Jahre älter als er. Norbert war überzeugt, dass sie sich gerne mal von dem jüngeren Mann, der wahrscheinlich noch unschuldig war, über die Matratze ziehen lassen würde.

Nach einer weiteren Flasche Bier überlegte Norbert, ob er tatsächlich noch mit dem Auto zu REWE fahren sollte. Er würde seinen Führerschein riskieren, das war ihm klar.

Die zwei Kilometer zu Fuß zu laufen, dazu war er zu müde, und mit dem Fahrrad würde es mit den schweren Beinen, die er immer nach zu viel Alkohol verspürte, auch wenig Zweck haben, da es in Schlangenlinien enden würde. Er fuhr öfters mal betrunken Auto, hing nicht an seinem Führerschein. Wenn er weg war, war er eben weg, sagte er sich. Er brauchte ihn nicht unbedingt. Dann würde er seine alte Karre, einen schilfgrünen Passat Variant aus dem Jahre 1997, eben verschrotten. Leisten konnte er sich das Fahrzeug sowieso nicht wirklich, wenn er ehrlich war. Wäre er nicht auf der Zeche beschäftigt gewesen, würde seine Frührentnerpension noch mickriger ausfallen.

Er fühlte sich beschwingt und keinesfalls betrunken, als er sein Auto in der Garage, die sich 30 Meter von seinem Haus entfernt auf einem Garagenhof befand, abstellte und seine Einkäufe aus dem Kofferraum nahm. Drei verschiedene abgepackte Kuchen, mit und ohne Füllung und einige diverse Kleinigkeiten wie Stuten und Butter. Als er in der Fastdunkelheit Gisberts Haus passierte, sah er nirgendwo einen erhellten Raum. Die Rollläden hatte er auch noch nicht heruntergelassen. War er etwa noch unterwegs? Er hatte ihm gar nicht erzählt, dass er noch weg wollte, als er ihn gegen Mittag traf. Oder saß er vielleicht wieder im Dunkeln an seinem Lieblingsplatz am Schlafzimmerfenster und beobachtete eine ganz bestimmte Wohnung im Nachbarhaus? Wie hatte er ihm die letzten Tage die Ohren vollgelabert, was er tun sollte. Da würde ein unheimliches Ehepaar wohnen, das nicht dahingehörte. Der Ingenieur, der gute Herr Freese, hätte alles abgestritten, als er ihm davon erzählte. Er hätte die Wohnung nicht vermietet. Scharfe Augen musste Gisbert haben. Er konnte ihm genau beschreiben, was die beiden alten Menschen am Leib trugen. Auch, dass die Frau geduscht hatte, will er durch das Sichtschutzfenster erkannt haben. Auftragskiller aus dem Osten würden dort in der Bude untergekrochen sein. Mit einem alten roten Golf wären sie aus Halle angereist. Doch von wem angeheuert, darüber zermarterte sich der gute Gisbert das Hirn. Wütend war er geworden, dass sein guter Freund und Nachbar ihm keinen Glauben schenkte und sich sogar über ihn lustig machte. Da musste jemand schon viel Fantasie haben, ein uraltes Ossipaar in den Westen kommen zu lassen, um den ollen Zielinski zur Strecke zu bringen. Wer käme auf so eine Idee? Norbert grinste selbstzufrieden und freute sich. Auch ein blindes Huhn fand mal ein Korn, dachte er. Vielleicht war Gisbert ja gar nicht so dumm. Er blickte zum Haus von Freese. Der Himmel färbte sich dunkelblau, gleich 20 Uhr. Heute Nacht wurde die Uhr umgestellt, und morgen Abend wäre es um diese Zeit noch taghell. Eine Sternschnuppe zog in einem weiten Bogen über ihn hinweg, und Norbert amüsierte sich. Das war ein gutes Zeichen, fand er. Unten, in der Wohnung von Freese, konnte er Licht sehen. Die Terrassentür stand offen, und er hörte den Mann lachen. Sicherlich war sein Sohn zu Besuch. Die Wohnung darüber lag in völliger Dunkelheit. Oder konnte er es von hier unten bloß nicht erkennen, dass da eine kleine Funzel brannte? Sollte er sich tatsächlich mal zu Gisbert an sein Schlafzimmerfenster gesellen, um sich gemeinsam mit ihm auf die Lauer zu legen?

Jetzt freute er sich erst einmal auf den Anruf bei Margareta. Noch war nicht gesagt, dass sie überhaupt zusagen würde. Sternschnuppe hin oder her. Er schloss sein Haus auf und trug seine wenigen Errungenschaften hinein.

Kurz ab war sie gewesen. Hatte er den vielen abgepackten Kuchen nun umsonst gekauft? Sie wüsste noch nicht, ob sie es zeitlich geregelt bekäme, bei ihm vorbeizuschauen, äußerte sie im geschäftsmäßigen Ton. Nachdem er nicht locker ließ und am Telefon fast weinte, sagte sie zu, beendete jedoch wenig später das Gespräch. Doch keine so gute Idee, die Dame einzuladen?, fragte Norbert sich und öffnete eine weitere Flasche Bier.

Gerade, als der Krimi angefangen hatte, klingelte es an der Haustür. Wer konnte das so spät noch sein? Etwa Gisbert?

Als ahnte er, dass da nichts Gutes vor der Tür stehen würde, öffnete er sie zaghaft. Und da stand er: der große, wuchtige Albtraum im übel gestreiften Pullover und total verdreckter Jeans. Die fettigen Haare zurückgekämmt, das Gesicht feuerrot, der Blick erschreckend gehetzt. Er hustete so laut, dass die ganze Körnerstraße es hören musste. Norbert hätte ihm am liebsten die Tür vor den Kopf geknallt und verschlossen. Doch dieses große Monster verstand keinen Spaß, wusste er.

»Ich hab dich doch gesacht, du sollz nich herkommen, verdammt no ma!« Ungehalten zischte Norbert ihm die Worte entgegen, gab schlussendlich den Weg in sein winziges Zechenhaus frei und ließ den Mann eintreten.

»Du hast dich nicht gemeldet wie vereinbart. Ans Telefon bist du auch nicht gegangen. Da hat Lotte gemeint, klingele mal drüben an.« Der große, nicht gut duftende Mann ging ungefragt durch in die Küche und pflanzte sich auf einen Stuhl.

Norbert vernahm das Ächzen des Holzes und hoffte, dass der Stuhl die 130 Kilogramm des Mannes aushalten würde.

»Keine gute Idee. Dat hab ich dich schon hundertmal erklärt, wieso und weshalb du nich herkomm sollz. Also, wat willze?« Norbert wurde unruhig. Er hasste Onkel Ronny. Onkel Ronny und die stinkende Tante Lotte, die an Darminkontinenz litt.

»Ich will nicht ewig hier bleiben. Will die Sache hinter mich bringen und wieder nach Hause. Lotte fühlt sich auch nicht wohl. Sitzt da rum wie im Gefängnis. Wenn ich das Geld nicht so nötig bräuchte, wäre ich gar nicht hergekommen. Du weißt, wie krank ich bin. Und Lotte will noch einmal eine Schiffsreise machen. Das wird wohl unsere letzte Fahrt werden.«

Ja, von seiner Krankheit hatte er ihm schon oft und ausgiebig berichtet. Unheilbar krank wäre er. Von Geburt an wäre sein Weg vorgezeichnet gewesen. Keine Medikamente und keine Therapie konnten diese Seuche, die ihn zum Schluss dahinvegetieren lassen würde, heilen. Das Endstadium wäre ein einziges Zucken und Krampfen. Aus diesem gesundheitlichen Grund brauchte er seine letzte Strafe, zu der er vor einem halben Jahr verurteilt worden war, auch nicht im Knast absitzen.

Norbert schaute Ronny an. Im Neonlicht der Küchenlampe sah er noch hässlicher aus als bei Tage. Ob dieses fratzenhafte Aussehen auch von der Krankheit kam? Ronny! So ein bescheuerter Name. Bei Ronny fiel ihm immer dieser uralte Schlager ein, von einem Pferdehalfter, das an irgendeiner Wand hing.

Jetzt musste er erst einmal zusehen, wie er dieses alte Ungetüm aus dem Haus bekam, ohne dass jemand es mitkriegte. Er könnte sich noch heute stundenlang in den Hintern treten, dass er seinen blöden, mehrfach vorbestraften Onkel um Hilfe gebeten hatte. Nur dem Alkohol war es geschuldet. Im nüchternen Zustand hätte er das bestimmt nicht getan.

»Lass uns am Montag drüber quatschen. An dem Ort, den ich dich gesacht hab. Da könn wa die Einzelheiten bereden. Und jetzt mach dich vom Acker. Aber zackich!«

»Und denke an das Geld. Außerdem haben wir kaum noch was zu essen.« Mit seiner dicken rechten Faust, die mit hellroten Haaren und Sommersprossen übersät war, schlug er auf den zartbeinigen Küchentisch. »Du säufst hier Bier und wir müssen hungern.«

»Wat ich euch schon rangeschleppt hab in die paar Tage, hätt für eine ganze Kompanie gereicht. Ihr seid aber auch verfressen. Immer noch Nachholbedarf?«

»Ich haue dir gleich was auf die Fresse.« Ronnys dunkle Augen funkelten böse.

»Davon wirste au nich satt. Ich bin armer Frührentner. So dicke hab ich et au nich.« Der alte Verbrecher, dachte Norbert.

»War es meine Idee?«, fragte Ronny ihn.

Er schaute in das von Cortison geschwollene Gesicht von Onkel Ronny und wünschte sich, dass der Pott, auf dem er seine letzte Traumreise verbringen wollte, absaufen würde. So wie vor ein paar Tagen der große Dampfer kurz vor der norwegischen Küste fast versunken wäre. Gleichzeitig schalt er sich einen Narren. Was würde es nützen? Das wäre zu spät und alles vorbei. *Vorher* müsste ihm was zustoßen! Seine Krankheit hatte wahrscheinlich schon sein Hirn vergiftet oder teilweise aufgelöst. Gerade deshalb schien er Norbert für seine Aktion geradezu prädestiniert. Eine Schnapsidee war das trotzdem. Im wahrsten Sinne des Wortes. Es dauerte eine Weile, bis der 70-jährige Verbrecheronkel sein Haus verließ. Norbert hoffte, dass Gisbert es nicht mitbekommen hatte.

17.

Einen bunten Strauß Tulpen hatte sie ihm auf den klapprigen Schreibtisch gestellt. Vom Wochenmarkt besorgt, um ihm eine Freude zu bereiten. Die 6,90 Euro hätte sie sich sparen sollen, dachte Detlev. Er hielt sich nur selten in seinem Zimmer mit dem winzigen Fenster und der Dachschräge auf. Da war es kalt, sehr kalt. Der kleine Ofen in der Ecke des Zimmers wurde selten beheizt. Nur zum Schlafen oder mal zum TV schauen, spät abends, hockte Detlev in seinem Raum. Meistens sah er unten im Wohnzimmer fern, zusammen mit seiner Mutter, die zufrieden grinsend im zigmal geflickten grünen Mohair-Fernsehsessel saß und dieses Familienidyll genoss. Früher waren sie zu dritt, als der Vater noch lebte. An die Samstagabende konnte er sich noch besonders gut erinnern. Frisch gebadet – der Vater hatte die Zinkbadewanne aus dem Keller nach oben geschleppt –, im Frotteebademantel, mit einem Bütterchenteller auf dem Schoß, schaute der kleine Detlev »Einer wird gewinnen« mit Kulenkampff, später »Wetten, dass?« oder die »ZDF-Hitparade«. Nicht viel hatte sich geändert. Die Zinkwanne war Geschichte, da im Jahre 1980 ein Badezimmer in sehr einfacher Ausführung eingebaut worden war.

Die Mutter blätterte in der Fernsehzeitung herum und suchte nach einer geeigneten Sendung, fragte ihn, was er am Abend schauen wollte. Letztendlich bestimmte sie jedoch über das Programm. Auch der Geruch war noch der gleiche wie früher. Nach alter Bude eben, nach Sauerkraut und faulen Eiern. Da konnte man noch so viel lüften. Der Geruch saß in den Polstern, an den Tapeten und in den uralten Gardinen. Sein Blick fiel auf den Nussbaumtraum vor sich. Diesen ollen Wohnzimmerschrank besaß die Familie schon, seit er denken konnte. Auch die Accessoires, mit denen die offenen Fächer vollgestopft waren, waren dieselben wie früher. Kleine, goldene Pendeluhr mit verschmierter Haube, Schwarzwaldpuppe mit Bollenhut und total verfilzten Zöpfen, das goldene Kaffeeservice, das noch nie benutzt worden war.

Pico saß neben ihm auf dem Sofa und kaute auf einem Knochen herum. Warum tue ich mir das eigentlich an, fragte Detlev sich. Warum ziehe ich nicht in eine moderne Neubauwohnung mit Zentralheizung? Keine Kohlen mehr schleppen, kein Anmachholz mehr hacken. Okay, der sich an das Haus anschließende Garten war traumhaft schön, doch machte er auch wahnsinnig viel Arbeit. Von klein auf musste er sich an der Gartenarbeit beteiligen und sie heute fast ganz alleine bewältigen. Seine Mutter kratzte hin und wieder in ihren Beeten mit den Küchenkräutern herum, doch das war es auch schon.

Zu gerne hätte er eine Frau an seiner Seite. Eine liebevolle zärtliche Frau. Doch wo sollte er diese finden? Zwei- oder dreimal hatte er eine Freundin. Spätestens, wenn die Damen erfuhren, dass es da eine Mutter gab, bei der er auch noch wohnte, machten sie sich ganz schnell vom Acker. Er musste an Ilona denken. Das war eine tolle Frau. Sie war ihm vor sein Fahrrad gelaufen, als er träumend die Bergmannsglückstraße entlanggefahren war und mit Pico scherzte. Sie kam zu Fuß vom Parkplatz und steuerte auf das Bürogebäude von E.ON zu. Wie aus dem Nichts war sie vor ihm aufgetaucht. Geblendet wie ein Reh im Scheinwerferlicht eines Autos stand sie nur da und starrte ihn an. Detlev musste scharf bremsen und wäre fast über den Lenker gegangen. Mit schmerzverzerrtem Gesicht hatte er sich an die Brust gefasst, an die sein Fahrradlenker geprallt war.

»Das ist nicht so schlimm«, hatte er der tollen dunkelhaarigen Frau versichert und sich natürlich sofort erkundigt, ob sie etwas abbekommen hätte.

Sie verneinte und strahlte ihn mit ihren blauen Augen an, gab ihm die Hand, wünschte ihm alles Gute und verschwand. Ilona Tillmann würde sie heißen, verriet sie ihm noch. Das war jetzt ungefähr fünf Jahre her, und Detlev erinnerte sich gerne an diesen lauen Sommertag. Wochenlang schwebte er auf Wolke sieben. Dieser Vorfall hatte ihn total aus der Alltagsspur gebracht. Er versteckte sich im Wäldchen hinter dem großen E.ON-Firmenparkplatz und beobachtete ihr Kommen und Gehen. Anhand ihres Autokennzeichens fand er schnell ihre Telefonnummer heraus – sie wohnte in Essen – und rief sie an, um sich angeblich noch einmal für den Vorfall zu entschuldigen. Nach dem fünften Anruf innerhalb einer Woche fand Ilona das gar nicht mehr lustig und legte ihre Höflichkeit ab, machte ihm klar, dass sie kein Interesse hätte, ihn näher kennenzulernen. Seitdem parkte sie auch nicht mehr auf diesem Parkplatz.

Er schaute zu seiner Mutter, die laut ihren Kaffee schlürfte, während sie eine Kochsendung anschaute. Sein Verhältnis zu ihr war ambivalent. An manchen Tagen wäre er für sie durchs Feuer gegangen, an anderen hätte er sie am liebsten in ein solches gestoßen. Als die Makler ihm und vor allem seiner Mutter die Pistole auf die Brust setzten und sie beide hier unbedingt raushaben wollten, bekam er Angst, sein über alles geliebtes Zuhause zu verlieren. Einen

Tag später dachte er bereits ganz anders. Na wenn schon, sagte er sich, ziehe ich eben in eine Neubauwohnung und meine Mutter kommt ins Heim. Wieder einen Tag später bereute er diese bösen Gedanken und schämte sich entsetzlich. Und was wäre mit Pico?, fragte er sich. Wäre er in einer kleinen Mietwohnung glücklich? Seit Detlev an Depressionen erkrankt war, war es mit dem Kennenlernen einer Frau noch schwerer. Einmal im Monat ging er zum Tanznachmittag ins AWO-Seniorenzentrum, gleich hier in der Nähe. Dort spielte eine Band – zwei Frauen – moderne Schlager, und einige mutige Senioren drehten sich dazu im Kreis. Doch was da herumlief – durchaus auch Frauen in seinem Alter –, war allerhöchstens zweite Wahl. Auf das Aussehen kommt es nicht an, sagte er sich immer wieder. Vom Goldrandteller kann man nicht essen. Doch wer aß schon gerne aus einer Schüssel mit einem derben Sprung? Und den hatten die Weiber, die dort nach einem Typen suchten, alle. Sie unterhielten sich gern mit Detlev, mochten seine zuvorkommende, liebevolle Art. Trotz der Misserfolge ging er immer wieder dorthin. Irgendwann wird sie mir begegnen, die Frau meiner Träume, sagte er sich. Und die wird auch meine Mutter akzeptieren.

Der Geruch nach kaltem Kaffee und Schweiß machte ihn verrückt. Seine Mutter war eingeschlafen und schnarchte wie ein Waldarbeiter. Leise stand er vom Sofa auf, schmiss sich in seine Jacke, setzte seine Schirmmütze auf, leinte Pico an und verließ das Haus.

Mit Pico im Fahrradkorb fuhr er in Richtung Picksmühlenteich, passierte ihn und fuhr in den dahinterliegenden Wald hinein, vorbei am Tennisplatz, bis er das alte, verfallene Haus erreichte. Im bewohnten Haus schräg gegenüber war alles ruhig, wie meistens am Samstagnachmittag.

Vorsichtig stieg er vom Drahtesel, schob ihn durch das quietschende Tor in den verwilderten Garten und stellte ihn unter den wildwuchernden Büschen ab. Er schnappte sich Pico und stieg die steile Kellertreppe des alten Hauses hinab. Eine einfache Holztür mit einem ganz normalen Schloss sollte Schutz vor Einbrechern bieten? Pah! Detlev grinste. In weniger als zehn Sekunden war er mit seinem selbst gebastelten Dietrich im Keller. Vorher hatte er vorsichtig das Polizeisiegel mit seiner Scheckkarte aufgeritzt. So ein Ding konnte ihn nicht hindern, den Keller zu betreten. Er setzte Pico ab, der ihm nicht von der Seite wich. Was, wenn die Bullen gleich hier auftauchen würden? Oder diese Margareta Sommerfeld, die in alles ihre Nase steckte? Er ging den Kellergang bis zum Ende und stieß dann eine schmale, fast unsichtbare Tür auf. Eine Art Kerker mit nur einem winzigen Fenster war hin und wieder sein Rückzugsort. Auf dem Boden lag eine alte Matratze, die er sich aus dem Obergeschoss geholt hatte. Daneben stand ein wackeliger Stuhl. Aus einer alten Decke, die ebenfalls oben aus dem Schlafzimmer stammte, hatte er für Pico ein provisorisches Lager bereitet. Der kleine Pudel fühlte sich jedoch alles andere als wohl. Lieber wäre er zu Hause bei Frauchen auf der Couch im warmen Wohnzimmer. In der Ecke stand ein uraltes Nachtkonsölchen, das Detlev nun öffnete. Ein Beutel kam zum Vorschein, dem er eine selbst gedrehte Tüte entnahm. Er legte sich auf die Matratze und steckte sie an. Bereits nach ein, zwei kräftigen Zügen stellte sich die ersehnte Entspannung ein und zauberte ein dämliches Grinsen auf sein Gesicht. Pico fing leise an zu jaulen. Ihm gefielen die Umgebung und sein wundersames Herrchen nicht. Ah, ein guter Joint, dachte Detlev und besah sich das trichterförmige Ding.

Gute Ware, Cannabis gemischt mit etwas Tabak, wurde ihm von seinem Dealer versichert. Er hatte Jerome am Kiosk bei Martin kennengelernt. Lange Zeit hatte der Mann ihn angestarrt und irgendwann gemeint, er hätte etwas für ihn, was ihn glücklich machen würde. Detlevs Augen begannen zu leuchten. Er dachte an eine Frau und nicht an Drogen. Die 80 Euro für vier glücklich machende Tüten hatte er seiner Mutter aus dem Wäscheschrank entnommen. Für was hortete sie dort die Knete, wenn er es sich davon nicht mal gut gehen lassen konnte? Der Dealer Jerome, der zittrige Jüngling, den er nach Absprache auf dem wenig frequentierten Nordfriedhof traf, war verlässlich, lieferte prompt. Er könnte ihm auch andere Dinge besorgen, sogar Gift, meinte der Kerl noch.

Detlev hatte die winzige Luke, höchstens 30 mal 40 Zentimeter groß, geöffnet, um frische Luft hineinzulassen. Wer sollte schon merken, dass er sich hier aufhielt? Nach seinen winzigen Fluchten hinterließ er jedes Mal alles so, wie es gewesen war. Scheinbar war dieser kleine Kerker noch nicht entdeckt worden. Da sieht man mal wieder, wie die Polizei pennt, dachte Detlev. Die Polizei und auch die Sommerfeld, die mit dem Urbat schon mehrfach in dem Haus gewesen sein soll. Zu Hause wäre es für ihn unmöglich, sich in seinem Zimmer einen Joint reinzuziehen. Seine Mutter steckte in alles ihre Nase. Allein der Geruch würde sie aufmerksam werden lassen. Wie gut, dass er diesen ruhigen Ort entdeckt hatte. Seine Mutter wähnte ihn durch den Wald radelnd, während er auf der Matratze des Kellers eines unbewohnten Hauses Drogen konsumierte. Er schaute zu Pico. Er war tatsächlich eingeschlafen. Zusammengerollt wie ein kleines Kätzchen.

Eine gute Stunde später, die Wirkung ließ langsam

nach, holte ihn das Klingeln seines Handys zurück auf den Boden der Tatsachen. Pico öffnete ganz zaghaft seine Augen. Sicherlich hatte er von zu Hause geträumt.

»Was ist denn, Mama?«, rief Detlev genervt in das Handy, nachdem er auf dem Display »Mutter« gelesen hatte. Die gute Laune war dahin.

»Was weiß ich, wann ich nach Hause komme. Ich bin noch unterwegs. Was? Gleich 18 Uhr? Abendbrotzeit? Ist doch egal, wann wir essen, ob nun um 18 oder 19 Uhr. Ja, ich weiß, dass der Eiermann gestern da war und du die gute Ahle-Mettwurst gekauft hast. Ja, auch, dass du Eier braten wolltest, habe ich nicht vergessen. Ja, wir schauen nachher zusammen ›Verstehen Sie Spaß?‹. Ja, Pico geht es gut …« Genervt beendete er das Gespräch, nachdem seine Mutter ihm aufgezählt hatte, was sie sonst noch alles vom Eiermann erworben hätte und wie sehr sie sich auf Guido Cantz freuen würde. Als wenn ihn das interessierte. Er hasste den uralten Eiermann aus dem Münsterland genauso wie Guido Cantz. Für ihn waren das zwei hohle Sprücheklopfer.

Langsam stand er von der Matratze auf, verstaute seine Utensilien in dem kleinen Schrank, schloss das Fenster, schnappte sich Pico und verließ sein Kellerverlies.

Man könnte meinen, seine Mutter hätte ein Techtelmechtel mit dem alten Eiermann, so wie sie von ihm schwärmte. Der gedeckte Tisch in der Wohnküche in der Straße Krummer Weg sah aus wie ein Abendbrottisch aus den 1980er-Jahren. Es fehlte ihm an nichts, und doch wirkte er auf Detlev irgendwie lächerlich. Die Wachstuchtischdecke mit dem verschossenen Mohnblumenmuster, das Geschirr mit Goldrand und den zahlreichen abgeschlagenen Ecken, das Monsterbesteck mit den schweren Messern und den Gabeln mit den langen Zinken. Alles war so unwirklich. Schwarzen Tee hatte sie gekocht, weil sie meinte, Detlev trank ihn so gerne. Liebevoll schenkte sie ihm ein, stellte die Kanne anschließend auf ein Stövchen und träufelte Zitronensaft in seine Tasse.

»Ein Bier wäre mir lieber. Ich hasse Tee.« Das musste mal gesagt werden, fand er.

»Tee ist gesund, mein Junge. Der hält dich fit. Es wird ein langer Abend. Ist schließlich Samstag. Greif zu, Detlev.« Liebevoll lächelte sie ihren Sohn an, nahm sich beherzt eine Scheibe Brot aus dem muffigen Körbchen und strich Butter darauf. »Oder soll ich dir eine Schnitte zurechtmachen?«

»Bin ich fünf Jahre alt, oder was?« Auch er bediente sich am Brotkorb, schmierte anschließend fingerdick Butter auf die Vollkornbrotscheibe.

»Du riechst komisch, mein Junge. So süßlich«, rümpfte Elfriede Rahnfeldt ihre faltige Nase und setzte sich endlich an den Tisch.

»Du stinkst auch. Nach alten Zwiebeln. Hast du die Woche noch nicht gebadet?« Er stand auf und holte sich eine Flasche Bier aus dem Kühlschrank. Den bösen Blick seiner Mutter ignorierte er. Den altrosa Lurexpulli trägt sie schon die ganze Woche, dachte er.

»Ich dusche jeden Morgen«, entrüstete sich die alte Frau.

»Dann solltest du vielleicht vorher mal den Wasserhahn aufdrehen.« Er lachte über seinen eigenen Scherz und fragte sich, wieso er heute so mutig war. Kam das immer noch von der Tüte? »Außerdem nützt das Duschen nichts, wenn man hinterher die alten Klamotten wieder anzieht.«

»Ich wasche meine Sachen regelmäßig«, protestierte Elfriede. »Was ist bloß heute los mit dir, Junge?«

Er bediente sich an der Wurstplatte, wollte von seiner Mutter wissen, ob noch welche kommen, bei der Menge, die sie aufgefahren hatte. Aufgeschnittene Ahle-Wurst, Räucherschinken, verschiedene Mettwürstchen, zwei dicke Scheiben Eisbeinsülze. Die Krönung war die Schüssel mit Rührei, in dem sich winzige Schinkenkrümel versteckten. Gleich kam wieder die große Lobeshymne auf den Eiermann, dachte er und richtig. Nein, der alte Eiermann Manfred Tybulski war kein Relikt aus der Vergangenheit. Ihn gab es wirklich. Wenn er donnerstags mit seiner dämlichen vorsintflutlichen Karre vorfuhr und die alte Schelle schwang, um auf sich aufmerksam zu machen, drehte Elfriede regelrecht durch, schnappte sich ihren versifften Eierkorb und stürzte – nicht ohne in den Garderobenspiegel zu schauen – aus dem Haus. Egal, welches Wetter draußen herrschte, die Frauen trampelten schon, konnten das Erscheinen des fast kahlköpfigen Mannes mit dem lieben Lächeln kaum erwarten. Seine Mutter hatte sogar die Handynummer des Typen und rief ihn an, wenn er mal nicht pünktlich kam. Detlev war überzeugt, dass sie auch außer der Reihe mit dem Kerl, der Eier in allen Größen feilbot, übrigens ein Witwer, quatschte. Er hatte die Hotline für einsame Witwen. Sie wusste alles über ihn, seine komplette Biografie und umgekehrt. Manfred wusste alles über Elfriede Rahnfeldt samt Sohn. Jedenfalls grinste der Kerl ihn wissend an, wenn er mal auf die Eierkarre traf und diese passieren musste. Das mochte Detlev gar nicht.

»Der Geflügelsalat ist übrigens auch von ihm. Hat er selbst gemacht.« Elfriede wies stolz auf die kleine Schale mit einer grauen undefinierbaren Masse.

»Bäh, das sieht aber ekelig aus, was immer das auch ist. Du hast ihn am Donnerstag gekauft und isst ihn heute noch? Der Salat wimmelt doch nur so von Salmonellen. Da wunderst du dich, dass du ewig Kackerei hast.«

»So etwas würde Manfred nie tun, mir altes Zeug andrehen.«

»Manfred nicht, der weiß ja auch nicht, dass du das tagelang aufbewahrst, diesen ollen Mist. Kannst du selber essen.«

»Manfred hat übrigens nächste Woche Geburtstag«, verkündete seine Mutter mit einem Strahlen im Gesicht.

»Und, hat er dich eingeladen? Oder schenkt er dir eine Mettwurst? Du, das ist mir so was von egal, ob der Eier-Opa Geburtstag hat oder im Picksmühlenwald ein Baum umfällt.«

»Wo du gerade den Picksmühlenwald erwähnst. Man hat dich dort gesehen.«

»Ist ja nicht verwunderlich, wenn ich dort mit dem Fahrrad durchfahre«, antwortete Detlev zwischen einem Biss in eine Mettwurst und einem Löffel Rührei, den er sich in den Mund schob. Er war jedoch hellhörig geworden.

»Du wärst dort um das alte leer stehende Haus geschlichen«, kam es von seiner Mutter, nicht ohne Hohn.

»Wer sagt das, der Eiermann?«

»Ich kriege schon noch raus, was du da treibst.«

»Was willst du eigentlich? Sei doch froh, dass ich noch bei dir wohne. Sonst wärst du schon längst im Seniorenheim. Ist dir doch wohl klar, oder?«

»Was wärst du ohne mich, wo du doch krank bist?«, kam die Retourkutsche von seiner Mutter.

Er unterschätzte sie, musste er feststellen. »An meiner Krankheit bist du nicht schuldlos!«

Seine Mutter legte ihr Besteck zur Seite. In ihren alten Augen sammelten sich Tränen. Sie war geschockt über die harten Worte ihres Sohnes und fragte sich, was bloß mit ihm los war.

»Ich komme schon noch hinter dein Geheimnis, mein Junge. Verlass dich drauf!«, sprach sie fast flüsternd.

Detlev schnappte sich Pico, der lautstark bellend protestierte, und stampfte die Holztreppe hinauf ins Obergeschoss. Fernsehabend mit Mutter? Heute bestimmt nicht, dachte er voller Trotz.

18.

Margareta ahnte nichts Gutes und wollte Norbert nicht weiter zuhören, hätte am liebsten laut geschrien, er möge den Mund halten, und doch war sie neugierig. Wieso hatte sie seine Kaffeeeinladung überhaupt angenommen? Hatte sie heute am Sonntag nicht genug andere Dinge auf dem Plan? Was war mit Udo Urbat? Was mit Gisbert? Statt bei ihrer Mutter zu sitzen und sich einen selbst gebackenen Kuchen einzuverleiben, begnügte sie sich mit einem billigen gekauften Päckchenkuchen, der vor Zusatzstoffen nur so wimmelte. Und allein die Umgebung. Diese 1980er-Jahre-Zechenhausküche toppte alles. Wer hier keine Depressionen bekam, war mit einem besonders heiteren Gemüt ausgestattet.

Norbert starrte sie mit seinen listigen Iltisaugen an und hörte einfach nicht auf, ihr eigenartige Dinge zu erzählen, die ihr regelrecht Angst machten. Was war los mit ihm? Wollte er ihr seine Sünden beichten? Sich mal alles von der Seele reden? Immerhin hatte er sich die Haare gewaschen und trug ein sauberes Holzfällerhemd.

»Willze au ne Flasche Bier dazu?«, wollte Koslowski wissen.

»Ich habe doch schon Kaffee«, antwortete Margareta und stellte fest, dass das Wort Kaffee für diese ölige Brühe völlig fehl am Platz war.

»Also, ich könnt dich Dinge erzähln, wat noch so allet passiert is, die würze mir nich glauben. Weiße überhaupt, wie der Ommerborn zu Tode gekomm is? Bevor er aufn Gleis gelegt wurde, is der nämlich vergiftet worden. Glaubze nich, wat? Is aber so.«

»Das ist mir bekannt. Das pfiffen ja schon die Tauben von den Dächern.«

»Aba genauet weiße nich.« Norbert grinste dämlich und schaufelte den übersüßen Mist in sich hinein.

»Sag mal, ich dachte, du hast mich eingeladen, damit wir uns einen schönen Nachmittag machen. Willst du bei mir dein Gewissen erleichtern, oder was?«

»Wieso Gewissen erleichtan? Ich hab nix gemacht, bin aber voll im Thema.« Er kaute wie ein Karnickel auf dem mit Creme gefüllten Kuchen herum. Was hatte er bloß für Tischmanieren?

»Dann solltest du das der Kripo erzählen, dem Herrn Scheffel!«

»Wieso? Ich dacht, du ermittels in den Fall. Willz dein Bruda auße Scheiße ziehn.«

»Ich glaube nicht, dass das nötig ist. Gisbert hat sicherlich keinen der beiden Männer umgebracht. Auf die Nase hauen, das traue ich ihm so gerade noch zu, mehr jedoch nicht.« Die Sonne, die inzwischen kräftig schien, schaffte es einfach nicht, Licht in die dunkle Koslowski-Küche zu bringen. Bei Udo oder Gisbert wäre es sicherlich gemütlicher.

Abwechselnd trank Norbert von der Bierflasche und aus der Kaffeetasse. »Ich weiß soga, wer der Nächste is. Oder meinze, jetzt ist Schluss mitte Morderei?«

»So? Wer wird denn der Nächste sein? Etwa Zielinski?«

»Zum Beispiel!«

»Und wer will das übernehmen? Du vielleicht? Oder die großen Unbekannten, die aus dem Osten angereist sind, um jemanden zu ermorden? Angeheuert von wem?« Margareta fing nun an zu lachen. Sie hielt Gisberts Entdeckung für eine Räuberpistole.

»Dat möchze gern wissen, wer die bestellt hat, wa?«

»Die gibt es wirklich? Kein Hirngespinst meines Bruders, dem das Zuhausehocken genauso wenig bekommt wie dir?«

»Und wennet die gibt? Wat dann?«

»Wer soll sie angeheuert haben? Du vielleicht? Ich dachte immer, du hast kein Geld?« Margareta war plötzlich hellhörig geworden. War Koslowski gar nicht so blöd, wie sie bisher annahm? Gehe vorsichtig vor, dachte sie, locke ihn aus der Reserve. Irgendetwas stimmte nicht.

»Habi au nich. Kanni aba besorgn. Hab da so meine Quelln.«

»Erzähle mir mehr von deinen Räuberpistolen, Norbert«, forderte sie ihn auf und lächelte ihn dabei süffisant an.

»Von wegen Räuberpistoln! Allet Tatsachen. Also, wo

soll ich anfangn? Wenni genau wüsst, dat du et für dich behäls.«

Margareta musste innerlich lachen. Was ergäbe das für einen Sinn? Wie sollte sie so ermitteln?

»Dat is aba ne lange Geschichte.« Norbert sah sie an. Hoffnung stieg in ihm auf. Er hatte was, was sie gerne hätte. Er saß am längeren Hebel, wurde ihm bewusst. Auf die Folter spannen wollte er sie und sich dabei ein wenig wichtig tun. »Ja, wo fang ich denn da an?«

Er lehnte sich auf seinem Stuhl zurück und goss sich einen kräftigen Schluck Bier hinter die unrasierte Kehle.

Wie viel Alkohol hatte er heute wohl schon konsumiert, fragte Margareta sich. »Dann schieße mal los, mein Guter!«

Eine Schweigeminute folgte, in denen seine Iltisaugen an ihr hafteten wie klebriger Schleim.

Dieser kleine Geist will mich auf die Folter spannen, dachte Margareta und fand den Mann nur noch lächerlich. »Du weißt also, wer der Mörder der beiden Makler war.«

»Genau!«

»War es einer oder waren es zwei?«

»Vielleich andathalb!« Norbert fing wie irre an zu lachen und wollte sich gar nicht beruhigen.

Entweder ist er gerissen oder total bescheuert, dachte Margareta. Sie musste seine manische Phase ausnutzen und ihm möglichst viel entlocken. Bestimmt hatte er sich irgendwas eingeschmissen, vermutete sie. »Wie soll ich das verstehen?«

»Wie ich et gesacht hab.« Er nahm seine rechte Hand und strich ihr mit seinen rauen Schreinergriffeln über ihren Arm, den sie auf dem Tisch abgelegt hatte.

Da musst du jetzt durch, sagte Margareta sich. Nichts im Leben ist umsonst. Sie biss tapfer die Zähne zusammen.

Es musste sein. Ließ sich nicht vermeiden.

»Wer war der Mörder? Mir kannst du es doch sagen.« Margareta spürte, wie seine Hand an ihrem Oberarm entlangwanderte und auf ihre Brust zusteuerte. Musste man tatsächlich Opfer bringen und sich von einem alkoholisierten Trottel alles bieten lassen?

»Kanni dat wirklich? Dat musse mir ers beweisn?« Speichel der Erregung lief aus seinen rauen Lippen die Mundwinkel hinab.

Margareta hätte sich auf der Stelle übergeben können. Doch sollte sie jetzt und hier abbrechen?

»Wer war der Mörder und wer der halbe, Nobert? Los, rede schon!«

Er grinste immer noch wie von Sinnen, bis die Türglocke dem eigenartigen Verhör ein Ende setzte. Norbert schüttelte sich, als müsste er sich aus einem Traum zurückholen.

»Dat wiad Gisbert sein. Wat will der denn schon wieda hier?« Mehr als wütend stand er fluchend vom Stuhl auf und schlurfte in seinen karierten Schlappen zur Haustür, um wenig später mit Gisbert im Schlepptau zurück in die Küche zu kommen.

»Hier bist du! Ich warte schon auf dich«, kam es vorwurfsvoll von Gisberts Lippen. »Sitzt hier gemütlich bei Kaffee und Kuchen.«

»Na ja, gemütlich sei dahingestellt. Norbert wollte mir gerade was erzählen. Er kennt nämlich die anderthalb Mörder, musst du wissen.« Margareta sah ihren Bruder, der sich heute am Sonntag mal richtig schick gemacht hatte, schmunzelnd an.

»Papperlapapp! Nix hab ich gesacht.« Norbert machte dicht, stellte Gisbert eine Kaffeetasse hin und goss ihm von der schwarzen Brühe ein. Kuchen sollte es für ihn nicht geben. Wütend verschränkte Norbert die Arme, nachdem er sich gesetzt hatte, und sagte nichts mehr.

Gisbert war im falschen Moment aufgetaucht, dachte Margareta, wollte sich jedoch nicht darüber ärgern, nahm sich vor, Norbert demnächst noch einmal aufzusuchen.

»Hast du nicht was Stärkeres im Haus? Einen Weinbrand vielleicht oder einen Ouzo?« Gisbert setzte sich an den Tisch und schaute belustigt auf den Kuchen. »Was haben wir denn da Tolles? Ist der von Bahlsen oder von Norbert?«

»Kerl, halt die Fresse.« Wütend stellte Norbert seinem Freund und Nachbarn die Schnapsflasche auf den Tisch. »Bedien dich!«

Gisbert trug ein gelbes Poloshirt und eine saubere Jeans. Richtig gut sah er aus. »Du wolltest doch heute vorbeikommen. Bei Waltraud warst du auch nicht. Dabei hat sie eigens für dich und deinen Freund Rouladen gebraten. Und ich Trottel fahre extra bis nach Erle, um festzustellen, dass du nicht da warst«, sagte Gisbert an seine Schwester gewandt.

»Es gibt so etwas wie Mobiltelefone, mein Bruder. Ich wäre noch zu dir gekommen, der Tag ist ja noch nicht um. Waltraud zu besuchen, dazu reichte meine Zeit nicht. Mein Freund ist außerdem Geschichte, den habe ich gestern rausgeschmissen, kurz und schmerzlos.«

Beide Männer starrten Margareta erwartungsvoll an.

»Warum? Einfach so? Ist er fremdgegangen?«, wollte ihr Bruder wissen.

In Norberts Blick trat Hoffnung. Hoffnung, diese Frau doch noch für sich gewinnen zu können.

»Er hat sich zu sehr in meine Angelegenheiten gemischt, und das kann ich nun mal nicht ab. Außerdem konnte er nicht kochen. Ewig musste ich Pizza essen. Die kam mir schon aus den Ohren raus.«

»Dann bisse ja nun sollo!«, kam es vom lippenleckenden Koslowski. Mit schrägem Blick streifte er den Fertigkuchen. Kochen und Backen war nicht gerade seine Stärke. Doch begrillen könnte er sie. Im Sommer jedenfalls. Darin war er richtig gut.

»Früha war dat Frauensache, Küche und Herd. Jetz fliegen die Kerle raus, wenn sie nich wat aufn Tisch bringn. Zeiten sind dat!« Norbert schaute Margareta an und fragte sich, ob sie tatsächlich so ein guter Griff wäre. »Aba der hat doch malocht, oder nich?«

»Ich nicht, oder wie?« Margareta schüttelte den Kopf.

»Mache dir keine Hoffnungen, Norbert. Du bist sowieso nicht ihr Typ. Das Thema hatten wir doch schon.« Gisbert amüsierte sich köstlich.

»Wenn du nich gekomm wärs, wer weiß«, grinste Norbert und zeigte seine gelben Ruinen.

»Ich störe doch wohl nicht?«, kam es schmunzelnd von Gisbert.

»Nich direkt«, meinte Norbert. »Wat willze eigenlich?«

»Dich fragen, wer der dicke Kerl gestern Abend war, der bei dir an der Tür geklingelt hat und wenig später in deinem Haus verschwunden ist?«

»Ich dacht, du wärs nich zu Haus gewesen. Hasse wieda am Fenster geglotzt in die leere Bude vom Freese, wat?«

»Nein, ich muss dich enttäuschen, da war ich erst später. Ich kam gerade nach Hause, da sah ich einen großen Mann vor deiner Tür stehen. Der sah genauso aus wie der Alte, den ich von meinem Schlafzimmerfenster aus gelegentlich in der angeblich leeren Wohnung beobachte. Ja, jetzt wirst du wieder protestieren, dass in der leer stehenden Wohnung vom Ingenieur niemand ist. Nachdem der in deinem Haus verschwand, konnte ich ihn da drüben auch nicht mehr erblicken. Da saß nur seine Alte am Tisch und schaute im Dunkeln fern. Was wollte der große Kerl hier bei dir?«

»Du träums, mein Freund. Ich kenn kein großen Kerl und ers recht kein, der heimlich irgenwo untergekrochen is. Der Freund von Hedwig Starke wa hier und hat mich ein Beutel Zeitschriften angeschleppt, nachdem ich sie drum gebeten hab. Da liegen sie!« Er deutete mit der zitternden rechten Hand auf einen Stapel Regenbogenblätter, der tatsächlich auf dem Küchentisch lag.

»Erstens hat die Starke keinen Freund, das weißt du genauso gut wie ich. Und zweitens würde der dir bei Nacht und Nebel keine Frauenzeitschriften vorbeibringen.«

»Watte nich sachs.«

Margareta amüsierte sich über den Nachbarschaftsstreit der beiden Männer köstlich. Die Frage, die sie sich stellte, war jedoch, ob es diese Leute nun tatsächlich gab oder nicht. Dass Gisbert spann, glaubte sie längst nicht mehr. Sie nahm sich vor, nach eingetretener Dunkelheit bei ihm aus dem Schlafzimmerfenster zu schauen, was sie hier und jetzt aber nicht kundtat. Sie wollte Koslowski, der inzwischen schmollte, sich in Sicherheit wiegen lassen.

Die Stimmung war gekippt, und Margareta fand es an der Zeit aufzubrechen. Sie bedankte sich bei Norbert für die Einladung und verließ zusammen mit Gisbert sein Haus.

Es war ein wunderbarer Spätnachmittag im beginnenden Frühling. Die Sonne blinzelte zwischen den noch kahlen Bäumen des Picksmühlenwalds hindurch. Udo Urbat hatte die Auflagen auf die Stühle des Balkons gelegt und erkundigte sich mehr als einmal, ob Margareta auch nicht zu kalt war. Immerhin schaffte die Sonne es noch nicht, mehr als 15 Grad auf den geschützten Balkon zu zaubern, doch Margareta ließ ihre Jacke an und genoss die frische Luft und das Vogelgezwitscher. Nach zwei Stunden in der miefenden Koslowskibude brauchte sie den Außenaufenthalt. Eine Wildtaube mit einer wunderschönen rosafarbenen Brust, die auf dem Geräteschuppen im Garten saß, schien sie zu beobachten und sandte mehrmals ein lautes »Ruckedigu« zu ihr herüber.

Udo Urbat schien mit sich und der Welt zufrieden und lauschte begeistert Margaretas Berichterstattung über Norberts obskure Kaffeeeinladung. Er fand es spannend, dass sie ihn fast so weit gehabt hatte, ihm ein Geständnis zu entlocken.

»Schade, dass Gisbert genau in dem Moment erschien.«

»Ach, den Koslowski schnappe ich mir noch, da kannst du Gift drauf nehmen. Und wie war dein Tag? Konntest wenigstens du dich ein bisschen entspannen?« Sie schaute auf Udo, der sich sonntäglich zurechtgemacht hatte. Scheinbar war überall am Sonntag der große Dusch- und Haarwaschtag. Er trug ein langärmeliges Jeanshemd, darüber eine schwarze Steppweste und roch ganz zart nach Sandelholz. Fast so gut, wie Henry immer gerochen hatte, dachte Margareta wehmütig. Nein, so sah kein Mörder aus, vertrieb sie ihre trüben Gedanken, die gerade von ihrem Hirn Besitz ergreifen wollten.

»Tja, was habe ich so gemacht? Morgens war ich in der Kirche, anschließend zur Presbyteriumssitzung, danach hatte ich ein Treffen mit Hedwig Starke, was immer die auch von mir wollte. Dann war ich bei den Kararoglus zum Essen eingeladen, was ich nicht ablehnen konnte.

Ich war zuerst skeptisch, was Ayse auf den Tisch bringen würde. Doch dieses Fischgericht schmeckte köstlich. Danach schaute ich bei Martin vorbei. Dort stritten sich Detlev und Wichlatz über Taubenhaltung. Und nun sitze ich hier mit dir.«

»Es tut mir leid, dass ich es nicht eher geschafft habe. Sogar meine Mutter musste ich heute Mittag versetzen. Dabei gab es Rouladen. Irgendwie kam ich nicht in die Gänge. Die Trennung von Henry habe ich doch nicht so leicht weggesteckt. Zuerst war ich froh, als er den Abgang machte, setzte mich die halbe Nacht an den Rechner und holte Versäumtes auf. Doch wenn ich jetzt an ihn denke, tut es mir fast leid, ihn rausgeschmissen zu haben. Vielleicht habe ich doch zu impulsiv gehandelt.«

Äußerst mitfühlend und interessiert sah Udo sie an. »Du hast ihn vor die Tür gesetzt?«

Schöpfte auch er Hoffnung, bei ihr landen zu können?

»Ja, er nervte einfach. Er wurde mir lästig. Verstehst du?«

»Nein, muss ich aber auch nicht. Komm, lass uns ein Glas Wein trinken, das wird dir guttun.«

Wenig später schaute Margareta durch den blauen Spätburgunder der untergehenden Sonne zu, und die Welt sah schon viel rosiger aus. Als sie genug über Henry abgelästert hatte, wandte sie sich dem Thema »Versteckte Ossis« zu.

»Ja, von den Leuten habe ich auch schon gehört.« Udo Urbat fasste sich an sein frisch rasiertes Kinn und dachte nach. Lieber hätte er noch ein paar Henry-Geschichten gehört.

»Ach, war das auch schon Thema am Kiosk?«

»Ja, dort waren sich aber alle einig, dass es sich um eine Spinnerei von Gisbert handeln müsse und niemals alte

Leute aus dem Osten angereist kämen, um einen Mord zu verüben.«

»Du meinst also, Zielinski ist nicht in Gefahr?«

»Nein, keineswegs.«

»Ich will nachher bei Gisbert vorbei und mir seinen Beobachtungsstand ansehen. Vielleicht entdecke ich ja was?« Margareta streckte sich in ihrem bequemen Stuhl und griff zu dem Teller mit Mettwürstchen und Stangenbrot, der auf einem kleinen Campingtisch rechts neben ihr stand. »Übrigens behauptet Koslowski, es handele sich um anderthalb Mörder.«

»Also er und noch ein weiterer, der nur ein Gehilfe war? Oder war er der halbe Mörder?«

»Du meinst echt, Norbert Koslowski hat mit den Makler-Morden was zu tun?« Margareta schaute Udo erschrocken an.

»Ja, das denke ich schon. Beweise. Wir brauchen Beweise!«

Er hatte *wir* gesagt, dachte Margareta und strich aus ihrem Kopf sofort Udo Urbat von ihrer Verdächtigenliste.

»Mit Rizin soll Ommerborn vergiftet worden sein, bevor man ihn aufs Gleis warf. Wer hat mit solchen Mitteln zu tun?«

»Von dem Gift redete Norbert übrigens auch. Ich muss unbedingt mit Scheffel sprechen«, nahm Margareta sich vor.

»Der wird die Krise kriegen, wenn du ihn schon wieder anrufst.«

Jetzt mussten beide lachen. Es herrschte eine völlig entspannte Atmosphäre.

Wie schön es doch war, so einen Vertrauten zu haben, dachte Margareta und gönnte sich noch einen Schluck von dem guten blauen Tropfen.

»Als ich gestern einen Abendspaziergang um den Picksmühlenteich unternahm, fuhr Detlev Rahnfeldt mit Pico im Körbchen an mir vorbei in Richtung Siedlung. Er schien es furchtbar eilig zu haben, nach Hause zu kommen. Kurz vorher hörte ich ein altes Tor quietschen. Ich habe den Verdacht, er hält sich gelegentlich in dem verfallenen Haus auf.«

»Das müssen wir unbedingt überprüfen, Doktor Watson«, meinte Margareta. »Doch morgen muss ich nach Bochum, diesen Kerl beobachten. Vielleicht danach?«

Udo Urbat nickte ihr erfreut zu. »Machen wir, Holmes!«

19.

Gelangweilt saß Gisbert an seinem Schlafzimmerfenster und starrte zum Nachbarhaus hinüber. In der rechten Hand hielt er ein Käsebrötchen, auf dem Fensterbrett stand eine Flasche Bier. Es wird Zeit, dass ich mein Bier mal wieder wie ein kultivierter Mensch aus dem Glas trinke. Diese Koslowski-Manieren müssen aufhören, dachte er. Montag, 16 Uhr. Die Sonne schien und erwärmte die Luft immerhin auf fast 18 Grad im Schatten. Für Ende März war das enorm. Zarte Knospen waren an den Obstbäumen unten in seinem Garten zu erblicken. Heute war sein erster Arbeitstag nach der längeren Auszeit gewesen. Zuerst hatte er sich im Dezember beim Tannenbaum einstielen die Hand gebrochen und musste sich anschließend einer Physiotherapie unterziehen. Danach quälten ihn noch immer Schmerzen, und es fehlte ihm vor allem an Motivation, das Rathaus und seine Abteilung aufzusuchen. So jammerte er nach dem Orthopäden noch seinem Hausarzt die Ohren voll. Letzterer schrieb ihn auf Burn-out arbeitsunfähig. Dann geschah der erste Mord nach der Drangsalierung durch die Makler, die ihn aus seinem Haus vertreiben wollten. Sein Schlag auf die Nase von Fritz Stalewski, den man wenig später tot im Picksmühlenteich fand, brachte ihn endgültig aus dem Takt. Mehrmals rannten der Kommissar sowie die Gehrke ihm sein Haus ein, doch schenkten sie ihm letztendlich wohl Glauben, dass er mit dem Mord an dem Mann nichts zu tun hatte. Was hätte er auch für ein Motiv gehabt? Die Makler hatten sämtliche Bewohner der Siedlung gestalkt. Demnach hätten alle ein Mordmotiv. Auch Stalewskis Anzeige wegen Körperverletzung verlief im Sande. Bisher hatte Gisbert jedenfalls nichts wieder gehört, was er positiv wertete. Heute Morgen war er noch voller Tatendrang, als er sein Büro aufsuchte. Doch seine Euphorie hielt nicht lange vor. Er wurde völlig ignoriert. Sein Kollege Ulf besaß doch tatsächlich die Frechheit, ihn mit »Frohes, neues Jahr« zu begrüßen. Okay, es war sein erster Arbeitstag in diesem Jahr. Er war jedoch krank gewesen und hatte eher einen bunten Blumenstrauß erwartet als dumme Sprüche. Nur Schrott hatte er ihm auf seinen Schreibtisch gepackt. Seine eigentliche Arbeit hatte eine junge dynamische Dame übernommen, die von allen gelobt und hofiert wurde. Gisbert war diese Nadine Kosmalla mit dem spitzen Kinn und dem schmalen Kopf vom ersten Augenblick an unsympathisch. Gegen 15 Uhr ließ er den Bleistift fallen und ging nach Hause. Er hatte genug von denen: Ulf, der ihm noch wenige Minuten zuvor einen Aktenordner auf den Schreibtisch geknallt hatte, mit der Anweisung, sich ihn zur Brust zu nehmen und Nadine schmeckte ihm schon lange. Beim Essen in der Kantine hatten sie ihn gemieden, als hätte er eine ansteckende Krankheit. Sein Platz, auf dem er sonst immer saß, war vom geistig minderbemittelten Pförtner Urs besetzt. Wie schnell die Zeiten sich ändern konnten, dachte Gisbert verzweifelt. Sein sonst sehr ausgeprägtes Selbstbewusstsein war auf die Größe einer Bohne geschrumpft. Er verspürte wenig Lust, am nächsten Tag wieder ins Rathaus zu gehen und sich diesem stinklangweiligen Zeug zu widmen sowie Nadines dämliches Gekicher anzuhören.

Nun hockte er an seinem Schlafzimmerfenster, verjagte mit der Hand die Koslowski-Tauben, die sich auf seiner Fensterbank üppig entleerten.

Tote Hose in der angeblich leeren Wohnung des Herrn Freese. Wo war dieses alte Ehepaar? Lagen sie in den Betten und frönten ihrem Mittagsschlaf? Laut Kfz-Kennzeichen stammten sie aus Halle. Gisbert hatte das Auto in den letzten Tagen beobachtet. Es wurde nicht bewegt, und obwohl Norbert leugnete, dass das Auto den Leuten, die sich in der Wohnung versteckt hielten, gehörte, wusste Gisbert, dass sein Nachbar ihn anlog. Wieso und warum wusste er noch nicht, doch er würde es herausbekommen. Immerhin stand er nicht mehr als Spinner da, der sich diese urkomischen Leute nur einbildete. Margareta, die gestern Abend nach einem Besuch bei Udo Urbat wie versprochen bei ihrem Bruder vorbeischaute, konnte sich von der Existenz dieses Paares überzeugen.

Gebannt hatte sie in der Dunkelheit seines Schlafzimmers hinüber zum Haus des Ingenieurs geschaut und mit Gisberts Feldstecher die Leute beobachtet, die in der Wohnküche am Tisch saßen und nur im flackernden Licht des Fernsehers vor sich hinvegetierten, Wasser tranken und sich unterhielten.

»Stark«, kam es von Margareta. »Der Kerl sieht ja wirklich unheimlich aus. Ein dicker, ungepflegter Brummer in unmöglichen Klamotten. Du hast nicht übertrieben, Gisbert. Und er stand gestern Abend tatsächlich bei Koslowski vor der Tür?« Margareta konnte kaum glauben, dass es dieses Pärchen tatsächlich gab. Immer wieder folgte ihr »Stark«.

»Was ergibt das für einen Sinn? Wer hat die Menschen angeheuert? Was hat sie bewegt, hierher zu reisen? Geld? Du meinst echt, Norbert hat die herbestellt? Die sehen nach allem anderen aus, jedoch nicht wie ein Gangsterpaar. Diese alte ausgemergelte Frau steht doch schon mit einem Bein im Grab. Ich kapiere es nicht.«

»Alle beide sehen schon halbtot aus. Denen ist alles egal«, hatte Gisbert gemeint.

Seine Schwester hatte sich überhaupt nicht beruhigen können und versprach, sich Norbert noch einmal vorzuknöpfen, nannte ihn gar einen Spalter. Notfalls wollte sie ihn mit Alkohol abfüllen, damit er endlich redete.

Margareta war es auch, die Gisbert überredet hatte, heute zur Arbeit zu gehen und sich nicht weiter krankschreiben zu lassen.

»Da musst du durch. Geh endlich wieder unter Leute, unter ganz normale Menschen, nicht zu solchen, die den ganzen Tag bei Bahlke an der Bude stehen und Mist labern. Die ziehen dich runter, Gisbert.«

Er musste lachen, wenn er an das Gespräch dachte. Die Pappnasenkollegen im Rathaus waren also normal? Die waren auch nicht besser, als diese Kiosk-Fraktion, fand er.

Auch um 18 Uhr ließen sich die beiden Gestalten gegenüber nicht blicken. Gisbert war enttäuscht von Norbert. Wieso weihte er ihn nicht ein? Was sollte das? Sie hatten sich doch immer so gut verstanden und einander vertraut. Und die Geschichte, dass Hedwig Starke, diese aufgetakelte Fregatte, einen Freund haben soll, war doch an den Haaren herbeigezogen. Klar, hätte sie den wohl gerne. Doch der, der mit dieser unmöglichen Frau auskam, musste erst noch geboren werden. Er schaute auf die Uhr. Ob es sich noch lohnen würde, zum Kiosk zu laufen, um zu sehen, was da abging? Margareta wollte sich heute den alten Taubenvater vorknöpfen. Ob sie hinterher bei der Bude vorbeischauen würde? Große Lust verspürte er nicht, sich an den roten Tisch zu stellen, um sich dieses Gelaber anzuhören. Was hatte die Starke beim letzten Mal erzählt? Ein Anstreicher hätte bei ihr an der Tür geklingelt und wollte sich den Außenanstrich ansehen, um ihn eventuell zu erneuern. Eine total schmierige Type, Ende 30, primitive Aussprache. Dauernd hätte er sie dumm angemacht und sich bei ihrem Anblick über die Lippen geleckt. Er würde alle Weiber, ob jung, ob alt, herumkriegen, hätte der Kerl gemeint und ihr angeblich an den großen Busen gefasst. War hier der Wunsch der Vater des Gedankens? Gisbert konnte sich kaum vorstellen, dass sich ein junger Mann an der alten Hedwig vergriff. Heute wollte sie zum Urbat, sich beschweren. Was sollte der wohl machen, der arme Kerl? Nicht einmal den Firmennamen auf dem Transporter des Anstreichers hatte sie sich merken können. Nichts wusste sie von dem Mann, der nur bei ihr aufgetaucht war. Der Einzige, der ihr Glauben geschenkt hatte, war Detlev gewesen, dieses Schaf. Vielleicht hatte er Angst, dass dieser junge Anstreicher auch bei seiner Mutter aufkreuzen würde, um die alte Dame zu vergewaltigen? Gab es diesen Proleten von Maler überhaupt oder war er ein Hirngespinst dieser notgeilen Alten? War schon ein komisches Volk, fand Gisbert, verließ seinen Ausguck und suchte seufzend seinen Garten auf. Er freute sich, wenn bald die Gartensaison eröffnet wurde. Sicherlich würden Norbert und er sich wieder näherkommen. Er ging bis an den niedrigen Zaun, der sein Grundstück vom Nachbaranwesen trennte. Keine Spur von Koslowski, jedoch stand die Tür zu seinem Anbau offen. Wenig später hörte er Norberts Gejammer und Gestöhne sowie das Gepolter von Metallteilen. Was trieb der Mann dort? War ihm vielleicht schlecht geworden? Leise stieg Gisbert über den Zaun und näherte sich der Abstellkammer. War Koslowskis Haus schon eine mittlere Rumpelkammer, toppte diese Bude alles. Hier fand man nichts mehr wieder. Dabei hatte der Frührentner den ganzen Tag Zeit, um ordentlich aufzuräumen.

»Na, was suchst du denn?«, fragte er seinen in Arbeit versunkenen Nachbarn, der fast einem Herzschlag erlag und den Hammer, den er in der Hand hielt, vor Schreck fallen ließ.

»Sach ma, bisse bescheuert, mich so zu erschrecken? Wat fällt dich ein? Wat willze?«

»Dir auch einen schönen Tag, lieber Norbert. Ich wollte mal schauen, was du so treibst. Was versteckst du da in deiner Hand?«

»Ga' nix, ga' nix versteck' ich.« Ertappt verschloss Norbert seine linke Hand noch fester und steckte sie in die Hosentasche seiner Arbeitslatzhose.

»Warum trägst du so eine alte Hose? Willst du renovieren? Du siehst aus wie Peter Lustig.«

»Kann schon sein«, sagte Norbert und schwieg anschließend vor sich hin. Gisberts Besuch behagte ihm absolut nicht.

»Nun zeig schon, was du da in der Hand hältst!«, forderte Gisbert ihn auf, griff beherzt nach Norberts Arm und zog seine Hand aus der Hosentasche. Mit festem Griff öffnete er diese. Ein funkelnder Karabinerhaken kam zum Vorschein.

»Was machst du für ein Geheimnis um diesen Karabiner? Was soll das? Wieso versteckst du ihn?«

Gisbert nahm das Teil in die Hand. »Der stammt von einer Hundeleine. Mit Sicherheit. Das erkennt man an diesem Drehgelenk. Wo hast du ihn her und was willst du damit?«

»Dat geht dich ga' nix an.«

Wütend nahm Norbert den Karabiner an sich, steckte ihn in die Hosentasche, verschloss wütend seinen Abstellraum und stapfte durch die Hoftür grußlos in sein Haus.

Gisbert fragte sich, was er ihm getan hatte, dass er so grimmig reagierte. Fühlte er sich überfordert? Steckte er in einer Sache, mit der er nicht fertig wurde?

Erst später, als er auf dem Sofa sitzend mit Margareta telefonierte, fiel ihm wieder ein, dass Stalewski mit einer Hundeleine erdrosselt worden war. Stammte dieser Karabinerhaken vielleicht von dieser Leine? Er mahnte sich, nicht die Flöhe husten hören zu wollen. Sicherlich gab es eine einfache Erklärung für Norberts Fund. Doch warum versteckte er ihn?

Gisbert nahm einen Schluck heißen Kaffee und blätterte, am Küchentisch sitzend, durch den Lokalteil der WAZ. Immer Bier trinken kann es nicht sein, sagte er sich. Von nun an wollte er ein geordnetes Leben führen. Dazu gehörte nicht nur, dass er pünktlich seiner Arbeit nachging. Nein, auch den Alkoholkonsum wollte er verringern und zwar drastisch. Und allein sein Bier zu trinken, machte schließlich auch keinen Spaß. Wieso zog sich Norbert bloß so dermaßen zurück? Mit ihm stimmte etwas nicht. Sollte er tatsächlich dieses Ossivolk angeheuert haben? Doch wozu? Um Zielinski verschwinden zu lassen? Das war doch völlig abstrus. Er hätte vorher mit dem alten Freese sprechen müssen, damit dieser – übrigens ein überaus korrekter Herr – den Leuten die leere Wohnung überlässt. Für wie lange und zu welchem Preis? Gab es denn hier keine Auftragskiller? Doch wovon würde Norbert die Menschen bezahlen wollen? Und was hatte er überhaupt damit zu tun? Hatte er etwa schon die Hände im Spiel, als die beiden Makler umgebracht wurden? Drehte er jetzt ganz durch? Norbert war viel zu dämlich, allein zwei Morde zu planen, war Gisbert überzeugt. Also musste er einen Komplizen haben. Doch wer kam infrage? Der rechts angehauchte Bahlke vielleicht? Nein, der schlug zwar mit heftigen Sprüchen um sich, doch Hunde, die bellen, beißen angeblich nicht.

Hunde!

Gisbert kannte genug Hundehalter in der Siedlung. Ließ sich daraus schließen, wer der Mörder war? Aus Hundeleine und Karabinerhaken? Eigentlich nicht. Würde er Scheffel seine neuesten Erkenntnisse mitteilen, würde dieser ihn für verrückt halten. Ein Ossipärchen, das angeheuert worden war, um Zielinski, diesen Oberganoven, beiseitezuschaffen. Letztendlich würde der Besuch der alten Leute sich als harmlos herausstellen. Nein, ich werde Scheffel nicht davon in Kenntnis setzen. Auch der Karabinerhaken, den Norbert vor ihm versteckt gehalten hatte, musste überhaupt nichts zu bedeuten haben. Ein Karabinerhaken eben. Fakt war jedoch, dass Norbert sich zurückzog. Doch auch das musste nichts mit den Morden zu tun haben. Burn-out, depressive Phase, es gab zig Erklärungen für sein Verhalten.

Detlev hatte einen Hund. Einen niedlichen Pudel, eine alte Mutter, an deren Brust er noch immer hing, und außerdem nicht alle Tassen im Schrank. Was sollte er für ein Motiv haben? Letzens hatte er ihm mal unter dem Siegel des Vertrauens an Bahlkes Stammtisch erzählt, dass er seinem Vater auf dem Sterbebett versprochen hätte, sich um seine Mutter bis zu ihrem letzten Atemzug zu kümmern. Egal, was da käme. Hatte er es zu wörtlich genommen und aus Angst, seine Mutter würde ihr geliebtes Zuhause verlieren, die Kerle beseitigt? War er überhaupt in der Lage dazu?

Gisbert wusste nicht mehr, was er noch glauben sollte. Doch eines wusste er genau. Er hatte die Nase voll von dem ganzen Theater um Verdächtigungen, Motivsuche und diesem ewigen Gequatsche um das gleiche Thema. Er hatte so sehr auf seine Schwester gehofft. Sein rettender Anker sozusagen. Doch sie hatte alles andere im Kopf, als ihm zu helfen, hatte er das Gefühl. Ihre Ermittlungen waren nur halbherzig, da sie sich um ihre lukrativen Aufträge kümmern musste. Außerdem hockte sie ihm zu sehr mit Udo Urbat zusammen. Gisbert würde es nicht wundern, wenn der harmlos wirkende Kerl selbst in die Sache involviert wäre. Doch wurde er gleich zum Mörder, nur weil er damals eine große Summe Geld unterschlagen hatte? Wer weiß?

Mal sehen, was Margareta ihm gleich am Telefon zu berichten hatte. Den Besuch bei dem alten Taubenvater hielt Gisbert für völlig überflüssig. Doch musste er die Vorgehensweise schon Margareta selbst überlassen. Was wollte sie in dem Taubenschlag finden? Interessanter wäre Norberts chaotische Vogelbude. Wer weiß, was da zum Vorschein käme? Er stellte seine Kaffeetasse in die Spülmaschine, öffnete den Kühlschrank, holte die Salami heraus, schnitt ihr ein dickes Stück ab und schob es sich fast ganz in den Mund. Danach ging er die Treppe hinauf in sein Schlafzimmer. Die Dunkelheit brach herein, und sicherlich würden die alten Leute nun zu Hause sein. In ihrem Zuhause auf Zeit. Er setzte sich an seinen Lieblingsplatz und schaute hinüber. Und richtig. Dort hockten sie, am Küchentisch, wie meistens, und glotzten TV. Er musste schmunzeln. Sie hatten in der Zeit, die er unten in der Küche verbracht hatte, das Küchenfenster österlich dekoriert, stellte er nach genauem Hinsehen mit seinem Feldstecher fest. Wie bescheuert war das denn? Zwei dämlich grinsende, hässlich bunte Holzhasen präsentierten sich auf der Fensterbank. An der Scheibe selbst klebten kitschige Ostereifensterbilder. Waren die Leute verrückt? Wahrscheinlich ja, wenn sie für einen Hungerlohn aus dem tiefsten Osten anreisten, um einen windigen Typen zur Strecke zu bringen. Die hatten also vor, bis Ostern zu bleiben – oder wieso schmückten sie sonst das Fenster österlich? Ein Ablenkungsmanöver? Bis Ostern waren es noch genau dreieinhalb Wochen. Was wollten die so lange hier? Gab es für den Besuch der Leute eine plausible Erklärung?

Mit Zielinski ausschalten wäre es nicht getan. Er hatte wahrscheinlich schon neue Makler angeheuert, die die armen Menschen in der Siedlung mit allen Mitteln aus ihren Häusern zu verdrängen versuchten. Er schüttelte den Kopf über die alberne österliche Dekoration von drüben und begab sich in sein Wohnzimmer, um mit seiner Schwester zu telefonieren. Was geht es dich an, schalt er sich immer wieder. Du wolltest dich doch da nicht mehr hineinhängen. Und doch konnte er es nicht lassen und sein Gedankenkarusell, das sich unaufhörlich um die beiden Ermordeten drehte, stoppen.

20.

In Bochum-Wiemelhausen hatte Margareta sich nach einer Staufahrt von einer Stunde vor der Villa im Falterweg postiert und auf ihre Zielperson gewartet. Ihre Laune verschlechterte sich von Stunde zu Stunde. Dann endlich hatte der Kerl – übrigens zum ersten Mal – im schicken Anzug mit Aktenkoffer in der Hand das Haus verlassen und war zur Bank gefahren. Dort verschwand er mit einer Angestellten im Keller, um wenig später aufzutauchen. Wahrscheinlich hatte der Mann Geld aus seinem Tresor geholt. Dann fuhr er mit seinem schwarzen Daimler zur Ruhr-Uni und übergab in einem der zahlreichen Parkhäuser einem hochgeschossenen Anzugträger den Koffer. Was das zu bedeuten hatte, konnte Margareta sich nicht erklären. Ehrlich gesagt, war es ihr auch völlig egal. Sie kam ganz schön ins Schwitzen, als sie dieses Labyrinth aus Parkhäusern und Parkplätzen rund ums Uni-Gelände wieder verlassen wollte. Von einem Parkhaus gelangte sie in das nächste, nur, wieder herauszufinden aus diesem Wirrwarr, schien unmöglich. Als ihre Zielperson sie abgehängt hatte, musste sie erst einmal anhalten, um sich zu orientieren, da das Navi total verrücktspielte. Irgendwann befand sie sich endlich auf der A43, entspannte sich langsam, holte ihr Handy aus der Hosentasche, um mit einem ihrer Auftraggeber zu telefonieren. Dieser war ganz aus dem Häuschen nach dem, was Margareta ihm berichtet hatte. Immerhin hatte sie das Autokennzeichen und ein brauchbares Foto des Mannes, der den Koffer davontrug. Hätte sie ihm vielleicht hinterherfahren sollen?

»Bleiben Sie dran, Sommerfeld, zurück zu seinem Wohnhaus, vielleicht taucht er da wieder auf«, forderte er sie auf. Margareta zuckte nur mit den Schultern. Es interessierte sie reichlich wenig, was ihre Zielperson heute noch vorhatte. Morgen war auch noch ein Tag, sagte sie sich.

»Du kannst doch die Mahnung deines Auftraggebers, an dem Mann dranzubleiben, nicht so einfach ignorieren«, würde Henry sagen und sich die Haare raufen, wenn sie hier und jetzt die Observation abbrach und nach Hause fuhr. Und wie sie konnte. Die Morde an den Maklern in Hassel waren ihr plötzlich wichtiger. Außerdem hatte der Mann den Koffer, der mit Sicherheit Geld enthielt, bereits an diesen anderen Kerl übergeben. Was sollte also heute noch groß passieren? Ein Detektivteam müsste die Zielperson lückenlos beobachten, rund um die Uhr, Tag und

Nacht. Nur, wenn man den Mann nie aus den Augen lassen würde, könnten minutiöse, lückenlose Berichte garantiert werden. Doch dazu waren ihre Auftraggeber zu geizig, ein ganzes Team einer großen Detektei zu beauftragen. Da verpflichteten sie lieber die kleine preiswerte Margareta. So war es letztendlich auch egal, ob sie nun mit dem Auto bis um 18 Uhr vor seinem Haus stand und Löcher in die Luft starrte oder die Sache drei Stunden eher beendete. Es würde ihr Geheimnis bleiben. Hassel, ich komme!

Heinrich Tachlinski lehnte mit dem Rücken an einem Baumstamm, an dem des einzigen Baumes in seinem großen Garten, und lächelte Margareta an. Ein freundlicher warmherziger Mann, der ihr nun – natürlich nach Voranmeldung – seine Taubenzucht präsentieren wollte. Und die war wirklich nicht ohne und nahm den ganzen Garten in Beschlag. Hier war sein Lieblingsort. Hier, wo sich Hütte an Hütte und Käfig an Käfig reihten. »Ruckedigu«, kam es aus sämtlichen Behausungen, mal lauter, mal leiser. Dieses Gurren wirkte beruhigend auf Margareta. Sie mochte den Mann mit seinem Lächeln auf dem Gesicht auf Anhieb. Bereits, als sie sich telefonisch bei ihm anmeldete, stimmte die Chemie, und er war sofort bereit gewesen, ihr alles zu zeigen. So kam sie in den Genuss einer Führung durch sein großes Gelände. Alles in Jahrzehnten selbst gebaut und immer wieder auf den neuesten Stand gebracht. Nach Alter waren die Rennpferde des kleinen Mannes deponiert. Die Brieftauben, die er gelegentlich an den Wochenenden auf die Reise schickte, damit sie irgendwo in der Fremde ausgesetzt wurden und tatsächlich zurück in den heimischen Schlag fanden, passierten bei ihrer Ankunft moderne Schranken, wo die Ankunftszeiten elektronisch festgehalten wurden. Sie kannte das von ihrem Opa noch ganz anders. Da mussten nach der Ankunft der Tauben die Ringe den Tieren vom Fuß gepfriemelt und in einer Hülse in die Taubenuhr gesteckt werden, die dann, wenn alle Tauben zurück waren, zum Vereinsheim zur Auswertung gebracht wurde. Auch beim Taubenzüchterhobby hatte der Fortschritt Einzug gehalten.

Fast 200 Tiere versorgte der alte Mann alleine. Gelegentlich half ihm ein Nachbar. Die Muttertiere, die in Schalen mit ihrer Brut saßen und diese nicht aus den Augen ließen, hatten es Margareta angetan. Als ihr so ein kleines zerrupftes Taubenküken auf die Hand gesetzt wurde, hatte sie vor lauter Rührung vergessen, warum sie eigentlich hier war. Von wegen alle Tauben sind grau. So viele verschiedene Grau-, Grün- und Rosatöne an einem Vogel hatte Margareta noch nie gesehen.

Nach dem Rundgang lud Heinrich Tachlinski sie in sein Holzhäuschen, das am Anfang des Gartens, direkt am Wohnhaus stand und in dem ein Ofen für Wärme sorgte, ein. Die Wände hingen voll von gerahmten Fotos und Urkunden seiner Tiere, die bei Wettflügen und Ausstellungen teilweise tolle Preise geholt hatten. Auf und in einem Schrank fanden etliche kleine und größere Pokale Platz. Ihr wurden Fotoalben auf den Tisch direkt vor die Nase gelegt. Ein Rückblick auf ein langes Taubenzüchterleben in einer anmutigen Holzhütte war hier zu finden. Seine zarte Frau – von wegen Heinrich lebte allein – trug ein Tablett mit Kaffee und Mineralwasser herein. Die arme Frau sah ihren Mann wohl kaum, da er, wie er selbst erzählte, von morgens bis abends im Garten bei seinen Täubchen oder in seinem Häuschen anzutreffen war. Na ja, besser solche Täubchen als andere, dachte Margareta schmunzelnd. War die Frau gar froh darüber? So konnten die Eheleute sich wenigstens nicht gegenseitig auf den Keks gehen.

Weitere Taubenzüchteranekdoten folgten, bis Margareta endlich auf die kleine Selma zu sprechen kam. Ob sie ihn öfters besuchen käme, wollte Margareta wissen.

Der alte Mann lächelte, rührte gedankenverloren in seiner Kaffeetasse herum. »Ja, nicht nur Selma, auch andere Kinder aus der Siedlung schauen vorbei.«

»Und Selma hat sogar einmal bei Ihnen übernachtet?«, tastete sich Margareta langsam vor, obwohl sie von der Harmlosigkeit dieser Aktion inzwischen überzeugt war.

Jetzt lachte der alte Mann und zeigte dabei noch ein tadelloses, wenn auch altes Gebiss. »Ja, sie hatte Hunger, nachdem sie mir beim Füttern geholfen hatte. Meine Frau schmierte ihr ein Leberwurstbrot. Da ist sie doch tatsächlich am Küchentisch eingeschlafen. Fiel einfach nach hinten aufs Sofa.« Er schob sich seine Kappe mit der Deutschlandfahne auf dem Schirm nach hinten in den Nacken.

»Und da hat sie die Nacht bei Ihnen verbracht?«

»Ja, Gertrud hat sie auf dem Sofa richtig hingelegt und mit einer Decke zugedeckt. So friedlich lag sie da. Wie ein Engel. Da wollten wir sie nicht mehr wecken. Am anderen Morgen hat sie mir wieder beim Füttern und beim Reinigen der Käfige geholfen und lief dann nach Hause. Ja, wir hätten den Eltern Bescheid geben müssen. Doch das war uns erst hinterher klar, dass die sich Sorgen gemacht haben. Die ganze Gegend wurde ja nach dem Kind abgesucht, und wir haben nichts mitgekriegt. Sogar der Hubschrauber kreiste über unsere Siedlung.« Wieder lachte der alte Mann verschämt.

»Wir haben keine Kinder und keine Enkel. Und die kleine Selma macht uns so viel Freude. Wir haben uns nichts Böses dabei gedacht.« Tränen standen dem alten Mann in den Augen.

Margareta war sich sicher, dass die Angelegenheit einen völlig harmlosen Charakter hatte. So wechselte sie beruhigt das Thema.

»Schleppen die Tauben auch mal was an und verstecken es in ihren Verschlägen?«, wollte Margareta wissen. Ob sie an etwas Bestimmtes dachte, fragte Heinrich interessiert. Margareta hatte die zweifarbige Hundeleine, mit der Stalewski stranguliert worden war, vor Augen.

»Ein Plastikteil zum Bespiel oder ein Stückchen Leine oder irgendwas in der Art.«

Heinrich dachte angestrengt nach und verneinte. »Nein, ist mir noch nicht aufgefallen. Ihre Freiflüge finden ja immer in der Gruppe statt. Wenn sie zurückkommen, suchen sie sofort ihre Schläge auf. Einen Knopf habe ich mal gefunden. Ist aber schon lange her.«

Wäre ja auch zu schön gewesen, wenn sich hier ein Corpus Delicti finden würde, dachte Margareta.

Nach einer herzlichen Verabschiedung machte Margareta sich auf den Weg zum Picksmühlenteich, wo Udo Urbat schon auf sie wartete. Bereits drei Mal hatte er auf ihrem Handy angerufen.

Ob Norbert Koslowski auch so einen peinlich sauberen Taubenschlag sein Eigen nennen konnte? Er besaß ja nur wenige Tiere, und Margareta beschloss, auch seinem Schlag einen Besuch abzustatten.

Udo ging, gehüllt in einem hellen Trenchcoat, nervös am Picksmühlenteich auf und ab. Margareta wusste nicht, ob sie sauer auf ihn sein sollte wegen der mehrfachen Anrufe und der Dringlichkeit, die er an den Tag gelegt hatte. Doch wie er da so verlassen in der Abendsonne stand, erinnerte er sie an ein Vogeljunges, das aus dem Nest gefallen war. Ein 56-jähriges Vöglein, das nicht wusste, wohin es gehörte. Seine spärlichen blonden Haare wehten im seichten Wind und erinnerten an den zarten Flaum einer frisch geschlüpften Drossel. Um seine Augen herum zeugten dunkle Schatten von mangelndem Schlaf. Seine Nase wirkte wächsern und tatsächlich ein wenig gelblich. In ihrer großen Fantasie sah sie Udo nach herumschwirrenden Insekten schnappen. Er wirkte so verloren, als wäre er auf der Suche nach seiner Mutti. Fast tat er ihr leid. Sollte sie etwa seine Mutti werden? Nein, danke, kein Bedarf, dachte sie und hätte sich schütteln können.

»Was ist denn so wichtig? Eine weitere Leiche?« Nicht gerade freundlich und ohne Gruß sprach sie ihn an.

Als bei ihrem Anblick ein Leuchten über sein Antlitz huschte, taten ihr ihre bösen Gedanken fast leid. Er war ein Mann, kein Vogel. Ein sensibler zwar, jedoch ein Mann. Davon hatte sie sich selbst vor einigen Jahren überzeugen können.

»Du glaubst nicht, was ich eben entdeckt habe. Ich bin in dem verlassenen Haus gewesen, diesmal im Keller, von hinten über eine steile Stiege. Das Polizeisiegel wurde aufgebrochen. Komm mit, ich muss dir was zeigen.« Er packte sie fast grob an ihrem Oberarm und schob sie vor sich her Richtung altes verfallenes Haus.

»Sag mal, spinnst du? Lass mich los. Wollten wir nicht zusammen das Haus inspizieren?« Genervt schüttelte sie seine Hand ab.

»Entschuldige, Margareta, ich bin aufgeregt. Ich konnte nicht länger warten.«

»Aufgeregt? Wieso?« Sie konnte jedoch schon wieder schmunzeln ob seiner verrückten Art.

»Was gab es beim Tachlinski, dem alten Taubenvater?« Er wollte sie mit Macht milde stimmen.

»Kalt, ganz kalt. Der Mann ist in Ordnung.«

»Hab' ich doch gesagt.«

Sie näherten sich dem besagten Grundstück. Udo öffnete das alte quietschende Tor so weit, dass beide in den wild wuchernden Garten verschwinden konnten. Er steuerte sofort auf die seitliche, kaum sichtbare Kellertreppe zu. »Den Keller hatten wir uns ja noch gar nicht vorgenommen und die Kripo scheinbar auch nicht, trotz Polizeisiegel.«

»Und was trieb dich hierher?« Margareta bestaunte das durchtrennte Siegel.

»Ich weiß nicht. Eine innere Stimme, irgendwie.«

»Du bist verrückt.«

»Wir sind ein tolles Team, was?«

Darauf antwortete Margareta nicht. Klar, sie wollten nach dem Rechten sehen. Doch, dass er so ein Drama daraus machte, fand sie einfach lächerlich.

»Jede Wette, dass Rahnfeldt sich hier gelegentlich aufhält. Er war es auch, der das Siegel zerstört hat. 100 Prozent!«

»Halte doch endlich deinen Schnabel, du alberner Vogel«, hätte sie Urbat am liebsten an seinen Kopf geworfen, doch aus Angst, wieder einmal etwas vorschnell kaputt zu machen, hielt sie ihre Klappe.

»Nur, weil du ihn einmal hier zufällig gesehen hast, muss er nicht gleich was Verbotenes getan haben.«

Urbat hatte eine Taschenlampe dabei, die er nun, kaum dass er die Tür mit einem Dietrich geöffnet hatte, einschaltete. Von dem schmalen Gang, den sie nun betraten, führte hinten links ein weiterer tiefer in das Kellerlabyrinth, das Margareta in diesem nicht gerade riesigen Haus niemals vermutet hätte. Dieser Kellergang war nur mit wenigen einfachen Drahtkorbleuchten an den Wänden bestückt. Die Türen waren schlichte Holztüren wie zu Hause in ihrem Keller. Was verbarg sich hier? Hatte Kommissar Scheffel wirklich alle Räume gründlich durchsuchen lassen? Wohl kaum. Gehe zurück, Margareta, sagte ihr ihre Vernunftstimme. Lass Udo das alleine durchziehen. Doch unbändige Neugier ließ sie weiter diesen erbärmlichen Gang gehen, dicht hinter Udo. Ganz am Ende stand eine dieser Holzbrettertüren offen. Sie steckte, obwohl ihr unwohl war, ihre Nase in den Raum. Ein feuchter, unverputzter Raum mit nur einem winzigen Fenster. Der Strom war abgeschaltet, so brauchte sie nicht nach dem Lichtschalter zu suchen. Sie hatte ja Udo und seine Taschenlampe. Er kam sich vor wie ein Museumsführer, plapperte unentwegt. Sie erkannte nur Umrisse, bis die Augen sich an das spärliche Licht gewöhnt hatten. Ein einziger Stuhl stand in der Mitte des Raumes. Ein Nachtschränkchen direkt dahinter leistete ihm Gesellschaft. Auf der rechten Seite lag eine Matratze, daneben eine gefaltete Decke. Ein Hundelager? Für Pico? Oder für einen anderen Hund? Von der Kellerdecke baumelte eine Glühbirne in einer Fassung. Wie eine Gefängniszelle in der DDR, dachte Margareta. Sie hörte ein leises Fiepen und sah auf dem Boden etwas daherhuschen. Ratten! Kein Wunder, wenn der dämliche Detlev oder ein anderer Besucher Lebensmittel anschleppten. Sie nahm ihr Handy aus der Hosentasche und leuchtete damit die Ecken aus. Wie passte dieser hundserbärmliche Raum zu dem ehemals schönen Einfamilienhaus? Erneut ließ sie den winzigen Lichtkegel systematisch durch den Raum wandern, ungeachtet von Urbat und seiner Taschenlampe. Er war enttäuscht, dass sie ihn und seine Lampe so völlig ignorierte und stattdessen auf ihr Handy zurückgriff. Auf dem Stuhl standen eine angebrochene Weinflasche und ein schmutziges Glas. Wer um Himmels willen kam her, um sich ein Glas Wein einzuverleiben? In so einer schrecklichen Umgebung.

Geh zurück, mahnte sie sich. Sollte Udo sich alleine hier umsehen. Sie drehte sich ruckartig um und hatte das Gefühl jemanden außer Urbat, der sich das Schränkchen vornahm, atmen zu hören. Mach dich vom Acker, bevor die Tür gleich zugeht und du hier von einem Vollidioten eingesperrt wirst.

»Hab' ich es mir doch gedacht. Schau mal. Der bewahrt hier Rauschgift auf. Raucht sich hier, fernab von Mutti, einen Joint.« Urbat freute sich über seine Entdeckung wie ein Kind.

Angeblich war er vorhin schon hier unten gewesen, was Margareta jedoch bezweifelte, denn dann hätte er seine Entdeckung viel eher gemacht. Wahrscheinlich hat er sich vor Angst in die Hose gekackt und lieber auf sie gewartet. Doch ein armes Vogeljunges?

Bevor sie den Raum verließ, sah sie beim Hinausgehen in der rechten Ecke etwas aufblitzen. Sie bückte sich und hob das kleine Teil auf. Ihr Herz begann fester zu schlagen. Das war ein Anhänger von einem Armband. Sie nahm die kleine Weltkugel und verließ eilig den Kellerraum. Udo verschwieg sie ihren Fund. Wieso, konnte sie selbst nicht sagen. Wieder hörte sie jemanden atmen. Raus aus diesem unheimlichen Keller. Sie schlug den Weg ein, den sie gekommen war. Bevor sie ein weiteres Mal rechts abbog, war ihr, als wenn ein Schatten ihr vorausging. Sie legte einen Schritt zu und hatte den schmalen Aufgang, der nach draußen führte, erreicht. Udo befand sich dicht hinter ihr. Der vermeintliche Schatten und das Atmen waren verschwunden, ebenso wich ihre Angst. Sie blieb stehen und nahm, während Udo seine Taschenlampe verstaute, die kleine Weltkugel in die Hand. War das eine Falle? Wollte man sie hereinlegen? Wenn die Polizei den Keller durchsucht hat, hätte sie dieses blinkende Teil mit Sicherheit gefunden. Und was war mit Rahnfeldt? Dieser arme Schlucker ließ doch dieses wertvolle Teil nicht so herumliegen. Doch war es, wie sie vermuteten, überhaupt Rahnfeldt, der sich hier gelegentlich aufhielt? Sie steckte die kleine Weltkugel in die Hosentasche. Mist. Ich hätte sie nicht anfassen dürfen und in einen Beutel packen müssen, wegen eventueller DNA-Spuren. Sie musste lachen. Scheffel würde diese Kugel niemals untersuchen lassen, würde sie für verrückt erklären, wenn sie dies von ihm verlangte.

Als sie den Keller und das Grundstück verließen, war es draußen bereits dämmerig. Ursprünglich hatte Margareta vor, Gisbert noch einen Besuch abzustatten, verwarf den Gedanken jedoch. Im Auto sitzend, besah sie sich die goldene Weltkugel. Sie sah ihre Tante Marion vor sich, die ebenfalls so eine Weltkugel an einem goldenen Armband besessen hatte. Erhobenen Hauptes saß sie damals in ihrem Sessel und gestikulierte wild mit beiden Händen während des Erzählens. Ein schönes Armband, hatte Margareta als Kind gedacht und die nur ungefähr haselnussgroße Weltkugel, die dabei hin und her baumelte, beobachtet. Gleich fällt sie runter, hatte sie befürchtet. Dann läge der Tante die Welt zu Füßen. Doch das Armband war stabil und ließ die Kugel weiter baumeln.

Wer hatte den Anhänger bloß abgetrennt und wem gehörte er? Sollte sie Scheffel anrufen?

Sie zuckte zusammen, als Udo, den sie total vergessen hatte, an die Scheibe klopfte. Und so konnte er sie tatsächlich überreden, bei ihm ein Glas Wein zu trinken. Irgendwie tat er ihr leid, weil sie vorhin nicht gerade wohlwollend über ihn gedacht hatte. Nein, er war kein Vogelküken, er war ein Mann. Und ein netter dazu.

21.

Nach vier Stunden in Wiemelhausen im Falterweg die Haustür der Zielperson anstarren, hatte Margareta genug und fuhr zurück. Hassel war angesagt. Hassel und Norbert Koslowski. Ob sie wollte oder nicht, ihr zweites Ich zwang sie dazu. Gisbert hatte ihr von dem unmöglichen Benehmen seines Nachbarn am Montagabend erzählt. Was war bloß in ihn gefahren? Sie musste ihn sich noch einmal vorknöpfen.

Gegen 13 Uhr rief Udo Urbat an und berichtete ihr das Neueste vom Bahlke-Stammtisch. Hedwig Starke wäre sehr aufgebracht gewesen. Sie würde seit einigen Tagen ihren Anhänger, eine goldene Weltkugel, die an ihrem schweren geerbten Goldarmband gehangen hatte, vermissen. Das Armband samt Weltkugel hätte angeblich einen Wert von 3.000 Euro. Der Anhänger wäre fest verlötet gewesen und konnte sich niemals allein gelöst haben.

Einen Riesenaufstand hätte sie gemacht. Das schlechte Gewissen schlug über Margareta zusammen. Hätte sie Udo von der im Keller der alten Villa gefundenen Weltkugel erzählen sollen? Sie konnte nicht einmal sagen, wieso sie es vor ihm verschwiegen hatte. Ihr Gedankenkarussell nahm volle Fahrt auf. Also trieb die Alte sich dort ebenfalls in dem Keller herum? Ein konspiratives Treffen? Mit Detlev Rahnfeldt? Oder war noch ein anderer im Spiel? Diente diese Bruchbude als eine Art Stundenhotel für Arme?

Nach dem Anruf von Udo völlig aufgebracht, wählte sie Scheffels Handynummer. Sie musste sich abreagieren.

Sie spürte gleich, dass der Anruf ihm nicht gelegen kam und er sie schnell loswerden wollte.

»Ja? Was gibt es denn?«, knurrte er. Im Hintergrund klassische Musik.

»Margareta Sommerfeld hier.«

»Ja, ich weiß«, erwiderte er knapp und seufzte.

Also hatte er sie in seinem Smartphone gespeichert, registrierte sie erfreut.

»Das alte Haus im Josef-Sprenger-Weg, da ist wohl bei der Kellerdurchsuchung geschlampt worden. Von außen klebte zwar ein Polizeisiegel an der Tür, die vom Garten aus in den Keller führt, zwar durchtrennt, jedoch nicht von uns. Ein Raum, so eine Art Bunker, wurde wohl bei der Durchsuchung vergessen.«

»Hören Sie, Frau Sommerfeld, das ist jetzt ganz schlecht. Ich bin in einer Besprechung. Doch wie ich Sie kenne, haben Sie das ja bestimmt nachgeholt.«

»Ja, ich war mit Herrn Urbat im Keller gewesen. Der ist ja von der Fläche her viel größer als das Haus selbst. Doch wie schon erwähnt, haben wir das Siegel nicht zerstört.«

»Trotzdem haben Sie Verbotenes getan und sich strafbar gemacht. Sie hatten in dem Keller absolut nichts verloren.«

»Zeigen Sie mich an. Dann wende ich mich allerdings an die Presse. Die werden erstaunt sein, was ich da alles gefunden habe. Rauschgift, Weinflaschen, ein Matratzenlager, ein kleines Hundelager.«

»Sie können mir viel erzählen, meine Liebe!«

»Ich bin nicht Ihre Liebe. Also, was ist, soll ich mich an die Presse wenden? Fotos habe ich übrigens auch«, bluffte sie, was seine Wirkung nicht verfehlte.

»Nun mal nicht so schnell. Vielleicht wurden besagte Dinge erst später, nach der Durchsuchung, dort deponiert.«

»Na klar, hätte ich jetzt auch gesagt. Immer schön den Kopf aus der Schlinge ziehen wollen.«

»Wie schon erwähnt, bin ich momentan verhindert. Ich kümmere mich darum und melde mich später.«

Und schon war das Gespräch beendet.

Wieso es sie, noch vor dem Besuch bei Koslowski, zum Picksmühlenteich zog, konnte sie selbst nicht sagen. Hier ließ sich ihr Brot bestimmt nicht verdienen. Und so schön war es hier auch wieder nicht. Nachdem sie die Uferböschung entlanggegangen war – sie hatte sich durch den Zaun gezwängt –, und mit dem Fuß die Grasbüschel beiseitegeschoben, um was Verdächtiges zu entdecken, vernahm sie einige Meter weiter ein helles Bellen. Sie trat den Rückweg an, zwängte sich erneut durch den Zaun, hinter dem der schwanzwedelnde Pico sie stürmisch begrüßte. Margareta herzte den kleinen Kerl ausgiebig, was ihr Pluspunkte bei Detlev Rahnfeldt brachte, der mit seinem Fahrrad mitten auf dem Weg stand und Margareta beobachtete.

»Hallo«, grüßte er freundlich, »was treibt Sie her?«

»Was wohl? Drei Mal dürfen Sie raten. Die Morde an den beiden Maklern lassen mir keine Ruhe. Ich frage mich, wann ein dritter passiert. Dieses möchte ich gern verhindern, obwohl ich eigentlich keine Zeit dazu habe. Ich habe schließlich einen Beruf. Irgendwie komme ich von Hassel nicht los. Und Sie, was machen Sie hier?«, fragte sie ihn der Form halber und sah sich den Mann genauer an. Gepflegte Frisur, gründlich rasiert, sauberen roten Pulli mit weißem Hemd darunter sowie eine gut sitzende Jeans. Dass hier eine Mutti ihre Hand im Spiel hatte, war unschwer zu erkennen.

»Ich bin jeden Tag hier, allein wegen Pico. Habe ja Zeit, bin Frührentner.« Er lächelte sie lieb an.

»Und ein Kiffer«, wollte Margareta hinzufügen, beherrschte sich aber im letzten Moment. Sie konnte schließlich nichts beweisen. Noch nicht.

»Ist dafür nicht die Kripo zuständig, zu ermitteln und zu verhindern?«

»Sollte man annehmen. Doch oft lassen die sich nicht sehen, oder?«

»Nein, ganz bestimmt nicht.«

»Haben Sie einen Verdacht?«, musste sie ihn noch fragen.

Detlev zog die Schultern hoch. Eigentlich ein gut aussehender Mann, dachte Margareta und fand es eine Schande, dass es keine Frau für ihn gab und er noch immer bei Mutti wohnte.

»Kommen viele infrage, was ja auch kein Wunder ist. Ein neuer Makler ist gestern in der Körnerstraße unterwegs gewesen, um arme alte Leute zu bedrohen.«

»Davon habe ich noch gar nichts gehört.« Neugierig machte Margareta einen Schritt auf ihn zu.

»Die alte Frau Wagner soll daraufhin eine Herzattacke bekommen haben. Sie fing an zu schreien, bis die Nachbarn einen Arzt geholt haben. So kann es nicht weitergehen. Jetzt war mal ein paar Tage Ruhe, und nun geht es wieder los. Zielinski ist die Wurzel allen Übels. Und solange die nicht entfernt wird.«

»Mag sein. Es ist jedoch nicht gesagt, dass, wenn der Anlass zerstört ist, nicht irgendwo was neues Schreckliches wächst.«

»Je nachdem, wie brutal so eine Wurzel zerstört wird, schreckt das jedoch erst einmal ab.« Mit wachen blauen Augen schaute er Margareta freundlich an.

Nach einer Schweigeminute griff Detlev sich Pico, setzte ihn in den Fahrradkorb, grüßte lächelnd und radelte davon.

Einen Streichler hatte Margareta Pico noch mit auf den Weg gegeben. Nein, wie ein Mörder wirkte Detlev nicht, dachte Margareta, gestand ihm aber eine dunkle Seite zu, die seinen Lebensumständen geschuldet war, doch hielt sie ihn nicht für gefährlich. Er wollte seine Mutter beschützen, deshalb dieses Gerede von Wurzel zerstören, redete sie sich ein.

Als Detlev in den Wald geradelt war, tauchte wie aus dem Nichts der aalglatte Zielinski, der Auslöser allen Übels, auf. Diesmal im kittfarbenen Kurzmantel zur hellen Jeans. Die Haare frisch gestylt, ein fettes Grinsen im Gesicht.

»Frau Sommerfeld, was für eine Überraschung. Was treibt Sie hierher? Sie wohnen doch, wie ich weiß, gar nicht in Hassel.«

»Sie doch auch nicht, Herr Zielinski. Kleiner Waldspaziergang gefällig?«

»Von wegen Waldspaziergang. Recherche, reine Recherche. Ich habe beruflich hier zu tun.«

»Stellen Sie sich vor, ich auch. Mein Auftraggeber will Informationen, möglichst hieb- und stichfeste. Und Sie? Suchen Sie im Wald nach Dingen, die Sie vertreiben können? Vielleicht die freilaufenden Hühner dort hinten?«

»Wer ist denn Ihr Auftraggeber?«, wollte er wissen. Auf ihre Fragen ging er gar nicht ein.

»Sie Scherzbold. Was wollen Sie jetzt hören? Dass der Weihnachtsmann eine private Ermittlerin beauftragt hat? Oder gar der Osterhase?«

Zielinski räusperte sich nervös. »Wollen Sie nicht einen Kaffee mit mir trinken? Vielleicht in Buer? Ich glaube, ich habe noch etwas gutzumachen. Außerdem haben Sie mir noch gar nicht die Rechnung der neuen Schuhe geschickt. Sie wissen es noch? Ich habe Sie neulich mit meinem Wagen nassgespritzt.«

»Klar, weiß ich das noch. Ich bin noch nicht senil. War doch ein bühnenreifer Auftritt.«

»Was ist nun mit einem Kaffee?«, ließ er selbstgefällig aus seinen schmalen Lippen fallen.

»Nein, danke.«

»Vielleicht erfahren Sie was Neues. Kann also nur im Interesse Ihres Auftraggebers sein.«

»Aber nicht in meinem«, sprach Margareta und machte auf dem Absatz kehrt, um zur Bergmannsglückstraße zu laufen, wo sie ihren Wagen geparkt hatte. Unterwegs fragte sie sich, ob es nicht vielleicht ein Fehler gewesen war, ihm einen Korb zu geben. Doch nun stand Koslowski auf dem Programm, wozu sie überhaupt keine Lust verspürte. So hielt sie vor seinem Haus gar nicht erst an.

Gegen 16 Uhr parkte sie vor dem Haus in der Steigerstraße, in der Waltrauds Freundin Anna Bienert wohnte.

Ursprünglich hatte sie vor, zuerst ihrer Mutter einen Besuch abzustatten und sich dort den Magen zu füllen. Sie hielt es jedoch für besser, sofort zu Anna zu fahren, auch auf die Gefahr hin, nun unangemeldet deren Mittagsschlaf zu stören.

Ein Blick auf ihr Handy zeigte ihr drei Anrufe in Abwesenheit an. Scheffel war einer der Anrufer, die beiden anderen Gespräche – wie könnte es anders sein – waren von Waltraud. Es würde wieder Vorwürfe hageln, nachdem sie sich einige Tage nicht bei ihrer Mutter gemeldet hatte. Sie grinste vor sich hin, stellte sich ihre Mutter auf der Couch mit ihrem neuen Liebhaber, diesem Kirchenchor-Alfred vor, steckte das Handy in die Hosentasche und schaute auf das Wohnhaus. Ein Vierfamilienidyll mit Fachwerk im oberen Teil. Im Erdgeschoss öffnete sich soeben ein Fenster. Ein griesgrämiger alter Mann im selbst gestrickten Rollkragenpullover zündete sich eine Zigarette an und stieß den Qualm nach draußen. War das Annas Nachbar, Herr Pogantke, der Rollatordieb?

Margareta entstieg ihrem Fahrzeug. Obwohl die Sonne sich gerade durch die Wolkendecke schob, wehte ihr ein kalter Windzug entgegen. Freundlich grüßte sie den alten Mann. Aus der Wohnung drang der Geruch von verbranntem Kohl auf die Straße. Anscheinend gab es bei ihm heute Kohlrouladen, mutmaßte Margareta. Sie bewunderte die nostalgische Straßenlaterne, die direkt am Haus angebracht worden war, lief anschließend den kleinen Weg ums Haus herum zum Eingang, der sie vom Hof aus ins Haus führte. Anna Bienert wohnte unten rechts, wusste sie von Waltraud. Mutig drückte sie den Klingelknopf. Gleich darauf knatterte der Summer und gab die Tür frei. Im dunklen Treppenhaus roch es nach Wirsing und Schweiß. Margareta sah sich um. Der Stellplatz neben dem Kellereingang war wirklich äußerst winzig für einen Rollator. Na ja, nun war er weg, und der alte Nachbar konnte ungehindert durchs Treppenhaus laufen.

Sollte sie Anna bei ihrem Mittagschlaf gestört haben, ließ diese sich nichts anmerken und bat Margareta freundlich hinein, direkt durch in die Wohnküche. Obwohl Annas Behausung genauso geschnitten war wie die Wohnung ihrer Mutter, trennten die beiden Welten. An Waltrauds guten Geschmack konnte Anna nicht anknüpfen. Sauber, jedoch einfach war die Einrichtung der hageren Anna. Weiße, zusammengewürfelte Küchenmöbel, in der Mitte ein großer Tisch mit vier Stühlen, in der Ecke am Fenster zur Straße ein alter Fernsehsessel, in dem Annas Gatte auf mindestens fünf Kissen thronte. Er nickte nur zur Begrüßung und gab sich anschließend einem ausgiebigen Hustenanfall hin. Ebenso fahl wie seine Haut waren auch seine Strickjacke und das Hemd darunter. Ton in Ton war diese Mann-Klamotten-Einheit unschön anzusehen. Er schien quasi taub zu sein. Anna erklärte ihm lautstark in langsam gesprochenen Worten wie einem Volltrottel, wer Margareta war und was sie wollte.

»Aha, die Tochter dieser bekloppten Waltraud.« Endlich schien er es kapiert zu haben. An Margareta gewandt: »Meine Frau braucht gar keinen Rollator. Sie ist noch gut zu Fuß, jawohl!«

Margareta setzte sich an den Küchentisch und ließ sich ein Glas Wasser einschenken, gedachte jedoch nicht, dieses zu trinken, da sie in der halbvollen Flasche, aus der das Wasser stammte, Krümel schwimmen sah. Sie konnte spüren, wie ihre Oberlippe zu kribbeln begann. Oh, nein, einen Herpes konnte sie gar nicht gebrauchen.

Anna und ihr Mann begannen eine laute Diskussion, die schon bald in einem bitterbösen Streit endete. Schimpfworte wurden ihm an den blassen Schädel geworfen, die er jedoch zu erwidern wusste. Wo bin ich hier bloß hineingeraten?, fragte Margareta sich und zog ihr Notizbuch aus der Tasche, klopfte mit der Faust auf den Tisch und bat um Ruhe.

Es klingelte an der Wohnungstür, und Anna zuckte zusammen. »Das ist mein Nachbar, der Pogantke. Der beschwert sich nun, dass wir zu laut wären. Sehen Sie, was das für einer ist, Margareta?«

Margareta wunderte nichts mehr. Diese hellhörigen Wände und dann dieses Geschrei. Kein Wunder, dass der alte Mann in der Mittagszeit für Ruhe sorgen wollte. Das bewies noch lange nicht, dass er ein Dieb war, versuchte Margareta der aufgeregten Anna, die zur Wohnungstür hastete, weiszumachen.

Das Gezeter aus dem Treppenhaus war keinen Deut leiser als das eben in der Küche, und Margareta vermutete sich in einem Irrenhaus. Der Alte in der Ecke lachte und zeigte dabei nur noch wenige Restzähne. Anscheinend freute er sich, dass der Rollator verschwunden war.

»Blöde Ziege, geiler Bock, Dieb, Ratte« und viele weitere Nettigkeiten wurden ausgetauscht, bevor Anna die Tür zudonnerte und mit hochrotem Kopf zurück in die Küche kam.

»Lieber Gott, ich will die 1.000 Euro gar nicht, ich will nur weg hier«, betete Margareta lautlos vor sich hin. Sie ärgerte sich, dass sie Waltraud nicht mitgenommen hatte. Die hätte gewusst, wie sie diesem Theater ein Ende setzen würde.

»Wollen Sie ihn gleich mal verhören, den Herrn Pogantke, diesen Sausack? Ich habe Ihnen doch erzählt, dass er schon einmal meinen Rollator entführt hatte und ihn in Buer am Busbahnhof einsam im Linienbus zurückließ. Hätte meine Nachbarin es nicht zufällig mitbekommen, wäre er damals schon weg gewesen. Die Polizei hat mich nur verlacht.« Anna atmete seufzend und fasste sich an die magere Brust.

»Ich habe gar kein Recht, diesen Mann zu verhören. Und jetzt hätte das sowieso keinen Zweck. Der ist viel zu aufgebracht. Ich werde ihn mir woanders schnappen.« Margareta kam gerade eine Idee, wie sie vorgehen würde.

»Ganz bestimmt?«, fragte Anna mit plötzlich dünnem Stimmchen.

»Ganz bestimmt! Schon nächstes Wochenende. Versprochen.«

»Waltraud hat ja überhaupt keine Zeit mehr«, jammerte sie nun und starrte die Sonnenblumen auf der Wachstuchtischdecke an. »Seit sie diesen Fanklub gegründet hat, bin ich abgemeldet. Dabei war ich das zweite Mitglied.«

Margareta blieb fast das Herz stehen, so erschrocken hatte sie sich. Sie wusste nicht, ob sie weinen oder lachen sollte. »Was hat Waltraud gegründet? Einen Fanklub?«

»Ja, sie ist jetzt Fanklubleiterin des Hessen-Trios und möchte damit Sepp unterstützen. Bei jedem seiner Konzerte will sie nun Merchandising-Artikel verkaufen.«

Nun wurde Margareta klar, wieso Waltraud so viel Papierkram und Kartons bei sich herumliegen hatte und dauernd am Telefon hing. War sie sich eigentlich bewusst, was für eine Arbeit damit zusammenhing? Okay, wenn sie noch Fanklubleiterin einer bekannten Band werden würde, aber doch nicht für dieses langweilige Opatrio, allen voran ihr alter ehemaliger Liebhaber Sepp. Hatte sie vergessen, was er ihr vor zwei Jahren zu Weihnachten angetan hatte?

»Toll, so ein Fanklub! Viel besser als ein Kegelklub«, kam es nun krächzend aus dem Fernsehsessel. Anscheinend hörte der Alte besser, als er vorgab.

Nachdem Margareta mehrfach versucht hatte, dem tauben Greis klarzumachen, dass man beides überhaupt nicht vergleichen konnte, aber er immer wieder den gleichen Spruch losließ, verließ sie das traute Heim dieser Verrückten und fuhr davon. Sie hatte ihre Mutter Waltraud bei einem Konzert in einer dunklen Spelunke vor Augen, mit Hessentrio-Schal um den Hals, Leuchtstab in der Hand, ihrem alten singenden Bandleader zujubelnd, direkt vor der klapprigen Bühne stehend. Einfach grausam. Hoffentlich verschuldete sie sich nicht, indem sie für diesen Schrott, den sie dort verkaufen wollte, in Vorlage trat. Tassen mit Sepp drauf, dazu Frühstücksbrettchen mit gleichem Logo, Wimpel, Schals und Ansichtskarten. Ihr war der Hunger, den sie eben noch verspürt hatte, gründlich vergangen. Und nach Hause wollte sie auch nicht. Sie setzte den Blinker rechts, fuhr die Alleestraße bis zum Ende der Siedlung und bog anschließend links in die Middelicher Straße ein. Immer geradeaus, nur geradeaus. Ihr Magen wurde langsam ungemütlich und begann heftig zu knurren. Irgendwann, wie von einer unsichtbaren Macht gelenkt, fuhr sie Richtung Westerholt, landete im denkmalgeschützten Alten Dorf mit über 50 Fachwerkhäusern, parkte ihren Wagen und lief schnurstracks auf das urige Lokal »Alt Westerholt« zu. Sie erinnerte sich, dass sie in dieser uralten Gaststätte einmal mit ihrer Mutter ein herrliches Schnitzel gegessen hatte. Sprossenfenster, auf deren Fensterbänken kleine Lampen romantisches Licht auch nach draußen schickten. Sie öffnete die alte Holztür, betrat die Gaststube, entledigte sich ihrer Jacke und suchte sich einen Tisch in der Ecke. Obwohl es erst kurz nach 18 Uhr war, fand sich kaum noch ein freies Plätzchen. Gerade, als sie sich an den kleinen Tisch setzen wollte, steuerte ein Herr ebenfalls auf diesen zu.

22.

Sie hatte ihm den Schal liebevoll um den Hals gewickelt und den obersten Knopf seiner Jacke geschlossen. Wieso hatte er es zugelassen? Wie alt war er? War er zwölf oder 42 Jahre alt? Nur, weil sie Willi tagsüber hütete, rechtfertigte das nicht, was sie sich herausnahm. Nun strich seine Mutter ihm auch noch über sein Haar und beugte sich nach vorn. Ihr Atem, der ekelhaft nach Schwefel roch, streifte ihn. Sie wollte ihn doch nicht etwa küssen? Das hatte sie schon lange Zeit nicht mehr gewagt. Er schob ihre Hände von seinen Schultern, grunzte ein paar Abschiedsworte in den nicht vorhandenen Bart und verließ das Haus.

»Komm pünktlich, mein Junge! Tante Gerda und Onkel Albert kommen zum Kaffee. Du weißt, sie warten nicht gerne. Ich habe die Nachbarn Elfriede und Hannes auch eingeladen. Die mögen dich doch so gerne. Und denke daran, nett zu ihnen zu sein.«

»Kommen Onkel Helmut und seine Alte auch?«

Empört schaute seine Mutter ihn aus großen Augen an. »Thomas! Wie redest du denn von Tante Anni? Habe ich dich so erzogen?« Sie schüttelte verachtend mit dem Kopf und schenkte ihm einen bösen Blick.

Jetzt wäre der Zeitpunkt gewesen, seine Mutter mal ordentlich zurechtzuweisen, ihr zu sagen, dass er kein kleines Kind mehr war. Doch er war zu schwach, schaffte es nicht, solche Worte über seine Lippen zu bringen. Onkel Helmut würde wieder nach seinen aktuellen Ermittlungen fragen und ihm Tipps geben, wie er in diesem Fall vorzugehen hätte.

Scheiß Geburtstag, dachte er. Wer feierte seinen Geburtstag in dem Alter mit halbtoten Verwandten und psychopathischen Nachbarn? Okay, seine Mutter hatte ihm vorgeschlagen, ein paar Kollegen aus dem Hegering einzuladen. Doch wollte er sich blamieren? In das spießige Eichenmöbelmuseum seiner Eltern zum Kaffee zu laden, würde ihn endgültig zum Volltrottel degradieren. Wieso war er nicht verreist? Irgendwohin, weit weg! Weil er feige war und Angst vor seiner Mutter hatte?

Scheiß Geburtstag!

Noch bevor er das Präsidium betrat, zog er im Auto sitzend sein Handy aus der Hosentasche und wollte die Sommerfeld anrufen, um ihr von der wiederholten ergebnislosen Durchsuchung des leer stehenden Hauses im Josef-Sprenger-Weg zu berichten. Das musst du nicht, sagte er sich mehr als einmal, das geht diese Frau überhaupt nichts an. Und doch hatte er das Verlangen, es ihr mitzuteilen. Was stimmt denn nicht mit mir? Genieße ich es, wenn man mich mit Dreck bewirft und niedermacht? Und so kam es dann auch. Sie kam ihm jedoch zuvor. Sie warf ihm Schlamperei vor, berichtete ihm erneut – was sie wohl eigentlich gar nicht vorhatte – von ihrer Inspizierung des Kellers, von Drogen und was sie dort alles entdeckt hätte. Ein Polizeisiegel an die Tür kleben, obwohl dort gar nichts untersucht worden war, ginge gar nicht, meinte die patzige Frau. Hinzu kam ein Haufen besserwisserischer Ratschläge. Nachdem er das Gespräch beendet hatte, ließ er einige resignierte Stoßseufzer heraus und schlug auf das Lenkrad. Am liebsten hätte er einen Wutschrei ausgestoßen. Warum war er bloß so verärgert? Weil er sich sicher war, dass die Sommerfeld ihm etwas verbarg? Mehr wusste, als sie ihm erzählte? Fleißig ermittelte, ohne ihn davon in Kenntnis zu setzen? Ja, so war es. Das war eine alte Ziege. Alle Frauen waren hinterlistige Ziegen, fand er. Seine Mutter betatschte und verhätschelte ihn und die Sommerfeld verarschte ihn nach Strich und Faden. Und als Mann nahm sie ihn schon gar nicht für voll. Ob sie ihn vielleicht attraktiv fand? Er hätte es schon gern gewusst.

Auf in die Höhle des Löwen, sagte er sich, stieg aus dem Wagen und ging auf das Gebäude zu. Er hoffte, dass sie ihm nichts schenken würden. Dann bräuchte er sich nämlich nicht zu revanchieren.

Hektisches Treiben im Präsidium. Im Erdgeschoss war es besonders schlimm. Er fuhr mit dem Fahrstuhl in die Etage, in der sich seine Abteilung befand, und steuerte auf den großen Raum zu, in dem bereits alle Kollegen zur morgendlichen Dienstbesprechung versammelt waren. Sie schienen gute Laune zu haben, schnatterten munter weiter, ohne ihn groß zu beachten. Er räusperte sich, rief ein »Guten Morgen« in den Raum und setzte sich auf seinen Platz. Er war froh, dass anscheinend nichts für seinen Geburtstag vorbereitet war. Er hasste Schöntuerei. Hinter seinem Rücken zerrissen sie sich die Mäuler über ihn, war er überzeugt. Doch zu früh gefreut. Aus einem Nebenraum kam Jenny, seine rechte Hand, mit einem Teewagen, den sie langsam vor sich herschob, herein, strahlte ihn an und sang dazu den Happy-Birthday-Song. Auf diesem alten Gefährt befand sich ein Gugelhupf mit einigen brennenden Kerzen, ein großer Strauß bunter Gartenblumen sowie zwei bestückte Sektkübel und Gläser. Das hätte er sich denken können, dass Hauptkommissarin Jenny Gehrke es sich nicht nehmen ließ, an seinem Geburtstag für ihn etwas vorzubereiten. Er war froh, dass er gestern außer Haus gewesen war und sie nicht das Gespräch mit ihm suchen konnte. Sonst hätte sie ihn womöglich genötigt, Brötchen und Kaffee aus der Kantine zu bestellen.

Die große, schlanke Jenny mit den roten langen Haaren ließ ihre Karre stehen, stürzte sich auf ihn und fiel ihm um den Hals. Sie roch gut, registrierte er. Trotzdem mochte er sie nicht. Sie sägte an seinem Sessel, auf dem er erst kurze Zeit saß. Ebenso wie der kugelrunde Hauptkommissar Mehmet Aksoy, der mit seinem Stuhl wippend vor sich hin grinste und sich dabei mit einem Zahnstocher die Zähne reinigte. Gehrke und Aksoy, beides sehr bemühte Mitarbeiter, musste er zugeben, doch hätte er gerne mehr ältere Kollegen um sich. So einen Kommissar, wie Blauländer einer gewesen war, zum Beispiel. Junges aufstrebendes Team, schön und gut, doch Wunder konnten sie auch nicht vollbringen.

Jenny verteilte Sekt, sie stießen auf seine 42 Lebensjahre an und warteten in der Runde stehend, dass er jemand beauftragte, belegte Brötchen aus der Kantine zu holen. Thunfisch und Lachs waren zurzeit der angesagte Belag. Doch nichts. Nach zehn Minuten, nachdem alle von ihrem Sekt getrunken und ihm gratuliert hatten, klatschte er in die Hände und bat sein Team, sich wieder zu setzen. Die SoKo-Hasseler-Makler-Sitzung konnte beginnen.

Scheffels Gedanken schweiften ab. Er schaute Jenny an, die ihm süßlich zulächelte, und überlegte, ob er ihr den Sekt bezahlen müsse. Mehmet grinste ihn überheblich an, während er äußerst dürftige Daten und Fakten vortrug. Seit vorgestern hatte sich nichts geändert, keine neuen Erkenntnisse. Die große Aktion, das Gelände um den Hasseler Bahnhof noch einmal absuchen zu lassen, brachte nichts außer immensen Kosten.

Nach einer halben Stunde erklärte er die Sitzung für beendet und verteilte die Aufgaben für den Tag. Den dicken Mehmet und die aufgebrezelte Jenny schickte er noch einmal ins verlassene Haus im Josef-Sprenger-Weg mit der Auflage, sich den Keller gründlich vorzunehmen. Anwohner hätten ihm berichtet, dass sich dort Drogenkonsumenten aufhalten würden. Nachdem Aksoy losbollerte, hätten sie schon, alles erledigt, und wütend fragte, wer denn das mit den Drogentypen gemeldet hätte, wurde Scheffel ungehalten.

»Ihr geht dahin und basta!«

Er dankte kurz für die Blumen und den Kuchen, erhob sich und beschloss, den Kiosk des Herrn Bahlke aufzusuchen. Vielleicht erfuhr er dort etwas Verwertbares. Ihm war zugetragen worden, dass Bahlke sich in der rechten Szene bewegen würde.

Scheffel starrte an die Decke und musste sich erst orientieren. Wo war er? Wer war die Frau neben ihm? Blonde Haare, hübsches Gesicht. Beides ließ sie im Schlaf wie ein Engel aussehen. Sein Herz begann zu klopfen. Er sah sich in dem Zimmer um, soweit es die Laterne vor dem

Haus zuließ, und so langsam dämmerte es ihm. Eindeutig ein Hotelzimmer. In der Ecke an der Wand ein Fernseher, helle Wände, moderne, schlichte Einrichtung.

Die Frau neben ihm war jedoch alles andere als ein Engel. Das war die Sommerfeld. Leise stand er auf, lief zum Fenster und zog den Vorhang, der bereits ein wenig offen stand, noch ein Stück zur Seite. Die Sonne war im Begriff aufzugehen, und ein Blick auf seine Uhr sagte ihm, dass bereits sieben Uhr durch war.

Er schaute auf den Boden vor Sommerfelds Bett. Ein wüster Haufen: Jacke, Jeans, Pulli, BH und Slip. Sein Blick streifte das andere Bett und den davorstehenden Stuhl. Wenigstens hatte er seine Sachen ordentlich darauf abgelegt. Er setzte sich auf die Kante seines Bettes und versuchte, sich zu erinnern. Sein Schädel brummte und sein Hals war trocken.

Scheiß Geburtstag! Genau!

Nachbarschaftsrunde an Bahlkes Kiosk. Nichts Neues erfahren. Zum Hasseler Bahnhof gefahren. Auf und ab gelaufen und Kaffee im »Brunnenhof« getrunken. Dann wollte er heimfahren, um pünktlich zu seiner Kaffeetafel anlässlich seines Geburtstags zu erscheinen. Er hatte die Torten schon vor sich gesehen. Stachelbeer-Baiser, Frankfurter Kranz, Russischer Zupfkuchen und Donauwellen mit übersüßen Kirschen aus dem Glas. Zu jeder Feier im Hause Scheffel die gleichen spießigen Torten. Tante Anni, Onkel Helmut, Tante Gerda, Onkel Albert, die bekloppten Nachbarn Elfriede und Hannes. Hahaha, Hihihi, läster, läster! Nein, er würde nicht nach Hause fahren, hatte er sich gesagt. Wer war er denn? Hunger hatte ihn geplagt. Er hatte ein Kännchen Kaffee nach dem anderen getrunken, bis er gegen 18 Uhr endlich gen Herten fuhr.

Als er das Alte Dorf in Westerholt passierte, verspürte er Lust auf ein Jägerschnitzel, parkte seinen Wagen und suchte das Lokal »Alt Westerholt« auf. Sollen sie doch warten, hatte er gedacht, diese olle Bagage. Endlich wollte er sich durchsetzen, schließlich war er jetzt 42 Jahre alt.

Und wer saß da einsam an einem Tisch in der Ecke neben dem lodernden Kaminfeuer? Die Sommerfeld! Sie schien genauso verzweifelt wie er. Und so aßen sie erst einmal beide ein Schnitzel mit Pilzen, Kroketten und Salat. Dazu tranken sie Wein, einen trockenen Riesling von der Mosel von 2016. Er lud sie natürlich ein, zu Schnitzel und Wein. Da sollte noch mal einer sagen, er wäre geizig. Ein Glas Riesling, ein weiteres und noch eins und noch eins. An mehr konnte er sich nicht erinnern.

Er ging zum Fenster und schaute hinaus. Wo war er? Das war doch die Schlossstraße im Dorf Westerholt, auf die er da blickte. Er befand sich im Hotel »Alt Westerholt«, das schräg gegenüber dem Gasthaus lag, wurde ihm klar. Wieso hatte er hier übernachtet? Weil er stockbetrunken war? Oder weil er scharf auf die Sommerfeld war und sie nicht mit zu sich nach Hause nehmen wollte?

Er vermutete, dass beides zutraf! Er sah an sich herunter und stellte fest, dass er nackt war.

Schmunzelnd konnte er seinen Blick nun nicht von Margareta wenden. Ein schönes Geburtstagsgeschenk zum 42.! Obwohl er es hasste, Geschenke zu bekommen. Doch dieses Geschenk war klasse! Schließlich war er kein Mönch und die Sommerfeld eine tolle Frau. Szenen der Nacht fielen ihm plötzlich durch dichten Nebel im Kopf wieder ein. Toller Sex! Auch wenn es völlig daneben war, gerade mit dieser neunmalklugen Privatdetektivin in die Kiste zu steigen. Hatte sie nicht einen Freund?

Er zog sich an, die Dusche sparte er sich. Sommerfeld schlief noch immer. Sein Handy zeigte drei Anrufe in Abwesenheit. Seine Mutter! Sicherlich machte sie sich Sorgen um ihn. Und wenn schon, dachte er. Er war alt genug und musste sich nicht bei Mutti abmelden. Bestimmt war sie wütend, dass er gestern zur Kaffeezeit nicht zu Hause erschienen war. Geschämt wird sie sich haben vor den Verwandten und den Nachbarn. Nein, er würde sich noch nicht bei ihr melden. Lediglich Jenny schickte er eine Nachricht, dass er später kommen würde. Dafür würde jeder im Team Verständnis haben. Immerhin hatte er gestern Geburtstag.

Er sah die schlafende Sommerfeld an. Wieso war es bloß dazu gekommen?, fragte er sich wieder und wieder. Er musste dringend seine Gedanken ordnen, und einen Kaffee brauchte er auch. Seine Ratlosigkeit machte ihn fertig. Wann war er das letzte Mal neben einer Frau aufgewacht? Ewigkeiten her. Die nach Simone kamen, konnte er allesamt vergessen. Er hatte es nicht darauf angelegt. Und musste es ausgerechnet die Sommerfeld sein?

Margareta begann sich zu räkeln. Plötzlich wachte sie auf. Panik stieg in ihm hoch. Was sollte er sagen?

Margareta kam ihm zuvor. Sie schlug die Augen auf, blickte ihn entsetzt an, sammelte sich aber sehr schnell. Wieso eigentlich? Weil es für sie selbstverständlich war, neben einem Mann aufzuwachen, den sie kaum kannte? Thomas Scheffel war äußerst skeptisch.

»Guten Morgen, Scheffel! Na, war es ein schöner Geburtstag?«

Das hörte sich an, als hätte sie es geplant. Ihn gewollt abgeschleppt. Nein, so war es nicht, wusste er. Es hatte sich so ergeben. Sie hatten einander gebraucht.

»Alles okay?«, fragte Margareta ihn und setzte sich im Bett auf.

»Ja, schon.« Mehr kam nicht von ihm. Er wusste nicht, was er sagen sollte.

»Hast du Angst vor deiner Mutter? Dass sie Theater macht? Was wirst du ihr sagen?« Margareta stieg aus dem Bett und begann völlig ungehemmt, sich anzuziehen. Auch sie verzichtete auf die Dusche.

»Was wirst du deinem Freund sagen?« Scheffel sah sie an und stellte fest, dass sie unheimlich gut aussah.

»Der ist Geschichte. Ich habe ihn vor die Tür gesetzt.« Margareta stöhnte, schnappte sich ihr Handy, um nachzusehen, welche Anrufe ihr entgangen waren.

Was war schon groß passiert?, fragte Scheffel sich. Wir sind erwachsene Menschen. Menschen trafen sich und gingen wieder auseinander. Was war dabei? Bloß nichts überbewerten. War ein schöner Abend. Gut gegessen, gut unterhalten, guter Sex. Er musste schmunzeln. Sommerfeld war nicht dumm, hatte moderne Ansichten. Sie würde ihm schon nicht lästig werden. Und wenn schon!

»Bereust du es?« Margareta kam auf ihn zu und strich ihm über sein Haar.

»Nein, wie kommst du darauf? Du etwa?« Er zog sie an sich, doch sie stieß ihn weg.

»Wir sind doch vernünftige Menschen. Das Beste ist, wir vergessen das Ganze und versuchen, es unter, was weiß ich, zu verbuchen.« Margareta wurde hektisch. »War ’ne tolle Nacht. Doch sollten wie ihr nicht zu viel Bedeutung beimessen. Okay?«

»Aber du frühstückst doch noch mit mir? Schließlich ist das Frühstück im Übernachtungspreis enthalten.« Hoffnungsvoll starrte er sie an. Einerseits wollte er sie loswerden und die Nacht schnell vergessen, andererseits hatte er Angst davor, dass sie einfach so aus seinem Leben verschwinden würde.

»Ach ja, bezahlen müssen wir ja auch noch.« Sie kramte in ihrer Handtasche nach ihrer Geldbörse.

»Das übernehme ich. Betrachte dich als eingeladen. Was ist nun mit dem Frühstück?«

»Sei mir nicht böse, Thomas. Ich muss jetzt allein sein.« Und schon war sie verschwunden. Aus dem Raum. Aus seinem Leben. Wie zärtlich sie »Thomas« gesagt hatte. Er setzte sich in den Frühstücksraum und genoss trotz allem das Frühstück. Seine Gedanken waren bei Margareta. Fragen über Fragen blieben unbeantwortet. Wer hatte dieses Hotel vorgeschlagen? Wer hatte den ersten Schritt getan? Hatte er ihr zu viel über den Fall erzählt?

»Lass uns wegen der toten Makler telefonieren«, hatte sie ihm hinterhergerufen.

Als er gerade sein Rührei aß, klingelte sein Handy. Seine Mutter. Sie ließ ihn kaum zu Wort kommen, als er das Gespräch angenommen hatte. Wo er denn gewesen sei? Sie wollte schon seine Kollegen benachrichtigen. Sorgen hätte sie sich gemacht. Und Papa erst. Was er sich denn erlauben würde und so weiter und so weiter. Tante Gerda und Tante Anni waren empört.

Er ließ sie reden. Als sie endlich Luft holte, sagte er nur: »Ich ziehe aus, Mutter. Ich muss endlich erwachsen werden.« Danach beendete er das Gespräch. Das musste reichen.

Er wollte sich den tollen Geburtstag, den schönen Abend und die Nacht nicht vermiesen lassen. Was seine beiden Tanten dachten, war das Letzte, was ihn interessierte. Er würde Willi holen, mit ihm eine Runde durch den

Hertener Schlosspark drehen und ihn anschließend mit ins Präsidium nehmen. Nach der Morgensitzung würde er nach Hause fahren, duschen und sich anschließend in dem alten Haus am Picksmühlenteich umsehen. Eine innere Stimme riet ihm, dort hinzufahren, egal was Gehrke und Aksoy zu berichten hatten.

23.

Margareta saß in ihrem Polo, der wieder einmal in Bochum-Wiemelhausen im Falterweg vor dem Haus ihrer Zielperson stand. Sie starrte gedankenverloren auf die pompöse Haustür. Ein sonniger Frühlingstag. Der Wettergott wollte mit aller Macht den Restwinter vertreiben. Margareta hing ihren Gedanken nach, die überwiegend um Thomas Scheffel kreisten. Der Himmel war stahlblau. Die Einsamkeit tat ihr gut. Sie brauchte Ruhe. Und was wurde aus dem Mörder der beiden Makler? Wann würde sie ihn endlich finden? Eine Stimme in ihr sagte, dass sie kurz davor war. Sie konnte ihn regelrecht spüren. Sie spürte allerdings auch noch etwas anderes. Sehnsucht nach Thomas Scheffel, dem ersten Hauptkommissar des KK 11 in Gelsenkirchen-Buer. Was willst du von diesem Muttersöhnchen, fragte sie sich wieder und wieder. Hast du nicht schon oft genug versucht, komische Typen zu resozialisieren? Immer erfolglos, oder etwa nicht? Doch bei Thomas hatte sie den Eindruck, dass er auf einem guten Weg war. Wie er ihr gestern Abend mit leuchtenden Augen erzählt hatte, wollte er bei seinen Eltern ausziehen, um seiner dominanten Mutter zu entkommen und endlich selbstständig zu werden. Irgendwann konnte sie seinen Erzählungen nicht mehr folgen, da der gute Tropfen, den sie in großen Mengen zu sich genommen hatte, ihr das Hirn vernebelte. Wer kam bloß auf die Idee, sich dort im Alten Dorf ein Hotelzimmer zu nehmen? Sie waren übereinander hergefallen wie ausgehungerte Seelen. Und das so kurz nach der Trennung von Henry. Sie musste zugeben, dass es ihr wenig ausmachte, dass er – nicht unfreiwillig – das Weite gesucht hatte. Dabei war sie so stolz auf ihr Sahneschnittchen gewesen. Außerdem hatte er ihr bei ihren ersten Schritten als Privatdetektivin sehr geholfen.

Nach dem Telefongespräch mit einer verbalen Abreibung ihrer Mutter, weil sie gestern bei Anna nicht anwesend sein durfte, ging sie unter die Dusche, schmiss sich in frische Klamotten und fuhr nach Bochum.

Diese einmalige Entgleisung würde die einzige bleiben, war sie sich sicher. Außerdem hatte sie beschlossen, die Sache ganz schnell zu vergessen. Es war besser so. Neue Komplikationen konnte sie nicht gebrauchen. Sicherlich war das auch in Thomas' Interesse. Sie haben mit dieser Nacht niemandem geschadet. Basta!

Gegen 13 Uhr – ihr Hirn arbeitete nun wieder auf Hochtouren – atmete sie tief durch und fuhr zurück nach Gelsenkirchen. Zuerst wollte sie sich Norbert Koslowski vorknöpfen, anschließend Gisbert. Sie spielte außerdem mit dem Gedanken, diesem Ossipärchen einen Besuch abzustatten, was sicherlich nicht schaden konnte. Sie musste sich selbst ein Bild von diesen Leuten machen. Doch es sollte anders kommen.

»Hier hat man diesen arroganten Ommerborn vor zwölf Tagen gefunden«, sprach Margareta mehr zu sich selbst. Der Zufall wollte es, dass sie Thomas Scheffel am kleinen Bahnhof Hassel traf. Doch irgendwie glaubte Margareta nicht an einen Zufall. Das war Vorsehung, war sie überzeugt. Wie ein Sog hatte es sie hierhergezogen und Thomas Scheffel anscheinend auch.

Rush Hour, auch hier im dörflichen Idyll. Leute stiegen aus dem Zug und liefen zu ihren Autos und umgekehrt. Regio-Züge, mal aus der einen Richtung, mal aus der anderen, hielten mit quietschenden Bremsen, Durchsagen erfolgten, Fahrgäste wurden ausgespuckt und im Gegenzug eingesaugt. Sie deutete auf einen kaum noch sichtbaren Kreideumriss auf dem Gleis. »Wer hat ihn hierhergebracht, nachdem man ihn vergiftet hat?«

Thomas lächelte und schaute sie an. »Jemand wird ihn mit dem Auto hierhergeschafft haben. Vielleicht waren es auch zwei. Der Täter, wenigstens einer von beiden, muss also ein Fahrzeug besitzen. Ein Zeuge hat am besagten Morgen einen weißen Kastenwagen mit hoher Geschwindigkeit vom Parkplatz fahren sehen.«

Margareta schaute ihn neugierig an. »Weißer Kastenwagen? Wer fährt so ein Auto? Da kommen doch bestimmt ganz viele infrage.«

»Bahlke fährt so einen Wagen. Doch der hat für die Tatzeit ein Alibi.« Thomas schaute zu den Pferden auf der Koppel des gegenüberliegenden Bauernhofes und dachte nach. »Wieso hat er ihn erst vergiftet und dann hierhergebracht und auf das Gleis gelegt? Damit das eintreten sollte, was er vorhatte? Nämlich, dass der Zug ihn überrollt und ihn in seine Einzelteile zerlegt? Das Gift hätte man trotzdem nachweisen können. Okay, nicht im Blut. Im Dickdarm kann man es allerdings bis zu 72 Stunden nachweisen.«

»Rizin, nicht wahr?« Margareta sah ihn an, und ihr Herz begann, schneller zu schlagen. Nicht an die Nacht denken, mahnte sie sich. Nicht an die Nacht denken. Bleibe sachlich.

»Woher weißt du das mit dem Rizin schon wieder?«

»Von Bahlkes Stammtisch. Konkret: von Norbert Koslowski.«

»Du meinst, er hat mit den Morden etwas zu tun?«

»Mit denen, die geschehen sind, vielleicht nicht, doch mit dem dritten, der in Planung ist, eventuell.«

Thomas Scheffel sah sie verdutzt an. »Du sprichst in Rätseln.«

Sie schlenderten an diesem sonnigen Spätnachmittag den Weg parallel zu dem Bahngleis zwischen Wiesen und Feldern entlang. Margareta erzählte ihm die Story von dem angeblich von Koslowski angeheuerten alten Ossipärchen.

Mit weit aufgerissen blauen Augen sah Thomas sie an. »Du willst mir einen Bären aufbinden? Der etwas tüttelige Koslowski und ein uraltes Gaunerpärchen aus dem Osten? Das hast du dir ausgedacht!«

»Von wegen. Mein Bruder Gisbert ist seitdem total fertig. Er hat sie im Nebenhaus entdeckt. In einer Wohnung, die laut Hausbesitzer nicht vermietet ist und leer steht. Gisbert kann seitdem nicht mehr schlafen, beobachtet seinen Nachbarn, der nicht mehr mit ihm spricht, und diese Leute in der Wohnung. Ich wollte bei diesem suspekten Paar nachher an der Wohnungstür klingeln. Vielleicht öffnen sie.«

»Soll ich das machen? Ganz offiziell?«

»Ich weiß nicht. Nachher handelt es sich nur um einen harmlosen Verwandtenbesuch und einer der Alten kriegt eine Herzattacke.«

»Dann lasse ich dir den Vortritt. Du wolltest dir doch sowieso Koslowski noch mal vornehmen, hast du erzählt.«

Margareta wunderte sich, dass er so liebevoll und überhaupt nicht so aggressiv wie sonst mit ihr umging. Was eine tolle Nacht doch ausmachte.

»Mit dem Keller hattest du übrigens recht. Meine Leute haben diesen eigenartigen wohl nach Jahren geschaffenen Kellerraum heute Morgen entdeckt, die Drogen und auch die leere Weinflasche sowie das Bettenlager. Egal, wer sich da immer aufgehalten hat, damit ist nun Schluss.«

»Vielleicht hätte man sich dort auf die Lauer legen sollen.«

»Wie lange will man da warten? Außerdem funktioniert der Siedlungsfunk tadellos. Derjenige ist sicherlich schon vorgewarnt, das kannst du mir glauben.«

Sie liefen der warmen Frühlingssonne entgegen. In weiter Ferne konnte man die Sankt Michael-Kirche sehen. Schweigeminute, jeder hing seinen Gedanken nach.

Als sie sich eine halbe Stunde später voneinander verabschiedeten, reichte sie ihm den kleinen Beutel mit dem Weltkugelanhänger. Sie wollte mit offenen Karten spielen. Er tat es schließlich seit gestern auch.

Er lächelte, tastete den Beutel ab und steckte ihn ein, nachdem Margareta ihm erklärt hatte, wo sie den Anhänger gefunden hatte und wem er vielleicht gehörte.

Sie verabschiedeten sich wie gute Freunde. Thomas hatte es plötzlich eilig, da sein Willi im Auto wartete. Margareta konnte nicht umhin, mit zu seinem Wagen zu laufen, um den niedlichen Dackel zu begrüßen.

Am Abend wollten sie miteinander telefonieren.

Eine halbe Stunde später stand sie vor Koslowskis Haustür. Die Sonne hatte sich hinter der riesigen Kastanie vor seinem Haus versteckt. Die Uhr zeigte bereits 18.30 Uhr.

»Mach auf, Norbert! Ich weiß, dass du da bist. Ich will hören, wie die Geschichte weiterging. Wir waren noch nicht fertig miteinander. Los, öffne die Tür.«

Margareta konnte Schlagermusik im Haus hören und nun auch Norberts leises Fluchen. Was war bloß in ihn gefahren? Warum verhielt er sich so? Erneut klingelte sie an der Tür. Wieder sein Fluchen im rauen Ruhrpottjargon. Nun versuchte sie es mit An-die-Tür-Hämmern. So kräftig, bis ihre Faust schmerzte.

Sie hörte ihn heranschlurfen, zwei Mal den Schüssel im Schloss umdrehen, bevor sich die Tür einen winzigen Spalt öffnete.

»Hau ab, Margareta. Mir geht et nich gut. Wat willze denn?«

Ihr bot sich ein Anblick des Grauens. Unrasiert, mit fettigem, ungekämmtem Haar in einem fleckigen Pulli, präsentierte er sich in dem schmalen Türspalt. Der Duft, der ihn umgab, war nicht ohne, ein Gemisch aus Mittagessen und Schweiß.

»Ich will mit dir reden, Norbert. Warum hast du nicht sofort geöffnet? Ich dachte schon, du sitzt im Garten.«

»Wat soll ich da? Hat sowieso allet kein' Zweck.« Tränen traten in seine Augen, die in tiefen Höhlen lagen.

Bestimmt war er schwer krank, vermutete Margareta und verspürte plötzlich Mitleid mit ihm.

»Warum lässt du mich nicht rein? Lass uns reden, Norbert. Mit Gisbert sprichst du auch nicht. Warum?«

»Hat allet kein' Zweck mehr«, wiederholte er sich. »Verschwinde, Margareta!«

»Lass mich doch kurz reinkommen. Was ist denn passiert? Du weißt doch was. Was hat es mit diesen Leuten auf sich, die beim Freese wohnen? Hast du sie hergeholt? Gisbert hat doch gesehen, wie der Kerl in dein Haus verschwunden ist.«

»Der träumt. Und nun hau ab!«

»Wie du willst. Dann gehe ich rüber zu den Leuten und frage sie selbst.«

Norbert knallte ihr die Tür vor der Nase zu. Sie lief eine Tür weiter zum Haus ihres Bruders.

Sie musste mit einer neutralen Person sprechen, bevor sie die Nerven verlor. Plötzlich zog sie alles in Zweifel, vor allem die Nacht mit Thomas Scheffel. Hätte sie es nicht tun dürfen? Vielleicht konnte er ihr nützlich sein. Zusammen würden sie den Mörder finden, hatte sie noch ein klein wenig Hoffnung.

Gisbert öffnete die Tür und überschüttete sie sogleich mit Vorwürfen. »Lässt du dich auch mal hier sehen«, »wieso besuchst du zuerst diesen Penner, der eh nicht spricht«, »wieso gehst du nicht ans Telefon?«, »Udo Urbat ist ebenfalls sauer auf dich, meldest dich gar nicht mehr bei ihm« und so weiter.

Er ließ sie in die Küche, die einen aufgeräumten Eindruck machte. Auch Gisbert selbst war wieder wie aus dem Ei gepellt. Die Arbeit schien ihm gutzutun, obwohl er sogleich loslegte und sich über seine miesen Kollegen beschwerte, die angeblich allesamt nichts taugten.

»Wo warst du? Ich versuche, dich seit gestern zu erreichen.« Er goss ihr eine Tasse Kaffee ein und setzte sich zu ihr an den Tisch.

»Ich war aushäusig. Kann doch auch mal einen Tag von der Bildfläche verschwinden, oder etwa nicht?«

»Hast du dich mit Henry wieder vertragen?«

»Nein, wieso? Es gibt doch andere Männer außer Henry.«

»Du hast einen neuen Typen? Und ich dachte schon, du und Udo?« Er grinste sie unverschämt zweideutig an.

»Wie kommst du darauf? Er ist ein guter Freund, doch mehr nicht.« Am liebsten hätte sie sein Haus sofort verlassen. Sie hasste es, wenn jemand ihr zu nahe trat und sich in ihre Angelegenheiten mischte.

»Waltraud ist auch sauer auf dich. Du hättest sie nicht mitgenommen, als du Anna aufgesucht hast«, musste er eins drauflegen.

»Musste ich auch nicht. Es ging um Annas Rollator und nicht um Waltraud. Außerdem bin ich an einem Fall in Bochum dran. Von irgendwas muss ich leben.«

»Hat Norbert dich nicht reingelassen? Dieser Querkopf!«, wechselte er das Thema.

»Er sah schlecht aus. Hat er was zu verbergen? Wächst ihm alles über den Kopf?«

»Kann schon sein. Das Neueste weißt du ja noch gar nicht. Ich war gerade, als ich von der Arbeit kam, kurz an Bahlkes Kiosk. Stell dir vor, die Bude ist dicht. Bahlke ist abgehauen. Mit Sack und Pack. Keiner weiß, wieso.«

»Da wird sein Alibi nicht wasserdicht gewesen sein«, schmunzelte Margareta.

»Was redest du da? Was für ein Alibi? Stand Bahlke denn unter Verdacht? Der hatte doch überhaupt kein Motiv.«

»Man hat seinen Kastenwagen zur Tatzeit am Hasseler Bahnhof gesehen. Am Leichenfundort von Ommerborn. Aber behalte das für dich.«

»Von wem weißt du das schon?«

»Ist doch egal. Ich gehe jetzt rüber zu diesen Ossis.«

»Bist du verrückt?«

»Kann schon sein!«

Margareta stand von ihrem Stuhl auf und war schon durch die Haustür verschwunden.

Keine Viertelstunde später stand Margareta am spärlich gedeckten Abendbrottisch – einem Abendbrottisch eines Arbeiterhaushaltes in den 1970er-Jahren – der ostdeutschen Besucher, die in der Freese-Wohnung eine vorübergehende Bleibe gefunden hatten. Unterwürfig freundlich hatte der Herr, der sich ihr als Ronny Koscheiky vorstellte, die Tür geöffnet und sie hereingebeten, was Margareta gar nicht zu hoffen gewagt hatte. In der karg eingerichteten Wohnküche, in der alte weiße Küchenmöbel aus einer anderen Epoche vorherrschten, saß seine Frau an einem Küchentisch mit vermackter Resopalplatte und vier zarten Metallbeinen. Sie schmierte gerade Brote mit Margarine und Marmelade, dazu tranken sie aus großen Pötten Kaffee.

»Das ist Lotte, meine Frau«, stellte Ronny die schmale Dame vor.

Die schlanke Frau im bunten Polyesterkleid fuhr sich verschämt über ihren grauen Dauerwellkopf und nickte nur ergeben.

»Entschuldigen Sie, dass ich hier so reinplatze. Ich bin Margareta Sommerfeld, die Schwester von Gisbert Sommerfeld, der nebenan in dem Haus wohnt.«

Nun fing der riesige Ronny, der in einem monströsen Jogginganzug steckte, polternd an zu lachen. Die Abendsonne, die ins Fenster fiel, ließ seine roten nach hinten gekämmten Haare noch intensiver leuchten.

»Das ist Ihr Bruder, der ständig mit dem Feldstecher hier reinglotzt? Der denkt wohl, wir sind blöd und merken das nicht.«

»Ist halt nur, weil Herr Freese ständig beteuert, dass sich in dieser Wohnung niemand aufhält. Das machte ihn halt neugierig. Sein Freund und Nachbar Norbert Koslowski hüllt sich ebenfalls in Schweigen, obwohl Gisbert gesehen hat, dass Sie eines Abends bei ihm vor der Tür standen.«

Wieder lachte der riesige Vesuv, schaute aber schon weniger freundlich.

»Norbert ist mein Neffe. Und da meine Zeit auf Erden abläuft – ich bin schwer krank, müssen Sie wissen – wollte ich ihn noch mal besuchen, und da hat er mir diese günstige Bleibe besorgt, ganz bei sich in der Nähe.«

Koslowski hat doch in seinem Haus Platz genug, wunderte Margareta sich.

Lotte verzog keine Miene, aß mühselig kauend – wohl ohne Gebiss – ihr Marmeladenbrot mit gesenktem Blick. Noch nicht mal einen Stuhl bot sie Margareta an, die sich nicht genug über den Abendbrottisch wundern konnte. Wie bei der Armenspeisung, dachte sie, innerlich kopfschüttelnd.

Auch Ronny war wenig gastfreundlich, was zuerst anders herüberkam. Immerhin hatte er sie sofort in die Wohnung gelassen.

»Warum machen Sie so ein Geheimnis aus diesem Besuch? Wieso streitet Norbert ab, Sie zu kennen?« Margareta wurde aus dieser Aktion nicht schlau. Sollte es sich tatsächlich um ein Killerpaar handeln? Ein riesiger dominanter Ossiopa und ein total verschüchtertes Mütterchen?

»Ja, das weiß ich auch nicht. Als wir telefonierten, war Norbert wohl betrunken. Schon drei Tage später konnte er sich an unsere Abmachung nicht mehr erinnern und tat so, als würden wir uns nicht kennen.«

Eine Menge Fragen brannten Margareta unter den Nägeln. Vor allem die, weshalb Freese abstritt, die Wohnung vermietet zu haben.

»Wieso verschwinden Sie nicht wieder, wenn Ihr Neffe sich so verhält?«, war die letzte Frage, die Margareta dem Riesenmann stellte, bevor er sie mit den Worten »Das geht Sie gar nichts an« vor die Tür setzte.

Ziemlich verdattert stellte sie fest, dass sie nicht mal gefragt hatte, ob er einen Auftrag zu erfüllen hatte. Bei Freese anzuklingeln und ihn mit den Tatsachen zu konfrontieren, verwarf sie wieder.

Auf der Heimfahrt schickte ihr Hirn ihr einen Geistesblitz.

Onkel Ronny!

War Onkel Ronny nicht auf der Beerdigung von Norberts Sohn Kevin gewesen? Sie stellte sich diesen Riesengreis sieben Jahre jünger und 20 Kilo schlanker vor. Ja, genau! Sie hatte Onkel Ronny schon mal gesehen und auch von seinen Vorstrafen erfahren.

Seit Dienstag hatte sie nichts mehr von Udo Urbat gehört. Okay, einige Male hatte er ihr auf die Mailbox gesprochen. Ein ungutes Gefühl nagte an Margareta, während sie gen Heimat fuhr. Sie hätte ihn in Kenntnis setzen müssen, was den ominösen Keller betraf. Auch vom Aufeinandertreffen mit Zielinski sollte er wissen. Nicht die feine Art, dachte sie. Sie musste schmunzeln. Wenn er wüsste, dass sie die letzte Nacht mit Scheffel im Bett gelegen hatte, wäre ihre Freundschaft wohl aus. Shit happens, dachte sie nur.

24.

Das schlechte Gewissen trieb sie am Freitagmorgen nach Bochum. Am späten Vormittag postierte sie sich vor dem Haus ihrer Zielperson und konzentrierte sich auf ihre Arbeit. Schließlich musste sie ihre Brötchen verdienen, ob sie wollte oder nicht. Krampfhaft versuchte sie, das gestern Gehörte zu verdrängen, ihm nicht so viel Bedeutung beizumessen. Ob Bahlke, Koslowski oder diese alten Leutchen aus dem Osten, Ronny und Lotte, allesamt waren sie nicht normal, sagte sie sich mehr als einmal. Sie musste unbedingt mit Thomas Scheffel sprechen. Das Telefongespräch gestern Abend konnte nicht alle Ungereimtheiten klären. Er war nicht mehr so gesprächig wie noch am Nachmittag gewesen. Tat es ihm etwa leid, aus dem Nähkästchen geplaudert zu haben? Irgendwie baute sich zwischen ihnen eine Mauer auf, hatte sie das Gefühl.

Dieses Mal hatte sie sich hinter einen kleinen Kombi platziert, um so wenig wie nötig aufzufallen. Wie lange würde sie hier noch stehen müssen, um herauszufinden, ob an dieser Bankrotterklärung des Mannes etwas dran war? Sie zog eine Banane aus der Tasche, um diese genüsslich abzupellen, da ging die Haustür schräg gegenüber auf und ihre Zielperson erschien auf der Bildfläche. Jogginganzug, schwarze Steppjacke darüber, die offen stand. Das Haar war nicht gekämmt. Der Mann schien es eilig zu haben, schwang sich in seinen Daimler, den er in der Einfahrt geparkt hatte, legte den Rückwärtsgang ein und schoss auf die Straße.

Den hole ich nicht mehr ein, dachte Margareta, während sie die Banane auf den Beifahrersitz warf und zu wenden versuchte. Als sie vom Falterweg in den Immenweg und später in die Markstraße einbog, hatte sie den Kerl aus den Augen verloren. Doch schon wenig später erblickte sie seinen Wagen vor sich. Nur zwei Fahrzeuge befanden sich zwischen ihnen. Konnte er eigentlich so ein teures Auto fahren, wenn er angeblich pleite war? Eine Ermittlerin in einem kleinen Polo war dagegen das Allerletzte, fand sie. Wann würde sie sich endlich ein schnelleres Auto leisten können? Sie seufzte, als sie eines der beiden Fahrzeuge überholte. Hatte der Mann bemerkt, dass er verfolgt wurde? Sie unterfuhren die Universitätsstraße und landeten nach ein paar Kurven auf dem Opelring, den ihre Zielperson sofort verließ und den Nordhausen-Ring befuhr. Irgendwann ging der Nordhausen-Ring in den Sheffield-Ring, später in den Castroper Hellweg über. Das hätte Margareta sich nicht träumen lassen. Eine Hetzjagd quer durch Bochum, das hatte was. Sie überfuhren die A43. Endlich einmal kam Leben in ihr lahmes Ermittlerdasein. Der Kerl legte ein nur mäßiges Tempo vor. Taktik? Vielleicht will er mich auf ein einsames Gelände locken, um mir eine Kugel in den Kopf zu jagen. Ihre Fantasie schlug Purzelbäume. Sie war völlig überdreht, als der Mann nach einigen Minuten und gefühlten zehn Kilometern den Blinker rechts setzte und in den Bövinghauser Hellweg einbog. Fast wäre sie ihm hinten aufgefahren, als er abrupt bremste und rechts auf ein Firmengelände fuhr. Margareta setzte den Blinker rechts und parkte in sicherer Entfernung auf dem Parkstreifen. Der Daimler der Zielperson wurde vom Gelände dieser Firma geschluckt.

Sie stieg aus und schlich an der hohen Hecke entlang, bis sie einen Blick auf die Umgebung dieses Firmengeländes hatte. Vor zwei großen Hallen und einem flachen Bürogebäude befand sich ein Parkplatz, auf dem überwiegend alte Fahrzeuge sowie zwei Wohnmobile standen. Die dichte Hecke bot ihr Schutz, nicht entdeckt zu werden. Vor der Halle standen zwei weitere Daimler in Schwarz, die ziemlich neu aussahen. Davor zwei südländisch aussehende Herren, die ihre Zielperson begrüßten. Es wurde gelacht und sich lautstark unterhalten, sich gelegentlich gegenseitig auf die Schulter geklopft. Man kannte sich gut, was unschwer zu erkennen war.

Was ging hier ab?

Nun holte einer der Männer aus dem Kofferraum des rechten Autos zwei Nummernschilder. Der andere schraubte von dem linken Fahrzeug das hintere ab. Was hatte das zu bedeuten? Margareta verließ ihren Heckenausguck und schlich zu ihrem Polo zurück. Mit stark klopfendem Herzen wählte sie die Nummer einer ihrer Auftraggeber, berichtete ihm, was sie gesehen hatte, und gab ihren Standort, Navigationsgerät sei Dank, durch.

Nun hieß es abwarten. Es dauerte keine zehn Minuten, da rückte die Polizei mit zwei Einsatzfahrzeugen an. Ein weiteres folgte nach geraumer Zeit.

Sie startete ihren Wagen, wendete ihn und fuhr zurück. Gern hätte sie einen Blick auf das Firmengelände geworfen, hielt es jedoch für zu gefährlich. Ihr Auftraggeber rief sie wenig später an, als sie sich bereits auf dem Heimweg nach Gelsenkirchen befand, und erklärte ihre Observation für beendet. Der Kerl stünde schon länger in Verdacht, einem Autoschieberring anzugehören. Wie schön, dass ich das auch mal erfahre, dachte sie. So gefährlich hatte sie den Auftrag gar nicht eingeschätzt. Das hätte für sie auch anders ausgehen können. Ihr Auftraggeber hatte sich freundlich bedankt und ihr beiläufig erzählt, dass er eine weitere Aufgabe für sie hätte. Jedoch erst ab Dienstag, da die neue Zielperson, ein sogenannter Love-Scammer, sich zurzeit noch im Ausland aufhalten würde. Der Ermittler, der an ihm dran wäre, hätte nicht das nötige Feingefühl, weswegen er abgezogen wurde. Sie sollte sich an die Fersen dieses Mannes, wohnhaft in Dortmund, heften, um ihm Heiratsschwindel nachzuweisen. Er würde sich seine Opfer in einem einschlägigen Tanzlokal suchen. Margareta musste lachen. Hatte sie nicht selbst mal einen Heiratsschwindler kennengelernt und sich sogar in ihn verliebt? Sie gab Gas und wechselte von der A43 auf die A2. Sie platzte vor Stolz. Einem anderen Ermittler wurde der Auftrag entzogen, weil man sie für geeigneter hielt. Wie gut, dass sie heute rechtzeitig zur Stelle war und dieser Autoschieber gefasst wurde. Nicht auszudenken, wie lange sie noch vor seiner Tür hätte ausharren müssen, um auf eine nächste Gelegenheit zu warten, falls es diese überhaupt gegeben hätte. Das musste sie unbedingt Thomas Scheffel erzählen. Gleich wenn sie zu Hause war, würde sie ihn anrufen. Drei freie Tage lagen vor ihr. In denen würde sie sich um Annas Rollator und um die Hasseler Mordfälle kümmern.

Auf der Fahrt nach Hassel, einem der beiden nördlichsten Stadtteile Gelsenkirchens – Margareta wusste nicht, ob sie gerne diesem Elend entgegenfuhr oder eher nicht –, meldete sich Thomas Scheffel auf ihrem Handy. Freudig erregt ließ sie ihn gar nicht zu Wort kommen, überschüttete ihn mit ihren Neuigkeiten, berichtete ihm von dem gelösten Fall in Bochum und von dem neuen Auftrag.

»Werden wir uns vorher sehen, bevor du nach Dortmund aufbrichst?«, fragte Thomas mit leiser Hoffnung in der Stimme. »Telefonieren ist zwar schön und gut, doch besser wäre es, sich zu treffen und es nicht dem Zufall zu überlassen. Was meinst du?«

»Eine gute Idee. Dortmund ist allerdings nicht am Ende der Welt, und ich habe auch nicht vor, dort zu übernachten«, antwortete sie mit klopfendem Herzen. »Komm doch morgen zu mir. Nachmittags? Zum Kaffeetrinken? Weißt du, wo ich wohne?« Während sie die Worte aussprach, fragte sie sich, ob sie total verrückt war, ihn in ihre Chaosbude, in der sie schon seit Wochen kaum mehr einen Finger gekrümmt hatte, einzuladen. Was sollte er denken? Dass sie das, was im Hotel passiert war, wiederholen wollte?

Er reagierte jedoch ganz locker und freute sich über die Einladung. Als sie ihm erzählte, dass sie auf dem Weg nach Hassel sei, schwieg er einige Sekunden.

»Ich habe mir erneut den Keller in dem alten Haus angeschaut, doch nichts Interessantes entdeckt. Da waren meine Kollegen wohl diesmal sehr gründlich. Dann habe ich diese Koscheikys überprüft. Der Kerl hat ja ein ganz schön prächtiges Vorstrafenregister. Alle Achtung. Über Bahlke habe ich auch einiges erfahren können. Dieser anonyme Anrufer hatte sich übrigens noch einmal bei Kommissar Aksoy gemeldet. Er behauptete steif und fest, dass die Morde mit einer alten Geschichte auf dem Zechengelände zusammenhängen. Mehr konnte Aksoy nicht erfahren. Vielleicht nur ein Wichtigtuer. Und du? Hast du was Neues aus Hassel zu berichten?«

»Vielleicht hängt dieser Detlev Rahnfeldt da mit drin. Ganz koscher erscheint der mir nicht. Ich werde zuerst mal meinen Bruder aufsuchen. Mal sehen, was er wieder so Dringendes hatte. Am Telefon war er ziemlich aufgeregt. Ich glaube, das hing mit diesem Onkel Ronny zusammen.«

»Ich sehe jedoch keinen Grund, diesen Herrn Koscheiky aufzusuchen und zu befragen. Noch hat er sich in Gelsenkirchen nichts zuschulden kommen lassen.«

»Klar, da hast du recht«, stimmte Margareta ihm zu.

»Melde dich doch heute Abend, okay? Ich habe momentan privaten Ärger. Erzähle ich dir nachher. Falls du es überhaupt hören willst.«

»Aber klar. Mit deiner Mutter?«

»Nein, mit Karl vom Hegering. Er will nicht kapieren, dass ich der Jägerschaft den Rücken kehren möchte. Alles hat seine Zeit, und unsere gemeinsame ist vorbei. Doch das will er nicht einsehen, verlangt ewige Dankbarkeit.«

»Das musst du mir später genau erzählen.« Sie beendete das Gespräch und bog von der Polsumer Straße in die Lessingstraße ein. Sie fragte sich, worüber sie sich mehr freute, über die privaten Dinge, die Thomas wie selbstverständlich mit ihr teilen wollte, oder dass er ihr von seinen Ermittlungen berichtete. Sie entschied sich für die zweite Variante. Von einer Mauer, die sich zwischen ihnen aufbaute, war nichts mehr zu spüren gewesen. Da hatte sie wohl wieder einmal die Flöhe husten hören.

Bevor sie die Körnerstraße entlangfuhr, in der ihr Bruder, Norbert und die Koscheikys wohnten, wollte sie erst nachschauen, ob Bahlkes Trinkhalle tatsächlich geschlossen war. Als sie davor ihrem Auto entstieg, bot sich ihr ein trauriger Anblick. Der Eingang war vergittert, Zeitungsbündel waren zwischen die Gitterstäbe gepresst worden und fristeten am Boden ein armseliges Dasein. Der Colatisch davor war verwaist. Eine Elster suchte darauf nach letzten Krümeln und entleerte sich dabei ausgiebig mitten auf der Tischdecke. Diese Stille war fast unheimlich. Die Tauben am Horizont drehten brav ordentlich aufgereiht ihre Runden, mal eine Acht, dann wieder nur einen Kreis. Sie hatten sichtlich Freude daran. Margareta interessierte, wer von ihnen wohl die Richtung vorgab. Eine Wildtaube saß an der Dachkante des Kiosks und beobachtete Margareta mit lautem »Ruckedigu«.

Wieso hatte Martin so plötzlich das Weite gesucht? War er allein auf und davon oder hatte er seine Familie mitgenommen? Das musste sie unbedingt in Erfahrung bringen. Bei den Bahlkes an der Haustür anzuklingeln, verwarf sie schnell wieder. Sicherlich wusste Thomas mehr.

Der aufgeregte Gisbert kam ihr schon regelrecht entgegengesprungen, kaum dass sie vor seinem Haus geparkt hatte.

»Du hast schon Feierabend?«, fragte Margareta ihren Bruder.

»Ja, heute ist Freitag, liebe Schwester, und wir haben bereits 15 Uhr.«

»Beamte, pah!« Sie schob ihn regelrecht vor sich her, hinein in seine kleine Zechenhütte. »Was gibt es denn so Wichtiges?«

»Die haben ihr Hab und Gut gepackt und wollen weg, Onkel Ronny und seine Alte. Bei Norbert haben sie vorhin Sturm geklingelt und an der Tür gepoltert. Doch der störte sich nicht. Freese sprang im Dreieck, wollte wahrscheinlich die Miete von den Leuten.«

Die Geschwister stapften die enge Holztreppe zum Schlafzimmer empor und begaben sich sofort zum Fenster. Von den Koscheikys war jedoch nichts mehr zu entdecken.

»Hab ich es mir doch gedacht. Die sind auf und davon, in Richtung Heimat. Er hatte die Faxen dicke, dieser Ronny. Wer weiß, was Norbert dem versprochen hat. Redet ja nicht mehr mit mir, dieser Trottel. Stellt sich tot.«

»Ist er denn zu Hause?«, wollte Margareta wissen.

»Wo soll der schon sein? Bei Bahlke geht ja nun nicht mehr.«

»Alle verschwinden. Erst Bahlke, dann die Ossis. Was die bloß wollten? Meinst du echt, Norbert hat die angeheuert? So ein Blödsinn, die bei dem Freese unterzubringen, wo er doch Platz genug hat.«

»Falsche Fährte legen!« Gisbert kam sich unheimlich schlau vor. »Der liebe Norbert hat im besoffenen Kopf schon viel Mist gebaut. Als er dann von dem angeblichen Auftrag nichts mehr wissen wollte, suchte sein Onkel das Weite.«

»Und Bahlke? Warum ist Bahlke weg? Hat er seine Familie mitgenommen?«

»Frau und Kinder sind zu ihren Eltern nach Bochum gezogen, habe ich gehört. Er hätte Schulden gehabt. Das Wasser hätte ihm bis zum Halse gestanden, erzählt man sich.«

»Was du aber auch alles weißt! Allerdings erzählst du mir auch nicht alles, lieber Bruder.«

»Ich weiß nicht, was du meinst?« Gisbert senkte seinen schuldbewussten Blick.

»Was mit Norbert nicht stimmt, meine ich. Zum Beispiel, wie weit er mit der Mordsache zu tun hat. Du weißt doch was?«

Gisbert druckste herum und sah seine Schwester zerknirscht an.

Inzwischen hatten sie an seinem Küchentisch Platz genommen.

»Mir geht eine Sache nicht mehr aus dem Kopf. Am Abend, bevor man den Makler tot auf dem Bahnhofsgleis fand, gab es nebenan Streit. Ommerborn hatte Norbert einen Besuch abgestattet. Natürlich wollte er ihn wieder aus seinem Haus vertreiben. Es ging ganz schön heftig zu. Ich bin rüber, wollte schlichten, doch kam wohl nicht gelegen. Plötzlich war Schweigen im Walde angesagt, und ich bin wieder gegangen, wollte mich nicht auch noch mit diesem Kerl anlegen. Norbert war es außerdem nicht recht, dass ich mich einmischen wollte. Später habe ich gehört, wie eine dritte Person dazukam. Ganz schön laut wurde es drüben.«

»Dann war also Norbert der Rentner, der am Abend vor Ommerborns Tod von ihm bedrängt wurde? Das muss ich doch wissen. Wieso hast du mir das nicht erzählt?« Nervös zog Margareta eine Stoffblume aus der Vase, die mitten auf dem Tisch stand, und entriss ihr die Blütenblätter.

»Ich wollte da nicht mit hineingezogen werden nach der Sache mit Stalewski. Wer weiß, was da noch nachkommt. Ich steckte schon viel zu tief drin.«

»Du meinst, Norbert hat mit dem Mord an Ommerborn was zu tun? Oder ist er gar in beide Morde involviert? Denkst du das?«

»Nein, das muss es nicht heißen. Sonst hätte ich dich ja gar nicht dazu gerufen. Ich konnte es dir allerdings nicht sagen. Du hättest wieder einen Riesenfilm daraus gemacht.«

»Was heißt das denn, einen Riesenfilm daraus machen? Tickst du noch ganz richtig? Mache ich aus allem einen Riesenfilm?«

»Jetzt wirst du es diesem Scheffel erzählen, nicht wahr?«

»Worauf du dich verlassen kannst, lieber Bruder. Du behinderst Ermittlungsarbeiten. Polizeiliche sowie auch meine, zu denen du mich persönlich beauftragt hast. Schon vergessen?« Wutentbrannt sprang Margareta von ihrem Stuhl auf, verließ das Haus ihres Bruders und lief zu ihrem Polo. Bevor sie einstieg, erblickte sie den Ingenieur Freese, wie er in aller Seelenruhe seine Einfahrt fegte. Diese Gelegenheit musste sie nutzen.

»Ach, sagen Sie mal, Herr Freese, diese Leute, die bei Ihnen angeblich gar nicht gewohnt haben, sind die plötzlich verschwunden?«

»Sieh an! Die Sommerfeldschwester! Hallo! Ja, das Pack ist weg. Ich durfte nicht darüber reden, dass dieses Volk hier untergekommen war. Koslowski wollte seine Verwandtschaft mit diesen unmöglichen Menschen überraschen. So eine Art Familientreffen. Deshalb war Schweigen angesagt. Mich hat gewundert, wieso er die nicht bei sich aufgenommen hatte. Der hat da eine Geheimsache drausgemacht. Mit Engelszungen hat er auf mich eingeredet. Wieder bin ich hereingefallen, und nun vermiete ich die Wohnung definitiv nicht mehr. Wollen Sie mal sehen, was für einen Saustall die mir hinterlassen haben? Das zahlt der Koslowski! Sie bleibt unbewohnt, dient in Zukunft nur noch meinen eigenen Verwandten als gelegentliche Unterkunft. Fremde kommen mir da nicht mehr rein. Schon gar keine Mietnomaden. Die haben sich nicht mal verabschiedet, haben ihr weniges Gerümpel in fürchterliche Koffer verpackt und sind heute Morgen bei Nacht und Nebel in ihrer Uraltkarre davongebraust. Solche Koffer haben Sie noch nicht gesehen. Alte DDR-Ware. Karierte Pappe. Heute schon wieder retro. Da stimmte etwas nicht. Ich habe diesem Koslowski bereits die Rechnung über die Mietsumme einschließlich Reinigung in den Briefkasten geworfen. Habe ich in zwei Wochen nicht das Geld, wende ich mich an die Polizei. Das können Sie mir glauben!«

Margareta verstand die Welt nicht mehr. Angeblich hätte Norbert Freese persönlich gefragt, ob da Leute wohnen würden, und er hätte dieses vehement bestritten. Norbert, dieser Opportunist. Was hatte er Gisbert da für einen Mist erzählt? Und das nur, um ihn zu beruhigen?

Wütend fegte der Mann um Margaretas Beine herum und berührte sie fast dabei.

»Tun Sie das, lieber Herr Freese«, sagte sie nur und stieg kopfschüttelnd in ihren Wagen.

»Da können Sie sich drauf verlassen. Dieses Pack. Auf diese Sache hätte ich mich niemals einlassen dürfen. Niemals«, rief er ihr noch hinterher.

Während Margareta davonfuhr, sah sie im Rückspiegel den Besen schwingenden Herrn Ingenieur und konnte es einfach nicht fassen. Alte DDR-Koffer? Wie die wohl ausgesehen haben?

»Ich hätte mich nicht auf diesen Deal einlassen dürfen. Dieses verlogene Volk«, fluchte sie vor sich hin und drehte das Radio laut.

Als sie sich nach einigen Minuten beruhigt hatte, musste sie schmunzeln. Dann hätte ich allerdings Thomas Scheffel nicht kennengelernt, wurde ihr bewusst.

25.

Ein wenig abfällig schaute er sich um, fand Margareta. Sein Blick blieb an ihrem Wohnzimmerboden hängen. Mit seinem rechten Fuß, der in einem feinen Budapester Schühchen steckte, wischte er hin und her, als wollte er die Qualität ihres Laminatbodens prüfen. Was hatte er erwartet? Vielleicht feinstes Stäbchenparkett in Eiche? Dann war die Polstergarnitur dran, die seinen Adleraugen standhalten musste. Was störte ihn daran nun wieder? Die wenigen Brandlöcher, die die Zigarettenglut ihrer ehemaligen Liebhaber hinterlassen hatte? Natürlich, bevor sie ein absolutes Rauchverbot ausgesprochen hatte, was allerdings für den guten Stoff zu spät war. Oder die Flecken von Ketchup und Mayonnaise, die sich mit einer einzigen Decke nicht mehr vertuschen ließen? Was hatte er erwartet? Designermöbel von Rolf Benz waren bei einer kleinen Verkäuferin, die sie zu der Zeit der Wohnungseinrichtung noch war, leider nicht drin gewesen. Immerhin besaß sie eine komplett eingerichtete Dreizimmerwohnung, wogegen der Herr Kommissar nur ein Jugendzimmer im Hause der Eltern vorzuweisen hatte. Vorsichtig setzte er sich in einen der Sessel. Tue ihm nicht unrecht, vielleicht ist er ganz einfach nur ein wenig verlegen, versuchte sie sich selbst zu beruhigen.

»Kaffee? Tee? Oder vielleicht einen Kakao?« Margareta schaute ihn an und musste schmunzeln. Wohl fühlte er sich nicht. Hatte er etwa Bedenken, sie würde ihn gleich in ihr Schlafzimmer zerren? Hatte er sich deshalb so schnell hingesetzt?

»Kaffee ist okay.«

Als sie in die Küche verschwand, stand er auf und schritt zum Fenster. »Krass, echt krass diese Aussicht. Ich war noch nie in einer Wohnung eines Wohnturms. Was für eine gigantische Aussicht.« Sein Blick suchte die beiden Gebäude an den Straßenecken, in denen sich früher einmal Gaststätten befanden. Geradeaus konnte er fast den gesamten Gartmannshof hinaufschauen.

»Zur anderen Seite kann man die Siedlung überblicken.« Sie stellte ihre Kuchenplatte auf den Tisch. Zwei Kaffeegedecke hatte sie vorher schon darauf drapiert. So richtig schön wie bei Mutti, mit Servietten und Kerzenhalter. Der Bäcker, 200 Meter von ihrer Wohnung entfernt, hatte für sie gebacken. Erdbeertorte, obwohl erst März, Eierlikörschnitten und Käsekuchen. Sie hatte sich bei der Auswahl schwer entscheiden können. Alles kam ihr so spießig vor. Nun hoffte sie, dass Thomas nicht so empfand.

Er saß da, lächelte wie ein Schuljunge. Der rote Pullover mit dem weißen Hemd darunter stand ihm ausgezeichnet, ebenso die stinknormalen Jeans.

»Danke für die Einladung. Schön hast du es hier.« Ungeniert packte er sich nun den Erdbeerkuchen auf den Teller und legte gleich los, ihn zu verspeisen.

»Na ja, die Wohnung ist äußerst günstig, worauf es mir damals ankam, nachdem eine langjährige Beziehung gescheitert ist. Sie kommt natürlich mit der Traumwohnung in der Buerschen City, in der ich vorher gewohnt habe, nicht mit. Und nun muss ich auch erst mal sehen, wie es jobmäßig weitergeht.«

»Ich wäre froh, wenn ich bald eine geeignete Wohnung finden würde. Das bei meinen Eltern geht einfach nicht mehr. Meine Mutter behandelt mich wie ein Kind. Immer, wenn ich davon spreche auszuziehen, leuchten die Augen meines Vaters auf. Ich glaube, er würde eher heute als morgen das spießige Einfamilienhausidyll verlassen, wenn er dazu noch in der Lage wäre.«

Margareta musste lachen. »Echt? So schlimm? Meine Mutter ist auch eine olle Nervensäge. Zum Glück wohnt sie immerhin 300 Meter von hier entfernt. Sie weiß noch gar nicht, dass ich Henry vor die Tür gesetzt habe, sonst wäre sie bestimmt jeden zweiten Tag hier.« Margareta forderte ihn auf mitzukommen, um vom Küchenfester aus in die Richtung zu schauen, wo sich Waltrauds Zuhause befand.

Auch diesen Ausblick zur anderen Seite fand er gigantisch, krass und supertoll. Er kam auch noch in den Genuss, das Schlafzimmer und das Badezimmer zu bestaunen.

Nach einer dreistündigen Putzaktion am Morgen fand Margareta ihre Wohnung sogar einigermaßen vorzeigbar. Schließlich hatte sie keine Mutti, die ihr alles putzte.

Nach drei Tassen Kaffee und vier Stücken Kuchen lehnte Thomas sich seufzend zurück. Bei einem halben Glas Riesling von der Mosel und nach Margaretas Aufforderung ließ er sie an seinen Sorgen teilhaben. Der Austritt aus dem Hegering, der traurige Karl und die noch traurigere Mutti lagen ihm auf dem Herzen.

Zwei Mal musste Margareta sich ein Gähnen verkneifen, ermunterte ihn durch ständiges Nachfragen, alles, was ihn bedrückte, herauszulassen. Spielte sie heute eben mal Kummerkastentante.

Dann endlich der lang ersehnte Themenwechsel: Die Morde in Hassel standen auf dem Programm.

Scheffel zog ein Notizbuch aus der Hosentasche, um ihr zu demonstrieren, wie es sich am Morgen des 16.3., als man Ommerborn tot auf dem Bahngleis fand, zugetragen haben musste. Sonnenaufgang wäre um 6.41 Uhr gewesen, taghell also erst nach sieben Uhr. Der Zug in Richtung Wuppertal passierte den kleinen Hasseler Bahnhof um 6.46 Uhr. Der Lokführer Fritz Kapteina hätte bestätigt, dass nichts auf dem Gleis gelegen hätte. Kurz darauf muss die Leiche auf die Schienen gebracht worden sein. Die S9 in Richtung Haltern, gefahren vom Zugführer Harry Dengler, hielt um 7.11 Uhr am Bahnhof Hassel, ließ zwei Leute aus- und vier zusteigen. 7.13 Uhr fuhr er weiter. Am Bahngleis waren ihm vorher zwei Wildschweine aufgefallen, weshalb er das Poltern unter seinem Zug ignoriert hatte, im Glauben, eines der Tiere überfahren zu haben. Meldung dazu wollte er später machen, hielt es nicht für wichtig. Außerdem maß er diesem Geräusch, etwas platt gefahren zu haben, keine große Bedeutung bei. In Haltern angekommen, es handelt sich um einen Kopfbahnhof, wechselte er die Seiten und fuhr mit dem gleichen Zug zurück in Richtung Wuppertal, wieder mit Halt am Hasseler Bahnhof. Das, was er überfahren hatte, war bereits in Vergessenheit geraten. Auch niemand der Passanten, die zustiegen, machten ihn auf irgendetwas aufmerksam. 7.46 Uhr verließ er den Bahnhof Hassel und steuerte Wuppertal entgegen. Die S9, die mit dem Lokführer Clemens Kosmalla um 8.12 Uhr in den Bahnhof Hassel einfahren sollte, wurde vorher gestoppt, da Udo Urbat – wieso auch immer, fragte Scheffel sich – den toten Ommerborn entdeckt hatte.

»Der Tote musste kurz nach sieben Uhr auf das Gleis gelegt worden sein, bevor es hell wurde. Trotzdem grenzt es an ein Wunder, dass niemand diese Aktion beobachtet hat«, endete Thomas mit seinen Ausführungen.

»Es könnte Norbert Koslowski gewesen sein. Natürlich mit einem Helfer, denn alleine hätte er das, glaube ich, nicht geschafft, obwohl Ommerborn ein Hänfling gewesen sein soll.«

»Ein Hänfling, den man für ein Wildschwein gehalten hat. Wieso Nobert Koslowski?«

Nun berichtete Margareta ihm von dem Gespräch mit ihrem Bruder am Vortag und dass er ihr verheimlicht hatte, was sich am Vorabend der Mordes an Ommerborn in Norberts Wohnung abgespielt haben soll.

Thomas sperrte Augen und Ohren auf. »Koslowski ist zwar eine eigenartige Type, doch einen Mord oder gar zwei traue ich ihm eigentlich nicht zu. Bisher jedenfalls nicht. Dieser Urbat, wieso war der so früh am Bahnhof gewesen? Angeblich, weil Ommerborn sich mit Koslowski am Bahnhof treffen wollte, um ihm etwas – wahrscheinlich Geld – übergeben zu wollen? Das hätte er dann ja gleich am Abend, als er in Koslowskis Haus war, erledigen können. Koslowski hatte plötzlich Angst, zum Bahnhof zu fahren, und schickte Urbat dahin? Findest du das nicht auch suspekt? Was mir aufstößt, ist diese frühe Uhrzeit. Ommerborn wurde vorher vergiftet. Also wurde seine Leiche zum Bahnhof transportiert und sein Porsche gleich mit. Demnach müssen es mindestens zwei Personen gewesen sein.«

»Ist doch logisch, dass Ommerborn Koslowski das Geld nicht bei ihm zu Hause übergeben wollte. Er hatte vor, Koslowski auf das Gleis zu stoßen. Dann hätte er das Geld gespart und das Haus trotzdem bekommen.« Margareta schaute ihn bewundernd an. Er hatte sich ziemlich viel Gedanken zu den Morden gemacht. Hielt sie ihn bisher eher für träge, musste sie spätestens jetzt ihre Meinung revidieren.

»Das will mir alles nicht in den Kopf. Du schaust immerzu auf die Uhr. Willst du noch weg?«

»Eigentlich wollte ich noch mal zu meinem Bruder. Doch große Lust habe ich keine. Ich werde ihn nachher anrufen.«

Die Zeit war wie im Fluge vergangen. Bereits 19 Uhr. Ein Knurren im Magen deutete an, dass der Kuchen nicht lange vorgehalten hatte. Sie hätte etwas zum Abendessen vorbereiten müssen, wurde ihr klar. Ihr Kühlschrank wies nichts auf, aus dem sich etwas zaubern ließe. Sie verspürte Wut, dass sich ihr Gewissen meldete. Wer war sie denn? Etwa Miss Ackergold, die ständig Kartoffeln im Hause hatte für Eventualitäten? Um schnell mal einem Kerl ein paar Kartöffelchen zu braten?

»Lass uns irgendwo eine Kleinigkeit essen. Ich lade dich ein«, schlug Thomas vor.

»Hm«, äußerte Margareta unschlüssig und hoffte, dass er ihr nicht mit Pizzabestellen kam.

»Ungefähr zwei Kilometer von hier entfernt befindet sich ein Bauernhoflokal. Die haben tolle Schnitzel«, versuchte Margareta, ihren Besuch zu begeistern.

Erfreut sprang Thomas aus seinem Sessel auf. »Eine tolle Idee!«

Margareta hatte das Gefühl, dass er froh war, ihre Wohnung verlassen zu können. Doch Angst, von ihr verführt zu werden? Außer einem innigen Kuss in der Diele ihrer Wohnung kam es zu keinem Austausch von Zärtlichkeiten. Margareta wusste nicht so recht, woran sie war. Hatte er an seinem Geburtstag nur jemanden gebraucht, der ihn tröstete? Austauschbar wie eine Prostituierte? Empfand er nicht das für sie, was sie für ihn?

Statt heimlich erhoffter Kuschelstunde bei Margareta zu Hause, saßen sie im gemütlichen Gastraum des »Wolterhofes«, wo es um diese Uhrzeit vor hungrigen Gästen nur so wimmelte. Margareta musste an die überwiegend schönen Stunden denken, die sie hier mit Kommissar Blauländer, Thomas Scheffels Vorgänger, verbracht hatte, als sie sich darüber austauschten, wer wohl als Rosensalzmörder infrage käme und sich dabei an den kulinarischen Genüssen des Hauses erfreuten. Er war kein Kostverächter gewesen, der gute Mann, konnte vor einer warmen Mahlzeit noch ein Stück Torte vertragen. Sie seufzte. Nun war er tot. Ertrunken. Und das als guter Schwimmer.

Thomas brauchte ewig lange, bis er sich aus der Speisekarte etwas ausgesucht hatte. Er blätterte hin und her, überlegte, legte dabei seine Stirn in Falten. Schlussendlich entschied er sich für das Putenschnitzel »Hawaii«. Dazu orderte er eine große Apfelschorle. Klar, sich zu betrinken, barg das Risiko, nicht mehr Auto fahren zu können. Was wäre die Alternative? Sie könnten zu Fuß zu Margaretas Wohnung laufen und er würde dort übernachten. Wollte er ihr mit der Apfelschorle mitteilen, dass er daran nicht im Traum dachte?

Margareta bestellte sich ein Wiener Schnitzel mit Pommes frites und Salat. Da sie kein Fahrzeug lenken musste, gönnte sie sich ein Glas trockenen Weißwein.

Vorweg wurde ein Teller mit verschiedenen Brotsorten sowie Butter und Schmalz serviert. Thomas rührte nichts davon an, betrachtete ihn nur skeptisch. War er beim letzten Mal, als sie sich im Alten Dorf Westerholt trafen, auch schon so mäkelig? Da aß er doch mit gutem Appetit sein Schnitzel samt Beilagen, und auch mit der Bestellung hatte er sich nicht so schwergetan. Blauländer hätte sich die gesamten Schnittchen vorweg einverleibt und nichts von dem Schmalz und der Butter übrig gelassen. Margareta musste schmunzeln, wenn sie an ihn dachte.

»Was gibt es so Heiteres? Lass mich daran teilhaben«, forderte Thomas sie auf.

»Ach, ich musste nur gerade an etwas denken. Unwichtig!« Voller Freude kaute sie auf einem Schmalzhäppchen herum.

»Darf ich es trotzdem wissen?« Mit scharfem Kommissarblick aus grünen Augen beobachtete er Margareta.

»Ich habe an Blauländer gedacht. Ich traf mich ein paar Mal hier mit ihm. Wir haben uns ausgetauscht, als damals der Rosensalzmörder zugeschlagen hatte. Er hat übrigens, im Gegensatz zu dir, auch essensmäßig ganz schön zugeschlagen. Der konnte was verpacken.« Wieder musste Margareta grinsen.

»Na, so sah er auch aus. Ich kann heute nicht mehr viel essen, was nicht heißt, dass ich nicht hungrig bin. Der Kuchen liegt mir noch im Magen. Ich habe vier Stücke gegessen, was sonst gar nicht meine Art ist.«

»Blauländer hat sich riesige Tortenstücke noch vor dem Hauptgericht einverleibt.«

»Wie schon erwähnt, so sah er ja auch aus. Sie wollten ihn schon vom Dient suspendieren, weil er zum Schluss 140 Kilogramm wog. Der konnte sich überhaupt nicht beherrschen, hat alles gefressen, was ihm vors Maul kam, sogar die Vorräte aus den Schränken der Kollegen. In der Kantine war er Stammgast, obwohl seine Anni zu Hause für ihn gekocht hat.«

»Hast du was gegen übergewichtige Menschen? Er hat doch trotzdem seinen Beruf zur Zufriedenheit aller ausgeübt. Jeder Mensch hat ein Laster. Du etwa nicht? Du bist vollkommen?« Margareta mochte nicht, wie unschön er sich über Blauländer äußerte.

»Das habe ich nicht behauptet, doch auf mein Gewicht achte ich schon, was nicht heißt, dass ich mir nicht mal etwas gönne. Pausenlos fressen, so wie Blauländer es getan hat, käme für mich jedoch nicht infrage. Seine Arbeit zur Zufriedenheit ausgeübt? Dass ich nicht lache. Wäre er nicht ertrunken, hätten sie ihn in den vorzeitigen Ruhestand geschickt. Der hat doch nichts mehr auf die Kette gekriegt. Was meinst du, wieso er immer wieder deine Nähe gesucht hat?«

Inzwischen wurde ihm das Putenschnitzel vor die Nase gestellt, und er begann, es zuerst ausgiebig zu betrachten, bevor er mit dem Besteck daran herumsäbelte, winzige Stücke abschnitt und daran roch, bevor er es in den Mund schob.

»Was soll's. Lass uns über etwas anderes reden. Blauländer ist Geschichte, und um deine Frage zu beantworten: Nein, ich habe nichts gegen übergewichtige Menschen. Okay?« Thomas war etwas ungehalten und schnaufte genervt.

So ganz zufrieden war Margareta nicht mit seiner Antwort. Der ganze Scheffel kam ihr vor wie ein verzogenes Kind. Benahm er sich zu Hause auch so, wenn das von der Mutter gekochte Essen ihm nicht mundete? Margareta achtete auch auf ihr Gewicht und glich einen Tag, an dem sie zu viel gegessen hatte, schnell wieder aus. Doch Thomas schien es zu übertreiben. Mit Henry hatte sie sich monatelang fast ausschließlich von Pizza ernährt. Sie hatte es überlebt, ohne groß an Gewicht zugelegt zu haben. Mit Scheffel einen Haushalt zu teilen, wäre sicherlich um einiges schwieriger, kam ihr der Gedanke. Niemals würde sie mit ihm zusammenziehen, beschloss sie soeben. Zum Glück stand das nicht zur Debatte.

»Wie kocht denn deine Mutter so?«, wollte Margareta trotzdem von ihm wissen, bevor sie das Thema Essen zu den Akten legte.

»Beschissen, um es auf den Punkt zu bringen. Lauter fettes, ungesundes Zeug, derb und überwürzt. Echtes Nachkriegsessen eben, als die Männer körperlich schwer schuften mussten. Ich bin froh, wenn ich das nicht mehr zu mir nehmen muss. Ich brauche nicht täglich eine warme Mahlzeit. Eine Scheibe Schwarzbrot mit Tartar reicht mir völlig. Dazu ein Stück Schlangengurke, und die Welt ist in Ordnung.«

Na gute Nacht, dachte Margareta und versuchte, das Thema zu wechseln. »Was sagst du übrigens dazu, dass sämtliche Leute urplötzlich aus ›Bergmannsglück‹ verschwinden? Erst Bahlke, dann die Ossis. Eigenartig, oder? Weißt du Näheres?« Genussvoll verspeiste sie ihr Schnitzel und orderte ein weiteres Glas Wein, was ihr einen erstaunten Blick von Thomas einbrachte.

»Bahlke sollen die Schulden über beide Ohren gewachsen sein. Einige Anzeigen liegen gegen ihn vor. Er soll Sparer um ihr Geld gebracht haben, indem er die Gelder aus den Sparfächern nicht, wie vereinbart, auf ein Sparbuch gepackt hatte. Vom Mund abgespartes Geld seiner Nachbarn und Freunde, das sie in die Kästen in seinem Kiosk gestopft hatten. Lieferanten war er ebenfalls Geld schuldig geblieben. Da hat er sich aus dem Staub gemacht.«

»Das verstehe ich nicht. Der Laden lief doch gut. Und du meinst, er hat nichts mit den Morden zu tun? Dass er vielleicht deshalb kalte Füße bekommen hat?«

»Nichts spricht dafür. Auch nicht die Tatsache, dass er die Bergung des toten Stalewski aus dem Picksmühlenteich vom Wald aus beobachtet haben soll. Ich schätze, es war reine Neugier.«

»Der hat das beobachtet? Woher wusste er davon? Er musste informiert gewesen sein, dass sich die Leiche in dem Teich befand. Vielleicht, weil er sie selbst darin versenkt hatte?«

»Es war nicht schwer, in Erfahrung zu bringen, dass man die Leiche bergen würde. Die gesamten Polizei- und Feuerwehrfahrzeuge fuhren am Morgen an seinem Kiosk vorbei. Da brauchte er nur eins und eins zusammenzuzählen.«

»Gab er der Polizei den entscheidenden Tipp, dass die Leiche des Maklers sich im Teich befinden würde?«

»Kann schon sein, glaube ich allerdings nicht. Dieser Urbat hat von seinem Balkon doch auch freien Blick zum Picksmühlenteich. Der ist mir sowieso nicht geheuer. Ich mag seine unterwürfige Art nicht. Sein angebliches, zur Schau gestelltes Helfersyndrom.«

»Du hältst ihn für verdächtig?«

»Ja, ihn und nun auch Koslowski. Beide werden noch einmal in die Mangel genommen. Ich will den Fall endlich abschließen.«

»Echt?« Margareta war sprachlos. Der arme Udo. Doch hielt sie ihn eine Zeit lang nicht selbst für den Mörder? Tagelang hatte sie sich rar gemacht und auf seine Anrufe nicht reagiert. Er war bestimmt enttäuscht von ihr. Morgen würde sie ihn anrufen und gegebenenfalls bei ihm vorbeischauen, nahm sie sich fest vor.

»Woher wusstest du eigentlich von diesen Ossi-Leuten?« Die grünen Scheffel-Augen fixierten sie.

»Von Gisbert. Von wem sonst?« Margareta wurde skeptisch.

»Das möchte ich ja gerne wissen.«

»Wieso? Denkst du, ich hatte vor, mit den Ossis gemeinsame Sache zu machen?«

»Nein, natürlich nicht. Es interessiert mich nur.«

Für Margareta war der Abend gelaufen. Bis zu ihrem gemeinsamen Aufbruch gab sie sich äußerst wortkarg. Beim Abschied vor ihrem Haus, wehrte sie seine Zärtlichkeiten brüsk ab und verschwand mit einem kurzen Tschüss aus seinem Wagen. Scheffel blieb für sie ein großes Rätsel. Ihre Gefühle für ihn waren ambivalent.

26.

Udo sah auf die Uhr. Noch zwei Stunden, bis die Heilige Messe begann. Was habe ich eigentlich so früh hier verloren? Diese Ruhe tat seinen Ohren jedoch gut. Die Ruhe und der Geruch nach Kerzenwachs, Weihrauch und Feuchtigkeit. So, wie es in einer Kirche eben roch. In eine der vorderen Bänke hatte er sich gesetzt, starrte auf die bunten Kirchenfenster und den leidenden Christi am großen Kreuz. Eine schöne Kirche war die Propsteikirche Sankt Urbanus in Buer, die schönste weit und breit, fand Udo. Sie war eine neugotische, dreischiffige Basilika mit oktogonaler Hauptapsis und zwei Nebenapsiden. An diesem Ort war er getauft worden. Auch die Heilige Erstkommunion wurde ihm hier zuteil. Einige Zeit später war er sogar als Messdiener tätig.

Er blickte zu den Beichtstühlen hinüber. Jahrzehntelang hatte er nicht mehr gebeichtet. Wurde es mal wieder Zeit? Hatte er überhaupt etwas zu beichten? Hatte er Schuld auf sich geladen? Er konnte es nicht beantworten. Was er allerdings genau wusste, war, dass er sich gefrustet und ausgebrannt fühlte. Alle heulten sich bei ihm aus, luden ihren Seelenmüll bei ihm ab. Alles schrie nur: »Hilf mir, Udo, oh hilf mir doch!« War er etwa der liebe Gott? Er hatte so sehr auf Margareta gehofft. Gehofft, dass sie zusammen Licht ins Dunkel bringen würde, was die Morde in »Bergmannsglück« betraf. Doch Pustekuchen. Seit Tagen hatte sie sich nicht mehr gemeldet. Auch ihr Telefon schwieg. Sie hielt es nicht mal für nötig zurückzurufen. Hatte er das verdient? Sollte sie tatsächlich – wie man sich unter vorgehaltener Hand erzählte – ein Techtelmechtel mit dem Kommissar haben? Der Siedlungsfunk funktionierte noch, obwohl Bahlke sich vom Acker gemacht hatte und sein Etablissement nicht mehr existierte. Der rote Tisch, an dem sich die Nachbarn austauschten, war Vergangenheit. Seitdem rannten sie *ihm* die Bude ein, oft drei Leute gleichzeitig. Margareta hatte kein gutes Haar an dem großen eigenartigen Kommissar gelassen und kräftig auf ihm herumgehackt. Plötzlich empfand sie Sympathie für ihn? Oder gar mehr? War sie so eine Opportunistin, sich hinterrücks mit ihm einzulassen? Oder waren das nur böse Gerüchte? Er fühlte sich betrogen, hatte gehofft, dass mehr aus ihrer beider Doktor Watson-Holmes-Verbindung werden würde. Doch hatte er vor langen Jahren nicht auch schon geglaubt, es könnte ein Paar aus ihnen werden? Auch damals hatte er einen Tritt in den Hintern bekommen. Sei nicht ungerecht, mahnte er sich. Sie hatte seinerzeit erst den Abgang gemacht, als seine Straffälligkeit ans Licht kam, was er verstehen konnte.

Leise öffnete sich die Tür. Er konnte Schritte hinter sich hören, wenig später ein Hüsteln. Er drehte sich um und sah einen alten Mann, der sich in eine der Kirchenbänke kniete und leise betete. Noch ein Frühaufsteher, der die Einsamkeit suchte, dachte er. Willkommen im Klub.

Udo seufzte, betete ein Vaterunser und verließ diesen heiligen Ort, nachdem er bedächtig drei Kerzen angezündet hatte. Eine für seine tote Mutter, eine für Margareta und eine für sich selbst. Vielleicht brachte das ja was, hoffte er. Ein weiteres Mal würde er sich nicht bei Margareta melden, nun war sie an der Reihe.

Zu Hause angekommen, setzte er sich in die Küche an seinen Tisch, nachdem er Kaffee aufgesetzt hatte. Vom Bäcker hatte er sich frische Brötchen mitgenommen. Er presste Orangen aus und deckte liebevoll den Tisch. Gestern hatte er vom Wochenmarkt einen Strauß Tulpen gekauft. Doch für wen richtete er alles so schön her? Für wen hatte er gestern Abend Rouladen gebraten? Hatte er die Hoffnung noch immer nicht aufgegeben, dass *sie* kommt? Als er gerade herzhaft in ein Käsebrötchen biss, klingelte es an der Wohnungstür. Sein Herz begann schneller zu schlagen. Gerade einmal zehn Uhr durch. Margareta war keine Frühaufsteherin, wusste er. Sollte die Kerze, die er eben im Dom für sie entzündet hatte, gewirkt haben? Er öffnete die Tür. Ein übernächtigter Gisbert winselte um Einlass.

»Was willst du denn um diese Uhrzeit hier?«, begrüßte Udo ihn nicht gerade freundlich und gab den Weg in sein Reich frei.

»Oh, Frühstück, da komme ich ja gerade richtig. Oder hast du etwa auf Margareta gewartet?« Ungefragt nahm Gisbert am Tisch Platz und starrte auf das zweite Gedeck.

»Ja, nun greif schon zu. Nein, ich habe nicht auf Margareta gewartet. Ich weiß nicht, wieso ich den Tisch für zwei Personen gedeckt habe. Vielleicht habe ich insgeheim doch gehofft, dass sie vorbeischaut. Hat scheinbar Besseres zu tun, die feine Dame.«

»Vorgestern war sie kurz da, nachdem sie den Fall in Bochum abgeschlossen hatte. Die Ossis haben sich vom Acker gemacht, hatte ich dir ja schon am Telefon erzählt. Einen Saustall haben sie dem Freese hinterlassen. Norbert hat sich seitdem noch immer nicht gezeigt. Hat sich in seiner Bude verschanzt. Und du so? Blöd ohne Bahlke, oder?«

»Ja, nun iss endlich. Kaffee?«

»Hm, gerne.« Mit leuchtenden Augen griff Gisbert zu, schlürfte laut den Kaffee, den Udo ihm hingestellt hatte.

»Seit Bahlke auf und davon ist, rennen sie mir die Wohnung ein. Das kannst du dir nicht vorstellen. Freitagmittag war ein alter Mann aus der Körnerstraße hier. Stork heißt der. Ist bald in Tränen ausgebrochen. Leute vom Wasserwerk wollten am Freitagmorgen seine Wasseruhr austauschen, bauten die alte aus und stellten angeblich fest, dass die neue nicht passen würde. Daraufhin verschwanden die Monteure, versprachen, gleich mit einer anderen Uhr wiederzukommen. Das taten sie natürlich nicht. Ein Anruf beim Wasserwerk ergab, dass keine Leute unterwegs waren, um irgendwo Wasseruhren auszutauschen. Morgen wollen die von der Gelsenwasser AG nach langem Betteln neue

Wasseruhren einbauen. Fragt sich nur, wer die bezahlen soll? Wahrscheinlich erst mal die Leute selbst oder die Wohnungsverwaltung. Das gleiche Spiel in der Hardenbergstraße bei Pawlaks und bei Siekmanns in der Arndtstraße. Weißt du, wie ich geredet habe, damit die bei der Gelsenwasser AG überhaupt rauskommen und neue Wasseruhren installieren? Die Familien haben teilweise kleine Kinder und sitzen seit zwei Tagen ohne Wasser da. Zum Kotzen!«

»Du meinst, da steckt Zielinski hinter?« Gisbert konnte nicht fassen, was er da hörte.

»Ja, wer denn sonst?« Udo wurde langsam ungehalten. »Am Mittwoch waren Leute von der Telefongesellschaft unterwegs und kappten bei zwei Mietern die Leitungen. Waren auch keine Mitarbeiter der Telekom. So langsam reicht es mir. Alle kommen her und jammern mir die Ohren voll.«

»Aber das wolltest du doch so. Keiner hat dich gezwungen, eine Genossenschaft und eine Bürgerinitiative zu gründen.«

»Ja, so blöd konnte nur ich sein. Noch einmal würde ich mich nicht darauf einlassen, das kannst du mir glauben.«

»Wenn der Mörder der Makler erst gefasst ist, wird hoffentlich Ruhe einkehren.« Mit gutem Appetit aß Gisbert dreist den Inhalt aus Udos Brötchentüte leer.

Udo war mittlerweile der Appetit vergangen. Alles Egoisten, die ich da um mich reihe, dachte er, obwohl er sonst die Ruhe selbst war. »Das glaubst auch nur du.«

»Ach, sei nicht böse auf Margareta, die hat momentan echt viel um die Ohren. Heute jagt sie einen Rollatordieb in der Siedlung, in der sie wohnt.«

»Ein gestohlener Rollator? Wer gibt denn sowas in Auftrag? Die Dinger gibt es doch schon für unter 100 Euro!«

»Aber nicht diesen bestimmten Luxusrollator. 1.000 Euro bekommt sie dafür.«

»Sag mal, stimmt das, dass sie was mit diesem Kommissar Scheffel haben soll?« Wenn er als ihr Bruder nicht davon wusste, wer dann?

»Glaub' doch nicht alles, was erzählt wird. Sie tauschen sich aus, genau wie Margareta es damals schon mit Blauländer getan hat. Mehr nicht.«

Hoffnungsvoll schaute Udo Gisbert an. Er war kurz davor, ihn zu bitten, mit ihm gemeinsam zu Mittag zu essen. Im allerletzten Moment biss er sich jedoch auf seine vollen Lippen. Sei nicht wieder so blöd, sagte er sich. Wer lädt dich zum Essen ein?

»Du kannst mir glauben, Margareta wäre nichts für dich, Udo. Nichts gegen meine Schwester, doch du brauchst etwas Solides, was Bodenständiges. Mit ihr möchte ich nicht eine einzige Woche liiert sein. Wenn du nicht nach ihrer Pfeife tanzt, bist du weg vom Fenster. Hast du ja jetzt bei Henry gesehen. Ein dummes Wort, und er konnte seine Klamotten packen.«

»Vielleicht hast du recht, Gisbert. Doch wo findet man was Solides? Ach, wenn der Mörder endlich gefasst würde. Was meinst du, wer es war?«

»Es müssen zwei gewesen sein, das passt sonst nicht. Norbert und ein weiterer von den Bergmannsglückern.«

»Norbert? Wie kommst du auf ihn?« Erstaunt schaute Udo Gisbert an.

Als Dank für das gute Frühstück erzählte Gisbert ihm vom Vorabend des Ommerborn-Mordes, was sich drüben bei Norbert abgespielt hatte.

Gisbert, dieser naive Trottel, dachte Udo, während er auf seinem Sofa lag und an die Decke starrte. Glaubte er tatsächlich an den großen Unbekannten? Norbert okay, der hatte eindeutig Dreck am Stecken. Er schmunzelte. Kurz darauf nickte er bei einer Talksendung-Wiederholung im TV in einen traumlosen Schlaf. Das Telefon ließ ihn aufzucken. Einen kurzen Moment musste er sich orientieren, wo er überhaupt war. Irgendwann nahm er den Anruf an und war sofort hellwach. Es war tatsächlich Margareta, die einfach mal hören wollte, wie es ihm so ginge. Als sie ihm mitteilte, wie leid es ihr täte, dass sie sich so lange nicht gemeldet hatte, traten Tränen in seine Augen. Ob er ihr verzeihen könnte, wollte sie noch mehr als kleinlaut wissen. Und was machte Udo, dieser Idiot? Lud sie zum Mittagessen bei sich zu Hause ein. Und das schon um 13 Uhr, in knapp zwei Stunden. Noch nie zuvor war er so schnell vom Sofa aufgesprungen und ins Bad gehastet, um sich salonfähig herzurichten. Das Strahlen in seinem Gesicht ließ ihn sofort um Jahre jünger erscheinen. Nein, er würde ihr keine Vorwürfe machen. Damit würde er sie nur aus dem Haus jagen. Vergessen waren Gisbert, Norbert, Bahlke und wie sie alle hießen. Vergessen waren die Nachbarn, die seit zwei Tagen ohne Wasser dastanden. Was interessiert es mich, dachte er. Ab jetzt würde er an sich denken. An sich und an Margareta. Noch war nichts zu spät. Alles nur Gerüchte, Scheffel und Margareta, war er plötzlich überzeugt. Vielleicht kamen sie sich heute näher, Margareta und er? Heute an einem sonnigen Sonntag Ende März. Die Hoffnung starb schließlich zuletzt.

27.

Theatralisch lehnte Margareta sich an diesem Sonntagmorgen an einen Baum auf der Wiese hinter dem Wohnturm und beobachtete vier alte Kerle, die sie schon aus dem Küchenfenster erspäht hatte. Diese Wiese verband die Schievenstraße mit der Steigerstraße und wurde von der Alleestraße sowie der Middelicher Straße flankiert. Sie spürte ein Prickeln in ihrem Körper, das sie jedes Mal überfiel, wenn sie etwas Spannendes erwartete. In dem Quartett dieser nach oben, den Tauben hinterherglotzenden Männern befand sich Annas Nachbar, dieser alte Ostpreuße Georg Pogantke. Er trug eine Schlägermütze und eine selbst gestrickte Jacke. Wieso waren ihr diese Kerle bisher nie aufgefallen? Waren das Taubenbesitzer, die ihre Lieblinge beim Fliegen beobachteten? Wie verabredet, zogen die Tiere in einem Affenzahn ihre Runden über der Siedlung. Deutlich weniger sind es geworden, ja, eigentlich nur noch ein kümmerlicher Rest. Wenn sie da an früher, an ihre Kinderzeit dachte, als sie die Taubenväter beäugte, die hier sonntags standen und auf die Rückkehr ihrer Ruhrpottadler warteten, die einen Tag zuvor in eine weit entfernte Stadt gebracht wurden, um nach Hause zu finden. Aufgeregt hatten die Kerle die Kinder von den Wiesen verjagt, in der Hoffnung, gerade einer ihrer kleinen Kacker würde einen Preis holen.

Bevor das Prickeln abebbte, setzte sie sich in Bewegung und steuerte auf das Opaquartett zu. Ein Blick auf die Uhr sagte ihr, dass Eile geboten war, schließlich wollte sie zu Udo Urbat, den sie in den letzten Tagen stiefmütterlich vernachlässigt hatte. Dort wartete ein herrliches Mittagessen auf sie. Rouladen, Rotkohl und Klöße. Keine Päckchenware, alles frisch zubereitet, wie Udo mehrfach betont hatte. Der Spruch »Willst du gelten, mach dich selten« hatte was, stellte sie soeben grinsend fest.

Sie näherte sich den Männern von hinten. Die Kerle nahmen sie überhaupt nicht wahr, glotzten weiter nach oben und lästerten dabei über ihre Ehefrauen, die derweil am Herd standen und für sie kochten. Plötzlich aufkommende Wut veranlasste Margareta dazu, Pogantke einen kräftigen, blitzartigen Stoß mit der Faust in den Rücken zu versetzen. Hier musste man Tacheles reden, war ihr klar, anders würde sie bei diesem trotzigen Alten nicht vorankommen. Er stieß einen Schrei aus und drehte sich erschrocken um. Die drei Kumpane hielten geschockt ihre Münder.

»Kann ich Sie kurz sprechen, Herr Pogantke? Es ist wichtig.«

Aus großen Augen starrte der alte Mann sie ängstlich an. »Jetzt? Hier? Wir beobachten die Tauben.«

»Das ist ja sehr schön, doch das können Sie später auch noch. Ich habe es eilig. Gehen wir ein Stück, Herr Pogantke?« Ihre Frage duldete keinen Widerspruch. Ihr zorniger Gesichtsausdruck schon gar nicht. Die drei anderen Kerle konnten inzwischen wieder lachen, machten Witze über Margareta und Pogantke.

Pogantke schlurfte neben Margareta her, hüstelte ab und zu. Ein ekeliges trockenes Krächzen. Aron, der Hund von Matthias, litt mal unter Zwingerhusten. Das klang ähnlich.

Kurz vor Pogantkes Wohnhaus blieb Margareta stehen und wandte sich ihm zu.

»Wissen Sie, Herr Pogantke, meine Zeit ist heute knapp. Darum kommen wir gleich auf den Punkt, ohne groß Katz und Maus zu spielen. Sie sagen mir, wo Sie den Rollator der lieben Frau Bienert versteckt haben, und ich sehe von einer Anzeige ab und vergesse das Ganze.«

Pogantkes Hustenreiz wurde stärker und entwickelte sich zu einer echten Attacke, was wohl der Aufregung des alten Mannes geschuldet war. Hastig atmete er in seinen abstehenden Bauch, nachdem er in den nebenstehenden Sträuchern seinem Tod entgegengehustet hatte. Ja, gute Nacht, dachte Margareta und verspürte einen üblen Würgereiz.

»Ich hab den scheiß Rollator nicht. Was nicht heißen soll, dass ich nicht froh bin, dass er weg ist. Ewig bin ich darüber gestolpert, wenn ich in den Keller ging. Die will mich doch bloß ärgern mit ihrer falschen Beschuldigung, die blöde Bienert.«

Margareta atmete tief durch, um sich zu beruhigen. Am liebsten hätte sie die Wahrheit aus dem dicken Bauch des schlecht duftenden Alten herausgeboxt. Ihre rechte Hand begann bereits zu zittern.

»Aber Sie haben Ihrer Nachbarin doch schon einmal dieses Teil entwendet, oder etwa nicht?«

»Hat sie Beweise?«

»Ja, sie hat eine Zeugin und war sogar bei der Polizei.«

»Und, hat die was gemacht? Mich eingesperrt vielleicht?« Jetzt lachte er lauthals und zeigte dabei sein braunes, jedoch vollständiges Gebiss.

»Okay, einmal sind Sie damit durchgekommen. Glück gehabt. Doch diesmal gibt es eine fette Anzeige. Ich werde den Kommissar anrufen, mit dem ich gut befreundet bin. In einer Stunde ist der hier, trotz Sonntag, und nimmt erst einmal Ihren Keller auseinander. Mit dem Naheliegenden anzufangen, ist wohl das Beste.«

Pogantke fiel auf ihren Bluff herein und knetete sich nervös das unrasierte Kinn. »Okay, okay, er ist bei mir im Keller, dieser verfluchte Rollator.«

»Dann werden Sie ihn wieder dahin stellen, wo er gestanden hat, bei Frau Bienert klingeln und sich entschuldigen. Haben wir uns verstanden?«

Jetzt wurde der Mann trotzig, stampfte mit seinem Elbkahn, den er am Fuß trug, auf dem Boden auf. »Mache ich nicht! Nein, das mache ich nicht! Die Alte ist böse und beleidigt mich dauernd.«

Margareta wurde langsam ungeduldig. Ihre Rechte kribbelte noch immer und ließ sie so weit gehen, den alten Mann an seiner lumpigen Jacke zu greifen und ihn ganz nah zu sich heranzuziehen.

»Das machst du! Verstanden?«, stieß sie mit zusammengebissenen Zähnen hervor.

Als hätte sie sich verbrannt, ließ sie die Jacke los und machte sich eiligst davon. Du stehst total unter Strom, merkst du das nicht?, fragte sie sich selbst. Wie kannst du dich bloß so weit gehen lassen, den Alten anzufassen?

Es war jedoch die Sprache, die er verstanden hatte. Ein kleinlautes »Na gut« rief er ihr hinterher, während sie die Wiese überquerte und verschämt zu ihrem Stellplatz lief.

Bevor Margareta nach Hassel fuhr, beschloss sie, ihre Mutter mit einem Pflichtbesuch zu beglücken. Sie parkte vor dem wunderschönen, mit Fachwerk versehenen Haus und blickte nach oben zum Küchenfenster, das weit offen stand. Bringe es hinter dich, sagte sie sich, atmete tief durch und lief auf den Eingang hinter dem Haus zu. Ihr Magen drehte sich um. Gleich würde ihr wieder vorgehalten werden, wie viel Tage sie sich nicht um ihre arme alte Mutter gekümmert hätte. Margareta hatte den Eindruck, ihre Mutter führte genau Buch darüber, über jeden Besuch sowie über jeden Anruf. Da musst du nun durch, sagte sie sich, nachdem sie bei »W. Sommerfeld« geklingelt hatte. Erbarmungslos laut brummte der Türöffner und Margareta stieg die alte Holztreppe empor. Mit in den Hüften gestemmten Armen stand Waltraud in der Wohnungstür. Lachsfarbenes T-Shirt zur Jeans, die Haare frisch gewaschen. Und sie lächelte freundlich, was Margareta freudig registrierte.

»Anna hat schon angerufen. Der Rollator ist wieder da, und stell' dir vor, der Alte hat sich sogar entschuldigt. Anna hat schon versucht, dich zu erreichen. Sie bringt dir das Geld nachher vorbei.«

1.000 Euro haben oder nicht haben, dachte Margareta erfreut, nachdem sie ihrer Mutter in deren Wohnung gefolgt war. Von der Diele aus riskierte sie einen vorsichtigen Blick ins Wohnzimmer. Das Sofa war zum Glück nicht von einem halbnackten Greis belegt. Vom schmierigen, viel jüngeren Walter in ausgeleierter Jogginghose über Onkel Gernot in Feinrippunterwäsche bis hin zum alternden Bandleader Sepp kam da schon einiges an Kerlen zusammen, die sich dort gekollert hatten. Noch ein Grund zum Aufatmen.

»Ich dachte, du hättest Besuch.« Margareta ließ sich erschöpft in einen Sessel fallen.

»Wer soll mich schon besuchen? Hat ja keiner mehr Zeit«, kam es vorwurfsvoll aus Waltrauds geschminktem Mund.

»Ich dachte, du hättest eine neue Bekanntschaft? Alfred aus dem Kirchenchor. Schon Geschichte, der Opa?«

»Wie redest du über den feinen Alfred? Das ist ein distinguierter Herr. Und wie du schon richtig erkannt hast, ein Bekannter, mehr nicht.« Erbost schüttelte Waltraud mit dem Kopf.

»Na, dann ist es ja gut. Anna hat mir übrigens erzählt, dass du Fanklubleiterin des Hessen-Trios beim coolen Sepp geworden bist. Läuft da wieder was mit dem? Du weißt schon, mit wie viel Arbeit so ein Posten verbunden ist?«

Waltrauds pausbackige Wangen färbten sich rot, was ihr übrigens sehr gut stand. »Na ja, das hat sich so ergeben.«

Mache ihr keine Vorwürfe, mahnte Margareta sich. Jedoch hielt sie ihre Frage für taktisch sinnvoll, denn so war die Ausgangslage für ihr Gespräch gleich klar und ihre Mutter blieb hoffentlich zahm.

Geschickt wechselte Waltraud das Thema, was darauf hindeutete, dass da doch etwas lief mit diesem alten Weiberheld Sepp, der nie etwas anbrennen ließ.

»Ich kann dir gar nichts anbieten, mein Kind. Du hättest vorher anrufen sollen, dann hätte ich was gekocht. Obwohl das mit dem Anrufen bei dir ja so eine Sache ist. Dann kommt wieder was dazwischen, und ich sitze hier mit meinem Essen.«

»Ja, so ist das schon mal«, meinte Margareta und hielt sich geschlossen, polterte nicht gleich los, um sich zu rechtfertigen. »Ich bin bei Udo Urbat zum Mittagessen eingeladen. Kein Problem also, du kannst deine Keksdose im Schrank lassen.«

»Und Henry? Ihr habt euch getrennt?« Neugierig schaute Waltraud ihre Tochter aus großen Augen an. »Du meine Güte, ich habe ihn nicht mal kennengelernt. Und dieser Urbat, ist das was?«

»Ja, Henry wurde mir zu aufsässig. Hat Gisbert wieder mal gequatscht? Ach, bevor du es von anderen erfährst, ich habe schon was Neues am Start. Thomas Scheffel.« Nimm ihr den Wind aus den Segeln, sagte Margareta sich.

»Ach Kind, ich habe schon gehört, dass du gestern Abend mit einem Mann auf dem ›Wolterhof‹ zum Essen warst. Hildchen war auch da. Hast du sie nicht gesehen?«

»Nein, habe ich nicht. Lass mich raten. Die Alte hat noch am Abend bei dir geklingelt, um dir diese Neuigkeit zu berichten?«

»Na und? Hoffentlich ist es diesmal was Ernstes, Kind. Ich mache mir ganz schön Sorgen. Der eine geht, der andere kommt. Lass doch nicht wieder so schnell jemanden in deine Wohnung. Vor allen Dingen nicht in dein Bett.«

»Was geht dich das eigentlich an? Bin ich nicht alt genug? Doch, ich kann dich beruhigen. Er war nicht in meinem Bett. Wir waren im Hotel.«

»Oh nein, noch schlimmer.« Waltraud schlug sich theatralisch die Hände vor den Mund.

»Na, du musst es wissen«, wurde Margareta nun laut. Ihr aktueller Spruch aus dem Dalai-Lama-Kalender »Lerne ruhig zu bleiben, nicht alles verdient eine Reaktion« hatte nicht lange vorgehalten. Sie holte tief Luft und ließ alles heraus, was sich in den letzten Tagen angestaut hatte.

Waltraud legte ebenfalls ihr honigsüßes Lächeln ab und bot ihrer Tochter Paroli. Aber so was von.

Nach einem heftigen Schlagabtausch und bösem Herzrasen verließ Margareta mit den Worten »Packe dich an deine eigene Nase« die Wohnung ihrer Mutter und fuhr Richtung Hassel.

»Zwecklos, es ist zwecklos mit der Frau! Mit ihr kann man einfach nicht auskommen«, sagte sie sich, bis sie am Ziel angekommen war, mindestens 20 Mal.

Der Rollator-Fall war nun geklärt, jetzt war der Makler-Mörder fällig. Bis sie sich am Dienstag dem neuen Fall in Dortmund widmete, wollte sie Hassel erledigt haben. Ob nun mit oder ohne Scheffel. Immerhin blieb ihr der ganze morgige Tag.

Die hypermoderne gläserne Küchenuhr über Udos Esstisch zeigte 13.20 Uhr. Du meine Güte, bin ich pünktlich, stellte Margareta fest und beobachtete den flinken Udo, wie er sein Essen aus den Töpfen in hübsche Schalen füllte und auf dem Tisch drapierte. Gelungen, echt gelungen war sein Gericht, musste sie ihm lassen. Rouladen, die appetitlicher nicht aussehen konnten, duftender Rotkohl, der ebenfalls auf dem Punkt war, und leckere Kartoffelklöße. Die Soße war eine Offenbarung, sie roch nicht nur gut, sie war auch noch köstlich. Zwar ein richtiges Spießeressen, doch gerade das war es, wonach Margaretas Herz sich sehnte.

Udo war beim Friseur gewesen, stellte sie fest, duftete wieder einmal gut, trug ein blau gestreiftes Oberhemd, Marke Opa, zur Jeans. Dieser Blick, dieser Blick war es, der sie verrückt machte. Voller Demut und leiser Hoffnung. Am liebsten hätte sie auch ihm eine verbale Abreibung verpasst, ihm an den Kopf geworfen, dass er endlich einsehen sollte, dass aus ihnen niemals ein Paar werden würde. Und Freundschaft mit ihm ging einfach nicht. Unmöglich. Wahrlich ein durchaus attraktiver Mann, bei dem sie es bestimmt mehr als gut hätte. Doch leider auch ein Langweiler.

Freundlich plapperte Udo drauflos, ließ kaum Pausen, damit sie auch mal zu Wort kommen könnte. Irgendwann unterbrach sie resolut seinen Redeschwall, indem sie ihm über den Mund fuhr.

»So ein tolles Essen hast du bereitet. Für wen sollte es sein?«

»Das wusste ich zuerst selbst nicht. Vielleicht habe ich im Stillen gehofft, dass du kommen würdest. Ich musste mal was anderes machen und dachte mir, brate mal wieder Rouladen und kaufe einen Rotkohl vom Biobauern. Und wie du siehst, hat es sich gelohnt.« Sein Kamm schwoll vor Stolz an.

»Du kochst echt gut. Hast ja auch eine schlimme Woche hinter dir. Dass Zielinski aber auch nicht aufgibt, quält weiterhin die Mieter. Und mein Bruder war heute Morgen auch hier? Du meine Güte, dieses olle Quasselweib.«

Nun kam Udo in den Genuss, sich von den Streitigkeiten zwischen Mutter und Tochter Sommerfeld berichten zu lassen. Auch den guten Ausgang mit dem Auftrag in Bochum musste Margareta loswerden. Vom neuen Projekt mit dem Heiratsschwindler sollte er natürlich auch erfahren. Und immer wieder kam das Thema Makler-Morde auf den Tisch. Sie konnten es einfach nicht lassen. Das plötzliche Verschwinden von Bahlke und den Ossis komplettierte das Geschehen. Irgendwann waren sie beim Kommissar angelangt. Urbat wusste zu berichten, dass er den lieben Scheffel gestern Morgen gesehen hätte, wie er auf das alte verlassene Haus zugesteuert wäre.

»Bist du sicher? Ich dachte, das mit dem Haus wäre längst erledigt? Was hattest du denn schon wieder dort zu suchen?«

»Morgenspaziergang«, war seine knappe Antwort auf ihre letzte Frage.

Wieder schaute er sie aus treuen Augen an, und sie flehte innerlich, dass er jetzt nichts Falsches sagen würde. Verlangte er etwa den Lohn für sein Essen? Kuschelstunde in Urbats Schlafzimmer? Bei so ruhigen, lieben Typen wusste man nie, ob sie nicht mal plötzlich austickten und zudringlich wurden. Bisher erwies er sich als harmlos, machte ihr nicht mal Vorwürfe, dass sie sich so lange nicht gemeldet hatte. So konnte sie die Nachspeise, ein vorzügliches Tiramisu, kaum mehr genießen, auch nicht den köstlichen Wein. Es zog sie zu Thomas, der ihr schon die zweite WhatsApp geschickt hatte, dass er sich mit ihr treffen wollte.

Die Enttäuschung stand Udo ins Gesicht geschrieben, als sie sich schon um 15 Uhr verabschiedete. Doch er sagte nichts.

Als könne er es kaum mehr abwarten, sie zu sehen, stand er schon vor ihrem Haus und ging nervös auf und ab. Kaum, dass sie ihr Auto verlassen hatte und auf ihn zuging, fing er nervös an zu stammeln. »Gestern Abend … es tut mir leid … ich habe mich unmöglich benommen …«

Margareta sagte nichts, hatte vor Rührung Tränen in den Augen. Sie schloss die Haustür auf und ging, ohne sich umzudrehen, die alte Holztreppe hinauf.

Er folgte ihr wortlos. Kaum, dass sie die Wohnungstür hinter sich geschlossen hatte, lagen sie sich in den Armen.

Hatte sie nicht noch vor wenigen Stunden zu ihrer Mutter gesagt, in ihr Bett käme niemand mehr? Doch jedes Mal ein Hotel aufzusuchen, wäre viel zu teuer.

Sie musste schmunzeln, als sie den schlafenden Mann neben sich beobachtete. Wie ein Kind kam er ihr vor. Ein Kind, das seinen Weg noch nicht gefunden hatte.

Als sie zwei Stunden später an ihrem Wohnzimmertisch saßen und Pizza aßen, musste sie lachen.

»Was ist so witzig?«, fragte Thomas sie, während er mit Genuss in ein Stück seiner Pizza Tonno e Cipolla biss.

»Weißt du, wieso ich Henry rausgeschmissen habe? Nicht nur, weil er sich in alles eingemischt hat, sondern auch, weil er ständig Pizza anschleppte oder welche beim Pizzaservice bestellte. Aber ich denke, das ist heute eine Ausnahme, oder?«

»Ich esse sehr selten Pizza. Eine ins Haus bestellt habe ich mir noch nie.« Er wehrte ein zweites Glas Wein mit den Worten »Ich muss noch fahren« ab.

Margareta ignorierte es und goss ihm vom guten Tropfen Mosel-Riesling das Glas voll. »Du kannst heute hierbleiben. Nur heute! Noch eine Ausnahme, schließlich haben wir viel zu bereden.«

Und das taten sie auch ausgiebig. Er erzählte ihr, dass er wegen des Weltkugelanhängers erneut den Keller des verlassenen Hauses im Josef-Sprenger-Weg aufgesucht hätte, jedoch zu keiner Erkenntnis gekommen wäre. Den Zugführer Harry Dengler hätte er noch einmal vernommen, was ihn ebenfalls nicht weitergebracht hatte.

Sie berichtete ihm im Gegenzug vom Mittagessen bei Udo Urbat.

»Rouladen würde ich auch gern mal wieder essen«, meinte er mit verklärtem Blick.

»Da bist du bei mir an der falschen Adresse. Wende dich an deine Mutter!«

28.

In Hassel empfing sie Nieselregen. Trotzdem zogen die Tauben ihre obligatorischen Runden am grauen Himmel – und das um neun Uhr morgens. Als Margareta vor einer Stunde wach wurde, war Thomas schon weg. Lautlos war er, ohne Unordnung zu hinterlassen, aus ihrer Wohnung verschwunden. Ein Blick auf den Kalender, der in der Küche hing, verriet ihr, dass der Monat April Einzug gehalten hatte. 1. April. Wen könnte sie in den April schicken, überlegte sie, während sie sich fluchtartig duschte und anzog. Alles in ihr kribbelte. Zeit, mit Norbert Koslowski Klartext zu reden. Auf der Polsumer Straße empfing sie der übliche Lärmpegel. Motorenlärm, besonders der von Motorrädern, nervte sie. Aber auch die hohe Anzahl von entlangdonnernden Lkw störte sie. Auf den Bürgersteigen sabbelten sich die Kopftuchfrauen gegenseitig voll. Im Regen und um diese Uhrzeit.

In der Körnerstraße hingegen war es ruhig. Sie parkte vor Norberts Haus und ging forsch auf den Eingang zu. Nein, abwimmeln lassen würde sie sich heute nicht. Sie betätigte die Klingel, einmal, zweimal, dreimal. Nichts. Dann polterte sie mit der Faust an der Tür. Mehrmals. Ebenfalls kein Lebenszeichen von ihm. Stufe drei bestand aus lautem Rufen. Und endlich hörte sie seinen trockenen Husten hinter der Tür, die sich irgendwann vorsichtig öffnete. Ein total verkaterter Norbert erschien in dem Türspalt.

»Wat willze hier, Margareta? So früh am Morgen.«

»Lass mich rein, wir müssen reden.« Ihr forsches Auftreten duldete keine Widerrede.

Stöhnend öffnete er die Tür ganz und ließ sie herein. Sie steuerte auf die Küche zu, in der es chaotischer aussah als sonst. Unaufgefordert setzte sie sich auf einen Stuhl.

»Kaffee?«, fragte Norbert mit heiserer Stimme und begab sich zu seiner Kaffeemaschine. Er trug blaue Boxershorts und ein rotes T-Shirt. Die Haare standen ihm zu Berge. Im Raum roch es wie in einem Tiergehege im Zoo.

»Nee, lass mal.« Margareta wollte schnell zur Sache kommen.

»Aber ich brauch einen.« Röchelnd hustete er sich seine Bronchien frei.

Wenig später setzte er sich mit einem schmutzigen Kaffeepott zu ihr an den Tisch und sah sie aus traurigen Augen an.

»So, und nun will ich hören, wie die Geschichte weiterging. Wir sind beim letzten Mal unterbrochen worden. Du erinnerst dich?« Margareta schaute ihn an. Mitleid verspürte sie nicht.

»Ich weiß nich, wat du meinz, Margareta. Warum lässt du die Sache nich einfach ruhn und gehst deine Arbeit nach?«

»Sag mal, spinnst du? Die Sache ruhen lassen, heißt, den Mörder laufen lassen. Auf die Kripo will ich mich da nicht verlassen. Also, was hast du damit zu tun? Nun rede schon.«

»Ach Margareta, bessa is, du hälz dich da raus.«

»Wie weit steckst du da mit drin? Bist du der Mörder? Hast du die Makler auf dem Gewissen?«

»Nein, ich bin kein Mörder. Würd ich jedenfalls nich so nennen. Ich musste jemand helfen. Wir wollten nur die Gerechtichkeit wiedaherstellen. Findes du dat denn okay, dat die Kerle hier alle Leute verschreckt haben? Noch immer is keine Ruhe, allet hat nix genützt.«

Verzweifelt legte Norbert den Kopf auf den vollgesauten Tisch und fing bitterlich an zu weinen.

»Norbert, wem hast du geholfen? Nun sag schon!«

Doch Norbert brüllte wie verrückt, wollte sich nicht beruhigen. Ein menschliches Wrack.

Margareta stieß ihm kräftig mit der Faust an seinen Arm. »Nun rede schon, bevor noch mehr passiert.«

Ein weiterer Boxer ließ ihn zusammenzucken. »Frach Detlev!«

»Detlev Rahnfeldt? Wo wohnt er?«

»Krummer Weg. 18 oder 16, weiß ich nich genau.«

»Ich komme wieder, Norbert, verlass dich drauf«, sprach sie und erhob sich von ihrem Stuhl.

Auf zur Straße Krummer Weg. 950 Meter, sagte ihr Navi, links in die Lessingstraße einbiegen, dann rechts in die Brennacker Straße. Wenig später befand sie sich in der Straße Krummer Weg. Sie tippte auf Hausnummer 18 und hatte Glück. Rahnfeldt, stand an der Haustür. Elfriede, Detlev und Pico Rahnfeldt. Klar, Picos Name war wichtig, falls er mal Post bekam oder Besuch.

Das gebeugte alte Mütterchen – nichts mehr mit flotter alter Frau – in ihrem altrosa Haushaltskittel mit ungekämmten Haaren öffnete die Tür und bat Margareta wie selbstverständlich hinein, als ahnte sie bereits, was nun kommen würde.

»Detlev ist im Wohnzimmer«, sagte sie nur und ging ihr voraus.

Und da thronte er, samt Hund Pico, auf einem mit etlichen Kissen bestückten Sofa wie der Prinz des Hauses. Sein Blick drückte Angst aus, die er mit flotten Sprüchen wettzumachen versuchte.

»Margareta Sommerfeld gibt sich die Ehre. Was führt

Sie hierher? Und auch noch zu so früher Stunde.« Er trug nur ein Doppelrippunterhemd zu einer Jeans.

Margareta war von dem kleinen Raum mit der altertümlichen typischen Zechenhauseinrichtung der 1970er-Jahre regelrecht erschlagen und hatte das Gefühl zu ersticken.

Mutter Rahnfeldt bot ihr einen Platz an, während ihr Sohnemann weiterhin auf den TV-Bildschirm starrte und er in seinem Hirn nach dem Grund ihres Erscheinens kramte. Ein kleiner Teller mit verschiedenen Bütterchen stand vor ihm.

Dass man so viele Möbel in so einen kleinen Raum gepfercht bekommen hatte, war schon beachtlich. Der Nussbaumschrank war an Hässlichkeit nicht zu überbieten. An den verschmierten Türen waren etliche Fingerabdrücke zu sehen. Doch scheinbar fühlten sich Mutter und Sohn pudelwohl.

»Was kann ich für Sie tun?«, sprach Detlev irgendwann und schaute sie neugierig durch verklebte Brillengläser an.

»Ich komme gerade von Norbert Koslowski. Der Mann ist völlig fertig. Kommt mit einer Sache überhaupt nicht klar. So schickte er mich zu Ihnen. Da ich wenig Zeit habe, komme ich gleich auf den Punkt. Was haben Sie mit den Makler-Morden zu tun? Sie und Norbert Koslowski?«

Elfriede Rahnfeldt zuckte zusammen und hielt sich erschrocken die Hand vor den Mund, Pico fing an zu fiepen, Detlev sprang vom Sofa auf.

»Stimmt es also doch, was getuschelt wird, Junge? Hast du damit was zu tun? Mit den Morden an den Männern?«

Resolut schob Detlev seine Mutter zur Tür, die in die Diele führte, und gab ihr einen Stoß.

»Du gehst jetzt schön nach oben, Mutti, da, wo du hingehörst, und wartest ab. Klar? Gar nichts habe ich getan. Hörst du?«

Margareta vernahm das Jammern der alten Frau und das Treppen-hinauf-Trampeln.

»Warum schicken Sie Ihre Mutter weg? Was darf sie nicht hören?«

Sein Blick wurde beängstigend. Er setzte sich wieder aufs Sofa und starrte Margareta an, als wüsste er nicht, was er als Nächstes tun sollte.

So groß und wuchtig war er Margareta sonst gar nicht vorgekommen. Ihr Blick blieb an der Nussbaumimitat-Kommode, die am Fenster stand, hängen. So ein Sperrmüll, dachte sie noch, ehe sie ihn erblickte. In einer bunten Glasschale, die dieses hässliche Teil zierte, lag ein Schlüssel und zwar ein ganz bestimmter. Ein roter Schlüssel, der die Form eines Porsches hatte, mit dem Emblem auf der Kühlerhaube. Sie konnte den Blick nicht mehr von diesem Ding wenden, bekam Herzrasen vom Allerfeinsten. Ihr erster Gedanke war, von hier zu verschwinden und sofort Thomas anzurufen, denn ihr wurde klar, was der Schlüssel bedeutete.

Detlev war nicht dumm, wusste, was die Stunde geschlagen hatte. Er deutete ihren Blick richtig. Wieso hatte er den Schlüssel auch nicht weggeräumt, fragte er sich.

»Sie haben den Porsche von Ommerborn zum Hasseler Bahnhof gefahren. Stimmt's? Und den vergifteten Ommerborn hat Koslowski in seiner alten Karre transportiert. Nicht wahr? Wer hat ihn umgebracht? Sie? Norbert? Oder war es eine gemeinschaftliche Tat?« Margareta war völlig geschockt.

»Ich weiß nicht, von was Sie da reden.«

Die Luft wurde dünn für Detlev. Okay, er wollte mit seiner Mutter – die von all dem nichts Genaues wusste, allerhöchstens ahnte – verschwinden. In den nächsten Tagen, doch noch nicht heute. Nun musste er umdisponieren. Die Sommerfeld musste weg. Sie konnte ihm gefährlich werden. Entschlossen stand er auf, nahm ein geblümtes Kissen vom Sofa, stürzte auf sie zu und drückte es ihr aufs Gesicht. Ohnmächtig sollte sie werden, mehr nicht. Nach 20 Sekunden nahm er ihr das Kissen vom Gesicht. Sie wehrte sich noch zu stark, schlug mit den Armen um sich, stampfte mit den Beinen auf. Also noch mal 20 Sekunden das Teil auf ihr schönes Gesicht gedrückt.

Tatsächlich erschlafften ihre Glieder plötzlich. Er hatte erreicht, was er wollte. Sie war ohnmächtig. Aus einer Hosentasche zog er ein kleines Fläschchen, füllte zehn Tropfen Flunitrazepam in ein Glas, goss ein wenig Mineralwasser dazu und kippte es ihr in den offen stehenden Mund, den er ihr sofort danach schloss, als die Tropfen in ihren Hals gelaufen waren. Sie würde gleich wieder zu sich kommen, dann aber erst einmal total benebelt sein und nicht viel mitbekommen.

So war es auch. Margareta erwachte kurz, fühlte sich jedoch wie betrunken und war nicht in der Lage, irgendwie ins Geschehen einzugreifen. Detlev führte sie durch die Verbindungstür von der Küche zur Garage zu seinem Auto und verfrachtete sie auf den Beifahrersitz, legte ihr den Gurt um, ging zum Kofferraum, warf die Tasche, die er für seine Mutter gepackt hatte, in eine Ecke der Garage.

Margaretas lallende Proteste ignorierte er. Er musste sich beeilen, hatte Angst vor seiner Mutter, dass sie auf krumme Gedanken käme und die Polizei einschaltete. Als Scheffel sie damals vernommen hatte, ließ er ihr seine Karte da. Hatte er bereits etwas geahnt?

Er zog sich ein Polohemd und eine Joggingjacke über,

holte Pico, warf ihn regelrecht auf den Rücksitz und startete seinen Wagen. Selten benutzte er die alte Mühle – einen schwarzen Mazda 626, Baujahr 1998. Sogar die Einkäufe erledigte er alle mit dem Rad. Die Tankanzeige stand auf halber Füllung. Würde er eben unterwegs tanken. Geld hatte er genügend eingesteckt. Trotz seiner großen Angst freute er sich auch irgendwie. Endlich würde er die Nordsee wiedersehen. Statt seiner Mutter würde ihn nun die Sommerfeld begleiten. Sein Ziel war Otterndorf, dort, wo er als Kind, vor mehr als 40 Jahren, unbeschwerte Ferien verbracht hatte. Da würde er ein neues Leben beginnen. Würde die Sommerfeld nicht mitspielen, würde er ihr in den Dünen den Garaus machen, beschloss er soeben. Er hatte nicht mehr viel zu verlieren.

Er bog links in die Brennackerstraße ein, befuhr anschließend die Polsumer Straße. Nach einem Kilometer ging es links in die Ulfkotter Straße, um wenig später über die Auffahrt Gelsenkirchen-Hassel – er legte sich in die Kurve wie ein alter Rallyefahrer – auf die A52 zu gelangen. Praktisch so ein TomTom, das ihm die Richtung anzeigte, freute er sich. 340 Kilometer bis Otterndorf. In gut drei Stunden konnte er bereits am Strand entlanglaufen. Nach 15,2 Kilometer bog er auf die A43 ein. In gut 60 Kilometer würde er bereits in Münster sein.

Nach einigen Minuten, er passierte gerade die Ausfahrt Haltern am See, hörte er vom Beifahrersitz ein lautes Stöhnen. Margareta wurde wach.

Haben nicht lange gewirkt, die blöden Tropfen, dachte Detlev und riskierte einen Seitenblick. Vielleicht hätte ich ihr mehr davon geben sollen?, fragte er sich.

»Wohin fahren wir? Was hast du mir gegeben? Du hast

mich völlig außer Gefecht gesetzt.« Margareta öffnete die Augen, schaute sich suchend um. Ihr war, als hätte sie sich am Vorabend sinnlos betrunken.

»An die Nordsee fahren wir. Nach Otterndorf. Da wollte ich lange schon mal wieder hin.« Er strahlte sie an und zeigte ihr dabei seine beiden riesigen Hasenzähne.

»Nordsee? Du hast echt einen Vogel. Du kehrst sofort um.« Das Sprechen fiel ihr schwer. Ihre Zunge fühlte sich dick an. Der ganze Körper war wie gelähmt.

»Ich muss untertauchen. Das wirst du doch verstehen. Ich will nicht ins Gefängnis.«

»Du hast die beiden Makler umgebracht, stimmt's?«

»Ich musste sie entsorgen. Es ging nicht anders. Meine Mutter und ich wollten das Haus nicht verlassen. Ich habe meinem Vater auf dem Sterbebett versprochen, auf meine Mutter aufzupassen. Er würde sich im Grab umdrehen, wenn er erführe, dass sie in einem Heim landen würde.«

»Und nun hockt sie da völlig allein, und du fährst zur Nordsee? Was soll das denn?«

Wütend schaute er sie an und wurde laut. »Du kamst mir dazwischen. Ich werde sie nachholen.«

»Und dann packen sie dich. Du landest im Knast und deine Mutter letztendlich doch im Heim.«

»Dass du das nicht kapieren willst. Ich musste es tun. Die Kerle ließen mir keine andere Wahl.«

»Und was hat Norbert damit zu tun? Er war dein Handlanger?«

»Nur bei Ommerborn. Stalewski geht allein auf mein Konto. Dieser verlauste Alte. Er war mal wieder bei meiner Mutter gewesen, hat sie eingeschüchtert, total fertiggemacht. Wollte sie überreden auszuziehen, hielt ihr ein Formular vor die Nase, sie möge doch endlich unterschreiben.

Ich kam dazu, als sie weinend zusammengebrochen war. Da bin ich ausgerastet, habe ihn gestoßen, er fiel unglücklich nach hinten und schlug sich den Kopf am Wohnzimmertisch ein. Er war bewusstlos. Ich schickte meine weinende Mutter nach oben, nahm Picos Leine, legte sie ihm um den dünnen Hals und zog zu, bis er keinen Atemzug mehr tun konnte. Ich schnitt die überstehenden Enden und den Karabiner ab. Das sah richtig fachmännisch aus, die bunte Leine um seine Gurgel.« Detlev lachte wie ein Irrer, klopfte mit seiner rechten Hand auf das Lenkrad und erinnerte sich scheinbar gerne daran. »Ich zog ihn dann durch die Küche in die Garage und packte ihn in meinen Kofferraum. In der Nacht fuhr ich ihn zum Picksmühlenteich und schmiss ihn ins Wasser. Niemand hat mich gesehen. Ich nahm die schmale Zufahrt von der Bergmannsglückstraße, zwischen zwei Wohnhäusern. Meiner Mutter erzählte ich, er wäre wieder zu sich gekommen und wenig später gegangen. Das hat sie tatsächlich geschluckt, oder sie wollte es einfach glauben. Tage später kam ich dann mit Norbert ins Gespräch. Ich hatte einen Mann umgebracht, und das nagte an mir. Wir unterhielten uns, zuerst am Kiosk, später bei ihm zu Hause. Wir haben uns gegenseitig unser Leid geklagt. Er war noch immer so verzweifelt über den Tod seines Sohnes Kevin, konnte sich einfach nicht beruhigen. Die Zeche war ebenfalls unser Thema. Die elende Zeche, die mit daran schuld war am Tod von Kevin und auch am Tod von dem Onkel meiner Mutter, dem Abteilungssteiger Rahnfeldt. Er kam mit einem Kollegen bei einem Grubenbrand auf ›Bergmannsglück‹ im Jahre 1935 den Arbeitern zur Hilfe. Da haben die ihn einfach eingemauert, um die Unglücksstelle zu sichern. Kannst du dir das vorstellen? Sie haben nicht versucht, ihn zu retten, sondern ihn stattdessen eingemauert! Scheiß Zeche.«

»Was kramst du da für einen alten Mist aus? Das rechtfertigt doch nicht die Morde an den Maklern. Wieso war die Zeche schuld an Kevins Tod? Ihr habt sie doch nicht mehr alle, Norbert und du.« So langsam wurde Margareta wach, allerdings hatte sie ihre Arme und Beine noch nicht unter Kontrolle.

»Der Mörder von Kevin wurde auf der Zeche gequält.« Wütend blickte Detlev zur Seite, wollte nicht verstehen, dass Margareta den Zusammenhang nicht kapierte.

»Und deshalb ermordete sein Vater einen der beiden Makler? Was soll der Schwachsinn?«

»Norbert hat bei Ommerborn nur geholfen.«

»Ihr habt euch da in was hineingesteigert. Kehr endlich um!«

»Die gemeinen Dinge, die in der Siedlung passierten, waren natürlich der ausschlaggebende Punkt. Norbert jammerte mir die Ohren voll, er wollte sein Haus nicht aufgeben. Er rief mich eines Abends an. Ich sollte sofort vorbeikommen, Ommerborn wäre da, um ihn fertigzumachen. Gisbert hätte auch schon auf ihn eingeredet, doch Norbert hätte ihn wieder weggeschickt. Als Ommerborn immer zudringlicher wurde und Norbert Gemeinheiten an den Kopf warf, nahm er einen Bierkrug und gab ihm eins auf die Rübe. Norbert war voll wie eine Haubitze. Was tun? Da lag nun der ohnmächtige Ommerborn. Zuerst haben wir noch was zusammen getrunken, dann haben wir einen Schlachtplan entwickelt. Ommerborn sollte weg. Ommerborn hatte ihm vorher noch gesagt, dass er ihm eine größere Summe übergeben wollte, wenn er sein Haus räumen würde. Das sollte am anderen Morgen am Hasseler Bahnhof geschehen. War doch klar, der wollte Norbert aufs Gleis stoßen. Doch wir waren schlauer.« Wieder lachte Detlev sein stolz-dämliches Lachen. »Wir flößten ihm Rizin ein, und kurze Zeit später war er tot. Bis zum Morgen überlegten wir, wie wir genau vorgehen würden. Ja, ich habe den Porsche zum Bahnhof gefahren. Das war vielleicht ein Gefühl, kann ich dir sagen. Wahnsinn! Den Ommerborn haben wir bei Norbert in die Karre gepackt, und er ist damit los. Am Bahnhof haben wir ihn zum Bahnsteig geschleppt und aufs Gleis geworfen. Es wurde gerade hell, und wir hatten Glück, dass uns keiner gesehen hat.« Er zeigte ein vollkommen idiotisches Grinsen. Sein Gesicht war eine einzige Fratze.

Margareta fragte sich, wieso er bisher so harmlos auf sie gewirkt hat. »Und nun? Was willst du an der Nordsee? Meinst du, dort gibt es keine Kripo? Und was soll ich da? Willst du mich auch noch umbringen?«

Detlev zuckte mit den Schultern. Er wusste es selbst nicht mehr. »Nur, wenn es unbedingt sein muss.«

Margareta wurde immer wacher, tastete nach ihrem Handy. Sie wunderte sich, dass er es ihr noch nicht weggenommen hatte, was für seine angeborene Blödheit sprach.

»Übrigens, wie kam der Weltkugelanhänger von Hedwig in den Keller des alten Hauses im Josef-Sprenger-Weg? Es war doch dein Lager da unten, oder? Das war dein Rückzugsort, der Keller des Hauses, oder?«

Erstaunt sah Detlev Margareta an. Für so schlau hätte er sie gar nicht gehalten. »Ja, ich habe mir da ab und zu einen Joint reingezogen. Brauchte mal meine Ruhe. Weißt du, wie das ist, tagtäglich mit seiner Mutter zusammen zu sein? Wie die oft nervt?«

»Ich habe auch eine nervtötende Mutter. Kann mir jedoch schlecht vorstellen, mich deshalb ständig in einen Keller zu verkriechen, um Drogen zu konsumieren.«

Er schaute verdutzt, äußerte dazu nichts. »Hast du den Anhänger etwa gefunden? Hedwig ist mir eines Tages nachgestiegen. Und nun rate mal, was die wollte? Sex! Die alte Frau wollte Sex mit mir. Es kam zum Gerangel, und dabei riss ihr Anhänger ab. Wütend machte sie sich vom Acker. Hat aber danach ihr Maul gehalten, was mich gewundert hat. Wo ist der Anhänger jetzt?«

»Den hat Kommissar Scheffel.« Hedwig war mit ihren 65 Jahren eine attraktive Frau. Für Margareta völlig unverständlich, dass sie sich an so einen Typen ranmachte, der mit seiner Brille aussah wie Puck, die Stubenfliege.

»So, und nun kehrst du brav um. Ich habe genug gehört. Heim zu Mutti. Ich habe keine Lust auf Nordsee, muss morgen in Dortmund einen neuen Fall lösen.«

Er ignorierte ihre Ansage. »An der nächsten Raststätte werden wir tanken, und dann gibst du mir erst einmal dein Handy.«

Gelegenheit abzuhauen, dachte Margareta.

Sie befanden sich auf der A1, hatten gute 120 Kilometer hinter sich gebracht. Bei Lotte/Osnabrück stellte Detlev fest, dass sein Benzin zur Neige ging. So entschloss er sich, den Rastplatz Hasetal anzusteuern. Er setzte den Blinker rechts und fuhr auf das Raststättengelände. Bevor er an die Zapfsäule heranfuhr, hielt er an.

»Ich muss meine Glieder mal bewegen, und zur Toilette muss ich auch«, sagte Margareta und wartete ab, wie Detlev reagierte.

Plötzlich packte er sie mit seiner rechten großen Pranke am Nacken und sagte nur laut: »Handy!«

Tatsächlich reichte sie ihm völlig überrascht ihr Smartphone, dem er die SIM-Karte entnahm, sie zerbrach und es nach hinten auf den Rücksitz warf.

»Klo kannst du vergessen, da halten wir irgendwo auf einem einsamen Rastplatz. Hier wird nur getankt, dann geht es weiter. Er zog ein Klappmesser aus seiner Hosentasche und ließ die Klinge aufspringen. »Ich kann auch anders, wie du siehst. Machst du Mucken, wenn ich gleich tanke, geht es dir dreckig. Glaub mir, mir ist so ziemlich alles egal.«

Jetzt dreht er ganz durch, dachte Margareta und sackte in sich zusammen.

29.

Er spürte eine bisher nie gekannte Unruhe, ahnte, dass etwas nicht stimmte. Außerdem kam er sich mies vor, ihre Wohnung still und heimlich verlassen zu haben. Bereits gegen sieben Uhr war er nach Hause gefahren, hatte Willi geholt und war eine Runde durch den Hertener Schlosspark gelaufen. Den Kopf freibekommen! Die jammernden Worte seiner Mutter und die Frage, wo er denn in der Nacht gewesen sei, ignorierte er. Seine Gedanken waren bei Margareta. Als er gegen acht Uhr in seinem Büro saß, wurde er immer unruhiger, maulte mit seinen Kollegen herum. Ich hätte sie nicht so einfach verlassen dürfen, sagte er sich immer wieder. Sie würde doch heute in Hassel keine Dummheiten machen und sich wieder einmal selbst überschätzen? Er war drauf und dran, sie anzurufen, verwarf den Gedanken jedoch. Sie sollte sich nicht kontrolliert vorkommen.

Noch vor zehn Uhr überschlugen sich die Ereignisse. Sein Telefon klingelte. Hektisch meldete er sich. Er war schon fast auf dem Weg nach Hassel, musste wissen, was Margareta trieb.

»Hallo? Wer ist denn da?«, schrie er fast in den Hörer.

Stille. Nichts als Stille. Ganz leise vernahm er ein Atmen.

»Wer ist da, verdammt noch mal?« Er war äußert gereizt.

»Hier is der Norbert Koslowski. Herr Kommissar ... Die Margareta ... Sie is zu Detlev gefahren ... Da stimmt wat nich ... Ich hab ihr erzählt ... dass er ... die Morde ... ich hab ihm geholfen, Ommerborn umzubringen ...«

Hatte er es doch geahnt. Diese Margareta hatte in Hassel bereits eine Mine losgetreten.

»Bleiben Sie, wo Sie sind, Herr Koslowski. Ich schicke Ihnen meine Kollegin vorbei.« Schon hatte er das Gespräch beendet und wandte sich an Jenny. »Du fährst nach Hassel zu Koslowski. Nimm Aksoy mit und setze den Mann fest.«

Endlich rief er Margareta an. Leider meldete sich nur die Mailbox. Seine Angst, dass sie in Schwierigkeiten steckte, verstärkte sich.

Bevor er zu diesem Detlev Rahnfeldt fuhr, checkte er, ob auf seinen Namen ein Fahrzeug zugelassen war, und ließ Margaretas Handy orten.

Elfriede Rahnfeldt öffnete verschüchtert die Tür. Obwohl sie den Kommissar sofort erkannte, ließ sie ihn nicht gleich eintreten.

»Guten Morgen, Frau Rahnfeldt, ich müsste Ihren Sohn sprechen. Es ist dringend.«

Völlig perplex gab sie ihm endlich die Tür frei. »Er ist nicht da, ist weggefahren. Margareta Sommerfeld war hier.«

»Und sie sind zusammen weg?«

»Ich glaube schon. Er hat mich geschubst und nach oben geschickt. Pico haben sie wohl mitgenommen. Der ist nicht mehr da.« Nun fing sie an zu weinen.

»Haben Sie eine Ahnung, wo sie hin sind?«

»Er wollte mit mir zur Nordsee fahren. Morgen oder übermorgen. Vielleicht sind sie dort hin. Nach Otterndorf, da waren wir früher mal.« Sie starrte mit dämlichem Blick in die Gegend.

»Nach Otterndorf? Was will er da?«

Thomas konnte nicht fassen, was die alte Frau erzählte.

Er blickte sich in dem schaurigen Wohnzimmer um, das er inzwischen betreten hatte. Die Einrichtung kannte er ja schon von seinen letzten Besuchen, doch wieder hätte er sich schütteln können. Die Möbel, diese Tapeten mit dem Wappenmuster in Braun, dieser Geruch. Tiefste 60er-Jahre. Das hellbraune Sofa mit den vielen Häkelkissen. Häkeln, diese sinnlose Zeitverschwendung. Eins davon lag auf dem Boden, fiel ihm auf. Er nahm es in die Hand, suchte nach eventuellen Blutspuren.

»Gab es Streit zwischen Frau Sommerfeld und Ihrem Sohn?«

»Ja, ich denke schon. Und dann sind sie mit dem Auto weg.«

»Was fährt Ihr Sohn für ein Fahrzeug?«

»Ein schwarzes. Die Marke kenne ich nicht.«

Sein Blick blieb an den schweren wild gemusterten Vorhängen haften. Du meine Güte, was für ein Müll, dachte er nur und fragte sich, wozu diese stinkigen Lappen dienten. Bei seinen Eltern sah es schon spießig aus, doch das hier toppte alles bisher Gesehene.

Elfriede Rahnfeldt setzte sich aufs Sofa und legte verzweifelt die Hände in den Schoss. Ihre Mundwinkel fielen einige Zentimeter hinab.

»War Ihr Sohn der Mörder der beiden Makler, Frau Rahnfeldt?«, fragte Thomas Scheffel sie mit fester Stimme.

»Ich weiß nicht«, flüsterte sie nur resigniert.

»Ja, ja, immer schön den Kopf in den Sand stecken. Sie machen sich mitschuldig, wissen Sie das?«

Sie glotzte ihn nur debil an und sagte nichts. Seine Mutter würde nicht anders handeln, war er sich sicher. Auch sie würde ihr Kind schützen, solange es möglich wäre.

Er verschwand durch die Zwergenhaustür, schmiss sich in seinen Wagen und fuhr Richtung A52.

Er fuhr einen heißen Reifen und hatte sogar sein Blaulicht eingeschaltet. Die Ortung von Margaretas Handy zeigte irgendwann bei Lotte/Osnabrück nichts mehr. Hatte der Volltrottel endlich gemerkt, dass sie noch im Besitz ihres Smartphones war, und es ihr weggenommen? Ein Streifenwagen mit zwei Polizisten, ebenfalls mit Blaulicht, war ihm dicht auf den Fersen.

Detlev Rahnfeldt fuhr einen schwarzen Mazda 626 älteren Baujahrs, Kennzeichen: GE-DR 68. Diese hohle Nuss, dachte Thomas. Initialen und Geburtsdatum. Der Wagen war bereits zur Fahndung ausgeschrieben. Außerdem hatte ein aufmerksamer Bediensteter der Raststätte Hasetal die

Polizei gerufen, weil ihm dieses Fahrzeug verdächtig vorkam. Der Fahrer würde sich auffällig verhalten. Eine Polizeistreife aus Osnabrück war bereits unterwegs.

Als Scheffel mit seinem Wagen und der Polizei im Schlepptau wenig später den Rastplatz befuhr, fiel ihm sofort die schrottreife Karre von Rahnfeldt auf, die am Seitenstreifen zwischen zwei Lkw gegenüber den Zapfsäulen stand. Eine typische Großraststätte mit einem enormen Lärmpegel. Lkw sowie Pkw fuhren an die Zapfsäulen. Menschen hasteten in den Verkaufsraum. Plärrende Kinder mit ihren Müttern und Vätern suchten die WC-Anlage auf. Hungrige Reisende stürmten das Restaurant oder pflanzten sich auf eine Bank, um sich bei dem Krach in aller Seelenruhe ein Butterbrot reinzuziehen.

Er parkte in gebührendem Abstand hinter dem Fahrzeug von Rahnfeldt, zog seine Waffe aus dem Halfter und lief auf den Wagen zu. Er schaute auf die McDonald's-Filiale, aus der gerade eine Familie mit Kindern kam. Er hoffte, nicht von der Schusswaffe Gebrauch machen zu müssen.

Als er den Wagen erreicht hatte, bot sich ihm der Anblick des Grauens, als er von der Beifahrerseite aus ins Fahrzeug blickte. Auf der Rückbank bellte Pico wie verrückt. Der arme Hund, dachte Thomas noch. Margareta versuchte verzweifelt, den Gurt zu lösen, um die alte Karre zu verlassen, wurde aber durch den durchgeknallten Rahnfeldt mittels eines Messers, das er Margareta an den Hals hielt, daran gehindert. Scheffels Herz raste. Was tun? Tür öffnen und rumballern? Und damit Margareta gefährden?

Aus riesigen Augen starrte Rahnfeldt ihn nun an. Du meine Güte, ist der hässlich, dachte Thomas noch.

Margareta löste ihr Problem jedoch selbst. Detlev Rahnfeldt hielt ihr das Messer an den Hals, bevor sie das Auto verlassen konnte. Blitzschnell, als er für einen Moment wegschaute, biss sie ihm in die Hand, sodass er aufschrie. Sie biss sich regelrecht in seinem Handballen fest, wurde das ekelige Gefühl nicht los, sie hätte einen rohen Hähnchenschenkel im Mund. Doch sie wollte leben. Was spielte Ekel dabei für eine Rolle? Sekunden später löste sie ihren rechten Arm aus dem Gurt und schlug ihm mit der Faust ins Gesicht. Wieder und wieder, bis seine große Brille zu Boden fiel. Zum Schluss stach sie ihm noch mit dem Finger ins Auge. Er krümmte sich, fiel in seinem Sitz regelrecht in sich zusammen. Das Messer ließ er endlich los. Es fiel in den Fußraum. Margareta löste den Gurt, öffnete die Autotür und floh aus dem Wagen. Zeitgleich schrie sie laut um Hilfe.

Thomas Scheffel fing sie auf und nahm sie in die Arme.

Ihre Beine gehorchten ihr noch nicht. Kurzzeitig verlor sie das Bewusstsein.

Die beiden Polizeibeamten stürmten den Wagen und kümmerten sich nicht gerade zartfühlend um Rahnfeldt.

Thomas bemühte sich rührend um Margareta, bis der Krankenwagen sie ins Krankenhaus nach Osnabrück gebracht hatte. Der herbeigeholte Notarzt hielt es für besser, sie eine Nacht zur Beobachtung dort zu lassen, da er vermutete, dass man ihr Drogen verabreicht hatte. Thomas leistete ihr in der Nacht Gesellschaft, was sehr zur schnellen Erholung beitrug. Schon wieder eine Nacht nicht zu Hause. Er musste an Willi denken, weniger an seine Mutter.

Norbert Koslowski hatte man inzwischen festgenommen, und der tollkühne Rahnfeldt würde die Nordsee so schnell nicht mehr zu sehen bekommen.

EPILOG

Ein Blick in seine Augen löste bei Margareta Konfettigewitter und Funkenregen aus. Niemals hätte sie gedacht, dass ihr das noch einmal passieren würde, nach langer Zeit endlich mal wieder richtig verliebt zu sein. Es war jedoch mehr als oberflächliche Verliebtheit, spürte sie.

Sie saßen im Rosenzimmer des Gasthofs Berger in Feldhausen und ließen bei Lendchen an Gorgonzolasoße die vergangene Woche Revue passieren. Am letzten Montag regnete es, heute schien die Sonne. So wechselhaft, wie der April eben war. Der Blick in den Garten zeigte bereits ein wenig Frühling. Alles sah zwar noch ziemlich karg aus, die unzähligen Rosensträucher trugen noch keine Knospen.

»Dass es mit der Wohnung so schnell ging, hätte ich nie gedacht. Groß ist sie nicht, nur 50 Quadratmeter, hat jedoch einen Balkon und eine fast neue Küche. Und die Husemannstraße in Herten ist nicht die schlechteste Ecke. Fürs Erste reicht sie. Und vor allem habe ich es nicht weit zur Arbeit. Wir können nachher gerne mal hinfahren. Meine Mutter hat Bauklötze gestaunt, als ich gestern meine wenigen Sachen holte und das Feld räumte. Kein Wort hat sie gesprochen, ist beleidigt.« Thomas Scheffel wusste selbst nicht so genau, ob er sich über die neue Wohnung freuen sollte oder nicht.

»Und auch nicht weit von Mutti entfernt«, dachte Margareta, sprach es jedoch nicht aus. Fast hätte sie ihm vor einigen Tagen vorgeschlagen, vorübergehend zu ihr zu ziehen, biss sich jedoch schnell auf die Zunge. Nein, stationär würde sie in ihrem Heim nie wieder einen Mann aufnehmen, nur noch ambulant. Sollte sich das mit Thomas weiterhin positiv entwickeln, könnte man sich eine gemeinsame größere Wohnung mieten. Doch gemach, gemach, sagte sie sich.

»Finde ich gut, dass dein Kollege Karl vom Hegering dir beim Umzug geholfen hat. War er nicht sauer, dass du die Mitgliedschaft gekündigt hast?«

»Sauer nicht, eher traurig. Wir wollen trotzdem Freunde bleiben. Das mit der Jagerei war sowieso nicht mein Ding. Als es mir schlecht ging, fand ich es hilfreich, dort Mitglied zu sein. Diese Gruppe gab mir Kraft. Und du? Hast ja auch eine anstrengende Woche hinter dir.« Er schaute auf ihren Hals. Ihre Narbe hatte sie mit einem roten Seidenschal verdeckt.

»Ja, dem Heiratsschwindler bin ich auf den Fersen. Der ist blöd wie Brot, sieht allerdings toll aus. Ich hoffe, den Fall in dieser Woche abschließen zu können.« Mit gesundem Appetit aß sie die köstlichen Lendchen und trank dazu einen trockenen Rotwein. »Detlev und Norbert sitzen hinter Gittern, Matthias ist wütend, hat meine Mutter erzählt, Anni überglücklich, dass der Rollator wieder da ist, dafür Udo Urbat mehr als traurig, dass er mich nun nicht mehr wiedersieht. Einen rührseligen Brief hat er mir geschrieben. Ja, und der gute Gisbert hat Post von der Polizei bekommen, dass gegen ihn eine Strafanzeige wegen Körperverletzung von Amts wegen erstattet wurde. Vom KK 15, zuständig für Körperverletzungsdelikte, wurde er vorgeladen, sich zum Tathergang zu äußern. Er ging davon aus, dass nach Ommerborns Ableben der Drops für ihn gelutscht sei. Doch Pustekuchen!«

»Ich habe davon gehört.« Thomas schüttelte den Kopf

und wechselte das Thema. »Diese durchgeknallten Typen Rahnfeldt und Koslowski. Die werden lebenslang weggesperrt. Knast oder Klapsmühle, das ist die Frage.«

»Ich fühle mich irgendwie schuldig. Hätte ich doch bloß nicht Gisberts Drängen nachgegeben und mich aus der Sache rausgehalten. Nie wieder Hassel.«

»Schuldig fühlen? Musst du nicht.«

»Dass Detlev und Norbert die Mörder waren, will mir nicht in den Kopf. Ich fand die beiden zwar schräg, aber ganz in Ordnung.«

»Koslowski ist sehr schnell eingeknickt und hat heulend gestanden. Rahnfeldt ebenso. In etwa hat er das Gleiche erzählt, was er dir schon im Auto berichtet hatte.«

»Und seine Mutter bleibt vorerst da wohnen, allein schon wegen Pico, hat Udo mir erzählt.«

Thomas nahm Margaretas Hände in die seinen und sah sie lange an. »Du bist mir aber auch eine. Den Rollator-Fall hast du am vorletzten Sonntag auch noch gelöst.« Er lachte, bis Tränen in seine Augen traten. »Der arme Mann!«

»Mit dem musste man so reden, glaub' mir! Die 1.000 Euro lagen am nächsten Tag in meinem Briefkasten. Schnell verdientes Geld.«

»Aber anfassen hättest du ihn nicht dürfen.«

Margareta zog die Schultern hoch und grinste.

Nach längerem Schweigen musste Thomas doch noch eine Frage loswerden. »Was ist mit Henry?«

»Welcher Henry? Ich kenne keinen Henry. Auch mein Sponsor Matthias ist Vergangenheit. Schade, dass ich Aron nun nicht mehr sehen werde. Doch dafür habe ich jetzt Willi.« Liebevoll zog sie den niedlichen Dackel auf ihren Schoß und knuddelte ihn. Die bösen Blicke der alten

Damen am Nebentisch ignorierte sie. »Schließt sich eine Tür, öffnet sich die nächste. Ist doch so.«

»Na, da kann ich nur hoffen, dass sich die Thomas-Scheffel-Tür nicht so schnell schließen wird.«

Sie sahen sich in die Augen und wussten beide, dass sie ihren weiteren Lebensweg gemeinsam gehen würden.

Und wenn auch nur ein Stück, vielleicht reichte ja schon ein kleines, dachte Margareta.

ENDE

Weitere Titel finden Sie auf den folgenden Seiten und im Internet:

WWW.GMEINER-VERLAG.DE

Unaufhaltsam

Andy Neumann
Zehn
Thriller
380 Seiten; 13,5 x 21,5 cm
Premiumklappenbroschur
ISBN 978-3-8392-2645-2
€ 15,00 [D] / € 15,50 [A]

Er starrte träumerisch aufs Wasser und versenkte sich ein weiteres Mal in die Gewissheit, ein Leben ausgelöscht zu haben. Ihm war endgültig klar, dass es seine Bestimmung war. Sein Schicksal! Daran gab es keinen begründbaren Zweifel mehr. Jahrelang zieht ein Serienmörder eine Blutspur durch Deutschland. Seine Taten haben nur eines gemeinsam: Sie sind nicht aufzuklären. Es gibt kein Muster, keine Zeugen, kein erkennbares Motiv, keine Verbindung zwischen den Opfern. Die Mordkommission ist hilflos. Kann der Journalist Niessen den Mörder stoppen? Sein Instinkt führt ihn auf einen Kreuzzug, an dessen Ende die Story seines Lebens wartet – oder der Tod.

GMEINER SPANNUNG

WWW.GMEINER-VERLAG.DE
Wir machen's spannend